乘风抵达世界

吾道不孤，舟自横行。

林黎胜

孤舟

上册

林黎胜　吴　荑　原作
程三晔　改编

中信出版集团｜北京

图书在版编目（CIP）数据

孤舟 / 林黎胜, 吴羹原作；程三晔改编. -- 北京：
中信出版社, 2024.9
ISBN 978-7-5217-6170-2

I. ①孤… II. ①林… ②吴… ③程… III. ①长篇小
说－中国－当代 IV. ① I247.5

中国国家版本馆 CIP 数据核字 (2023) 第 220387 号

孤舟
原作： 林黎胜　吴　羹
改编： 程三晔
出版发行：中信出版集团股份有限公司
　　　　　（北京市朝阳区东三环北路 27 号嘉铭中心　邮编　100020）
承印者： 河北鹏润印刷有限公司

开本：787mm×1092mm 1/16　　印张：55　　字数：600 千字
版次：2024 年 9 月第 1 版　　　　印次：2024 年 9 月第 1 次印刷
书号：ISBN 978-7-5217-6170-2
定价：79.00 元（全二册）

版权所有·侵权必究
如有印刷、装订问题，本公司负责调换。
服务热线：400-600-8099
投稿邮箱：author@citicpub.com

目录

第一章	骤雨	001
第二章	疑风	057
第三章	坠崖	105
第四章	入雾	149
第五章	破题	193
第六章	翻覆	233
第七章	璞箭	281
第八章	难思	327
第九章	先锋	363
第十章	一更	407

第一章
骤雨

时值七月，正当盛夏。姑苏城于此时节向来少雨，然今晨却有薄雾蒙蒙，连带司前街两侧早点铺的蒸笼雾气也被裹入其中。道上行人大多匆匆，衣衫破旧、低头垂目。四年来，在攻入城池、与汪伪政府一同驻扎的日军统治下，城中百姓皆是如此度日，更毋论两个月前"清乡委员会"在南京成立。直至本月，针对国民党、共产党各自抗日势力的"清乡运动"愈加严峻，驻苏州日伪军与日俱增，使城中亦常如暴雨将至，处处闷堵如铁壁铜墙。

一辆黑色轿车缓缓撕开雾幕，暗影般撞入行人视野。车是英国牌子，挂着"Austin"几个洋文字，车身一看便知用的是防弹的加厚材料，再搭上两边踏板上荷枪实弹的伪警，任谁也能猜出来，这车里坐的是伪政府的什么人物。

这般防备也确有必要。作为吴县的"知事"，连官职都用了日本叫法，郭景基的汉奸身份早在他耀武扬威登上官位的时候，便教姑苏城尽人皆知了。其中有多少爱国志士恨他入骨，多少百姓暗地唾骂，国共两方又是怎样欲除之而后快，更不必说。

将至上响，街上行人摊贩也多起来，汽车不得不从中挤行，缓慢向前。两名伪警正东张西望，做出十分警惕的模样。恰在此时，一个赤着上身、毫不起眼的挑水工正拦在汽车前方，将去路挡了个严严实实。警察的枪口立时对准了他，"滚一边去！别挡道！"的喝令则比枪声更尖锐。然不过这一刹分神，另两声枪响便实实在在响起，两名伪警随之从踏板上摔下来，变作尸体滚在街上。

放枪者早从与司前街交叉的石皮弄中冲出，此刻越过尸首，抢上前去，掀开后座右车门，未待他再开枪，身着长衫的郭景基便狼狈滚出左车门，步伐凌乱，向弄中逃去。隔着仓皇行人与汽车，放枪者又是一枪，却没打中，教郭景基几乎逃得只剩个影子。他微微抬头，街旁屋檐高处，狙击枪瞄准器的反光一闪而过，隐约之间，似有扳机扣动的清脆声响。一枪爆头。郭景基应声倒地，又被追击而来的放枪者对着已经血流如注的脑袋补了两枪，真切变作一具死尸。那人神情却从容，不慌不忙地把枪揣进怀里，将一张传单扔在郭景基身旁，随后自行人面前走过，消失在石皮弄深处、远远聚集的人流之中。他再次抬头望了望，那屋檐之上，狙击枪亦被卷入一张竹席，狙击手的背影立时便看不见了。

郭景基头上流出的血几已凝结，蜿蜒在那张传单上，与鲜红字迹呼应。传单写着的不过四个大字：汉奸下场！

青苔石板，小桥流水，虽遭战事，姑苏城古貌仍存。黄昏渐落，顾易中在屋檐上架起一顶竹梯。他拂了拂精致的西装，拾级而上，将一块新雕好的木质檐角走兽装在檐上正缺的一角。走兽傲然耸立其上，他却不急着下地，转而就势俯瞰姑苏城夕阳之下的胜景。交错街巷、平湖流水仍掩在一片薄雾之中，恰是"烟雨朦胧"模样。他深吸一口气，又见自己的表哥陆峥抄着手，慢慢悠悠地从内房走出来，抬头望他。

"我的顾少爷，"陆峥眯着眼，拿着腔调，"你可真够闲的，修它干吗？东洋人的飞机指不定哪天又来了，现在修了，到时候还不得被炸掉。"

顾易中出身姑苏名门，是南石子街顾氏的少公子，当得起这一声"少爷"。眼下两人待的这间院子，正是他与陆峥合作开设的"易中营造社"。

"炸了我再修，老缺这么一角，我瞧着不舒坦。"

顾易中话音刚落，便听得远处传来沉闷巨响。他与陆峥同时往上看去，一架日军飞机呼啸而来，越过城中众人头顶，机身上印着的膏药旗却清晰可见。

顾易中再不言语，几步从竹梯上下来，将梯子收回院里。

陆峥只作无事状："晚六点老丹凤菜馆，有储蓄银行潘先生的饭局。"

顾易中移开目光："我没空。"

"是商谈新银行大楼的设计方案，正事。"

顾易中却已往院子外头走了，闻言驻足，转头一笑："我有更紧要的正事，表哥。"

顾易中急着赴约，一路行至临河桥。夕阳更沉，桥上桥下行者匆匆，戏台边上则用黑体字写着木桶大的标语：

"确立治安，改善民生。"

"第一期清乡胜利展开。"

确是"胜利"，顾易中想。国共两党的抗日力量都被清去不少，日军伪军得了意，往下不只是苏州，还要清江阴、无锡了。

一队日军骑兵纵马飞驰而过，踏得青石板砰砰作响。他皱着眉头，远远见了个女孩，穿着素净，站在石桥上，怀里抱着个布袋，正四下张望，显然是等人。

他神色便柔和下来，几步走到女孩面前。

女孩是他的女友肖若彤，原定是今儿从上海来苏州。她望见了他，眼中便露出笑，而后听他问道："上海的火车不是五点才到吗？"

肖若彤压低声音："我开车过来的。"

顾易中一惊，亦有兴奋涌上心头："要动手了？君侠呢？"

肖若彤却刻意转开话题："我饿了。"

这儿的确不是说话的地方。顾易中左右看看，瞧见了面馆，随即去接肖若彤手上的布包。她双手一躲，没让他碰。

"什么东西，金贵的？"顾易中也不恼。

肖若彤将它抱得更紧，严肃道："忘了组织纪律？不串线不打听。"

他便应下，极自然地绕开这话茬儿，拉着她坐在面馆里一个角落，点了两碗三鲜大面，便打发老板走了。

"信看了吗？"

顾易中笑着，神情却迫不及待。肖若彤早看出他心思，一面起了逗逗他的意，一面有些害羞，便只装傻，问："什么信？"

"君侠没交给你？！"

顾易中甫听她问，便有些急了。问声落下，又见她泄出笑意，立即明白了："你骗我。信看了？"

"什么要紧话不能当面说，非得写信？你不嫌累？"

肖若彤似笑非笑，摆明了在这事上游刃有余，要拿捏他。顾易中却拿她没办法："……若彤。"

"好啦。"肖若彤从包里拿出一支派克牌金笔，递给顾易中，"以后再写信，用自来水笔。铅笔写的信，一擦，字就没了，作不得数。"

顾易中慌忙接过，极宝贝地拿在手里，拧开盖子，一眼见了里面刻着的"顾易中"三个字，胸口里一颗心脏登时狂跳起来。

"还刻上名字？"他压下声里激动，拧上笔帽，望向肖若彤的眼，"若彤，我能不能把这根笔理解成……你答应了我信中的请求？"

肖若彤却笑而不语。顾易中深吸一口气，伸出手去，握住了她的手。

"若彤，此生……"

"两碗三鲜大面来喽！"

老板来得忒不合时宜。顾易中心底暗馁。两碗面搁在了桌上，肖若彤脸一红，不待他看清，便已把手抽出来了。

"快吃吧，"她低声道，"吃完还有'正事'呢。"

"铁血行动组此次来苏州的任务，就是不惜一切代价，营救中西太郎。"

出言之人正是方才顾易中话里的肖君侠。他正与其余四人一同挤在四通米店内，几人围在麻将桌前，以打麻将作掩饰，安排着营救任务。中西太郎是共产国际潜伏在日伪南铁之中的高级情报人员，一周前在苏州火车站被捕，现被90号关押在怡园。肖君侠将他的小尺寸黑白照片放在桌上，小蒲、大块头、双胞胎兄弟乔大乔二相互传递着照片，记着任务对象的长相。敲门声却在此时响起，虽不清晰，却如惊雷。几人皆警惕起来，哗啦哗啦的麻将声顿时充斥屋子，肖君侠上前，眉头松弛，目光却锐利，打开了房门。来人正是顾易中与肖若彤。

"老常。"

米店掌柜坐在前厅，瞧着模样亲切，闻声抬眼，见了是肖若彤，便点点头，引两人朝里屋走。柜台后的小伙计则替了老常的位子，守起门来。

顾易中跟在肖若彤身后，见那扇门打开一条缝，肖君侠的脸从里面露出来，认出是他，面上凝重顿时扫去几分。

几人进屋，反手将门关紧。肖君侠介绍道："这几位是上海来的同志。这位是我苏州的朋友。"

顾易中望向几人，点头致意。肖君侠则看向肖若彤："家伙带来了？"

肖若彤将始终护在怀里的布袋解开，把里面的东西倒在桌子上，与杂乱的麻将混在一起。三把型号各异的手枪躺在那儿，被小蒲等人拿起检查，亦抬手比画了两下。顾易中不再出声，只打量着他们的动作，直至被肖君侠唤回神来："你的东西呢？"

顾易中愣了一刹，从怀里掏出一张工程图纸："凭记忆画的，怡园我小时候常去，不会差太多。"他将图纸展开，露出里面极细致专业的建筑平面图线条，角落里还标注了大概的比例。

"怡园正门昼夜有东洋兵把守。你们可以从园北侧进，这儿有个小门楼，玲珑别致，特别是门前那对石狮，精雕细琢，是名家手笔……"

他讲解起古园建筑设计来，便如入无我之境，自行沉浸起来。这也难怪，怡园原本是清朝遗老的私园,设计精巧,典藏丰富。然而被日军侵占以来,遭受的破坏尤甚,园中古玩字画也被劫掠一空。

肖君侠揉了揉额角:"讲重点。"

顾易中眨了眨眼:"翻过这门楼旁边的围墙,便可入园中。"

"那围墙多高?"

"二点六二公尺。进园后是一座假山,穿过南雪亭是藕香榭,然后是碧梧栖凤、面壁亭,过了画舫斋,就是……"

"你就说,藏书楼在哪?"

"绕过范泉之水,就是藏书楼。藏书楼有三层。"

"内线说目标被关在二层最东头的房间。"

"那就是这儿。"

顾易中指了指图上一间房屋,指尖画了个圈。肖君侠盯着那个圈,盯着这张图纸,眉头却越拧越紧。

小蒲拿起图纸看,顾易中眉头也皱起来了——他拿得左右颠倒,说着上海话,一语道出肖君侠心声:"你这,画得太复杂了。"

顾易中把图正过来:"怡园在苏州十园里,本来就是设计最繁复的,复廊空窗、蜿蜒回环,我尽量按记忆中的尺寸原比例复原出来,大小可能差点,方位不至有错。"

乔大搭茬儿:"这全是横横杠杠的,阿拉弗晓得看啦。"

肖若彤圆场:"就不能画得简单点?"

顾易中却在这事上犟得厉害。他是学建筑设计的,容不得这样的图纸有半点差池。"画简单了,你们更找不着地方。"又转头看向肖君侠,"君侠你应该没问题,在学校学过。"

肖君侠哑然:"我要会看图,还不跟你留洋去了?"

"晚上天黑,地图又像碗鳝糊面,进去也得迷路。"

大块头又蹦出句上海话，教屋里陷入僵局。顾易中闭了闭眼，格外沉默，半晌，忽而道出一句，一字一顿地，格外清晰："我给你们带路。"

"你只是外线人员，不能参加行动。"

肖君侠当即反对。顾易中偏头瞧他，语气沉沉："君侠，又来了，不把我当自己人。"

"所有参与行动的同志都要提前跟老鹰报备批准的，这是铁血行动组的纪律。"

顾易中立时接话："那你赶紧申请呀。"

肖君侠无奈："老鹰是说见就能见的？"

"这也不行那也不行。就烦你们这个，抗个日还分个内线外围。告辞。"

顾易中从不是没脾气，自己的图受了嫌弃，又几次三番遭拒，早起了别扭，当下转身要走，被肖若彤伸手拉住。她神色间亦有纠结，然终究放轻声音，冲肖君侠道："六哥，任务要紧。你就让易中带路吧。"

肖君侠抬手看了看表，又望向麻将桌上摊开的平面图，双手按在桌上，紧紧抿着唇。

石板街道行人稀疏，苏州城已浸入深黑夜色，肖若彤开着老式别克车，缓缓行在街上。肖君侠正坐在副驾位置，顾易中则与小蒲四人一同挤在后座里，他被塞在几个壮汉中间，几乎喘不过气来，远远望见了黑夜里林树郁苍的怡园和紧闭的小门楼，似看见救星。

肖若彤便在此时回头，见他点点头，在距小门楼不远处停了车。

顾易中伸手便要开车门，被肖君侠挥手止住，几人皆是寂静，半声不出，只听远处几声狗吠，又归于安静。不知过了多久，肖君侠才点了头。

众人随即利索下车，长短衣衫掩着那几支枪。几人以肖君侠为首，朝前方园林后墙而去。顾易中甫要跟上，却被肖若彤拉住了衣角。

"跟紧六哥，别逞能。"

言简意赅。顾易中看着她，心下柔和几分："带他们到藏书楼，我就回来陪你。"

肖若彤并未答话，大抵是默认。他回身要走，又记起来什么，转头向她，语速极快。

"你同意了？"

"什么？"

"我信里说的事。"

她便笑了，直教他有些怔愣，只听围墙那边肖君侠低唤一声："易中！"

顾易中猛地回过神，匆忙拉住了肖若彤的手。她猝不及防，只觉他使劲握了握，便也紧紧反握回去，终究还是松开了。

她抬起眼，一直望至他消失在树丛掩映之中才慢慢回到车上，锁了门。

肖若彤从怀里拿出一封信，小心翼翼掏出信纸，就着街灯的黯淡光芒读起来。

其实无须翻阅她也能将其中字句完完整整背下来了。

信是用铅笔写的，画素描用的炭黑笔，极易被蹭花，与顾易中拿出的那张怡园图纸上的线条一模一样。她掂着边角，读了一遍又一遍，才又照原样折好，放进信封里。车外街上偶有的黄包车声、醉鬼的叫骂声都数次教她心惊，肖若彤紧紧扶着方向盘，眼神锁在了顾易中一行人入园的门楼上。

"允了？"

顾易中一激灵，随即点头，听了肖君侠下面的话，笑意更甚。

"我这个九妹的心，早就属你了。"肖君侠拍拍他的肩。众人轻手轻脚，交错前行，顾易中带路，肖君侠指挥，以园中树木石凳作为掩护，绕开园中巡逻的特务。

不过多时，众人已到了藏书楼侧面。顾易中在前，看看墙上一排窗户，伸手推了推其中一个，恰有松动，几人随即合力，将那扇窗玻璃搬了下来，又依次爬了进去。

顾易中仍领着众人，蹑手蹑脚踏着楼梯，上了二层。走廊中时有巡逻的特务，肖君侠极有耐心，一直隐蔽在角落，待寂静无人，才向走廊尽头那道门看去，门关得一丝缝隙都不见，却隐隐约约听见日本歌曲轻柔的音调。

他回头与顾易中对视一眼，见后者点点头，比口型：就是那间。

然肖君侠站着不动，仍在张望，眉头紧锁，面色沉肃。

"不对。"顾易中听他道。

"这是藏书楼啊。"

顾易中有些急，再拖延下去，指不定真的要被巡逻回来的特务发现。可他们一路潜入，未免过于顺利，作为看守之所，怡园也安静得过分，更毋论那诡异乐声。肖君侠所虑却也有理，他握着枪的手更紧了些，只觉如芒在背，见小蒲手上比出暗号，示意自己先进去看看。

肖君侠迟疑半刻，到底是点了头。小蒲几人从怀里慢慢掏出枪来，顺着墙边，前后相连，一步步朝走廊尽头走去。

肖君侠走在前头，到了门边，轻轻拧一下把手，门果然锁着。他回首看向大块头，抬了抬下巴，大块头当即抬起脚来，就要踹门。

"等等！"

出声的是顾易中，他伸手一挡，早看清那细雕门，痛惜道："这是同治年间安徽名师所制，是稀有珍品。"

"快弄开！救人要紧。"

肖君侠已是心急如焚，顾易中也不拖沓，循着记忆中门锁的暗机关，弯腰操作几下，只听啪嗒一声，门便开了一条小缝。肖君侠几人端正枪口，前后相连，鱼贯而入。顾易中见自己任务已经完成，胸中填塞的一口气松下一半，转身便要悄悄下楼，却听得肖君侠一声喊："圈套……快撤！"

音乐声未停，在黑暗的房中更显阴柔，房间角落摆着一张简陋床铺，上面被褥微微隆起，隐约间似有个人在里面。乔大在前猛地掀开被子，却见下面盖着的赫然是个假人。

"假人"两字尚未从他口中落地，房中灯已骤亮，连带整个昏暗怡园也霎时亮如白昼。肖君侠低喊一声，却有白色石灰随他话声从屋顶倾盆而下，在房中腾起缭绕烟雾，迷了众人的眼，浑身都染作白色，干涩雪白之间，几人早不能视物。肖君侠面色一凛，又听得一声枪响撕破夜空、穿透寂室，落在离门最近的大块头眉心。

鲜血飞溅，浸透层层石灰与地板，尸体滚在回至门外的顾易中脚边，他尚在茫然，低头看去，在石灰白烟之中，与大块头圆睁的环眼对了个正着，那额头的血洞便如第三只眼，直直盯着他，死不瞑目。

藏书楼对侧，怡园茶楼之中，望远镜的镜片在月色下闪着冷光，直朝藏书楼明亮的灯窗而去。汪伪特工总部苏州站侦行科科长连晋海站直身子，回身看向自己的上司，苏州站站长周知非。

周知非看上去比他悠闲得多，正坐在屋里的藤椅上，跷起腿，微微摇晃着，盯着自己崭新的三接头皮鞋尖看。

"几个？"

听话声是若无其事、漫不经心。连晋海却屏息凝神，一个字也不肯多说："六。"

"能活，抓。不能活，杀。"

抬起的脚被慢慢放下了。连晋海立正答道："是，站长。"随即迈开大步，领着手下诸特务踏出了门槛。

在他脚步远去时，周知非的皮鞋跟也终于砸落在地了。

肖若彤听见撕破夜空的枪声。

她下意识拧动钥匙，将车点火，指尖却止不住地颤抖起来。她闭了闭眼，在心中默念数字如同鼓点："六十、五九、五八……"

临行动前，肖君侠叮嘱过，她的任务就是接应，接应不成，首要自保，才是最大限度地保障组织。倘若在他们一行人进入怡园以后听见了枪声，便以倒数六十秒为限，时限一到，不论行动组是否成功出园，立即开车撤离。

她抬起眼来，定定望着那面矮墙。

直至肖君侠弯腰匆匆步至他身旁，用衣服掩着口鼻，焦急道一声"走！"的时候，顾易中仍僵立着，瞪视着地上大块头的尸体，和那一双尚未安阖的眼睛。肖君侠拽起他的衣服，把他的脸蒙上一半，匍匐在地，消失在一片苍白烟尘中。

枪声仍炸雷般响在顾易中耳边，他头痛欲裂，肖君侠示意方向的声音如响尾蛇，嘶嘶地穿透而来，他也趴在地上，朝那方向爬去。

"楼下有火力封锁。"

他听见乔大的声音，心底一凉——特务大抵已将藏书楼围了起来。肖君侠站起来，顺手拉了他一把，随即抬头，眼神在四周搜寻起来。几人站在屋内，而后听顾易中道："外面走廊尽头有个空气窗，能爬上屋顶。"

肖君侠率先踏出一步，站在门口，往走廊望了一眼。没时间再犹豫了，他咬了咬牙，道："带路。"

话音甫落，乔大乔二兄弟已冲出门去——外面已有特务埋伏，房门一开，密集如雨的枪声立时响起，子弹横飞，血雾飞溅，数个特务倒地。顾易中弯腰穿行于石灰白雾之中，不敢细看，疾步在前，肖君侠几人跟在他身后，众人相互掩护，紧贴墙面，向外突围。

然而楼上楼下皆有特务包抄而来，直朝几人之间冲，随之响起枪声。乔大恰站在楼梯口，挡住了第一波冲来的特务，当下中枪倒地。乔二躲在墙角，将乔大胸口的血花看了个正着，他目眦欲裂，就要伸出手去拽兄长的身体，即听肖君侠一声低喝："乔二，别动！"

这话已晚了。尾音未落，乔二甫探出墙角的影子正入特务枪口，子弹射入眉心，他当场殒命。

肖君侠来不及再做反应。他比个手势，转身便与小蒲一同形成掩护，将顾易中护至空气窗下。顾易中踩着肖君侠的肩一跃而上，推开空气窗，几是连滚带爬地上了屋顶，随即去拽肖君侠的胳膊。

窗下枪声愈来愈密，又是躯体沉闷倒地的响动，顾易中心底一震，拽着肖君侠的手青筋暴突，愈加使力，眼见就要成功，却又听一声枪响，肖君侠霎时泄了力，整个人摔了下去，再站不起来了。

"上来！"

顾易中仍伸着手，他瞪着眼，望着肖君侠在地上挣扎，追赶的特务脚步杂乱，几已踏在耳边，他又喊一声："君侠！"

肖君侠的腿中了弹，血汩汩流在地上，几个特务如压顶的乌云扑咬而来，他抬眼望着顾易中，咬牙道："走！"

他的声音与残影顿时被淹没，顾易中头脑一片空白，踉跄着起身，顺着藏书楼顶瓦片飞檐一路狂奔，不顾磕磕绊绊，直往下檐跑。

"有一个在楼顶，别让他跑了！"

这吼声几使他心惊胆战，伴着穿透那些贵重琉璃砖瓦的枪弹火星，顾易中昏昏茫茫，一片低矮松树自藏书楼边撞进他眼里，正与他翻入时那片围墙相邻。他未再犹豫，朝树顶跳了下去，繁盛针叶扎过他沾了灰土和鲜血的头发、衣襟，最终迎来疼痛——他重重摔在地下。

数到"三六"之时，怡园内枪声已一阵密似一阵，穿透她的耳膜。

尖锐的哨声更胜利剑，在她本就颤着弦的心里拨出血来，一众军警朝怡园外围过来，几个伪警、特务围着她的车转了几圈，又仔细打开车门和后备箱查看，肖若彤将冰凉的手藏在袖里，作出副唯唯诺诺的样子，应声会立刻开车走。

"今天晚上这儿有大事。"那军警敲敲她的车窗玻璃，笑得颇不怀好意，"小姑娘家家的，别惹火上身。"

肖若彤脸上摆着笑，方才数的时间断了，她望着往怡园正门去的警察，机械地颤动嘴唇。

"九、八、七……"

顾易中他们会从那儿出来吗？但那儿已有特务守着……

"六。"

万籁近寂，唯有风吹摇叶，簌簌作响。

"……二、一。"

肖若彤骨血俱冷，她眼神钉在怡园围墙大门之上，下一刻，即见顾易中跃上墙头，狼狈身影在上面摇晃。

她一脚踩下油门，汽车飞驰而出，朝顾易中的方向冲去，却听得他喊："别过来！快跑！"

随之而来的是炸开的枪声。大批特务追在顾易中身后，似要将他吞没。车窗裂开的玻璃碎片溅在肖若彤脸上，她扭转方向盘左闪右躲，混战之中，顾易中的声音愈加模糊起来。

"走啊！快走！"

时至如今，她已经无法停下，却也根本碰不到顾易中的衣角。她闭上眼，在几乎擦过耳边的枪林弹雨之中将方向盘拧到了底，刺啦一声，汽车急转弯，朝另一方向逃离无踪。

"追！别让那车跑了！"

连晋海话音未落，几个特务已经跳上两辆小轿车，踩死油门，朝肖若彤的方向疾驰而去。顾易中则松下半口气，他忽听得叮当一声，慌忙回头去看，原是跳下围墙时，肖若彤送他的那只钢笔掉在了地上。

顾易中立时止步，伸手去捡，然尚未碰到笔身，便被追上来的特务死死按倒在了地上。

他恍惚中从远处汽车的后视镜里看见肖若彤的悲怆神色，那车越来越远，直至彻底不见了。连晋海的脸摆在他眼前，顾易中目光霎时锐利起来，甚至带上几分恶狠狠的意味，连晋海却怔了神，又不确定似的，捡起那根顾易中死命去够的钢笔，仔细看了看。

他一挥手，顾易中的头便被按在地面，正对着刚被胡乱堆放的乔大乔二、小蒲几人的尸体。一辆轿车缓缓停在他面前，顾易中听见车门打开的清脆声，一双锃亮的三接头皮鞋将将踩在离他手指一寸的地方。

连晋海弯下腰，拽着顾易中的头发，露出他的脸给周知非看。

"顾易中，顾家大公子。"

周知非弯下腰，认认真真地拿眼神把顾易中扫过一番，又看着连晋海递过来的钢笔，拧开笔盖，眯起眼睛看着刻字。

"难怪顾老爷子一直不愿意加入'和运'，原来是这顾家少爷上了贼船了。"

顾易中随即被架起来押走。恰在此时，另有两个特务拖尸体一般拖过一个人来，浑身是血，与死去无异，他执拗立住，定神一看，正是肖君侠。

顾易中脑后一阵剧痛，原是被身后紧跟着的连晋海挥拳猛击了头。他只作无事，仍拧着脖子去看，又喊一声："君侠！"

肖君侠并无回应，甚无半点声息。黑夜下起雨来，不见黎明的影子。

连晋海又狠狠打了顾易中一拳。

"死光了，"他冷冷道，"你的同伙。"

雨越下越大，将祥符寺巷90号的门牌淋得濡湿，上面字迹虽已有年头，却仍显得锋利崭新。汪伪政府特工总部苏州站正位于此，这机关起初设在府前街福民桥弄1号，之后才搬迁过来。

扫清抗日力量、抓捕间谍的工作务须保密，因此该站向来只被称为"90号"，内部特工的公开身份也是诸如新闻记者、政府职员之类的体面名号，其自建立以来，"政绩"颇丰。此时90号大门紧闭，两个警卫立在门前，各牵着一条有半人高的狼狗，见了迎面而来的小轿车，两人立即行礼，将沉重大门左右拉开。

门里头却开出一辆边三轮，后面紧跟着一辆使军用篷罩紧的大卡车，车上插着日军旗，篷里站满了穿着军用雨衣的日本宪兵。

小轿车立即倒退避让，周知非坐在轿车里，透过车窗雨幕，看着渐远的日本宪兵车队，又转向连晋海，眼中显然是询问意思。后者忙答话，却也纳闷："没听说鬼子宪兵队今天有什么行动啊。"

宪兵队的车已看不见影了，小轿车慢悠悠开进90号停车场，远处碉堡洞口里的一排排机枪口闪出冷光，正对着敞开的大门，又被直射进车窗的探照灯盖过。轿车后座门打开，顾易中被推搡着摔下来，押往审讯室。

小楼窗帘之后映出一个男人的影子，他默默看着顾易中等人消失在楼里，背影劲直。

宪兵队的边三轮寂无声息，开进一条七拐八绕的石库门胡同，随即停在一户门前。宪兵队队长岩井做了前进手势，后面卡车上十几个穿着军用雨衣的宪兵便跳下车,仍旧一言不发,甚无生气,朝那户大门而去。

90号副站长黄心斋迎面跟上,指了指小楼二层仍亮着灯的窗户。他们正要上楼,却见灯倏的一下灭了。

岩井慌忙一挥手,一队日本宪兵迅成散兵突击队形,朝楼上快速相掩突进,然一个楼中住客恰巧下楼,见了这阵势,慌忙要喊,即被岩井上前捂住了嘴,其余宪兵仍按队形,小心上楼,岩井走在最后,一个手刀砍晕住客,随手将人扔在了楼底下。

"有狗,赶紧转移。"

顾慧中本在熟睡,被丈夫胡之平轻轻摇了几下,又闻此言,立即清醒过来。她已近临盆,肚子高高隆起,转头去看窗外,而后起身,与胡之平一同紧张收拾起来。

胡之平是江苏省委特派员,顾慧中兼任译电员及会计。日本宪兵队特务找到这里来,他们无疑已经暴露,当下紧要,是清理机密,立刻离开。

屋外雨声愈大,噼啪作响。胡之平打开阁楼暗门,又将顾慧中扶上阁楼,随后迅速回身,从床底下抽出装电台的小皮箱,最后看了房间与门窗一眼,关死了阁楼门。

二楼小屋门外,岩井屏息凝神,抬起马鞭,其余宪兵抬起枪口,皆已蓄势。岩井一脚踹开房门,诸人霎时一拥而入,屋里却空无一人。

黄心斋最末一个进门,当即嗅见一丝火药味。他隐约间望见地上滚着一个被拉开了拉环的手雷,急匆匆高喊:"卧倒!"

然已是晚了。两个日本宪兵仍在屋中,手雷炸开,如天崩地裂。

轰隆一声巨响,胡之平并未回头,仍一面扶着顾慧中,一面拎着那个要紧的箱子，小心翼翼走在里弄小楼屋顶上。雨雾迷蒙，半遮视线，两人却走得沉稳，步至尽头，胡之平将顾慧中抱下楼台，消失在长街尽头。

不过半刻，岩井一行人便冲上屋顶，将瓦片踩得吱呀作响，碎瓦顺着房檐摔在地上，落出刺耳声音，至于他们追击的目标，则早无影无踪了。

"八嘎！"

岩井勃然大怒，周围却无可发泄之人。他跺了跺脚，甩手而去，黄心斋畏畏缩缩地跟在后面，也用不地道的日语跟着骂了一句。

街道之上，大雨之中，驶来一辆有弹痕的汽车，车内正是肖若彤。她急刹在四通米店门外，跌跌撞撞地冲下汽车，使劲拍上米店大门。

"老常！"她低声喊道，"老常，开门啊！"

连敲了十几下才有动静。两扇门张开一条小缝，老常挤在那条缝里，木偶一般，呆呆看着她。

肖若彤被慌张和雨帘蒙了眼，什么端倪也看不出，话只顾冲出口来："老常，出事了……"

然她话声未落，便见老常脸色骤变，转为死人似的苍白，嘶哑喊声从他齿间溢出，只一个字："走！"

枪声与那话一同坠地。肖若彤瞪大眼睛，下意识后退了几步，暗红血色洇进暴雨，老常胸口开出血洞，子弹穿膛而过，滚烫地掠过肖若彤身侧。她跳上汽车将油门踩到底，朝街道尽头开去。在她身后、汽车尾部，枪声与沉钝的砸门声一阵高过一阵，几乎在她心底捅出窟窿，她甚至能看见老常紧堵着门，却不肯放手的画面。

她和她的车再次消失在大雨之中，直至苏州城中不知何处、不知何名的小巷。巷中空无一人，肖若彤慢慢停下车，愣在驾驶座里，记起这一夜间情景，记起唯有顾易中一人出来却又被捕，记起老常的死……她趴在方向盘上，捂着脸抽噎起来。

雨声重又盖过她的哭声。不知过去多久，天仍未亮，她抹了一把脸，顺着被打湿的挡风玻璃往外看去，这街中只她这孤零零一辆车，又是半晌，街头亮起一点提灯光，巡警踩着军靴，疾步朝她走来。

肖若彤立时大骇，赶在巡警拍车门之前，迅疾点火，踩下油门，冲了出去。

小楼昏暗走廊之中，连晋海跟在手下后面，正押着顾易中往审讯室去，迎面撞上被雨淋个半湿、垂头丧气溜回90号的黄心斋。

"黄副站长……"

连晋海这一声拐了个九曲十八弯。黄心斋只装作听不出，眼望向背着身的顾易中："连科长啊，捕了条大鱼。瞧这打扮，有钱人家的主儿，有横财了。"

却听连晋海哼了一声："是个戆货，跟他老子一样臭硬。"

"这谁？"

"顾易中，顾希形的公子。"连晋海似是不想多提，矛头又转向他，"黄副站长，你这大半夜下着雨还带着太君去吃夜宵？"

黄心斋苦笑："连科长说笑了。没捉着人，还玉碎了一个。"

他边低声倒苦水，边朝楼下指。雨尚未停，远远看见岩井带着日本宪兵列队的动静，他们正围着刚被抬下卡车的兵士尸体，垂头默哀。

那兵士便是在小楼里被手雷炸死的。连晋海瞟了一眼，开口便道："你说这东洋人也真是，死个扛枪的，又是念经又是火化，还得捡骨头装罐子，运回日本，瞧着我就生气。"

黄心斋却没作声。连晋海脑子一转，反应过来，连忙找补："……黄副站长，我这些话，你不会跟东洋人说吧？"

"连科长，你这什么话！黄某是如此寡廉鲜耻之徒吗？"

黄心斋神色端正，教连晋海摸不清真假，亦只能笑呵呵地含糊过去。两人便擦肩而过，猜着对方心里头怀了什么鬼胎。

黄心斋极慢地挪着步子，贴着墙边走进一间办公室里。屋里窗前站着的，正是望着周知非一行人回到90号的男人，苏州站日本顾问近藤正男。

近藤大抵听见了他的脚步声，却仍背着身，纹丝不动，更使黄心斋心底打鼓。他抖着嗓子："太君。没……没抓到人，惭愧。"

"还牺牲了一名帝国的勇士。"

近藤声色比深厚雨夜更阴沉。黄心斋额头几乎垂到地上，从牙缝里挤出几个字："更惭愧。"

"就你这能力，还妄想替代周知非，当苏州特工站的站长。"

"属下惭愧！"

黄心斋腰压得更低，却向前两步，又开口道："有个情报，太君还不知道吧？周知非抓到顾易中了，顾希形的公子。"

近藤闻言，终于转过身来，看了他一眼，斯文眉目间透出几分固执，死死盯着黄心斋，却又像是透过他，看着方才窗下一闪而过的青年身影。

"顾希形的儿子。"他重复道。

黄心斋原以为近藤会恼怒于周知非尚未汇报，或至少有些喜色，未承想他仍没反应，心不禁重又慌了起来，随即找话道："还有，侦行科连晋海诋毁大日本皇军的默哀仪式……"

近藤往楼下小广场看了一眼，然并没接话。

"黄桑，"他忽地叫了一声，黄心斋下意识站直，听他道，"我们需要和平，与支那的和平，日支和平。"

"是是是，太君。和平运动，和平运动。"

黄心斋摸不着头脑，也只能连声附和，又听近藤道："四年，战争没必要再打下去了。"帝国的勇士不能再这样平白地牺牲了。和平才是日支关系的未来。"

黄心斋心底一动,应道:"是,和平……和平好,和平好。"

顾易中被铐在审讯室的椅子上。

90号警卫队队长张吉平走了进来,坐在他面前桌子的另一边。张吉平绰号"吹子",照苏州话讲,是"疯子"的意思。他相如其名,一双眼在白炽灯下更显凶光,正一样样往桌上摆东西:本子,一杯水,一叠宣纸;还有顾易中身上原本带着的,一些钱,钥匙,最后是肖若彤送他的那根钢笔。

台灯被拧得更亮,光圈移到钢笔之上,牢牢聚着顾易中的视线。

不知过了多久,皮鞋跟撞在木地板上的声音传进他的耳朵。顾易中抬起头来,周知非进门,自暗影之下一步步走到他面前,坐在桌子另一头,目光像蛇,紧紧盯着他。

又是半晌,周知非挥了挥手,并未言声,张吉平随即上前,解了顾易中的手铐。

"顾易中?"

周知非慢悠悠开口,对面则是意料之中的沉默,他便自顾自往下说。

"民国五年生人。民国十六年,入江苏省立苏州中学学习。民国二十二年,政府公派美国宾夕法尼亚大学学建筑。民国二十六年学成回国,谋事于上海冠盖建筑事务所,深受主事者陈琛器重。民国二十九年辞冠盖工作,回苏州创办易中营造社,专事古建筑设计及修复……"

周知非念资料的机械声陡然断裂,急转直下:"顾公子,你这大晚上潜入怡园,不会是为了欣赏藏书楼吧。"

顾易中眼皮微动,仍是沉默。

"我喜欢跟读书人打交道,不想动粗、请你吃生活(吴语方言,挨打)。两条路,一、合作,二……"

后面的话不言而喻。顾易中不搭理，径自跑神，不自觉看了那支钢笔一眼。

周知非露出点笑："这支钢笔，对你很重要。"

见顾易中不应声，他便捡起那支笔来，绕在指间："这种新款派克笔大丸百货要卖四元五角，还请人刻了名字……"

他却仍望着顾易中，见后者眼神发飘，冷不丁又问一句，短促尖厉："老鹰在哪儿？"

顾易中打了个冷战，彻底清醒过来。

藏书楼中，危急之下，肖君侠的声音响在耳畔："晚八点，良友咖啡，找老鹰！"

他闭了闭眼，挤出眼角流进的汗。

"谁是叛徒？"

周知非被问得一愣，顾易中紧接着道："你们知道行动的目标是藏书楼，但不知道我们从哪个门进怡园；我们中了埋伏后，藏书楼二层忽然冒出七个特务，我相信是藏在杂役间不足二平方米的空间；90号离怡园最快也要十分钟的车程，枪响不到一分钟，我们便遭受里外夹击。这一切说明，有人提前告诉你行动时间及地点。所以，叛徒是谁？"

周知非不答。他扑哧笑了一声，抬眼看着顾易中："你在问我话吗？"

顾易中皱眉，微微抬起下巴，显然默认。周知非声色凌厉："我看你不了解90号，也不了解我。吹子！"

话音甫落，张吉平便鬼魅般现于灯下，一手将顾易中拎木偶似的提了起来，一手向他腹部猛击两下。顾易中倒吸几口气，呼吸紊乱，又被扔回椅子上。他忍不住蜷起身子，心底乱糟糟几句骂，汗将衣衫头发打湿第二回。他呼出一口气，影影绰绰中，望见周知非起身，朝他走来。

"这才是开始。顾公子，后面比这要更痛一百倍，一千倍。90号开张两年，吃生活这儿,还没有一位能挨过三轮的。"

话既至此,威胁之意已毫不掩盖,周知非逼得更紧:"鄙人对希形先生印象不错,你就别让我为难了。"

顾易中又喘一口气,唯觉被这几个字死死缠住心肺:"这是我的事,与家父无干。"

"那就说点跟你相干的,老鹰是谁,他的联络点在哪儿?"

周知非不着急下这步棋,似是笃定顾易中熬不到那一步,而后听见应声:"我不知道你在说什么。"

"你们这次行动,是由代号老鹰的人指挥的。实施救人的是上海过来的铁血行动组,组长肖君侠,是你在苏州中学的同学。跑掉的那个女人,应该就是你的相好,这支钢笔是她送给你的吧。"

顾易中神色不动,周知非顿了顿,继续道:"相信你也是一时受了共党的蛊惑,才糊涂入伙的。早点跟我们合作吧,一旦在90号过了夜,出去后,哪怕浑身是嘴,你也说不清的。"

顾易中仍蜷缩在椅子里,将脸埋在灯影暗处。周知非极轻地笑了一声:"那我换个问题,吴县知事郭景基是不是你们暗杀的?你们犯了个大错,郭景基死了,会给苏州带来无休止的麻烦,包括你们顾家。"

他俯下身,伸手将顾易中扒弄起来,只听对方轻轻啐了一口,道:"你真唠叨,可不如那位痛快。"

周知非一怔。

顾易中只直直盯着审讯室桌面,当周知非不存在。周知非不恼反笑:"名门之后,有种。张吉平。"

那名字却念得字字坠地,正如张吉平给他双手戴上的皮手套里嵌着的钢钉。寒光折过台灯白炽光,扎进顾易中眼里,教他余痛未消的胃又是一阵抽搐,他喉咙用力滚动了一下。

痛呼未及出口，便已化作麻木融在神经里。顾易中虽绷紧了身子，却仍觉自己像个软烂的皮囊，在这顿击打里任人宰割，胡乱抽搐。他隔着嘴唇咬紧牙关，里里外外都尝到血的腥味。

周知非坐回椅子，微微皱起眉头，似是又生出几分不忍来，用手帕揩了揩嘴。他眯眼，刚要开口，却听审讯室门被砰一声撞开，黄心斋晕晕乎乎地冲了进来，左右看看，当即喊道："不打了，不打了，别打坏了！"

周知非斜眼看他，跷着的腿晃了晃："黄副站长，你还真是同情共党。"

"不是不是，是近藤顾问的意思。太君专门交代，别对顾公子动粗，太君另有安排。"黄心斋疾步上前，拦住张吉平动作，把顾易中按回椅子上，周知非则只冷眼旁观，见他对两人点头哈腰："住手，张队长，住手……顾公子，误会，误会。"

张吉平仍掐着顾易中的衣领，理也不理黄心斋，只望着周知非，见后者点头，才扔垃圾似的松了手，教顾易中险些摔在地上，黄心斋忙伸手去扶，却被他躲开。

"人归你了，黄副站长。"

周知非看也没再看他两人一眼，径自拉开椅子，起身出门。黄心斋瞥他背影，随即又不死心地去扶顾易中。顾易中撑着桌角站起来，腹部脏腑碎了样地疼，然只将黄心斋的手甩开，一寸寸往前走。

"都站着干吗？赶紧送顾公子进大牢歇息。"

这话既是明示，亦算挽尊。屋外跟进来的人依言架住顾易中，一路往牢房去。周知非也顺势出了审讯室，连晋海急忙迎上前去："黄心斋带着岩井去观前街抓人，不过啥也没捞着，还死了一个宪兵。"

"目标是谁？"

"中共江苏省委的特派员。"

周知非愣了一下，竟暴怒起来，险些踹在连晋海腿上："你是干什么吃的？90号这么重大的行动，你是侦行科科长，一点也不知情？是情报科老段给的情报？！"

"段科长也不知情……说是上礼拜黄灾星去了趟上海，听说他在丁部长家打了一个晚上的牌。这情报或许是老丁送他的。"

周知非喘了口气："特工总部现在是李先生当家，老丁去了社会部，还能拿到这种情报？"

"听说老丁跟近藤早年就在日本认识了，又在上海的特工总部一起干过，是老熟人。这灾星攀上了老丁，又有近藤关照……是要谋这90号站长位子。"

他本将这当作重要警示报给周知非，未承想后者冷笑一声，竟抬腿就走："一个破站长，他个江北佬要就拿去好啦，周某才不稀罕呢。"

顾易中一行人进了焊铁大门，两边人听见动静，纷纷抬眼往外瞅，直到顾易中被推进靠里的一间大牢房，咣当一下，特务锁上了门。

既是牢房，自然没什么金尊玉贵的待遇。顾易中弯着腰、避着伤，在一片阴冷潮湿地界里找了个角落容身。他刚缩着脖子坐下，便被屋里几个人围了起来。

"这帮人下手可够狠的。"

"你还不知道这几条狗？……喝点水吧。"

顾易中抬头，瞥了狱友递来的盛满水的碗一眼，眼神在碗边几块乌黑上瞄了瞄，摇摇头。

几人还没来得及再说话，牢房门又开了。伴着骂骂咧咧、牢门乱撞的吵嚷，一个穿着破烂军装的犯人被特务推了进来，他额角上还流着新鲜的血，似是被特务用枪托打的。顾易中听清了，什么"根据地""师长"的字眼，他往那犯人处看了看。

"同志，你是新四军的？"

方才给他端水的人凑过去，压低声音问了。那犯人下意识整了整军装："老子是六师十六旅的，叫刘强宝。你们是？"

"我们是江抗的。"

"我也是。"

几个人便围成一圈，终于离远了顾易中。然他将这些话也听得一清二楚——"江抗"，江南抗日义勇军，是新四军的主力部队，他有所耳闻。刘强宝又望向他："怎么了？"

顾易中听见了，不吱声。刘强宝擦了擦血，直直盯着他。

"重庆那头的？"

顾易中缩成一团。刘强宝皱起眉头。

"不管是重庆的还是延安的，进来了都一样，抗日！"

他声音还是响亮，跟在外头骂特务的时候一样。顾易中仍没应。他移开目光，眼里空空，望向牢房的铁栅栏，切作锋利形状的暗光从走廊里透过来，映在水渍零落的地上。

夜里不知何时雨停了，然黎明之后，天仍阴沉得厉害，厚重烟雾将行人、房屋都遮得严严实实。顾慧中甫听见敲门声，急忙将手里检查过的电台塞进被子里。

幸而只是胡之平探听消息回来。两人昨夜里逃到新苏旅社，开了间客房，权当个落脚之处。胡之平一大早便去四通米店看了，自知状况，便回来告知顾慧中改变计划。

四通米店是个重要交通站，两人原本打算以其为中转到根据地去，如今看来是难以实现。胡之平仍打算按原计划行事，九点去与"老鹰"接头，只不过换在了备用地点。

"太危险了。"顾慧中道。

"若是不去，才更危险。怡园行动可能出了问题，现在只有老鹰才能带咱们回根据地。"

顾慧中默然不语。

"下面来了特务，这里不能久留。现在就得转移……"

"去哪儿？"

这便是默认他的决定了。胡之平沉声道："现在能保证你绝对安全的只有一个地方。"

顾慧中避开他的眼神。

"顾园？"

胡之平不置可否："日本人鼓吹和平运动，为了拉拢你爹，一直在讨好你家。对我们来说，顾园现在是苏州最安全的地方。"

"我没脸回去，"顾慧中一字字道，"阿爸十年前就跟我断绝了父女关系。他不会收留我的。"

胡之平望着她。

"他恨的是我，不是你。"他轻声道，"既是为你着想，也是为孩子、为组织着想。这电台，根据地还等着我们送过去呢。"

两人拎着箱子下楼到门前时，胡之平看见的那两个特务还在盘查客店前台，见他俩下楼，下意识瞟了一眼，瞧见顾慧中挺起的肚子，终究没说什么。胡之平扶着顾慧中上客店前的黄包车，嘱咐道："我回来之前，待在顾园，哪儿都不能去。"

顾慧中抱紧箱子："你也要小心。"

胡之平点头，借着衣服，寻个空将自己防身的小手枪塞在顾慧中身上。黄包车随即消失在大街尽头，直至看不见影子，他方才转身，走进姑苏晨雾之中。

连晋海本要去办公室同周知非报告，却在走廊上瞧见了他。周知非悠悠然捧着茶杯，垂头往窗外看。目光所及处是90号的操练场，近藤一身笔挺军服，耀武扬威，跃上自己最心爱的东洋马，副官跟在后头，他夹了下马肚，大摇大摆地出了90号大门。

连晋海收回眼神："听说近藤要去顾园。"

周知非没搭声，甚至没看他一眼，吹了吹茶杯口，走进办公室。

"吹子报告，昨晚黄心斋把顾易中的那支钢笔也要走了。这一年多来，近藤没少吃顾希形的冷面，还要再来一碗？"

"你倒挺会打比方。"周知非觑他一眼，又笑一声，"近藤自以为是，黄心斋也跟在他屁股后头舔。顾希形保定军校出身，黄埔时期，连老蒋的面子都敢甩，北伐的时候是堂堂二十一师的少将师长，看得上你一个东洋少佐？"

连晋海点头似啄米："是啊，本来这顾易中至少值二十条黄鱼……估摸着，要让东洋人的和平运动给和平没了。"

周知非轻轻搁下茶杯，坐在桌前椅子上。

"晋海，拟个报告，即刻送清乡委员会驻苏州办事处，请秘书长李先生准许处决顾易中，马上执行。"

"啊？东洋人要靠顾易中来和平他老子，站长你把他梯子撤了，近藤还不得跟你玩命啊！"

周知非没再看他，也没搭茬儿，只道一句："速办！"

顾园是典型的苏式府邸园林，古色古香，亦不失气派风雅。因宅邸主人顾希形一贯喜清新草木，更时值盛夏，园中繁花尽开，溢满芬芳，顺小桥流水而上。

管家富贵正打理着花草，抬眼便见家里的王妈慌慌张张地沿小桥跑来，直往屋里喊："顾先生，回来了……先生，小姐回来了！"

富贵闻声手上一顿，先将王妈截住："哪家小姐？"

"咱们家的大小姐呀！"

"顾家大小姐早没了！"

富贵没及答话，便听见一道浑厚声音传来。顾希形沉着脸色，拄着拐杖从屋里出来，站在他身后。他怔怔招呼一句"师长"，却未犹疑，又转向王妈："慧大小姐在哪儿？"

"就在花厅。"

顾希形自也将这话听得清楚，怔愣一刹，厉声道："让她走！鄙人十年前就登过声明了，顾某没这个女儿！"话音未落，即转身回屋里去，然而刚挪出一步，顾慧中便走进园子，慢慢到了他背后。

"阿爸。"她望着顾希形仍旧高大、却难掩衰老的背影，唤了一声。

顾希形站在原地，似一座山。

"是我，慧中。阿爸。"

顾希形猛地转过头，一眼落在顾慧中隆起的肚子上。他张了张嘴，说不出话来。顾慧中避过父亲的目光，也望向自己的小腹，渐渐地，眼眶濡湿起来。

"……姓胡的呢？怎么就你一个人？"

顾慧中一愣神，尚未开口，又听得外面一声喊。

"不好了，不好了！老爷，那个东洋人又来了！"

家中用人阿七冲进园子，顾慧中霎时绷紧了身子，富贵则望向顾希形，后者挺起脊背，冷冷道："不见。"

话毕，顾希形即又转身，回到堂屋里去，亦没看顾慧中一眼。王妈扶着顾慧中，颇有些不知所措，刚要开口问，便瞧见富贵的眼神，忙将顾慧中也往屋里带。

"先扶慧大小姐进屋，我去前面支应下东洋人，回头再跟师长报告。"

王妈点点头，两人沿着走廊进院，直至西厢房前。这是顾慧中从前的屋子，随着王妈推开门，顾慧中脚步一滞，竟愣在了原处。

屋中陈设半分未变，与她从前在家时候一模一样。桌椅床榻映入眼帘，恍然间竟似她从未离家——顾慧中眼中的泪闪了闪，终于一颗颗滚落下来。

"大小姐，这些年，老爷都原模原样地给你留着，想着有一天你回来了，还是那个熟悉的家……"

"十年了，我知道。"

顾慧中踏过门槛，手轻轻落在书桌上："我想了阿爸多少次，他就想了我多少次……"

近藤心爱的东洋马就拴在顾园门外，由那卫兵护着，唯有副官岩井跟着他。他本人已在府中前厅正襟危坐，见顾希形拄着拐棍一步步进门，连忙起身相迎。

"顾先生，近藤失礼了。"

他心底清楚，顾希形就是因那支刻着顾易中名字的钢笔才肯出来见他一次，这着棋是走对了。

顾希形艰难地挺直两腿，站在近藤面前，拾起自己当年在黄埔当教官时的锐利目光来。他本就身形高大，近藤站在他面前，尽管竭力挺起胸膛，也终究比他矮下一截。

近藤皱起了眉头："顾先生腿脚不好，不如咱们坐下谈吧。"

顾希形岿然不动，咬出三个字："有事说。"

近藤压下心气，也不纠缠："顾先生已看见那支笔了，这笔可是贵公子的？"

清脆一声响，顾希形将钢笔放在桌上："名字没错，至于是不是他本人的，就不一定了。"

近藤也不纠缠，竟单刀直入："贵公子近日，可有与共产党的叛乱分子有往来？"

顾希形正色："请不要不择手段地恐吓，我儿子他就是个画图纸的，不参与政治。"

似是早料到对方会这么说，近藤一笑："这就怪了，昨夜特工站抓了个共党，他承认是顾易中。"

"绝无可能！"

这话是脱口而出，然那坚硬底气之下确藏着一丝迟疑。近藤也不恼，又笑了笑。

"顾先生，或请顾易中公子出来一见如何？"

顾希形下意识看了眼富贵，管家尚未答话，又听近藤道："想必是贵公子昨天一夜未归吧？"

"昨夜，顾公子一行六人，图谋劫持我们扣押在苏州的一个日共分子，被我们人赃俱获，现押于特工站牢房。在下心想其中定是有什么误会。今天特地打扰，想了解真相一二……"

近藤话音未落，即被顾希形打断："犬子的事你最好问他自己，顾某一概不知！"

"那先不谈贵公子，谈谈先生之事如何？"近藤耸耸肩，"之前在下也和阁下讲过，自吴县知事郭景基被刺以来，吴县知事一直空缺。放眼姑苏，能当此重任的，唯有先生您。"

"顾某人已声明多次，归隐之人不问俗事。"

这话他也已听过太多次了，近藤道："顾先生，您不为公子着想吗？

攻击帝国，破坏大东亚团结，这样鲁莽的行为是要枪决的。"

他今日的来意昭然若揭。顾希形怒极反笑："阁下这是逼顾某做交易吗？"

近藤却转过头，指着顾园上挂着的"余庆堂"牌匾，将话放软："余庆堂顾氏乃姑苏南顾之魂，自明顾佐以降，已衍二十二代。顾易中如今是余庆堂唯一男丁，顾先生难不成眼睁睁看着余庆堂堂号不继？"

牌匾旁衬着副对联——刚直清廉如包拯，积善为民有余庆。字字刚劲，古韵犹存，更映得顾希形脸色铁青。他咬紧牙关："别跟顾某来这一套。"

"你们支那最有名的作家鲁迅先生说过，'悲剧就是将美好的东西毁灭给人看'。顾先生若不就职吴县知事，这事结局只能是个悲剧了，我只能枪毙令公子。"

顾希形似不为所动："好男儿为国捐躯，本色。"

近藤终于被这般意料之外的决绝噎得哑口无言，顾希形随之摆手，叫管家送客。近藤上前，却要将那支钢笔拿走，未承想被富贵抢了先，把笔压在桌上，教他的手落了个空。刹那间，岩井已拔了枪。

富贵直直盯着枪口："既然说是我们家少爷的东西，就得留下！"

近藤深吸一口气，竟仍和气地开了口："人传顾先生有三不，一不住租界，二不纳妾，这第三，便是不谈兵，别败了顾先生雅兴。"他朝岩井使个眼色，后者便不情不愿地收了手。

近藤摆出笑脸。

"顾先生，知事一事，在下诚意邀约，还望考虑。若是改了主意，在下在90号随时恭候。祥符寺巷90号以前是您老朋友蒋先生的别业，去的路顾先生您应该熟得紧。"不待顾希形再怒，他便点点头，快步离了前厅。

顾希形尚未反应，却见顾慧中从屏风后绕了出来。她担心近藤来者不善，一直在后面偷偷听着，眼下已将顾易中的事情全弄明白了，只焦急等着父亲的应对。

顾希形没搭话，径自坐下，看着管家："富贵，去打听一下消息真假，易中到底出什么事了。"

连晋海动作极快，拿着上峰的回复便来90号提人。他跟周知非两人一块儿，盯着几个特务将牢房里囚犯赶上卡车后厢，顾易中正在其中。

"站长，顾易中不能杀！"

果然是黄心斋。周知非甚至没正眼看他，只冷冷道："你说不能杀就不能杀？"

黄心斋喘着粗气："近藤太君一大早去了顾园，为的就是顾易中的事。他为了让顾希形参加和平运动，花费了多少心力，这好不容易逮着他的儿子。站长，你要坏了近藤太君的好事，他……"

"黄心斋，你他妈的到底听谁的？我这个站长还是东洋人顾问？"

"我……"

"亏你还是个中国人，"周知非眉眼间写满了嘲弄，"一天到晚地给东洋人拱着屁股哈着腰，太君太君的不停嘴，他生你养你了，喂你什么了？是想把我这个站长撸了赏你吧？"

"哪有……哪有的事，站长！"

"但愿！"

周知非往前走了一步，皮鞋跟重重落在地上，敲在黄心斋耳朵里："苏州站最近的工作在特工总部所属六个特工站排最后一名，比武汉站都差。长此以往，你这个副站长能不能当牢都不一定！你看看这些货，不招供不参加和运的，留着浪费伙食。不管他重庆还是延安的，不管他姓顾还是姓黄！拉出去全毙了！"

他显然是意有所指，黄心斋额角冷汗直流，未及答话，又听周知非一声喝:"连晋海!"

"全部押走!"

连晋海紧接着下令,刻意瞟了一眼囚犯列里的顾易中,又看了眼他身后的刘强宝。刘强宝溜到顾易中后面,悄没声地念叨。

"兄弟,咱们这是到头了。"

顾易中冷着脸,看不出心绪,任凭张吉平带着几个特务将他与其余囚犯绑起来串成一列,像赶牲畜似的喝踢着,挤进卡车里。

他听见渐渐响亮起来的歌声:

为了民族生存,
巩固团结坚决的斗争!
抗战建国高举独立自由的旗帜,
抗战建国高举独立自由的旗帜!
前进,前进!我们是铁的新四军!

拥挤的车厢里,几乎所有的人都唱起了这首歌。顾易中听见"新四军"三个字,不由瞥了刘强宝一眼,正与一直盯着他看的后者撞上目光。而卡车就在这一刻,轰隆隆地开出了90号沉重的大门。

肖若彤是被歌声惊醒的。

她将车停在了街道一角,就这样昏昏沉沉过了一夜。她慌忙下车,顺着歌声方向去,上了大街主路,闪身几步混进熙攘人群里。

一辆小轿车开道,后面跟着载满犯人的卡车。一排汽车碾过苏州街道,带起夹杂着雨水的泥土,《新四军军歌》飘在风里雾里,与人群嘈杂的议论声混在一块儿。

"这一车人都要拉去望树墩刑场，造孽啊。"

"听说车上全是这个，"答话人手比了个"四"，"四爷，新四军。"

"四爷杀不光的。"

肖若彤将这些全听进耳朵，她勉力不被簇拥人群带倒，踮起脚往卡车上望，眼神一寸寸一个个地扫过一众衣衫褴褛的囚犯，终于钉在浑身是血的顾易中身上。

顾易中正冲她摇头，亦遮着身后其他囚犯的眼神。

他是早看见她了，肖若彤愣愣地想。然这出神不过一瞬，她随即会意，脚步似有千斤重，又慢慢将自己掩在人群之中。

她仍是抬头，清清楚楚地看见顾易中脸上的笑意。卡车终于劈开人群，朝更远处去了。

她记起那封信来。铅笔印痕淡淡，然字字入心，仍在眼前。

尊敬的肖若彤小姐，未遇到你之前，我没想过结婚，遇见你之后，结婚这事我没想过和别人，我正式在此向您求婚。允，则易中此生之幸。

民国三十年九月二十一日

于姑苏

"二十一日，晨起，赴站值班，午食堂，无外出。二十二日，整日站内值班，晚职员宿舍雀战，无外出。二十三日，站内值班……"

"我让你查黄副站长行踪，不是让你夸他。"

周知非从椅子上站了起来，又往桌沿靠了靠，将情报科长段文涛流水账一般的汇报打断。段文涛收了手里的本子，道："站长，黄副站长是站里老人了，通共的事他不敢吧。"

"段科长,中西太郎密囚怡园,知情者唯近藤、黄副站长与我而已。你个搞情报的,该分析一下这个情报是谁泄露的,近藤,还是周某?"

最末一句,字字坠地。周知非望着段文涛脸色,又转作语重心长:"文涛啊,我晓得你跟黄心斋私交好,但敌我还是要分的。"

段文涛尚未答话,办公室门却应声而开,近藤冲了进来,脸上甚还挂着汗珠,饿狼一般死盯着周知非。周知非看见了他身后黄心斋的影子,近藤却一回手,砰地关上了门,把黄心斋撞在了门外。

"段科长,请你先出去吧。"周知非道。又站直身子,朝近藤看去。近藤紧抿着嘴,直待段文涛出了门,方才开口,话声显然是暴怒。

"顾易中呢?!"

他一路自顾园回90号来,甫进大门,便听黄心斋说了周知非的动静,当即大惊,自要来兴师问罪。

周知非神色不动:"拉去枪毙了。李先生批了的条子。"

近藤闻言,强压下火气:"不要以为李先生有晴气中佐撑腰,就了不起了。别忘了李先生跟晴气都得听谁的!"

"李先生听谁的,我管不着,我只听李先生吩咐。李先生让我杀,我就杀。"

近藤脸色极可怕,他立在原处,倏地拔了枪,咔嗒一声按下保险,枪口正对着周知非的脑袋。

"周知非,信不信我现在就把你杀了!"

黄心斋正从走廊里溜达过来,从门缝瞟见近藤拿枪指着周知非,得意劲儿几要从嘴角飞出来。段文涛还站在门外,瞧见他来,招呼一句:"黄副站长?"

黄心斋干咳一声,一面拉开话头,一面熟络地搭上段文涛的肩,搂着他往外走:"老段啊,上次嫂子介绍的吴家二小姐怎么说?人家挺相中你的……"

一声响从他们身后周知非办公室的门里传来,段文涛脚步一顿,看了黄心斋一眼,终究还是没回头。

近藤到底没开枪,他一脚踹倒了面前的椅子,逼得周知非后退两步,险些被砸到。

"近藤阁下,影佐一个少将,就敢对汪主席指手画脚;晴气一个中佐,就能是我们清乡委员会秘书长兼特工总部主任李先生的上司。我周某区区一个站长,在你们大日本帝国军人眼里,连屁都算不上吧,也就你动一下手指头的事。"

周知非话声平静,听在近藤耳中却更阴阳怪气,他低骂一句,又听周知非道:"阁下,周某是按特工总部的规章办事的,特工总部所有涉及中国人的事务,皆由我们中国人自己处置。这个是影佐少将答应汪主席的。"

近藤再次压下气:"顾易中不行。有了他,才能逼迫顾希形参加我们的和平运动。"

"周某以为,顾希形不可能因为顾易中的生死参加和运。他是老军阀了,跟吴佩孚一样,要脸不要命……就算阁下要用,可否先借我一用,周某保证用完之后,完璧归赵。"

近藤皱起眉头,忽然想起进门之前,黄心斋在他身后嘟囔的话。

送去望树墩的囚犯里有他的人,黄心斋亲眼看见了。周知非不可能认不出、不知道,看来方才这番话……

他看了周知非一眼,一言未发,转身出了门。

岩井一直等在他办公室里,见近藤进来,连忙上前,愤愤道:"阳奉阴违,支那人实在是太可恶了。周知非这明显是仗着有李先生撑腰,和阁下您过不去。"

近藤阴沉着脸："你马上带队去望树墩。"

岩井一愣，又听近藤道："支那人一直在玩我们大日本帝国的猫腻！现在就去！"

顾希形坐在前厅太师椅上，手边挨着那支派克钢笔，冰凉笔身些微滚着，冻着他的手。父亲仿佛一下子老去十岁，顾慧中站在他身边，抿了抿唇，终究开口。

"阿爸……你得救救易中——"

"易中做的事体你知道吗？！"

顾希形猛然抬头，面露厉色。顾慧中蹙眉，不再言声。

"你知道。"顾希形说。

"还在替你弟弟打掩护。当年让他念的建筑，就是不想让他过问政治，他还一头栽里面了？"

顾慧中再也忍耐不住："日本人把中国糟蹋成什么样了？躲又能躲哪去？国难当头，谁能置身事外？一味逃避是不能改变国家命运的！"

顾希形的手紧紧扣在桌沿："你是在教训我吗？！"

顾慧中一字一句道："慧中不敢。"

"聚一帮穷学生，天天谈什么国家啊、理想啊、抗日啊……这不叫抗日，叫送死。不懂策略，不懂战略，手里连把枪都没有。这不是抗日，这是送死！"

"送死也比做寓公当亡国奴强！"

顾慧中喘了两口气，眼睛发红："学生们之所以会这样，还不是我们的父辈们，我们的军人们，没把日本人赶出我们的国家。要是我们也什么都不做，将来我们的孩子出生以后呢？他们会生活在一个什么样的国家？"

"你——！"

话音未落，富贵正从外面进来。见了父女俩对峙模样，忙扶着顾希形坐下。

"哎呀，都什么时候了，您还跟大小姐吵嘴？得赶紧想办法救少爷呀！"

顾希形长出一口气。

"救，你告诉我怎么救？"

"师长，您忘了高冠吾，前几天还给您递帖子呢，我把帖子找出来，好歹他也是江苏省主席。再不成，就找陈群。北伐时您救过他的命，他不会知恩不报。"

顾希形厉声道："那是汪精卫给的，算屁省主席——你糊涂！这都是些什么人？是汉奸！去求他们？那顾某岂不跟他们成了一丘之貉？！富连长，你这是也要逼顾某下水吗？"

"师长，小的不敢。可我们不能眼睁睁看着少爷落难却不救啊！"

"我不心疼易中吗？他们这是明摆着拿易中的命，逼我去当吴县知事，当汉奸！可出卖民族、国家的勾当，能干吗？"

富贵也急了："那咱们跟他们打！小鬼子霸了姑苏城这么多年了，我早受够了这些鸟人。师长，咱去90号劫狱……阿七！"

花匠阿七应声上前，富贵高声："人齐了吗？都喊上来！"

阿七往后一招手，十来个用人打扮的人立时进了门，手里拿着各式长短枪，还有歪把子的，都是顾希形的旧部，是训练有素的军人。阿七扔给富贵两把老式镜面驳壳枪，道："连长，夯八唧汤，一个班的兵力。"

富贵左右两手拿住双枪，喊道："走，咱们现在就去90号救少爷！"

"站住！"

顾希形甫一出声，屋里诸人都住了步。"进去一个还不够，还要把大家都搁进去吗！富连长，你以为是打阵地战，带个敢死队猛冲就行了？"

"咱们不能……"

"关门！今天顾家的人谁也不准出去。"

"师长！"

富贵没依言去关门，却扑通一下跪在地上："这样少爷真的没救了！"

"阿爸，90号那批人心狠手黑。现在不去救易中，他会……牺牲的。"

顾慧中也红了眼，顾希形不为所动："牺牲？抗战以来，举国男儿牺牲何止千千万万，凭什么我们顾家就不能牺牲？为国捐躯，男儿本色！"

他敲了敲手杖，沉声令道："关门。"

谁也没有挪步。顾希形一狠心，撑着手杖站起来，踉踉跄跄地往前去关大门。

富贵与阿七对视一眼，束手无策，只得站起来扶回顾希形，又跟阿七一块儿去关门。

未承想两人刚到门前，肖若彤冲了进来。她满身尘土，进院便喊："顾伯伯，慧中姐，易中被绑去了望树墩，快救救他吧！"

顾慧中忙上前去接，握着她的手，掏出帕子来为她抹泪，急道："望树墩是什么地方？"

"90号枪毙人的地方，在阊门外！狗日的小鬼子，诈我们！"

富贵痛骂一句，立时望向顾希形。顾希形坐在原处，沉静半晌，站了起来，大步流星地往院外走："富连长，备车，上望树墩。咱们跟小鬼子拼了！"

富贵匆匆跟上，护着顾希形上了早已备在顾园门口的小轿车。顾慧中眼睛一亮，也扶着隆起的肚子跟了上去。顾希形回头，皱眉道："你不要去了！"

顾慧中顿了顿，并没争辩，转而拉住也要同去的肖若彤。待顾希形一行人出了门，她低声问肖若彤道："昨天我在营造社见过易中了。你们什么行动？"

肖若彤一怔，迟疑道："……姐？"

"我知道你跟你六哥的身份。"

肖若彤下意识退了一步,犹豫一会儿,咬了咬牙,道:"易中就是因为这个行动被捕的。"

"那你六哥呢?"

"没消息,不是被捕,就是……"

肖若彤声音低了下去,顾慧中拉住她的手,柔声道:"你别着急。你们的行动指令是谁下达的?"

"我不能说,我们有纪律的。"

"我知道有纪律不能串线,但是这节骨眼上,我们需要对一些信息。若彤,交通站四通米店被破坏,老常牺牲了。"

"我知道,慧中姐。老常是为了保护我,才……"

顾慧中适时接上话:"昨晚我们住的地方暴露,你们行动中了埋伏,还有四通米店被破坏,绝非巧合。苏州地下组织肯定出叛徒了!而且他对我们两边的事都很了解。谁是你们这次行动的指挥?"

肖若彤却不再言语。

"我觉得这次行动的指挥有问题。若彤,这事关许多同志的生死。若彤,相信我,我是易中的姐姐,我不会害你的!形势紧急……"

肖若彤打断她,语速极快:"老鹰。整个行动都是他安排的。"

顾慧中脸色一白:"不好。我先生一早去和老鹰碰头,我得去通知他。"她猛地站起来,却因一早这场大乱动了胎气,腹部一阵剧痛,跌坐椅子上。肖若彤慌忙扶住她:"姐,你这身子不方便?我替你去吧。"

"醉八仙。"顾慧中喘了几口气,捋下手腕上的镯子,"你认识我先生吧?戴上这镯子,他就会相信你。"

肖若彤应声而去,脚步匆匆。顾慧中缓了一会儿,回西厢房,关上门,正襟危坐,将胡之平给的小手枪拿出来,紧紧握在手里。

胡之平坐在醉八仙二楼角落里一张茶桌上，面前摆着一壶碧螺春，外加一盘子瓜果。戏台上一对母女正唱着评弹，咿咿呀呀声盖在茶楼嘈杂言谈里。他已等了一个多小时，楼下有一桌三人，嗑着瓜子，他却瞧着可疑，时不时便瞥一眼。

九点十五，早已过了约定的时间。胡之平抬眼，又看一眼那三人，起身下楼，却恰在楼梯上撞见肖若彤。

肖若彤眼神一动，立时拽住他的手腕，亮出顾慧中的镯子，低声道："跟我走！"

胡之平见了镯子，便没再多问。然两人刚要下楼，却见楼下那桌人走了上来。

正是连晋海与他手下的两个特务。肖若彤一惊，想起自己昨夜里险些被追上的事，多半是连晋海认出自己来。胡之平反应快，拉住她回到二楼，随手握住个茶杯，扔在要来盘问的特务脸上。

茶楼大乱，二楼客人见特务拔出枪来，纷纷往楼下逃去。连晋海其余的人手却早已堵住了茶楼正门。胡之平与肖若彤一路往里，寻见个无人的包厢，冲了进去，锁上门，又推个柜子将门抵死。连晋海的踹门声随即响起，胡之平推开窗户，两人一前一后，翻窗而下，顺着街道一路奔逃而去。

待连晋海撞开门时，只顺着窗见了两人模糊的背影，再去街上追，又哪里能寻得见。一行人皆未注意，街道对面，一人身着中山装、戴着礼帽，脸上一道巨大疤痕在礼帽下若隐若现。他躲在暗处一闪而过，也离开了街道。

阊门外望树墩码头是90号的专用刑场。张吉平吆喝着，将卡车上的囚犯赶下车。顾易中被簇拥在其中，眉眼沉沉，神情漠然。

天日阴沉，风却闷热。顾易中只觉自己出了一身的汗，将衣服也黏在身上。他看了一眼身后的刘强宝，后者左顾右盼，不住地打量着周围的特务，又贴在顾易中身后，竟开始解他身上的绳子。

"别回头。"刘强宝小声道，"你还有牵挂，不能就这么死了。一会儿老子拖住他们，你快跑，要是能逃走，一定要回根据地。告诉师长，老子十六旅新一团三营八连刘强宝，没有叛变，是好样的。"

顾易中看了他一眼，目光晦暗不明，开口："根据地在哪儿？"

刘强宝一愣："你不知道？"

"我怎么知道。你是六师的也……"

话音未落，张吉平已带着几个特务上来，强行推囚犯们站成一排，又按他们跪下。张吉平动作极快，随即走到第一个犯人面前，砰地开了一枪。

犯人额头迸出灿烈的血花，尸体闷声倒在地上。第二个犯人怒目圆睁，对着张吉平的枪口，高喊道："打倒汉奸卖国贼，打倒法西斯……"

余音未落，便被枪响淹没。顾易中闭上了眼，血泊在他周围漫开，火药味与血腥味蔓延开来，他眼前忽而浮现褪去血色的流水、流水上石斑剥落的古桥——桥是苏州的灵魂，而那拱桥高处则站着……

肖若彤回眸望向他，笑容盈盈，穿透烟雨，朝他而来。

血溅在他的脸上。顾易中睁开眼，神色茫茫。张吉平站在他眼前，硝烟未散的枪口正对他的眉心。

"做鬼别怪我，兄弟！"

张吉平手指按在扳机上，没想到刘强宝骤然跳了起来，挣脱绳子，将他扑倒。刘强宝叫一声："快跑！"后面的囚犯随之而起，有的同他一样扑在特务身上，更多的是四散奔逃。密密麻麻的枪声响了起来，顾易中身边的特务开了枪，正中一个逃跑者后心。顾易中趁他寻下一个目标时撞了上去，两人一同滚在地上。

顾易中意在抢他的枪，两人却力气相持，纠结不下。砰一声响，特务开了枪，子弹洞穿了顾易中的手臂，鲜血直流，他痛呼一声，一脚踹在特务腹部，使对方松了手。

顾易中挣扎着起身，朝远处逃去，身后枪声追着，碾在他踩过的泥土地上。

顾家的轿车停在望树墩刑场前，富贵扶着顾希形下车，后者手中紧握一把开了保险的驳壳枪。其余几人一拥而下，揣着枪和手雷，推开看热闹的众人，奔进了刑场。

刑场竟已是空无一人，唯有乱七八糟堆起来的几具尸体撞进顾希形眼里，他两腿一僵，愣在原地，喃喃道："易中啊……阿爸来晚了……"

富贵扑上前去，哀唤一声"少爷"，在死人堆里一个一个地扒拉。顾希形蹲下来，仔细辨认，替一个仍怒目圆睁的人合上双眼。

"志士……"他道，声音有些发颤，"都是姑苏城的英雄好汉。"

富贵翻找了半天，满手是血，忽而高声叫道："老爷！少爷没在这里头，少爷还活着！"

顾希形颤颤巍巍地站了起来，四面一望，见了一道干涸血迹，顺着大路往远处去。富贵察觉，顺着那血迹，扶着他一路往前走，竟到了姑苏环城河边上。

顾希形忽地笑了起来，拊掌道："好，好啊！"

一辆黄包车从大路另一面来，上面坐着肖若彤。她与胡之平分了两路，径直来找顾希形。她跳下车来，疾奔到顾希形面前，甚至顾不得擦头上的汗："顾伯伯，易中呢？"

"尸体里头没有易中……血迹一路从刑场到了这里，有人受了伤跑了，易中从小水性就好，一进了河，肯定水遁了。"

"老爷，富贵，那边的街坊说是有个穿西装的，顺这条路跑了。"

阿七恰赶来报信，顾希形仰头，长叹一声："天佑余庆堂。"

富贵也松了口气，连话声都高了起来："肖小姐，放宽心啦。易中少爷只要一见水，那就啥事没有了……"

话没落地，几人却见远处腾起尘土，是近藤的副官岩井，骑着马，带着四五个宪兵狂奔而来。几人扶着顾希形躲在一边，见岩井下马，竟与富贵方才一样，挨个翻开底下的尸体。富贵皱起眉头，望向顾希形："老爷，东洋人在玩什么花样？"

顾希形摇摇头，亦是疑惑。

顾慧中听见卧房外间有脚步声。

透窗玻璃看去，是并行的两个人影。她悄悄将枪握紧了些，却见房门开了，王妈带着胡之平走了进来。

胡之平望着她手里的枪，低声道："慧中。"

"……之平。"

两人却没再说一句话。王妈会意，掩门而出。咔嗒一声响，胡之平疾步向前，动作却轻，将顾慧中抱在怀里。

顾慧中像卸了力，靠在他胸前，声音疲惫："碰头被人泄露了？"

胡之平"嗯"了一声，顾慧中又问："若彤呢？"

"说是要去望树墩找易中。"

"是老鹰？老鹰有问题。"

"不应该怀疑老鹰，老鹰是绝对的老革命了，以前一直跟着陈老总、项政委在闽浙打游击。新四军一成立，就是军部项政委的警卫连连长，后来才到苏州做情报和交通工作。这回是江苏省委刘部长专门交代我来找他联络的。"

顾慧中沉吟道："这样经历的人是很难叛变，但问题是，如果他不是叛徒，那特务又怎么知道你们接头的事？"

胡之平低头看着她："这事慢慢再查。咱们还得转移。"他慢慢松开手，扶她坐下，又环视屋子，将顾慧中提来的箱子收拾好，拎起来便要出门，却见顾慧中仍坐在原处，认真望着他。

"我得等我阿爸回来。我不能再来个不告而别。现在易中生死未卜，我不能离开我阿爸。"

胡之平一怔，缓缓放下箱子，道："是我毛躁了。"

顾慧中尚未接话，门却开了，肖若彤踏入屋子，脸上竟有笑意："易中跑了！跳水跑了，望树墩的老乡都看见了。"

顾慧中肉眼可见地松了口气，一直绷紧的肩也落下来，叹了一句："太好了。"

胡之平走到她身边，冲肖若彤道："我们要走了。"

肖若彤十分诧异："这么快就要走？"

"顾园现在有暴露的风险。若彤，其实我们这回还有一个重要任务，就是送电台去根据地。我们一直在等交通站老常安排船，现在老常牺牲，去不了根据地了。"

顾慧中缓缓站起来，扶着胡之平的手臂，听他接着道："现在老鹰也联系不上了，没人能安排我们过去。要是知道根据地在哪里就好了，我们就不用东躲西藏。"

"不说了，之平，咱们跟阿爸去告个别吧。"

肖若彤张了张嘴，想说什么，却终究没有开口。胡之平拎起箱子，扶着吃力地往前走的顾慧中，一步步出了房门。肖若彤目光落在他们背影上，也跟在了后面。

"师长，喝口茶吧，喘喘气，我已经让阿七、老沙他们分头去打听少爷的下落了。"

顾希形坐在前厅太师椅上，没动那杯茶水。他望着富贵，要说什么，却见顾慧中几人走了进来，胡之平就在顾慧中身后，拎着箱子，垂下眼避开他。

顾希形气不打一处来，还没开口，先听顾慧中道："阿爸。"

顾慧中偏头，给胡之平使眼神，后者勉强抬眼："……阿爸。"

顾希形绷着脸："不敢当！"转过身去，再不看胡之平一眼。

"阿爸，是我不好，在这么个形势下回顾园，给您添了许多麻烦。我们……我们又得走了，跟您告别来了。"

顾慧中攥着袖口，富贵上前，焦急道："慧大小姐啊，外面这么兵荒马乱的，你这挺着肚子，能去哪儿啊？"

胡之平没等顾慧中接话，放下箱子，走到顾希形面前，深深鞠了一躬。

"阿爸，我知道您不喜欢我这个姑爷，但我还是真诚地叫您一声阿爸。因之平缘故，让慧中负不孝之名。但请您相信，不管前途如何残酷，我都会用我的性命保护慧中，我胡之平向天盟誓。"

顾希形一按手杖，怒道："保护慧中。你还好意思说？！当年我看你《松江评论》写的时事文章，文采斐然，便推荐给乐益女校校长张冀庸先生，请你来苏州当女中的国文老师。没想到你不顾身份，追求慧中，还演了一出私奔大戏。顾园在苏州的脸面，被你一扫而尽！你们十年不见音信，现在让我女儿挺着大肚子回家避难……这就是你嘴里的，用性命保护慧中的安全？你跟条丧家之犬有何区别？"

屋中死寂。肖若彤站在一旁，一声不出。她犹豫一会儿，拿起了一边的电话。

顾慧中唤道："爸……"

"我不管你有什么信仰，也不管你从事多么崇高的事业。一个男人，保护不好自己的女人，就不是好男人。"

胡之平垂着头，低声道："阿爸您教训得是。"

顾希形看着他，再骂不出什么，冷哼一声，看向顾慧中："你就准备这样带着慧中东躲西藏？以后怎么打算？"

胡之平道："我会带她去一个安全的地方把孩子生下来。"

"这才是句人话。余庆堂顾家家训是四维八德，八德是'孝悌忠信、礼义廉耻'。孝字当头，可是你们这些干革命的，孝是很难，我也不指望了，其他七个字，悌、忠、信、礼、义、廉、耻，我希望你们每个字都牢记于心，既然有负于家，那就别有负于国。"

夫妻二人一同答道："是。"

顾希形眼眶已湿了，他拄着拐杖起身，背过身去，道："富连长！"

"到！"

"多送他们点盘缠。抗个日，也不至于搞得像要饭的叫花子。"

顾希形头也不回，一瘸一拐地往屋后去。顾慧中下意识上前一步，望着父亲背影，眼里霎时溢满泪，顺着面颊滚下来。她知道这回一走，恐怕真是再难相见了。

胡之平站在她身侧，又是一躬，久久没起来。顾慧中颤抖着声音，唤一句："阿爸！"

顾希形仍没回头。

半晌，胡之平直起腰，握着顾慧中的手，与她一同出了门。

周知非走至近藤办公室门前时，正见段文涛从里面出来。

两人打了个招呼，段文涛道："站长，近藤有点不高兴，若问顾易中的事，你要小心点。"

周知非神色不变，拍了拍段文涛的肩，绕过他推开了门。

"阁下。"

周知非将门关上，站在近藤面前，看他抬起眼来，阴鸷如毒蛇，慢慢道："顾易中跑了。"

"阁下消息灵通。"

近藤沉默片刻，冷不丁道："他是你安插在共党的内线细胞？"

周知非挑了挑眉："正是。"

"不，他不是！"

近藤忽而露出怒色，厉声道："你又没说实话！他不是你的那个内线，你放走他，是为了保护你的内线。"

周知非一笑："什么事都逃不过您的法眼。此次大搜捕，虽然破获了新四军苏沪联络处的几个站点，可我们的内线细胞也面临着暴露的风险。"

"你故意让张吉平放走了顾易中，让他当替罪羊。"

"阁下高明。"

近藤怒意更深："抓住顾易中，本可以逼迫顾希形参加我们的和平运动，你却把我最重要的筹码搞丢了。"

周知非挺直后背："周某以为，顾希形不可能因为顾易中的生死参加和运。所以斗胆借用阁下这一棋子。周某保证用完之后，完璧归赵。如果他命够长的话。"

"你不要忘了小林师团长的命令，新四军六师师部和太湖根据地的地址是90号的首要任务。华中清乡运动第一期苏常太清乡的成败，全在我们能不能找出这个根据地。"

"清乡"五月便成立了委员会，汪主席是委员长，李先生是秘书长，七月就自苏南开了席。"军政并进，剿抚兼施"，"三分军事，七分政治"，口号喊得响亮，实绩却不多，怨不得近藤着急。太湖根据地是原来的"新江抗"，现在的新四军六师十八旅驻扎地，若拿下了这一片，清乡自能有极大进展。

周知非道:"阁下,太湖面积两千多平方公里,大小岛屿五十多个。要找到六师的根据地,如大海捞针,需要时日。"

近藤早已不耐烦:"现在说需要时日,你早就跟我保证过了!"

"阁下请放心,只要我们不断地在苏州制造压力,势必会增加他们的往来,白色恐怖让他们没有藏身之地,共党就会撤回在苏州的特工人员。只有这样,我的内线可以跟随他们撤到根据地,才有机会……"

"那么,周,"近藤站起来,往周知非的方向倾身,"告诉我,你的内线细胞到底是谁?"

"具体身份恕难奉告,我只能告诉阁下他的代号:八号细胞。"

话音甫落,门外却有动静传来。近藤刚要开口,却见周知非一摆手,转而疾步朝门口去,猛地拉开了门。

门外空无一人,唯有风声。

周知非眯起眼睛,意味深长地朝走廊尽头看了一眼。

姑苏又下起雨来。

前日里石板路上积起的水还未散尽,清脆细响被摩托尾后的烟尘扫落。阴雨蒙蒙间,几个90号特务穿着黑色雨衣、戴着红色袖箍,骑着三轮摩托飞驰至顾园大门,领头的正是连晋海。然几人下了车,却只是站在院外,毫无进门之意。

富贵早见了他们动静,急进前厅来报:"特务来了!小姐快走吧。"

胡之平与肖若彤一块儿扶着顾慧中起身,朝顾园后门走去。肖若彤眉目凝重,行至园中小路,她终于开口,声音极低:"慧中姐,我可以带你们去一个安全的地方。"

胡之平猛然抬头,紧紧盯着她。顾慧中亦满面诧异,两人未及答话,已听肖若彤道："有个地下交通员，原先是我们家在苏州的佃户，是六哥介绍他入的党。行动前六哥跟我说过，万一苏州情况紧急，我们有一个撤退的通道，他能送我去太湖根据地。"

说话间三人已行至后门外，富贵在前开门引路，警惕张望，亦为顾慧中撑着伞。几人沿小路行至一条河道边，那儿正停着一条乌篷船，待三人都上了船，艄公一撑篙，船儿立时如一片枯叶般漂远了。

富贵回至顾园时，顾希形仍坐在书房里，望着窗外一言不发，见他进门，又问道："狗特务呢？"

富贵摇了摇头："奇怪，他们并没有进来的意思，就在外头戳着当门神。又搞什么名堂？"

顾易中冲进易中营造社的后花园时，陆峥正在里面优哉游哉地坐着，一面喝酒，一面欣赏花园里堆放的崭新木具——天日晴好，木具色泽光鲜，顾易中破烂的衣服和满身血迹显得格外刺眼。

陆峥吓了一跳，从椅子上跳起来，迎上前去："跟谁打架了？怎么滴里搭拉浑身是血？"

顾易中一个字也没说，只跟着陆峥进屋。他身上新旧伤交叠，又没能及时处理，看上去格外可怖，陆峥见此，站在一边手足无措："伤成这样！去我爸诊所吧。"

顾易中没应，兀自用完好的手拉过桌上的工具箱，从里面翻出一把小刀来，撕开自己中枪那只胳膊上的衣料，又道："把你的酒拿一瓶来。"

陆峥望着他，快步出门，把花园里喝了一小半的威士忌拿了进来，又一眼看见顾易中裸露出的伤口，立时大骇："枪伤？！谁打的你？"

顾易中一把抢过酒瓶，画着圈往伤口上倒，酒精与血相融，顾易中咬紧牙关，额上青筋隐隐露了形。他抬眼看了看陆峥，终究还是自己从工具箱里翻出一把镊子，沾了酒精，插进弹孔里。

陆峥晕血，早捂着眼不敢看，又往后站了两步，徒劳劝着："真的不行，易中，我打电话叫我阿爸来一下吧。"

顾易中哑着嗓子："不连累姑父。"

他手上全是绳子捆绑的青紫勒痕，镊子夹住弹头，被小心翼翼地拽了出来，冒头那一刻，镊子跟子弹叮当一声，全被扔在地上。

顾易中浑身是汗，跟凝了的血混在一块儿，他扯过陆峥备好的白布，把伤口绑起来。陆峥又喝了一口威士忌，随即帮他往绑带上浇酒。

顾易中夺过酒瓶，将里面剩下的酒液一饮而尽。陆峥脸色惨白，神情却也严肃起来，紧紧盯着他："告诉我，易中，你是不是招惹小鬼子了？"

顾易中一字一顿："90号。"

"那些特务你还敢惹！比鬼子都坏。怎么开罪的他们？"

顾易中不答，径自起身往外走："我得走了，这儿不能待了，他们会找过来的。"

陆峥一惊，立时挡在门口："你走了，咱们营造社怎么办？储蓄银行还等着咱回话呢，还有李家的园子修了一半了，还等你出图呢。"

顾易中看着他，面上闪过歉意，又回过头，茫然看了看满屋的画板。

"……够不上了。我还有紧要事要办。"

"那营造社怎么办？！"

顾易中闭了闭眼，绕开陆峥："关了吧。"

陆峥追着他："那可不行，顾易中，去年咱们才合的股，三千元的本呢，不能说没就没……你干什么我不管，图还得给我画。易中，易中！"

他叫了几声，顾易中并没回头，直出大门，转眼便消失在夜色暗沉的街道上了。

顾易中沿顾园屋顶往里行去，姑苏仍下着雨，积水入缝，或在琉璃砖瓦上映出漆黑的夜,他每一步似行在刀尖上。顾园门口仍有日本宪兵把守,他终于寻着一处空,慢慢爬了下去。他记得父亲书房里还有一把手枪。就在书柜的一个木匣里,然而找着了,却不知怎么卸弹夹。

他深吸一口气,正要压着手臂上的疼再使力,房中灯却突然亮了起来,房门随之而开。他浑身一颤,站了起来,再回头看,正见顾希形拄着手杖,慢慢走了进来。

枪藏在身后,扯动了手臂,一阵剧痛。他声音也虚了,唤一声:"阿爸。"

顾希形却走到他面前来,看着他的手,问道:"会用枪吗?"

顾易中一愣,手便松了,将枪捧到父亲面前,摇了摇头。

顾希形竟露出一丝笑:"枪不会用,就不如王妈的火钳子。"随即接过那枪,将手杖靠在一边,拆起弹夹来。

"上膛、开保险、瞄准……多少年没用这老家伙了。"

上子弹、重新组装、开保险……顾希形动作极为流畅,一副老军人派头,顾易中看呆了。他还在回忆动作,却见顾希形举起枪来,枪口霎时对准了他的眉心。

"生死就在毫厘间,晚半秒,命就在别人手里了。"

顾易中睁大眼睛,点点头。顾希形放下枪,竟抓住他一直往身后藏的绑了绷带的手臂,轻轻抬起来,看了一眼。

"挂彩了?"

顾易中仍是点头。

"打穿了?"

"子弹我给挖出来了。"

"自己?好样的。"

顾希形打开柜子,从里面拿出一个医药箱,道:"你去换身衣服吧。"

顾易中依言，再回来时，见顾希形已将消毒包扎的东西摆全在桌上，抬抬下巴示意他坐在对面，解了他胳膊上那截乱七八糟的绷带，帮他重新处理起来。

"你姐和若彤今天回来过，还有那个姓胡的。"

顾易中心底一跳，却又松下半口气："他们现在在哪儿，还安全吧？"

顾希形苦笑一声："刀尖上行走，有条命就不错。"

"他们去哪儿了？"

"若彤带着你姐他们走了。至于去哪儿，他们会告诉我吗？"

顾希形倏地抬头，眉眼锋利，望着顾易中："易中，你和他们是一个组织的？"

顾易中没出声，在父亲眼里自然算是默认。顾希形打完最后一个结，拿起帕子擦了擦手，望向别处："你们姐弟但凡有一个像你们母亲，我也不至于这么操心。"

顾易中眼眶忽有些酸，他吸了口气："我一早就没想瞒您，我知道，做这些阿爸您不会反对的。听富贵管家讲过，当年爷爷想让您继承纱厂、米庄生意，您不也一样跑出去，报了保定军校。"

顾希形竟没动怒，声音反而更低："当时以为革命了，北伐了，中国就会翻天覆地变化了。没想到近三十年了，国事仍然一片烂糊，还招来隔壁的饿狼。"

顾易中握了握拳头："找上门的架，不打不行。"

顾希形偏头看着他，又是笑，笑容隐去，叹一口气。

"是啊，你一个画图纸的，要拉去枪毙。你姐怀着孩子，东躲西藏。普天之下，哪有净土。"

挂钟叮当敲了七声，顾易中下意识抬头看去，顾希形却仍望着他。

"你走吧。"顾希形说，又拿起那把枪，放在顾易中的手里。

顾易中一下站起来，走至门槛，又停了脚步，顾希形就坐在他身后，没回头看他的背影。他长出一口气，踏出门槛。

"东院的窗户坏了，小子，记得回来修。"

顾易中的眼泪几乎夺眶而出，然终于教他压进眉目之下、骨血之中。他匆匆往外而去，似是追着什么。他看见眼前模糊的、父亲枯坐的身影。

第二章
疑风

水陆相接之处薄雾更浓，码头无雨，也似雨丝缭绕，将景与人都映得朦胧不清。肖若彤站在岸边，直朝水中停着的几条乌篷船上张望，终于见一个戴着斗笠的船夫朝她走来，正是她同顾慧中提起的地下党员刘水生，他的儿子大龙跟在后面，少年身量未足，眼睛却明亮，笑起来露出还未长上的门牙。

他带着肖若彤绕进个角落，低声问："九小姐，你怎么来了？"

肖若彤往身后指了指："我要送这二位同志回根据地。"

刘水生立时摇头："没有上级的命令，不行。"

"水生，她马上就要生了。是顾易中的姐姐……都是自己人。"

肖若彤回头为他指了指，刘水生顺着看过去，正见胡之平一手撑着油纸伞，一手扶挺着肚子的顾慧中。刘水生抿了抿嘴。

"走吧。"他说。

顾慧中接过刘水生的妻子吴冰梅递来的水，朝她感激地笑了笑，又听肖若彤道："我们有重要情报要向组织汇报，必须尽快撤回根据地。水生，帮帮忙。"

"我们手上还有电台，也是根据地着急想要的。刘同志要不方便，我们想别的方法吧。"顾慧中接话。

刘水生皱着眉头，神色凝重。大龙抬起头看看父亲，也看看几个客人，听父亲开口："这事我得回去，向根据地当面申请。"

"要多长时间？"

"最近查得紧，不出意外的话，也得三五天。"

胡之平叹了口气："我理解组织规定，但是我们等不了这么久，苏州联络点出叛徒了，如果不及时向组织汇报的话，损失不可估量，还有这电台根据地急着要。"

"我做不了主。没有组织批准的话，谁也不能去根据地。这是死规定。不能暴露根据地的所在。"

顾慧中忽然道："我可以用电台发电报向根据地请示。"

胡之平摇头："用电台太危险了，会暴露我们的位置。"

"我用最快的方式发报，特务的监测仪测不到具体地点。"

肖若彤看向刘水生："水生，事情紧急。这样你也不用跑一趟……行吗？"

刘水生顿了顿："行。如果今晚能有回电的话，我们在凌晨三点出发，太湖这边鬼子的检问所一般那个时间段换防，巡逻会松懈些。"

顾慧中道："之平，你是领导，你决定。"

胡之平望着她，神情严肃："事急从权，发报。但你要保证时间要短。"他随即取出箱子里的发报机，安装好放在桌上。肖若彤却起身："我得进城一趟，找易中。"

顾慧中一怔："现在城里风险很大……"

"他没有跟鬼子斗的经验，留在苏州我不放心，姐，我得找到他，带他一起去根据地！"

见她心意已决，顾慧中实则也心存犹豫，其他人则都没说什么。吴冰梅也站了起来："那我送你到路口吧，我们这儿路太绕了，你一个人走不出去。"

90号电讯科陈刚拿着记录单走进了黄心斋的办公室，此时已是深夜，90号楼中许多房间却仍亮着灯。黄心斋见他进门，拿过记录单便看，又听陈刚道："黄副站长，查到陌生电台，短时间内突然出现了两次。第一次出现信号后，我让他们把西区、北区都停电了，结果一个小时后，第二次又出现信号。"

"电台位置在东区跟南区？"

"南区这几天一直停电。只能在东区,也就是我们一直怀疑的共匪太湖交通站所在。大概就在这个区域。"陈刚话毕,在黄心斋桌上的地图上用手圈出一个区域,小字赫然标着"肖家庄码头"。

肖若彤仍等在她前日和顾易中相见的大面店外,夜已深了,又下着小雨,街上仅有的行人皆脚步匆匆。她躲在一处房檐下角落里,眼神不断朝四周看去,更多集中在面店门口。忽然,她察觉身后有人,急回头要动作时,却被轻轻握住了手。

她一怔。"易中。"她轻声道。

顾易中眉眼中闪过柔和,只牵起她的手往外走,问道:"你去过营造社了?是陆峥跟你说我还活着?你是不是很意外?"

"我去过望树墩了,顾伯伯说你跑了。我哥呢?"

顾易中神色黯淡下来。

"他……差一点我就拉他上来了,可是敌人一枪打中了他……他吼我走、快走……后来我看着他们倒拖着你哥,一地都是血……若彤,我没救出六哥。"

肖若彤泪流满面,她声音发哑,却仍是稳的,望着他的眼睛问道:"……其他同志呢?"

"都牺牲了。"顾易中抓着她的手紧了紧,"怡园没什么中西太郎,就是90号的一个圈套。"

"你姐和姐夫的联络点也暴露了,米店的老常牺牲了。我们现在在一个安全的地方。但是,易中,我们内部一定出了叛徒。"

"我知道。"顾易中拧着眉头,"是谁?"

"说不准。"

"若彤,都这会儿了,你就别不串线不打听。"

"是真的。你姐怀疑是这次行动的总指挥，老鹰，但我……"

顾易中脸色更难看了："你哥还让我今晚八点去跟老鹰接头。"

"可能又是陷阱，不能去。"

顾易中却摇头："那我更得去。你哥牺牲之前让我无论如何要跟他见面。老鹰要是叛徒，我们正好除了他，你看这是什么？"他身子一侧，掀开外套，亮了亮腰间的枪。

肖若彤的车停在了路边，"良友咖啡"的牌子就挂在不远处，在夜幕下雨帘中显得愈加模糊，店里人不多，大都是洋人。两人却没进咖啡店，而进了对面的弘文书店，隔着这家书店巨大的落地玻璃窗，正能将咖啡店里状况看得一清二楚。顾易中假装翻书，肖若彤假装同他闲聊调情，将话隐在下面。

"你认识老鹰吗？"顾易中问，"咖啡店这么多人，我们怎么知道谁是老鹰啊？六哥也没给我接头暗号啊。"

肖若彤露出为难神色："老鹰是我哥的上线，一直是和我哥单线联络。"

顾易中还未答话，却见肖若彤变了神色，直盯着刚刚进入咖啡店的一人看。

"怎么了？"

"那人，穿灰色大衣那个，眼熟。是我哥的同学。"

那人坐进个角落里，似从公文包里掏出了什么东西翻看——像是报纸。他看了一会儿，又把报纸推到一边，往咖啡里加了东西，轻轻搅拌。总之，一副悠闲模样。

"我看清楚了，就是我哥的同学。叫段文涛，上海人，我哥还带我去他家玩过。"

顾易中有些迷惑："他不会就是老鹰吧？"

话音未落,两人却见连晋海带着几个特务进了咖啡店。顾易中立即认了出来,声音也变冷,道:"90号的人。"

肖若彤有些急,"有特务在,老鹰也许就不会露面了。"顾易中随即看了看书店里的挂钟,马上就要到八点了。

连晋海本要装作没看见段文涛,可见后者拿起《江苏日报》要走,连忙跟了上去,叫一声:"段科长。"

段文涛住了步:"这么巧,你也来喝咖啡?"

"我可没有这品味,西洋人这玩意儿喝多了,晚上睡不安稳。"

连晋海话里有话,段文涛更是阴阳怪气:"干咱们这行的,谁能睡得安稳呢。"

"也是。"连晋海打着哈哈,听段文涛反问道,"你跟着周站长多长时间了?"

"差不多十年了。"连晋海应着,又往旁侧了侧,挡住段文涛去路。

"十年,是够久的。怪不得大家都说,虽然黄心斋是90号的副站长,可你连科长的地位,比副站长还要高。"

"周站长之前也是很看好你的,"连晋海目光逐渐锋利起来,手也摸在了腰间的枪上,"没想到你却投了共党,可惜啊……"

段文涛竟没动作,反而仍如石碑,直直立在他面前:"可惜?我一点都不觉得可惜,反倒替你有些遗憾。"

"为什么这么说?"

"你很有能力,业务水平极高,不管之前跟周知非在中共,还是后来去了中统,你都是一名很出色的特工人员,竟然跟周知非这种人下水当了汉奸,实在可惜了。"

"我没什么信仰,我只信人。当初我不过是一个无名小卒,没有站长的提拔,我什么都不是。做人要讲良心,你说对吗?"

"良心?出卖国家、出卖自己的汉奸有良心这东西吗?"

段文涛声现怒意,余音未落,却突然一把将连晋海推倒在地上,大步往外跑去,手里那份《江苏日报》也掉在了地上。

连晋海从地上爬起来,一面开枪一面喊:"抓住他!"

咖啡店内枪声四起,乱作一团,客人们争相躲在角落或往外跑,书店里的肖若彤和顾易中也冲了出去,正见满身是血的段文涛跑出咖啡馆,两人对视一眼,尽在不言,顾易中当即拔枪,往连晋海等人身后射去。

他刚学会用枪,光后坐力就使他失了大半准头,却足教特务们慌作一团、四处躲闪。肖若彤早将轿车开了过来,在街上横冲直撞,将特务又冲散大半,她一个流畅的甩尾,将车停在顾易中面前。顾易中拉开车门跳进后座,从窗口继续放枪,再看段文涛时,却见他已经倒在了地上,后背绽开一片片已近凝结的血迹。

人已经没气了。

肖若彤脚踩油门,顾易中将车门关紧,任凭被子弹打碎的车窗玻璃崩在身上,两人逃离了街道。在他们身后,连晋海眼睛一亮,手一挥:"停停停,别开枪了,别开枪啦!"

他们随即离开街道,往另一方向的90号而去。咖啡店内渐次平静下来,客人们有的向外张望,匆匆离开店面。一个清洁工趁乱混入其中,捡起了那份沾着段文涛血迹的《江苏日报》,竟正是白日里在醉八仙外闪过的伤疤男。

他将报纸带回了住处,在火上烤了一会儿,望着其上字迹。

"五人牺牲,两人生逃,内部有叛徒,代号:八号细胞。"

肖若彤一路驾车疾驰,顾易中紧握着枪,手心几乎压出青紫的痕迹,不停往千疮百孔的后视镜看，然并无特务追来。肖若彤一路开至离肖家庄码头不远的横石街，带着顾易中跳下车，几乎是逃至刘水生家。

顾易中甫踏进简陋房门，便见了坐在里面的顾慧中。姐弟两人今日重逢竟是此情此景，什么话也说不出来。顾慧中艰难地站了起来，步至顾易中面前，看向他的手臂。

"易中……你受伤了？"

"姐。"顾易中没答话，只点点头，看着她苍白的脸色，又看向她身后的胡之平，"你没事吧？这是——胡老师？"

胡之平便也起身上前："易中，我和慧中正式结婚了……但现在不是互诉衷肠的时候，你先说下情况？"

顾易中点头，道："君侠牺牲前，嘱咐我晚上去良友咖啡找老鹰碰头。但没见着他，只见了……"

肖若彤接话："见着一人，是我哥的大学同学，叫段文涛。他什么都没来得及说，就牺牲了。"

顾易中问："姐夫，段文涛是老鹰吗？"

"老鹰是谁我不能透露，但他肯定不是。"

顾慧中一直没插话，只掏出手帕，替顾易中擦着脸上手上的血污。胡之平问了问两人路上的状况，神情更加凝重："横石街离这儿不远，敌人早晚会查到这儿。交通员同志，我们能不能提前出发？"

刘水生望着地面，像是正思虑。吴冰梅道："这会儿水上检问所的警察还在湖面巡逻呢。"

几人便都沉默。半晌，刘水生站了起来。

"横竖横[①]，晚上湖面雾大，看勿差。咱们分两条船出去，我前面探

---

① 苏州话，指下决心。——编者注

路。走。"

大龙也拽着他的衣角："爸，我要跟你们一起去！"

"不行。"

吴冰梅帮着说情："让大龙去吧，上次王科长就让我带大龙去，在根据地那头他可以上小学。"

刘水生低头看了看儿子："那好吧。"

周知非这夜是难得在家，正教儿子写字临帖。他儿子周幼非已九岁了，依他吩咐，照着颜真卿的《颜氏家庙碑》拓本写"大"字。写了一晚上，周知非却怎么看怎么不满意："说多少遍了，颜体横画略细，竖点捺略粗，这才能显得大力，有筋骨。再捺一下我看看！"

周幼非还未起笔，客厅电话铃响了，周知非的妻子纪玉卿先接了起来，又叫丈夫来。

电话是连晋海打来的，周知非撂了电话便去穿外套要出门。纪玉卿有些忧虑："这么晚了，有什么要紧的事？"

周知非没答，只望着书房里的周幼非："让他再临三十个'大'字，写不好不许睡觉。"

周知非与连晋海一同进了90号会议室，里面却只坐着黄心斋，说近藤去医务室了。

周知非挑了挑眉，看向连晋海："有皇军玉碎了？"

连晋海摇头："死的是段文涛，伤了几个弟兄，都在医务室呢。"

黄心斋搭茬儿："段科长打得跟马蜂窝一般，流了好多血，哎哟，我闻着就恶心想吐。"

周知非瞥他一眼："黄副站长，段科长平时跟你交情不薄，即便他是个共党，也别这么羞辱人家。"

"站长，冤枉啊，他听的可全是你的使唤，当时也是你从上海把人调过来的。"

"你不还给人家介绍太太呢吗？"

黄心斋结结巴巴的，再说不出什么话了。近藤恰在此时推门而入，几人随他入座。黄心斋先怯怯叫了一声："太君。"

"新四军把人都插到特工站来了，你们无能。"

黄心斋仍是捧着："可不是，太君。"

周知非冷着脸："不出三日，苏州的共党，全部会撤回根据地。"

近藤不接他话，直直盯着他，目如毒蛇："周，你在他们那边的内线八号细胞是谁？"

周知非皱着眉头，半晌没答话，黄心斋先站了起来："站长，这样吧，我和连科长先出去。你总不至于对近藤太君也要保密吧？"

"这是当时我答应主持苏州90号的条件，中国人的事情，我有权做主。这件事李先生同意，晴气中佐也是同意的。"

"别提李先生、晴气，我不想听到他们的名字！"

近藤吼出声来，众人皆寂。周知非紧紧绷着唇角："阁下，新四军六师根据地的位置，八号会找到的。"

却未承想黄心斋先开了口："站长，用不着你的八号了，我已经发现了他们的线索，用不了多久，我就会找到六师到底藏在哪个岛了。"他望着周知非难得迷惑的神色，得意模样几乎写在脸上："陈刚查出来，电台就在太湖肖家庄码头附近，晚上肯定进太湖。湖面上全是我们跟水上检问所的人，他们逃不掉了。"

"你在跟踪他们？"

"太君亲自指挥的。"

"这会破坏我的计划。"周知非吐出这几个字，又转向近藤，"请阁下立刻取消行动。"

近藤却没看他一眼,将椅子拉得刺啦作响,起身离开了会议室。

周知非坐在自己办公室里,正读着李士群寄给他的信。连晋海正坐在他桌子对面剥橘子,递给了他一半,却送了个空。

连晋海也不恼,笑得没心没肺,仿佛全没受方才会议室中事情影响:"岩井的小分队屁都没捞着一个,近藤气坏了。"

周知非弯起唇角:"东洋人要能搞得定咱中国人,汪主席的国民政府还开张做什么?"

连晋海跃下桌子:"共党那边能轻信顾易中就是那个叛徒吗?"

"共党搞工运起家,不信任读书人,他肯定是头号嫌疑人。再说,八号也不是省油的灯。"

连晋海惯性奉承:"站长,要说搞打入,还是您高明啊……苏州新四军窝点,76号万里朗他们都没一点办法,这才半年,您就埋下这么好的一颗棋子。"

"他们也在我们这里埋了个段文涛,只算个平手。"

"我们赢。姓段的已经死了,咱们的八号还能用。"

周知非不接茬儿,只盯着那信:"电讯科的陈刚,让他卷铺盖滚蛋。"

连晋海诧异:"陈刚可是监听的大行家啊,军统无线训练班出来的老人了。"

"他瞒着咱们把情报给了黄心斋,再大的行家也不能用。"周知非折起了信,一点一点、极耐心地撕成碎片,"我请李先生从76号调来新的,今天晚上就能到。"

顾希形书房里挂了一张全家合照。

那时他的妻子尚在世，顾易中则还未长大，顾慧中袅袅婷婷，一家人笑脸盈盈。

他正出神，富贵却忽进了门，说有个自称顾易中"未过门的媳妇"的人来访，赶都赶不走。顾希形一愣，站在原处想了一会儿，皱起眉头来。

前厅里站着两个女人，年轻姑娘面容清秀，一直怯生生的，低着头，站在她表嫂身后。那表嫂则眼珠子滴溜溜转，扫过屋里大至匾额桌椅，小到茶壶瓷碗，瞥到富贵时，被瞪了一眼。

顾希形眯着眼看完手上的信，说："是我当年跟玉泉兄立的盟亲誓纸，没错。"

话音刚落，那年长女人便拉着姑娘跪下："海沫，快给你公爹磕头！"

顾希形赶忙上前扶起。"使不得，使不得。"说罢，又喃喃将女孩名字念了两遍，"海沫，张海沫。"

主客入座，顾希形问了情况，自始至终皆是海沫的表嫂连珠炮式地接话，一句也没教姑娘插上。说她丈夫早逝姓翁，自称翁太，又将她与海沫一路颠沛抹着泪哭诉一遭：张玉泉是唱苏州评弹的，因不为日本人献艺，摔了三弦，在枪口下没了性命。

海沫垂头坐在一边，端着窄肩，眉眼哀伤，眼圈儿微微发红，一声也不出。

顾希形叹道："宁为玉碎不为瓦全，是玉泉兄的风骨。你们别担心，玉泉兄的家人，就是我顾希形的家人。"

顾希形在黄埔军校便认得张玉泉了。彼时正是民国十五年，事变频发，国共反目，广州暗杀成风，连顾希形也被人出十万大洋悬赏人头。危难之际，是张玉泉舍出命来，将他藏在家中整整十七日。顾希形也是因这救命之恩，定下了顾易中与玉泉之女张海沫的娃娃亲，以翁太带来的盟信为证。

"后来顾某随军北伐，解甲姑苏，多年颠沛流离，断了与玉泉兄的音信。没想到如今已阴阳两隔了啊。"

顾希形说着，声音也渐低下去。他也曾多次派人到广州寻访，皆是无果，却未想到是张玉泉因他升了官职故意躲着他。他又叹两声："顾某之过，皆顾某之过也……海沫，过来，到我这儿来。"

海沫本有些犹豫，翁太催促两句，才起身站到顾希形面前。顾希形望着面前亭亭玉立的姑娘，脑海中慢慢浮现起当年躲在张玉泉家中时，每日为他送鱼蛋汤充饥的小女孩的眉眼。热汤雾气蒸腾，将他视线也模糊了。

"海沫，你若是不嫌弃的话，就在顾园先住下。"

海沫还未答话，翁太先眉开眼笑起来："你看你看，我早说了，人顾先生是姑苏名门，一诺千金，不会不管我们的。海沫，还不谢谢顾先生。"

海沫屈膝行了个礼，细声细气："谢顾先生。"

顾希形握着她的手："千万别客气，我是受过你的恩的人呢。"

"顾先生言重了……"

她话音未落，翁太又嚷出了声，似是刚记起海沫与顾易中的婚事，喊着要见少爷，要让顾少爷见见新媳妇。顾希形手一僵，示意海沫先坐回去，又看了富贵一眼，后者随即进了后厢房，不久便取来一大叠法币来，交到顾希形手里。

他看看海沫，又看着翁太，将钱递了过去。

"这是顾某的一点心意。"

翁太站起来，连声音都尖利了："顾先生，您这是什么意思？"

顾希形诚恳道："不瞒你们说，当年的亲事是和我玉泉兄一起定下的，我顾某不会不认。只是这失联多年，孩子们都长大了，易中已有了心上人，顾某虽属老朽，但如今已是新社会了，婚姻之事不能勉强。易中和海沫小姐的婚事，怕是要悔约了。顾某汗颜，也代犬子向二位赔不是了。"话毕，他深深鞠了一躬，拄着手杖的手臂和腿都有些颤抖，却久久没有起来。

翁太对其视若无睹,只冷笑一声:"瞧瞧,瞧瞧,都瞧见了吧,什么桃园结义、伯牙子期,那都是戏文里唱的,人是富贵眼,难顾三家穷。海沫,你说句话!"

海沫没出一声,却上前去,将顾希形扶了起来。

翁太怒道:"你哑了?!顾先生不但悔婚,还要赶咱们走!你吐口话。"

海沫看她一眼,轻声道:"表嫂。"

顾希形却急着开口:"不不不,你误会顾某的意思了,我只说孩子们的婚事不成,万万没有要赶你们走的意思。若是要留,把顾园当自己的家就是了,我也定会把海沫当亲生女儿对待。"

翁太这才留下几分好脸色。听顾希形口风,这亲的确是结不成了,然能在园子里长长久久住下,也算合她的意。她斜睨海沫一眼:"你说我们千里投亲亲不认。海沫,你的事,你说了算。"

海沫不抬头:"一切全凭表嫂做主。"

翁太便毫不犹豫,拎起来时带的红皮箱:"那我们先住着。不过这婚事,顾少爷怎么也得给我们一句准话,得让他亲口跟我家海沫退婚……"

富贵在前头领路,后面有仆人帮着拎另一个柳条箱。翁太身后跟着海沫,大摇大摆地进了后厢房。

凌晨太湖水波极冷,雾也似结了寒霜,扑在人脸上、渗进单薄的夏衫里。刘水生独自一人划船在前,左右看看,不见巡视的人,便拿出手电往后照了照。吴冰梅在后撑着另一条船,见了水面上映星似的一点亮光,眼睛也亮了起来,用力朝前划去。

船篷之下,胡之平将自己的外套垫在顾慧中身后,又轻轻拥着她,忍住顺胸腔而上的几个寒战,顾慧中握住他的手。

肖若彤坐在船尾,外侧是顾易中。她似自言自语般,断断续续说着,顾易中从中听见比晨霜更凉的一点哭腔。

"我们家兄弟姐妹九个，我是老九，上面有八个哥哥。四哥君亭，三三年在喜峰口牺牲。三七年八一三淞沪会战，二哥君义跟着营长姚子青战死在上海宝山。去年，七哥君武，在昆明死于空战……六哥，是我们肖家兄妹抗战以来牺牲的第四个了。"

顾易中与肖若彤相识这样久，甚至互诉了心意，却从未自她口中听过这些。她说，这是父亲的意思："父亲说，他老了，在上海租界当寓公，孩子们精忠报国，他无条件支持。"

顾易中垂下眼，望着荡开一点波浪的湖面："若彤，跟你和你们家比起来，我只知道画图，测量古建筑，实在惭愧。"

肖若彤在他看不见的地方摇了摇头。

"易中，你留过洋，是真正的读书人。六哥说，你这样的人应该专注专业领域，未来把日本人打跑，国家需要你这样的建筑家。"

顾易中嗓子干涩，回过头去，正望进肖若彤的眼睛里，唤了一声："若彤。"

"六哥说过，我们没法改变我们的过去，但可以改变未来的命运，个人如此，国家亦是如此。"

顾易中深吸一口气。

"我就喜欢六哥的精神，没有什么是改变不了的。要不是为了掩护我，君侠就不会牺牲。他那么积极、乐观、向上，没有战争，他会是一位杰出的摄影家。"

肖若彤却没有接话。不知过了多久，似连东方水面尽头都亮起晨光，他听见她道："去了根据地，我想申请上战场，去打仗，杀鬼子。为六哥报仇。"

"你去哪儿，我就去哪儿。我们一起参加新四军。"

他见她眉眼间泛起笑意，却是苦的，连带她凝在唇角的泪珠一块儿。

她像终于卸了壳,轻轻倚在他怀里。

"易中,"她念道,"我们要永远在一起。"

旭日初升,雾气也弥漫,船篷下几人却忽然听见吴冰梅的慌乱声。

"短棺材的鬼子跟上来了!"

话音未落,众人便听见了日本宪兵船的小马达声。刘水生划得更快,直朝芦苇荡深处而去,两条船在苇间会合,情形已明,必然要照先前计划,使一条船做诱饵去引开宪兵了。

刘水生叫自己船上的大龙跳到了吴冰梅身边,又一篙将船撑开,吴冰梅却没动,两条船间荡开愈加轻浅的水波。

她唤了一声:"水生。"

大龙跟着叫了一句:"爸爸。"

"再不走来不及了。"刘水生冲儿子一笑,又是一篙,船便深深埋进层叠芦苇,看不见影子了。

吴冰梅也朝着另一方向拼命划起桨来,冷风愈烈,胡之平、肖若彤与顾易中三人分列船侧船尾,将顾慧中护在中间,眼珠不错地看着周围。顾易中抓紧了船沿,忽然,芦苇间荡起了苏州评弹的调子。

是刘水生的声音,是《战长沙》。

"当时发炮队营起,马不停蹄日夜行,到那一天已抵长沙郡,关公先战老杨龄。"

声音愈来愈远,直至天崩地裂般的一声枪响。

"他后敌英雄黄汉升……"

唱词戛然而止,被比暴雨更密集的乱枪淹没。吴冰梅双手一软,彻底瘫坐在船板上。她的眼泪落在大龙衣襟上,儿子正紧紧抱着她。

"妈妈,爸爸怎么了?妈妈?"

无人应声。胡之平握住了顾慧中的手，帮她擦去眼中湿意。肖若彤上前来帮吴冰梅撑船，船离弯曲水路之后的血迹与子弹愈发远了，朝着太湖深处、荡开弥散的晨雾，一路而行。

　　冲山岛位于西太湖，虽不足三平方公里，却有厚重芦苇环绕，是个绝佳的隐蔽的新四军根据地，新四军六师一部指挥部驻扎在此。吴冰梅等人的船靠岸时，天光已经大亮，晨曦铺遍岛屿，顾易中甫踏上地面，便见了朝阳下正操练的五六十名新四军，水边亦有几个小战士一面洗衣，一面哼唱着军歌：

　　　　为了社会幸福，
　　　　为了民族生存，
　　　　巩固团结坚决的斗争！
　　　　抗战建国高举独立自由的旗帜，
　　　　抗战建国高举独立自由的旗帜！
　　　　前进，前进！我们是铁的新四军！
　　　　前进，前进！我们是铁的新四军！
　　　　前进，前进！我们是铁的新四军！

　　"这是新四军的军歌，"胡之平对顾易中与肖若彤说，"陈毅将军写的词，叶挺军长改的。"

　　"易中，他们有女兵！"

　　顾易中顺着肖若彤视线望去，正见操练队伍中一列英姿飒爽的女兵，便想起肖若彤说过的话。迎面又有四五名军士朝他们走来，看样子是认识吴冰梅，她将船安置好，叫了领头的一声"小栓"。

"嫂子，水生哥怎么没来？"

"……没了。"

小栓一愣，还未细看吴冰梅神情，又听胡之平沉痛道："在湖上，水生同志为了保护我们，牺牲了。"

吴冰梅断续沉闷的哭声传来，几人见母子二人已抱在了一起，小栓忙上去安慰，吴冰梅压下眼泪，道："这几位是苏州转移来的同志，水生向根据地报告申请过的，你带他们去指挥部吧。"

小栓又拍了拍大龙的肩，见他扶着母亲站了起来，才回头看胡之平几人，脸上也换了一副神色："对不起，搜查。"

顾易中的枪本别在腰间，当即被摸了出来。见小栓要收父亲给的枪，他有些急了："凭什么交枪？"

小栓皱眉："哎，我说你这同志，懂不懂纪律啊。"

胡之平冲小栓抱歉地笑了笑，又凑到顾易中耳边："这是组织纪律，新上岛的同志不能佩带武器，审查过关后，会还给你的。"

顾易中这才松了手。顾慧中一直护着的装电台的箱子也被小栓查了一番，而后拎走，她看着着急，在后头喊了一句："轻点，别碰坏了。"

胡之平揽住妻子，和颜悦色道："同志，我们有紧急情况汇报，得见你们的领导。"

小栓仍冷着脸："我得到的命令是把你们安顿下来，其他的事，不归我管。"

顾易中愈加不满："怎么能这样，我们是来参加抗日的好不好？"肖若彤忙掐他的手，比了个"嘘"的手势，拉着他跟上小栓步子，往根据地里头走了。顾易中到底好奇，一路上打量周围房屋，又被路过的新四军军士多瞅了几眼，也就暂且消了气。小栓领着几人进了一间小院，指着院里几间简陋空房，说是必须单人单间，甚至没有他的许可，连门也不能出。

直至坐在自己房间里，顾易中也没想明白，为何他是来抗日的，是参加了组织行动、还九死一生的"自己人"，都要被当俘虏、当犯人一样看管。他把自己的命豁出去，在90号经了一回生死、与父亲诀别，怎也不是想落得这般境况。原本小栓连顾慧中与胡之平都要分开，最终见顾慧中身子实在不方便，恐一个人要有危险，才放了行，更教他心中憋闷。

胡之平告诉他，党内的纪律就是这样。根据地斗争过于残酷，为了保障红区的安宁，只要是从白区过来的人，都得适应这一套。肖若彤也是这样的话，教他听从组织安排，学习组织纪律，改了从前的公子哥脾气。

倒不是别的，他想，他最不喜欢被人怀疑。尤其是将自己的心、自己的命都献出去，还免不了让人怀疑。

小栓站在院里守着几间屋，亦为他请了军医再处理手臂上的枪伤。军医进屋，却跟小栓是如出一辙的冷淡：问了伤口状况，消了毒，又说没有麻药，名义上是问，实则怎么都得他自己忍着。

顾易中跟在营造社似的，要了酒，自然是没有，最后咬着绷带卷，硬生生缝了十针，好容易让太阳晒得松快些的衣服，又被冷汗湿透了。军医似早看惯了这些，缝衣服似的，一针针往皮肉里穿。

"一个礼拜，别沾水。"

顾易中点头。他不是冷淡性子，下意识开口扯几句闲谈："这是冲山岛？我小时候来这里玩过，全变了样。岛上那座老庙还在吗？"

军医正给他包纱布："我只负责处理伤口，不负责你的问题。"

顾易中再压不住从上岸开始便往外冒的火气："你们这儿的人怎么说话都这么硬？我们冒着生命危险来是来汇报工作的，等了一上午，连个人影也没看见。"未承想军医竟径直出了门，半个字也没说，反倒是肖若彤的声音透着墙传来："易中，你手没事吧？"

顾易中深吸一口气："手没事，但脑子受不了，简直快疯了！"

小栓终于将胡之平几人引进会议室，屋里已经有师政治部敌工科的几名党员在等候，两面相互做了介绍，敌工科科长王明忠看了胡之平递来的省委联络部的条子，随即请几人入座。

"委屈各位了。自清乡以来，'敌顽伪'加强对我们的封锁和进攻，我们驻苏沪联络处几乎遭到全面破坏，牺牲了不少同志。我们不得不提高警惕，加强保卫措施。省委已通知苏南区委和师政治部，同意你们紧急撤回根据地，说说情况吧。"

胡之平看了看顾易中，解释道："'敌''伪'你都明白，'顽'说的是顽固执行反共政策的国民党军队。易中，你先说吧。"

顾易中点了点头，道："营救日本人的行动被泄露了，我们中埋伏了。除了我与若彤，上海铁血行动组所有成员都牺牲了。"

胡之平补充："我的住处和四通米店也在一夜之间全部暴露，我们怀疑组织里出了叛徒。"

"怀疑就不说了，还是把这些天你们所有的经历都一段一段告诉我们吧。"王明忠道。

仍是顾易中先讲，听到他从刑场逃脱这一段时，王明忠伸手打断，面上显然是困惑："你是在刑场被我们自己的同志给救走的？救你的同志叫……"

"刘强宝。新四军六师十六旅新一团三营八连的。"

"这么详细？那他没逃出来？"

顾易中轻声道："牺牲了。"

王明忠摇摇头："这事蹊跷。90号的刑场，岂是说逃就能逃的，这个刘强宝现在牺牲了，谁能证明你呢？"

顾易中又听出其中怀疑意味来,他绷着脸,强行使自己冷静下来:"有人证明现在一点都不重要,重要的是咱们内部有叛徒,得先把这个叛徒抓起来,只在这儿审我是没用的。"

"那在你看来,这个叛徒是谁呢?"

顾易中看向肖若彤:"老鹰嫌疑最大。"

肖若彤点头:"我也怀疑老鹰。因为只有他知道所有的行动及住址,四通米店,还有慧中姐他们的住处。"

顾易中刚要接话,却见会议室门忽然开了,胡之平下意识回头,几要起身,却停住了动作,叫一声:"老鹰!"

来人脸上挂着一道刀疤,眼神犀利,将屋里众人都剜了一圈,顾易中皱了皱眉。王明忠则起身介绍道:"这位就是'老鹰'周振武同志,是我们新四军苏州办事处的联络员。下面也请振武同志说说事情的经过吧。"

周振武并不拘束,在王明忠另一边坐下,开门见山:"当晚的行动失败了,四通米店被端了,我让人迅速通知之平同志,赶去的同志发现之平的住处都是鬼子,之平同志夫妇俩下落不明。我和之平同志早约好了第二天在醉八仙碰头。我必须得去,我要确定特派员胡之平同志是否安全。"

肖若彤当即反驳:"可你第二天并没有出现。"

"谁说我没出现!当日九点我如时赴约,只不过暂时没有进门,而在外面观察。去了后发现,醉八仙已被特务埋伏。刚想向之平示警,发现你出现在醉八仙……"

顾慧中解释道:"若彤是替我去的,我担心之平会遭埋伏。"

周振武毫不客气:"让肖若彤去通知胡之平本身就是个错误的决定。前一晚行动失败,肖若彤很有可能被特务看到,若当中有特务能认出她,那他们俩谁也逃脱不了。"

顾慧中知他说得有道理,兀自叹了口气。顾易中又问:"醉八仙你说你去了,那良友咖啡呢?"

"当时我在良友咖啡,我没想到段文涛会突然出现。"他冲王明忠介绍,"段文涛是江苏省委在90号的一个卧底,代号'飞鸟'。他一直作为休眠者潜伏在90号,半年前我到苏州新四军联络处以后,组织才唤醒了他,并把关系转给我,和我单线联系,除了我之外没有人知道他的身份。我一直待在咖啡馆里等着,还拿到了'飞鸟'牺牲前传递出来的最后一个情报……"

正是那份《江苏日报》。

周振武将报纸上的字念了一遍后说:"八号细胞,这是叛徒的代号。我们内部的确出了叛徒,而且这个叛徒,我相信就在这间屋内,就在我们这几个人中间。"

胡之平神色当即严峻起来,王明忠也皱紧了眉头:"直说,你怀疑是谁?"

周振武站了起来,指向顾易中,目如利刃:"是他!"

顾易中还未反应过来,顾慧中先急了:"我弟弟不可能是八号细胞!"

周振武只瞪着顾易中:"当天在良友咖啡,你开枪后90号的人追你们了没有?顾易中是少爷,打不准枪,我能理解。可90号那个特务头子连晋海却叫手下别追了……怎么解释?"

王明忠道:"你是说,90号的人故意放走了他们?"

"不然?他一个读书人,没有受过特殊训练,怎么可能在十几个特务眼皮底下顺利逃脱。"

顾易中气得有点发抖:"读书人又不是笨蛋。"

"在干特务工作上,没受过训练就是个笨蛋。肖若彤,希望你对组织坦白!"周振武竟又转向肖若彤,声色俱厉。肖若彤吓得吞吞吐吐:"当时他们……"

顾易中见他这样，急得站了起来，隔着桌子就要动手："你说话客气点！"

王明忠安抚道："若彤，说实话就好。"

"好像是没有人追我们。我的车开得非常快，枪声什么时候停的，我记不清了。"

王明忠叹了口气。

周振武冷笑，更显得那道刀疤狰狞："一次逃脱是侥幸，两次逃脱还是侥幸吗？望树墩刑场逃脱，良友咖啡神奇突围。顾易中，你觉得你有这么大的能耐吗？"

顾易中手被肖若彤紧紧拽着，长出一口气："夏虫不可与语冰！"

胡之平终于开口："振武同志，那醉八仙我们中埋伏的事怎么解释？顾易中显然不知道我们俩的见面。还有我们的住址，那房子是你租的，没人知道。"

周振武冷笑："顾慧中去营造社找过他，怎么证明他们姐弟没交流。"

顾易中脸涨得通红："怎么又扯到我姐身上？！"

"你的嫌疑最大，不代表其他人就是清白的。"

肖若彤也站了起来："怡园的行动计划是你制订的，参与行动的人，除了我跟易中全部牺牲了。要说嫌疑，你才是第一嫌疑人。"

周振武不慌不忙："怡园的行动是胡之平给我下达的任务，胡之平脱不了干系。中西太郎的情报是他提供的，相片也是他提供的。"

听见胡之平的名字从周振武嘴里说出来，顾慧中脸色彻底白了，她声音有些颤抖："你竟然会怀疑到之平。之平三八年被日本人捕过，拷打了整整一个月，失去了一个肾，他没松过一句口，上线下线一个也没被捕，你现在敢……敢怀疑他对党的忠贞。"

"只有你丈夫一个人有这样的忠贞？我们谁没有？"周振武狠狠戳了戳自己的额角，"我在南方打游击的时候一颗子弹从这儿打穿过去，谁他奶奶的不是九死一生？！"

"干什么这是？"

王明忠到底看不下去，动了怒："我们是共产党还是街头流氓？比刀伤枪眼，什么体统？我们是同志，要互相信任。没有绝对的证据，我们信任每一位同志。"

胡之平一直坐着，此时伸手去扶顾慧中坐下，又望着周振武的眼睛，竟慢慢道："我是有嫌疑的。"

他抚了抚顾慧中的肩膀，神色平静："公平来讲，我们苏州活下来的五个人，人人都有嫌疑。但现在不是争论的时候。叛徒总会露出马脚的，如今我们都在岛上了，我愿意接受组织的调查。"

顾慧中与肖若彤听得此言，立时也表示愿意接受调查、自证清白。顾易中被肖若彤瞪了一眼，也改了主意。

王明忠看向一直没举手的周振武："振武同志？"

周振武看他一眼，不大情愿地点了点头。几人议定，小栓带着几个小同志进门来，一人看着一人回了方才的小院，只不过这回周振武也进了其中一间屋子。顾易中看着门闩一个个落下，终于也迈进了屋门。

翁太在富贵安排的客房里东摸摸、西看看，神色却还不甚满意。海沫没动地儿，只站在起初进屋时候的角落里，在翁太瞪过来时候才慢慢说一句："表嫂，这样不合适。"

翁太往门外看了一眼，提高声音道："有什么不合适，顾家悔婚，是他们欠咱们的。再说了，顾少爷只是有女人，又没成亲，他一个公子哥儿，哪说得准，指不定过两天就玩腻了，顾园咱们得先占位置！"

海沫有点恼意："来之前咱说好，办好事就走，你不能……"却见翁太一抬手，捂在嘴上，而后又道："咱们也得置办点行头，来的时候连件像样的衣服都没有。苏州可是跟上海一样的大城市，就你这身打扮，不用说被人瞧不起，顾少爷看见了也喜欢不起来。"

翁太话音甫落，却几步走至门前，猛一下拉开了门，海沫一惊，见管家富贵正站在门口，像是没来得及躲闪。她听翁太阴阳起来："哟，大管家，娘们儿的墙根子你也趴。"

富贵倒不慌不忙："不是，老爷让我来问一下你们好吃哪一口，是潮汕菜还是淮扬大菜，好给你们备下。"

"吃的我们怎么着都行，大管家，你别欺负我们女流之辈就成。"

富贵赔了些笑，便离了走廊，径直进顾希形书房，关上门便抱怨起来："师长，这事透着古怪。早不来，晚不来，鬼子这边逼得紧，少爷又一身麻烦，娃娃亲就来了？"

"婚书是我和张玉泉的手笔，海沫的模样也和小时候有几分相似，家里的情况也对得上。"

"海沫姑娘我看着单纯些，就是那表嫂翁太，来路不太正。"

顾希形皱起眉头。"富贵，不得无端揣测人家。"见富贵不敢言语，才又缓和几分神色，反而有些黯淡，"论理，这婚顾家不该悔，但易中跟肖家小姐的情形你也是知道的。这事顾家对不起老张家啊，孝悌忠信，顾某已经失了'信'字。"

"……师长教训得是。"

白日里下了雨，夜中温度便降下来，但仍有些闷。天中已无积云，月明星稀，冲山岛格外寂静。大多干部与战士都已歇下了，只有站岗巡逻的仍警醒着，包括徘徊在小院里的小栓。

顾易中久久睡不着，将这几日事情与胡之平他们吵过的话在脑子里绕了一圈，却越想越迷糊，干脆坐起来，在床底下翻出个石块，在土墙上写写画画。

他画了三个圈，分别写上"周""胡""我"三个字，列在一行；这行上面又单列一行，写上"怡园""醉八仙"等地址。最后在两行之间连上对应的线。

算来算去，"周"涉及的区域最广。

周振武，顾易中想。他在那个字上又狠狠画了两圈。

石块划墙的声音忽然被什么动静压住，顾易中猛地一颤，往门口看去：有人在动他的门闩。他下了床，轻轻一推，门竟开了。

门外空无一人，唯夜风扑在他脸上，带来一阵渗入骨髓的凉意。他定定站在门口，眼睛不眨地盯着，见一个黑影在院门外一闪而过。他脚步比思绪更快，立时跟了上去，刚出院门，却被迫止住了步子——一个小战士倒在地上，他蹲下身看了看，还有呼吸，却毫无反应，像是已经晕厥。

顾易中却也顾不得他，只追着那黑影朝外去，能打晕一个战士，或许还要伤人，却听身后一声"站住"，像是小栓。然他已停不下来，倔强往前追着，踏着黑漆漆夜色，绕了好几条路，终于将自己搞得迷路了，黑影也早就不见踪迹。

身后又有响动。

屋门半掩，上头挂着"电台室"的牌子，里面却漆黑一片，唯有电台的指示灯一闪一闪，刺进顾易中的眼里。他轻手轻脚地走进去，借着指示灯看了看桌上，拿起一张纸来，再要细看内容时，脚下却绊了一跤，险些摔倒。

顾易中低头，只见一个浑身是血的小战士倒在脚边。他呼吸霎时停了，惊呼声卡在喉咙里，却被手电筒的强光照得眼前一黑。小栓冲了进来，掏出枪指着他："别动！"

说话间，王明忠已经带着人赶到，灯一开便都见了牺牲的战士。几个战士立即将顾易中制伏。胡之平等人刚踏进门，便见王明忠半跪在倒下的战士旁边,轻声道:"没气了。"

众人都愣住了,唯有顾易中挣扎着,厉声道:"不是我干的!我是跟着个黑影跑来的,一路追到这里,凶手一定是那个黑影……"

小栓半个字也不听他说,从他手里抢过那张纸递给王明忠。王明忠看看它,又看看仍亮着的电台,脸色一白:"根据地的位置暴露了。"

几人又至会议室紧急商议情况,顾易中则被绑着关进了禁闭室。王明忠将那张纸搁在会议室桌上,上面赫然是根据地的位置坐标。

他的意思已极为明显:顾易中有极大可能是内奸,并用电台泄露了根据地位置。肖若肜立时反驳,顾易中根本不会用电台,却没有可靠的说法解释顾易中为何会出现在那儿。所谓"黑衣人",目前为止皆是顾易中的一面之词,是不能被当作证据的。

"肖同志,我理解你们的心情,但我也希望你们能抛开个人感情,理性地看待这件事。六师十六旅新一团已经给我们回电了,他们团三营八连根本没有叫刘强宝的士兵。军医替顾易中处理伤口时,发现他的枪伤很奇怪,枪口是顶着小臂打的,像是个自残行为,整个治疗过程,顾易中一直在打听新四军根据地的情况,他很清楚这个地方叫冲山岛。"

周振武立时接话:"已经很明确了,他一直在撒谎。"

顾慧中双眼通红:"我们顾家是一个把名誉看得比性命还重的家庭,易中他不可能会做这样的事。之平,你说句话。"

胡之平在桌下握住她的手,安抚她的情绪。他神情严肃:"王科长,我用我个人的党性保证,顾易中不是叛徒。我请求组织认真调查。"

王明忠沉默半晌,终究点了点头:"放心吧,我们不会冤枉一个好同志,也绝不放过一个叛徒,你们先回去,我再与敌工科的几位同志议一议。"

天将拂晓,晨光刺透水间浓雾落在岛上。顾慧中忧心忡忡,不知何故腹部疼痛，几是身心俱疲，肖若彤正在旁边照顾宽慰。她看看窗子映入的天光，又看向门口，正见胡之平冲进屋来，急喘了几口气，却盯着顾慧中不说话。

顾慧中急了："他们还是觉得易中……"

胡之平扶着床沿："敌工科判了顾易中死刑。"

王明忠对敌工科几位同志综合分析了顾易中的状况，认为处理此事要慎重，原本建议组织一个调查小组，科里的老卫却决心要尽快制裁顾易中。两人争执不下之际，林副主任却收到了鬼子已经往根据地攻来的消息，指挥部须立即撤离，对顾易中的处置也就采用了党内规定的民主集中制：投票。

"审判委员会三票对二票。这只是师敌工科的一个判决，实施还需向上级申请。我会想办法向新四军政治部提出申诉的，相信上级领导会明辨是非的。"胡之平补充道。

"易中绝不可能是叛徒！他是我从小带大的，我了解他，他是一个正直、有是非观的人。"

肖若彤听不下这些，急着去找王明忠等人解释，胡之平未及拦她，已听见高昂的军号声与枪声交织一处、一同响起。顾慧中追问道："之平，昨晚到底怎么回事？为什么所有事都冲着易中去？"

胡之平本要去追肖若彤，听此只能站住脚："你别急，现在必须转移。根据地已经暴露了。"却发现顾慧中呆站在原地，裤子湿了一片，她的羊水破了。

"……我要生了。"顾慧中沙哑地道。

岛上已是爆炸声遍地，大火燃起芦苇荡，从四面八方朝中涌来，砖块、泥土、瓦片似与烟尘混作暴雨，浇在肖若彤头上。她一面寻着禁闭室，一面喊着顾易中的名字，终于远远听见了他的呼救声。

禁闭室门口的小战士已应军号去迎敌了，肖若彤捡起石块，狠狠砸门锁，往里喊："易中！根据地暴露了，大部队已经转移了，咱们也得马上撤。"门锁松了，她拼力晃了几下，只听沉闷一声响，她拽开大门，望见了里面的顾易中。

顾易中眼里燃着火："若彤，你相信我，我不是叛徒，那战士的死不是我干的。"

她上前去，解开他身上的绳子："易中，我信你。我当时该说，90号的人没朝你开枪，也没朝我开枪。"

"若彤，你相信我就行……你相信我就行。"

顾易中眼底濡湿一片，他站起来，拉着肖若彤的手往外跑，跑入烟尘炮火之中，在其中躲避穿梭。他听见肖若彤说："我相信你。"

两人不知跑了多久，顾易中脑子里的炮声终于似是远了些。肖若彤气喘吁吁地蹲下，却仍拉着顾易中的手："组织上已经核查过了，根本没有刘强宝这个人。他们现在认定你就是叛徒，易中，你得想办法证明自己的清白。"

顾易中僵立在原地，不敢相信自己的耳朵，他还没来得及说半个字，却听身后一声怒喊："肖若彤，你在干什么？！"

是周振武的声音。肖若彤冲上去，将顾易中往反方向狠狠一推，又拦住已经扑来的周振武，嘶喊道："走啊！快走！"

"你疯了吗？顾易中是叛徒！你怎么能放他走？"

肖若彤未及出言，只听一声巨响，烟尘四起，炸弹已往这边轰了过来。周振武反手将肖若彤护在身下，两人扑倒在地，顾易中透过刺痛他眼眶的沙土，最后往肖若彤的方向看了一眼，周振武再抬头时，早看不见他的影子了。

顾慧中的情况很不好，她躺在担架上，由两个小战士抬着，下身却已经开始出血，顺着裤子往下晕，胡之平扒下自己上衣盖在她身上，又握紧她的手。枪声比脚步声更密地紧追在他们身后，胡之平咬了咬牙，放慢步子，寻了个巷子口躲进去，瞅着追来的鬼子放了几枪，甫被看见，又往另一个方向跑，将七八个鬼子全引开了。

两个小战士抬着顾慧中至水边，那儿早停着一条小船，晃晃悠悠漂着。两人直至将担架放在船舱，才发现船夫躺在甲板，胸前凝着血，竟已死去多时了。

尸体被重新放在担架上，搁在岸边，两人还未上船，却听得砰一声枪响，一个小战士身上绽开血花。枪声便如陡落的暴雨般响起来，中了枪的小战士仍挣扎着趴在岸边，朝另一个战士挥了挥手，后者冲进水里，用力把船推离岸边。

顾慧中腹痛难忍，她知自己是快要生了，枪林弹雨之中，她蜷缩起来，护住自己的肚子，亦拼命喊着："快，你们快上船——"

余音尚未浸入水中，她眼睁睁看着岸上的战士倒在地上，滚进水里，水波漫开，小船渐渐漂远了。

枪声却仍未停，她恍惚间只见眼前皆是赤红的血色。她拉住水中战士的手腕："你快上来！"

他却并未听从，只是一手推船，一手固执地开枪。顾慧中骨肉俱痛，终于动弹不得，她亲眼看着那名战士的血染透军装，又漫开在芦苇荡水域之间，他浑似不觉，只一下下扣着扳机。

她再看不清什么了。

孩子出生了。

顾慧中不知究竟过了多久。她听见婴儿响亮的啼哭声，她只觉自己全身的血都在往外流,又被重叠水雾挡在半途,涌回她的身体里,成为灌注的生机,让她急促地喘着气,又睁开眼睛。她睁眼,看见了湿润的婴孩,孱弱地啼哭着,她掀起身上浸满了血的、胡之平的外衣,将孩子包裹起来。

芦苇荡已寂静了,除了那哭声。然而远处正有人影朝这条船来,她抱起孩子,举起胡之平的手枪。那人却是胡之平。浑身湿透、气喘吁吁,登上船来。

胡之平颤抖着声音:"慧中!"

"你看咱们的孩子……"顾慧中喃喃道,"是个男孩,之平……"胡之平应声抱过了孩子,刚扶稳手,却听哗啦水声响,顾易中冒出了头。

他方才恰在岸边撞到了要偷袭胡之平的鬼子,便听见了孩子遥远的啼哭声。胡之平一路疯了似的冲进水中,冲进雾蒙蒙的芦苇荡中央。

胡之平腾出手拉顾易中上船,顾易中抹开湿透的头发,甫稳当在船舱,额头却一阵刺骨冰凉。顾慧中举起枪来,顶着他的脑袋。

"……姐?"

"别叫我姐!"

顾慧中话声极哑,却如利剑,一字字坚定插进顾易中心口:"易中,你说你是不是叛徒?"

顾易中看着她的眼睛:"姐,相信我。"

"我相信。原先我一直相信你。但现在我不相信,不敢相信了。易中!你害死的人还不够多吗!你知道吗,就因为你,两个战士牺牲了!他们都还是孩子呢!"

"姐,你冷静!我怎么会是叛徒!我……"

"顾易中,我不相信,我不愿意相信你会是叛徒。可王科长说得对,五个人的房间,就你的门是开着的。小战士死在你身旁,还有电台。易中,你为什么要当叛徒?我平生最恨的就是叛徒了,我代表组织枪毙你。"

她的手却在抖,枪口擦在顾易中额上,火辣辣地疼。而就在这时,胡之平一把将顾易中推进了水里。

"快走!"

顾易中愣了一刹,终究一头钻进水中不见了。顾慧中的枪口旋即对着水面,抖得愈加厉害,胡之平紧紧抱住她:"慧中,他是弟弟啊,你疯了吗?你要杀死你亲弟弟!他就算是叛徒,也不能让你动手啊,要打死他,我替你打死好不好?"

"为什么会这样?为什么!"

哐当一声,枪被她扔在船舱里。她将脸埋进孩子的褪褓,失声痛哭。

水面与芦苇荡重归寂静,船影之后,再不见一人。

"八嘎!帝国不仅派出了军队,还动用轮船、飞机,可新四军还是都跑了!"

黄心斋盯着周知非,却是给近藤的怒火添柴:"是啊,周站长,这可是出大洋相了。"

周知非冷笑一声,似半点不把近藤的怒吼放在心上:"谁出洋相?阁下,我的情报是真实无误的,新四军就在冲山岛。至于是否歼灭,那不是我的职责。"八号从冲山岛给他发了电报,他立即抄送给了近藤,总之,是半点错都轮不着他背。

黄心斋追问:"情报是八号给的?是顾易中?"

周知非却连半个眼神都不给他:"根据地暴露了,顾易中嫌疑最大。不久之后,他的叛徒身份就会被共党坐实。参加和运,是他顾希形唯一的出路。"

近藤冷静了些:"你不是说顾希形宁愿儿子被杀头也不会参加和运?"

"他儿子是共党,他这么说,要是叛徒呢?我们不要他的命,有人会要他的命。到那时，顾希形与共党便是血海深仇。"

近藤沉默。周知非望着桌面，也若有所思。

"行了，你们都出去吧。"

周知非一言未发，抬腿就要出门，黄心斋跟在后面。然还未迈出办公室门槛，又听近藤开口："等一下。周站长，有个好消息差点忘了告诉你。帝国文化部下发了苏州地区小学生留学日本名额，贵公子榜上有名。"

此话一出，连黄心斋都有些惊讶。周知非转过身："知非说过，犬子年纪尚幼……"

"这是对为帝国效忠的支那人的最高奖励，周部长的儿子，梅院长的女儿，也都在名单上。江苏省只有高主席的孙子跟令公子了，你要好好珍惜帝国的荣誉啊。"

周知非弯起唇角，眉头却紧紧绷着："谢阁下栽培。"转过身大步跨出门，那笑容却霎时消失，转作十足的冷意。

黄心斋凑了上来。"近藤什么意思啊？你要是把孩子送去京都了，那不就成了……"他左右看看，几成气音，"成了他们日本人的人质了吗？"

周知非住了步，黄心斋险些撞在他身上："黄副站长，这不遂了你的愿了吗？"

"周站长，我不明白。"

"你也有一个儿子啊，让你的太君也给送去留学吧。"

黄心斋下意识退了一步："我儿子还小，还小呢。你是站长，我只是个副的，你们家先、你们家先。"

周知非再没看他一眼，径直往走廊外去。黄心斋回头看看近藤紧闭的办公室门，抹了一头冷汗。

90号谁都知道周站长今日心情不佳，谁的问好也不理，谁的苍儿也不搭。

周知非面无表情地上了车,直往家去。苏州城仍一如既往地热闹,热闹中含着走进坟墓路上似的死气,他闭上眼睛。

为防暗杀,站长的车有前后保镖乘车护着,慢吞吞往家开着,今儿却似诸事不顺,走到半路,叫一辆牛车撞上了。

保镖下来盘查了半天,里里外外前前后后搜查了一通,只有个老头不停赔罪,眼泪都要下来了。周知非不看这些,坐在车里,仍是一句话也不说。他听着嘈杂声音,忽觉眼前一暗。

玻璃上贴了东西。一张纸,极不显眼,却就在他耳侧。

上面写着几个字,却连字迹他都认得。

明日申时,寒山寺。泉水。

他的家也是那样,高大气派的别墅,却被厚重围墙围着,墙上挂着电网,墙下守着漆黑的保镖,双层加厚的铁门打开,两辆车开进去,他自己也把自己埋进去。周知非下了车,走进客厅,走进书房,关上门。

入夜了。周知非坐在客厅,听着纪玉卿断断续续,似喘不上气的哭声。

"小四还这么小,留什么洋呀?"

周知非坐在沙发里,闭目无话。

"不行,我不同意。你搞和平运动,不就想捞几个钱吗?现在好啦,钱没捞着几个,孩子倒被人套去了。"

他语调平板:"你跟东洋人说去,跟我嚷有什么用。"

"都是你得罪近藤,不把人放在眼里。我不管,你得把孩子给我留下。"

见他仍不作声,纪玉卿却忽然想起什么,一下止了哭,声却仍是暗哑的:"你去给近藤服个软,赔个不是吧?我存的还有几十条黄鱼,也给他拿去。他还喜欢什么,古董?那几个明代花瓶都给他好了……"

"不去!我现在给近藤鬼子低这个头,90号我以后怎么领导——"

"当个汉奸还当出荣誉来了?！周知非，我不管，去上海求李先生去……他不是跟晴气中佐熟吗？"

"梅先生的大小姐，周部长的少公子都去了东洋，还有江苏省主席的孙子，都在名单上。你比他们官大还是钱多？"

周知非闭了闭眼，起身往书房走。纪玉卿追上去，拽住他的胳膊："小四可是亲儿子啊，你就不能想想办法吗？你要是把小四送走了，我就去跳太湖——"

周知非深吸一口气，脸色铁青，一把捞起桌上的茶杯要砸，却终究死死捏在手里，几乎把它掐碎。

他咬牙道："去跳去跳，要跳咱们一家子全跳！都死了干净，混成现在这鸟样，怪我。要不是你天天嚷着钱少官小比不上别的太太，我至于现在做个招万人骂的汉奸？"

纪玉卿愣愣地松了手，周知非转身走上楼，敲了敲周幼非房间的门。

想来周幼非知道是他，说了声"请进"，见他进来，又放下毛笔，叫了声："阿爸。"

他还在临摹《颜氏家庙碑》。周知非挥了挥手，示意他继续写。周幼非提起笔来，写一个"大"字，横一笔却又写得粗了。

这儿该写细，他知道。他停了笔，抬起头望着周知非的眼睛："阿爸，横又粗了。"

周知非站在他身后，摸了摸他柔软的头发。

"粗就粗了，下回别忘了。今天不写了，早点歇息。"

他走出房间，走到漆黑的走廊，站在那儿不知多久，掏出衣兜里那张皱成一团的纸来。"泉水"两个字，一横一竖一撇一捺，都刺进他的眼睛。

陆峥正在公寓里，一瓶瓶整理着他的洋酒。刚关上柜门，却听外面一阵乱响,他还没反应过来,顾易中就跌跌撞撞扑了进来,一身的水,稀稀拉拉掉在地上。

他话也不说一句,倒在沙发上,揪着衣角缩成一团。

"哎哟,我的顾少爷,你这是去哪儿了呀?你可把我给害惨了……"

陆峥话这么说,还是凑上前去,见他哆嗦个不停,嘴里还念叨着冷。陆峥伸手一摸,顾易中额头烫得他也抖了一下。

"发烧了,我给你拿药去……"陆峥扒了他的湿外套,把挂着的大衣给他盖上,看着像是于事无补,又堆上两条毯子。顾易中缩在里面,仍在发抖。

陆峥往柜子里找药:"下午营造社来了几个人,拿着枪比画,说是有你的消息,立刻通知90号,你怎么又跑这儿来……怎么了?别睡啊!"

他话没说完,药也刚冲上,顾易中却昏睡过去了。

外间里天已隐隐约约亮了,顾易中眼前现出愈加清明的白,他听见带些极细微杂响的音乐声,是赵元任的《教我如何不想她》。

乐声没被盖过,明暗交杂之间,他看见清晰闪动的脸。

"顾公子,老鹰在哪儿?"

"告诉师长,我们没有叛变,都是好样的。"

"一次逃脱是侥幸,两次逃脱还是侥幸吗?如果说顾易中不是那个叛徒,那90号为什么一次又一次放过他?"

他看见留声机上转动的黑胶,一圈一圈,使他头痛欲裂,使他惘然失神。他看见茫茫的太湖,细雨渐失,船夫戴着斗笠背身而站,他蜷缩在船篷下,他张望遥遥湖面,边上过的每一条船上却都看不见姐姐。他闭上眼,肖若彤站在炮火中,站在眼前。

"记住,要想办法证明你的清白。"

音乐戛然而止。顾易中睁开眼睛,汗水早将头发又浸湿,仿若刚从水中逃离。

陆峥端着一碗粥进门,见他挣扎着要坐起来,顿时松一口气:"再不醒,我还以为你死了。这一宿睡得……小心小心,体温计。"

"体温下来了点,吃点吧。"他把体温计从顾易中衣服里拿了出来,后者却还愣愣坐着,也不接他的粥,只望向他:"陆峥,帮我。"

陆峥把粥放进他手里,叹了口气。

"肯定没好事。说吧。"

春江潮水连海平,海上明月共潮生。
滟滟随波千万里,何处春江无月明!
江流宛转绕芳甸,月照花林皆似霰。
空里流霜不觉飞,汀上白沙看不见。
…………

是评弹《春江花月夜》。顾希形坐在花园,海沫在他面前,抱着琵琶,身姿入云。一曲唱罢,顾希形意犹未尽,旁边一块儿听着的富贵和王妈也叫起好来。

海沫起身,微微一躬:"献丑了,顾先生。"

顾希形摇摇头:"当年就是凭这段《春江花月夜》,我与令尊结交于广州,可惜斯人已逝,知音不在啊。你倒是很好地继承了你父亲的张派俞调,所谓一字一音,全句二逗,尤其是'月照花林'的'凤点头',点得极妙。"

"父亲教我的时候,说家传的张派俞调其实融合了马如飞的马调,讲究的是行云流水,一气呵成。"

俞调与马调正是苏州评弹两大流派,前者婉转抑扬、缠绵悱恻,后者明快流畅、流传极广。

顾希形拊掌:"两调相融,玉泉先生是亘古不出的评弹奇才,可惜英年早逝。"

"海沫学艺不精,有污顾伯伯清耳了。"

"哪里!你唱得很好了,老派有腔调……打鬼子进苏州城,沈先生、薛先生去了内地后,我就没听见这么地道的《春江花月夜》了。今天得偿所愿,痛快。"

海沫这才露出点笑意:"您若喜欢,以后我常唱给您听。"

顾希形摆手:"不敢不敢,你是客,今天已经很失礼了。"

"老爷,饭好了。"王妈从旁过来,又看看海沫,"翁太太呢?一天都没见她。"

海沫还未应声,翁太就拎着大包小包进了顾园的门:"快快快,搭把手。"王妈连忙上前接应:"呦,买了不少东西。"

"观前街从头走到尾,没怎么下手,就添置了这么点。都说苏州比上海繁华,我看差远了,顶破天,也就比比香港。"

富贵冷不丁开口:"翁太太,你还去过香港啊。"

翁太一愣:"我们在广州住过的,谁没去过香港。"

顾希形看她一眼,没接茬儿:"以后去观前街买东西,让富贵陪你去就是了。"

翁太赶忙摇头:"哪敢劳动大管家。我们女人这些花里胡哨的东西,让王妈带路就可以了……王妈,给你捎了条帕子,你看花色中意不?"

王妈顿时眉开眼笑地道谢,富贵则冷着脸看翁太,没再说什么。

翁太在海沫房间里收拾她的红皮箱。窗帘将深夜遮在外头,她打开衣服结成的包裹,看着里面的两把枪:一把掌心雷,一把金柄勃朗宁。她正要拿起来检查,却听得门开了,她手心一转,枪便又消失在衣服里,咔嗒一声,箱子也合上了。

却是海沫。翁太皱起眉头:"进门出点动静行不行?"

海沫垂着眼:"自己屋子还敲门,旁人看了不更怪。"

翁太想也是这个道理,便转了话头:"把老头子哄得挺开心的,事办得漂亮。"

"顾先生是真懂评弹的,还给了张书场的月票。听说后天有魏钰卿魏调的《啼笑姻缘》。"海沫从袖里拿出那张票,细细看着。翁太却只顾追问顾希形还说了什么。见海沫只将票收起来,又道:"老头子还说了什么?"

翁太越发不满起来:"我不是让你打听顾易中和他们家大小姐到底去哪了?"见海沫不言声,话中更气,"又不听话了。来的时候不是跟你说过了,看到什么听到什么,及时汇报。"

"我不是干你们这行的。不会。"

翁太却霎时恼怒起来,声音压低,神色却厉:"什么叫我们这行的?我们哪行的!姑娘,你要敢坏了我的事,我不杀你,你弟也别想活命……飞行队的戴队长每个月都等着我的信呢。"

"你看看这个。"

连晋海见了那信纸,把周知非办公室的门关得更紧了些。他现出惊讶神色:"泉水,她到苏州了?"

周知非没答话,划一根火柴,把纸烧了个干净。

"不会是黄心斋那伙诈你的吧?"

"这代号是她与我联络时专用的。除了你,没人知道。"

"这个时候来,什么意思?她不是跟徐恩曾去了重庆吗?"

周知非双手揉着额角:"泉水是中统老人了,徐老板一直看重她。派她亲自来苏州，应该是奔你我过来的。郭景基被杀的事，可能也跟他们有关。"

"那咱们怎么办？"连晋海语气有些急了，下意识往屋门看了看，"反水回去？"

"回得去吗？我跟李先生都换了帖子的，回去老徐还会信任我吗？李先生会放过我吗？90号现在的局面也得来不易。哪条道都得走到黑。"

"那咱接着跟日本人干，就是苦了四少爷，这么小，要去日本当人质……至于泉水，先下手为强。"

周知非没抬眼："不能动她。"

连晋海难得语重心长："哥，再缠绵的旧情也抵不过如今的两个阵营啊。特工总部那边郑苹如的事，你忘了？要不是老丁反应快，早打成筛子。泉水留着早晚是祸害。"

周知非吐出两个字："闭嘴。"

连晋海恍若未闻："老丁那事听说也是中统的人策划的，美人计，中统拿手。"

周知非声音更沉，盯着他的眼像是恶狼："闭嘴。"

连晋海抿上嘴，一声也不出了。周知非反而自顾自言语起来："怎么说当年是我对不起她，要不是幼非年纪小，我真跟老纪分了。"

连晋海踌躇一会儿，望着上司难得有些飘忽的神情："那……您这是要见她？"

"以她的脾性，不见绝不会善罢甘休的。见个面，把她支应回重庆，万事大吉。但这事得保密，不管是东洋人还是李先生知道，咱们俩脑袋都别扛了。"

直到拿着陆峥的钥匙开车时，顾易中的手仍然发着抖。陆峥一把将他扶住，又抢过钥匙，推他上了后座。

前日里陆峥查到了周知非的车牌号，但谁也不知这个特务头子究竟住在哪儿。周知非疑心重，连坐的车都是防弹车。非要暗杀，恐怕不容易。望远镜、手表也给顾易中备好了，枪陆峥却找不来，顾易中只得作罢。

"易中，不干不行吗？90号，咱们惹不起还躲不起？我陪你去上海，这年头就法租界安全，东洋人也不敢动。"

顾易中举着望远镜，盯着90号大门："这事不仅关乎我，也关乎我爹的名誉，不办不行。"

陆峥一哼："也为了肖小姐吧？"

顾易中没应，只低声道："为了这所有的一切，我绝不能是叛徒。"

陆峥隐隐约约听见"叛徒"二字，一挑眉，再没说话了。

90号大门有小轿车开了出来，顾易中念着车牌号："1507……"

"就是这个！"

前后有两辆车，都往他们停着的地方开来，顾易中蜷起身子躲着，陆峥发动车，远远跟在后面，一直开上苏州街道，不知多久，跟在周知非车后头的保镖车突然拐了弯，进了小道。

"就盯1507。"顾易中道。陆峥依言，又放慢速度，开进了一条窄街。顾易中又看了看，却忽然挥手，低声急喊道："退出去！"

陆峥皱起眉头，下意识挂挡："怎么了，被发现了？不会吧，我跟得不……"

他话音没落，周知非的车竟停了。陆峥踩下油门，急忙倒车，却被后面堵上来的保镖车拦在巷口。几个黑衣特务一拥而下，黑洞洞的枪口挤在一块儿，隔着玻璃，正对着顾易中的脸。

"因为情报部门的失误，帝国的军队白跑了一场，没找到新四军的主力，还付出了不小的代价，这简直是耻辱！"

怒吼的是苏州驻军最高将领登部队小林师团长，近藤等一干日本军人则坐在下首，会议室鸦雀无声。半晌，近藤起身，鞠躬道："阁下，是我的过错。苏常太第一期清乡，除了军事打击外，政治方面，要广泛宣传'日中亲善''和平建国'，开展反共教育。"

然而小林面色更加不悦："近藤，你还在实施石原以华制华那一套。"

近藤无动于衷，冷冷地说："这个地方曾经发生过著名的扬州十日、嘉定三屠，死了数百万汉人，但最终他们还是把清朝推翻了。杀人解决不了日中之间的问题。我要的不是顾易中投诚，我要的是顾希形、顾园、整个吴县的中国人投诚，让他们真正投入大东亚战争，这样我们才能北上跟苏共决一死战。"

"八嘎！"

近藤知趣地没再说下去。

"阁下，请训示。"

"支那人大大的不牢靠。你90号里的中国人，听的是上海的李先生，而不是你这个顾问。别忘了，苏州，是帝国的士兵用鲜血拼下来的，这里统统的一切，是我们的，是大日本帝国的。"小林眯起眼睛，"杀人，可以解决一切问题。"

审讯室桌上摆了好酒好菜。连晋海坐在顾易中对面，比了个大拇指："顾公子，你们真行，站长的车都敢跟。周站长以前可是中统头号盯梢专家。"

顾易中不搭茬儿："这事跟我表哥没关系，把他放了。"

"甭管有没有关系，吃生活总是免不了的。"他看着在白炽灯光下显得越发使人垂涎欲滴的饭菜，抬了抬下巴，"顾公子，站长特意为你准备的。放心，酒菜里没毒，我们站长不玩76号吴世宝那一套。"说完，先给自己倒上一杯酒，美美喝尽了。

"拿人钱粮，替人消灾。90号最终还是日本人说了算。吃点吧，顾公子，一会儿他们还找你问话呢。他们可比不得我们客气。"

顾易中坐着不动，望了一眼面前的松鼠鳜鱼。

近藤是刚从日本宪兵队回到90号，小轿车在楼门外头停下，近藤后面跟着岩井，直往审讯室走，迎面撞见周知非。

"阁下，借你的人，物归原主了。"

近藤一个字也不说，只死死盯着周知非，仿佛第一个想开枪崩了的不是顾易中、不是共产党，而是他。周知非有一瞬浑身发冷，站在那儿，看着近藤进门。

连晋海从他身后转出来："顾易中这八号细胞的身份是坐实了。"

周知非不动声色："只有死人才是实的。"

连晋海一抬眼，没说话，算是默认。周知非又道："顾希形虽然隐退多年，但重庆那头熟人多，老蒋都卖他几分面子。这功劳，咱不抢，杀顾易中的账，得记在近藤名下。"

近藤正看着顾易中吃那道松鼠鳜鱼。他剥鱼鳃剥得十分利落，仪态亦优雅，近藤只看着他："顾公子，久仰。"

白炽灯晃了晃，顾易中眼里似只有那道鱼。

"日本战国时期的大名织田信长观察抓到的俘虏，第一口吃鱼背的，是穷人家，杀掉；第一口吃鱼鳃的，是有钱人家的，留着。"

"他那么聪明，最终还是被家臣明智光秀烧死在本能寺。"

近藤神色不变："顾公子很了解日本的历史。"

顾易中扔鱼刺："你们那点历史有什么值得了解的。"

近藤不恼，也不接话，自顾自地说："在下近藤正男，是日本帝国宪兵队派驻苏州特工站的顾问，请赐教。"

他站起来，又冲顾易中伸出手。顾易中只作没看见，慢吞吞吃着鱼，吃完了又掏出白色餐巾抹抹嘴角，浑似也没看见餐巾上的血迹。他道："你们特工站的厨子不怎么样，该换了。"

近藤收回手："顾公子风雅。"

顾易中一笑："没听说夸俎上肉风雅的。不吃了，走吧，还是望树墩吧。"

"顾公子误会了。令尊顾希形与在下，也算是老交情了。支那人中，除了鲁迅，在下就佩服令尊了。令尊当年贵为黄埔教官，与邓演达、恽代英等人齐名，北伐时跟吴佩孚打过仗，视蒋介石为无物，在苏州名望大大的。一年来，在下时常登门请教。"

"你提到的那两位将军，都已不在世了。"顾易中面色极冷，看向近藤时，又掉出不屑来，"我爸没让你进过门吧，不如对过马路上的大黄。"

"大黄是谁？"

"包子铺的狗。"

咔嗒一声，近藤身后的岩井掏了枪。近藤一挥手，使他动作僵在那儿，又道："顾公子的脾性和令尊十分相似，在下佩服得紧。你们可能对近藤有些误会。昭和七年冬天，在下就在姑苏盘桓半年。狮子林、拙政园、留园，在下几乎把'栏杆拍遍'，当然包括顾园。"

顾易中似说书："就怕贼惦记。"

近藤就似全听不见，只自顾自剖白："白居易有诗，扬州驿里梦苏州，梦到花桥水阁头。在下是发自内心地喜欢苏州。"

"苏州的好，是我们中国人的好，跟你们东洋人没关系。"

近藤摇摇头："在下恰恰认为，日中之间不应相互敌视，要共存共荣，相互提携。"

"这是我听说过的对侵略最无耻的解释了。难怪我们中国人都要叫你们倭人了。"

近藤的脸刹那间苍白似死人，他终于克制不住，揪起顾易中的衣领，又霎时放开，只怒目而视。

"我厌恶暴力，希望用和平的方式来处理我们之间的分歧。帝国希望令尊能出任吴县知事一职，出面维持苏州的治安，只要你能说服令尊，我立马送你回顾园。"

顾易中也盯着他："我们中国人更讨厌暴力，正因为如此，我们才希望赶走侵略者，建立新中国。这场战争，中华民族是不会输的。"

"错！日清战争你们已经输了，这次你们还是要输。"

"甲午战争我们是输了一次，但那是大清。现如今，我们一定会让你们输得一败涂地。"

近藤已经咬紧了牙关，字从里面溢出来，七零八碎："不服输？顾公子，那你服什么？死！"他未再等顾易中回应，大笑几声，扬长而去。

几个宪兵押着顾易中出了审讯室，直往楼外走。90号广场之上，几个特务正打篮球，欢声刺进顾易中耳朵，他偏头看了一眼，正瞅见一人，竟酷似刘强宝。

他还没来得及看第二眼，就被罩上一个黑头套，宪兵推着他往前走，一直上了轿车。座位宽敞，日本宪兵在他耳边说着什么，毕恭毕敬。

他想起那个满嘴"老子"的刘强宝。

小楼窗口上，周知非跟连晋海站在一块儿。后者开口："这是要把顾易中送回去？"

周知非冷笑一声："近藤真不愧是中国通啊，捉放曹都会了。顾易中这颗棋，他是不用到底不死心。"

"死棋，他近藤还能怎么用？"

"近藤出身长洲藩贵族，家世显耀，毕业于日军陆军大学，资历比李先生的靠山晴气还老。只因参加了二二六叛乱，才只是个少佐。他早年在长三角做过六年的参谋旅行,熟知苏南地理风情,比咱们还懂中国人。让他跟顾易中玩去,咱们还有正事要办。"

连晋海见状,便不再追问,径直提起另一桩事:"人我找好了,是个老手。你见一下?"

周知非摇摇头,往外走去:"让他麻利点就行。"

直到轿车停了,顾易中眼前猛地一亮,头套被摘了下去,他被强光刺激得揉了揉眼,只听咔一声响,车门又开了。

他望见自己家的牌匾时仍有些茫然,给他开门的竟是岩井本人,日本副官躬身在那儿,做出个有些滑稽的"请"的手势,其余士兵在他身后列成整齐的队伍,以近藤为首,正向他鞠躬。

近藤深沉道:"拜托阁下了。"

顾易中眼睛充血,死死瞪着近藤,不明白他究竟唱的是哪一出,直到身边响起咔嚓咔嚓的拍照声,他顿时反应过来,伸手去挡:"拍什么拍,拍什么拍!"

围观群众里竟有不少记者,想必也是近藤派来的,他隐隐听见"落水""汉奸"等词,急要开口理论。还未出声时,富贵和王妈便从府中走了出来,两人慌忙将顾易中拉到府门里去,也吓了一跳。

近藤竟又鞠了一躬:"告辞了!"

日本宪兵纷纷离去,记者们却仍不间断地拍着,顾易中几是狼狈地逃进了家门,将顾府的大门关死。

"你给我跪下!"

顾家祠堂之中,写着"余庆堂"三个字的牌匾仍然悬在正中,其下则是顾家列祖列宗的牌位。顾希形怒声早穿破了门。顾易中紧皱着眉头:"易中不知因何而跪！"

"倭人八抬大轿送你回来，你还敢说不知！"顾希形喘了一口气，"外面那么多记者，还拍了照，全苏州城都晓得咱们顾家出了你这么一个汉奸。苏州民众的唾沫星儿就能把顾园给淹了。你爷你太爷你太太爷你曾太太爷，列祖列宗，你对得起吗？"

"他们陷害我！"顾易中走近一步，"易中无愧于心。阿爸，你也不相信我吗？"

顾希形一愣，话声终于落下些许："我信不信你，有用吗？倭人盯着顾园不是一天两天了，打民国二十六年十一月苏州沦陷那天起，我就大门不出，二门不迈，怕的就是被倭人乘隙，结果还是……"

顾易中深深看了他一眼，竟转身要走。顾希形一喝："你站住，你还想去哪儿？"

顾易中一字一顿："我给您还有顾园惹的麻烦，我自个儿去处置。"

顾希形的怒火又往上蹿："处置，你能处置得了吗？富连长！"

富贵和王妈一直在外头偷听，闻声连忙冲进门来，应一句"师长"，竟见顾希形指着顾易中道："把这个孽子给我锁起来，不许他出顾园半步。"

"阿爸！"

富贵急趋上前，拉着顾易中的胳膊往外拽："少爷，您就听师长一回吧，也给老富贵个面子。"

顾易中像哑了火的枪，再无一字说。他随富贵走至堂后回廊，竟隐约听得几弦琵琶声，虽残声不成曲，情意却丝丝入耳。他不自觉循声而去，抬眼一看，是顾慧中从前所住的西厢房。隔窗而望，却似真有个袅娜的女子身影坐在窗边，三两拨弦，只是犹抱琵琶半遮面，看不清眉眼模样。

那女子并未抬头，自然也未瞧见他，直至富贵喊一声"少爷"，那女子想必是听见了响动，抬眼发现了他，随即躲了起来，再看不见了。

顾易中便往前走："这是谁啊？富贵。"

富贵一副苦脸："少爷，说来话长。回头你自己问吧。"

第三章
坠崖

寒山寺始建于南朝萧梁年间，初名"妙利普明塔院"，后来由唐朝贞观年间临济宗的名僧寒山、希迁创建。千年之间，五次火毁，多次重建，风雨飘摇至今，香客仍络绎不绝。连晋海抬头望望寺门，又警惕地看看四周，走进了大殿。

他一眼便认出了跪在大殿正中的女人。她双手合十叩拜，十分虔诚。连晋海走到她身边跪下，心中也默念了一句什么。

那女人却没说话，径直起身离开，连晋海随即跟了上去。两人步至大殿后一个僻静处，女人终于朝他转过头来，竟正是翁太。

"他到底没来。"

翁太面色平静，望着他的眼睛炯炯有神，与在顾家时的市侩模样判若两人。连晋海声音一时有些发虚。

"他很忙。"

"见一面的时间都没有。"

连晋海听出她话中嘲讽，便另起一头："他托我问您来苏州，有什么任务。"

"这得当面跟他说。"

"恐怕他不能跟你当面。一当面，他怕连命都丢了。"

翁太一怔，眼中最后一点营造出的狠意也消失殆尽："他竟怕我会清理他？"

连晋海真诚道："他并不这么认为，只是我们做底下的这么担心。"

翁太似再没听见他的话了："叙叙家常都这么难。"

连晋海倒有了真情实意："曾经的中统头牌女杀手，找中统叛将聊天，区姐，这话我都不敢听。区姐，你要真念及过去那段情感的话，就别找他了，他过得很不容易了。"

翁太收起了方才那点情绪："汉奸，当然不容易。"

连晋海长叹一口气，也不恼："他能怎么办，他有路可选？南京区二十号人，被李先生全端了。区姐，设身处地想想，进了76号死牢，我们有其他路可走吗？李先生的手段，你们又不是没见识过。"

"徐老板知道他受了不少委屈，他也是被姓李的逼得没办法，并不是真心投靠日本人。"

连晋海摇头："现在说这些有什么用，乱世之中，活命要紧。"

翁太像是又动了真情，语重心长起来："晋海，我知道，你对他一直忠心耿耿，跟他出生入死。你不能就眼睁睁看着他堕落，成为党国的罪人。"

"区姐，回不了头了。"连晋海声音更低，"你们已是两个阵营的人了，你要真为你们好的话，就别再来找他了。"

"我是想救他啊！"翁太道，"徐老板说了，只要他回头，既往不咎。不然他就是下一个郭景基。"

连晋海望着她的眼睛，话声冷静下来："站长猜得没错，郭知事果然是你们干的。"

翁太神色也恢复莫测："来苏州我们小组总得立点功啊。"

连晋海忽然道："你们来了多少人？"

翁太绕开他，道："徐先生很重视苏州，上海军统占了先，苏州要再打不开局面，那在蒋公跟前有啥面子。"

连晋海也知是套不出什么话，又道："区姐，听小弟一句忠告吧，再走一步真的很危险，你就放过站长吧。"

翁太只是坚持："安排我跟他见一面。"

"不可能。"

"……晋海。"

连晋海终究有些动摇，他想起周知非沉默的脸，往翁太手里塞了个什么："这是他帮你求的签，区姐，再见，再也不见。"

他立时转身走了，翁太紧紧攥着那张签文，眸色如剑。她低头，褶皱之间，签上写着两行诗："剑穿红颜心如冰，心死葬爱断世情。落花流水谁无意，看破红尘斩知音。"不知不觉间，她盯着那古朴笔画，走上了下山的小路。

至一分岔口，她忽然住了步，猛一回头，正见个男人迎着她走来，路过她身边时连头也没回。

是周知非的人。

她手中隐隐握着一把尖锥，擦肩而过一刹，猛地插进了男人腹部，鲜血流了满手。

男人闷叫一声，倒在地上。她垂下头，冷冷道："再有下次，扎的可就不是这个位置了！"

"我先祖世居宜兴果山，始迁祖峰，生于明洪武年间，卒于成化年间，因……"

周幼非正在房中背族谱，刚刚开始，连念也念不顺。周知非望着儿子的脸，接道："因靖难之变。"

"……因靖难之变。迁居东洋塘里，分礼、义、仁、智四支。三支周仁科生曾祖周求山，曾祖周求山生祖父周秉才，祖父移居城下里，生父亲周知非，周知非生周幼非。我，周幼非，江苏宜兴果山周氏十一代孙。"

周知非面上这才隐隐现出笑意："别忘了，死死记住。"

周幼非还未答话，便听敲门声，是他母亲在外面："知非，晋海找你。"

连晋海跟着周知非进到书房，锁紧了门。外面天早已黑透了，却不知为什么灯也显得昏暗。两人都盯着连晋海放在桌上的锥子看，上面的血已被擦净，尖利锋芒却在灯下映出几分寒光。

"脾肾都破了，大夫说了，没三个月下不了床。"

周知非话声却平静:"这还没动枪呢。"

连晋海有点着急:"见血就停不下来了。站长,老徐那边动真的了。"

"她的落脚点也没查出来?"

"二组的赤眼他们跟上了,但在平江路那边丢了。我已安排下去,侦行科的所有人都出去,宾馆旅行社一家也不放过。"

周知非摇头:"无用功……把人撤回来吧。她不会住这些地方的,一定另有藏身地儿。"

"那我们怎么办?"

"等。她出手而不伤人命,显然是要跟我们和平接头。我都知道老徐想说什么了。放心吧,早晚她会再联络我。"

连晋海一愣:"……她我倒是不太担心。怕的是黄心斋跟近藤那边知道了风声。黄心斋一直在找你的不是。"

周知非一笑:"他们军统那两把刷子,翻不出她来。"

连晋海忙接话:"那是那是,论特务工作,戴笠他们是咱中统的徒弟。"

话音没落,却听了纪玉卿的声:"贼头贼脑的,说什么呢你们?"她捧着一大摞小西服、棉袄褂子等衣服走过来,还拉着周幼非。小男孩穿着一身小正装,也有模有样地绷着脸。

连晋海起身,顺手收了桌上的锥子:"嫂子,马上就走。"

"不着急。"她又转向周知非,"做了四套夏衣、两套秋衣、三套冬衣,老周,听说神户冬天很冷的,要不要搞件小貂毛过去?"

"呢子就行了,他们那里的学生冬天不让穿多。"

"四少爷什么时候启程?"连晋海问,又掏出个厚厚的红包,"这是我跟我太太的一点小心意。"

"晋海,你这是做什么?"周知非往回一推,却被连晋海硬塞给纪玉卿,"给四少爷壮壮行色。我告辞,告辞了。"

周知非一叹气:"幼非下个礼拜动身。礼拜天,松鹤楼我们摆一桌,晋海,你得来。"

连晋海应着出了门,前脚踏出房,后脚纪玉卿就拆开了红包。周知非瞥她一眼,不屑道:"孔方兄最好!"

纪玉卿毫不在意,也不接话。家里的刘妈正过来通报:"外面有位先生,说是来拍照的。"

纪玉卿这才抬头:"拍什么照?"

"让他进来吧。"周知非又转向纪玉卿,"让小四把长衫换上,咱们一家人,也该拍张全家福了。"

"小毕扬子!给我站住!"

晨鸟叫得正欢,富贵大早上刚到顾园外面来,便见了个青年往顾家牌匾上泼粪便,一见他又一溜烟跑了。富贵没追上,在后面嚷着骂了两句,又赶忙回去让家仆清洗。

他取了今日的《江苏日报》,先自己看了两眼,脸色愈沉。这报纸本是要给顾希形看的,现在他却不敢送了。

"富管家,今天的报纸到了?顾先生在书房催着。"

他抬头一看,正是海沫,连忙把报纸背着手一藏:"嘘,今天《江苏日报》就不用给师长送了,就送《申报》。师长要问,就说送报的可能漏了。"

海沫察觉不对:"报上登什么了?"

"我给你看,你可千万别声张。"

报纸头版,明晃晃挂着昨天近藤送顾易中回顾园的照片,九十度的一个躬。大标题写着"顾家公子参与和平运动,传顾希形或任吴县知事"。

"少爷怎么会跟日本人混在一起?"

海沫瞧着也是不信。富贵这才松了口气:"肯定是小鬼子捣的乱,你可别信。"

海沫点点头,道:"这报纸我烧了去。"

富贵应着,一转身又见了个五十余岁的老头走进顾园来,海沫也住了步。老头高高瘦瘦,面目严肃,朝富贵点点头,单刀直入:"先生在吗?"

富贵下意识道:"在,陆先生……"话到一半,见了他手里拎着的报纸,连忙改了口,"不在,师长不在。"

老头不答话,径直往里走。富贵心里咯噔一下,匆匆跟上去。海沫也跟着问:"这位是?"

"兆和医院名医陆先生,陆兆和,易中少爷的姑父。"

陆兆和坐在顾希形对面,以那份《江苏日报》和上面印着的照片为界,燃起呛人的烟。顾希形终究先开了口:"兆和,易中素时虽放浪不羁,但'忠信'二字,一贯是行得好的。倭人的雕虫小技,切莫上当。"

"陆峥与易中一对表兄弟,同时被捕,易中如今被恭送回顾园,他表兄陆峥仍羁系敌牢,这让人怎么不多想?"

"要不让易中上来,你自问话。"

陆兆和绷着脸:"这倒不必。自伍子胥两千五百年前筑苏州城以来,苏州八大姓,陆、顾为先,一荣俱荣,一损俱损,我想你心中必有分寸。这个县知事,你要敢就职,就别怪我这个陆不认你那个顾。"

"……兆和。"

陆兆和却没看他一眼,径自拂袖而去。顾希形起身,目送他出门,又垂眼看了看那张照片。

海沫见陆兆和与顾希形谈话,到底没好与富贵一同去听,只回房里擦琴,忽见翁太端着一碗汤圆进来,让她给顾易中送去。

"饭菜自有王妈会送,我去干吗?"

"就你这脑子?顾少爷落难,现在正是你表现的时候,弹词里没有英雄落难小姐援手的唱段吗?"

海沫仍擦着琴:"不会。"

翁太也不恼:"那我现教你。顾少爷呢,现在是人人喊打的汉奸,人人喊打,他那女的和他能不能成都两说,这可是千载难逢的机会呀……去,把汤圆送去。"

"不去。"

翁太又走近几步,低声道:"你想天天在这苏州待吗?我的事要办不完,你甭想回重庆跟你弟团圆。端着。"

海沫看了那汤圆一眼,慢慢端了起来:"我知道你在动什么心思。"

翁太眼神一厉:"让你去,你就去!"海沫再不答话,小心翼翼出了屋。

顾易中自进禁闭室后,一宿没睡。整件事情几已明晰:怡园的行动是陷阱,放他逃走与回根据地后遇到的一切也是圈套,都是为了把他诬陷成为汉奸,再逼父亲就范。

他从房里翻出了张纸和铅笔,开始画刘强宝的肖像画。不知不觉中,天光已大亮。

敲门声忽响了起来,他一偏头,看了看,又走到门前蹲下,隐约见一个姑娘弯下腰,将一碗汤圆从门板下的小窗口搁进屋里。姑娘的身影与他那日瞧见的一模一样。

"你是谁?"

姑娘一言未发,转头便要走。顾易中急唤:"等一下,帮我!姑娘,等一下!"

海沫住了步,一寸寸地往回挪:"干吗?"

"帮我出去。钥匙应该在富贵身上挂着,你想办法去偷来。"

"我不会偷东西。"

"那这样,你去我书房,帮我取点东西。这总可以吧?"

不一会儿,海沫便拎着个木工工具箱回来了,又将箱子从小窗口塞给顾易中。顾易中立即拿了工具,开始拆卸门板,海沫仍是沉默,蹲在一边看着。

"你要去哪儿?"她忽然问。

顾易中动作一顿,却没有回答。

"我知道你要去哪儿,你要找照片上的人。"她说。

顾易中的房间里堆满了建筑模型、画册素描,还有像这样的木工工具。桌上只摆着一张照片。她拿起来仔细看了看,照片里有个亭亭玉立的女孩,如清水芙蓉,笑靥如花。

"什么照片上的人?"顾易中问,话音刚落,却又突然明白了,他霎时警惕起来,"你到底是谁?我们家没你这样的亲戚啊。"

海沫正不知所措,面前却忽然蒙上阴影,是翁太来了。她提着嗓子:"还说评弹里没英雄美人的段子,《西厢》你唱得蛮好的呀。"她一面嚷,一面干脆利落地把顾易中想拆下来的暗扣重新锁上。

顾易中急了:"你干吗,干吗呢?"

"顾少爷,别怪我,你老子没发话,我们万万不能放你。"

"你又是谁啊?"

"我是海沫的表嫂,也是你表嫂。"

顾易中完全糊涂了,只听翁太继续道:"少爷,你真不懂还是装不懂?我现在明着告诉你,你俩的亲事可是令尊定下的,少爷你可甭想不认。"

"什么亲事?!"

"装,又装……少爷,虽然新文化运动了,凡事还是要讲究先来后到,我们家海沫,可比那个姓肖的学生早。"翁太一扭头,拽着海沫的手腕走远了,"没过门,少说话。省得王妈她们说闲话,海沫,走。"

顾易中看看工具箱,坐在地上,脑子里又乱成一团。

王明忠走进临时根据地的办公室时,只见周振武穿着一身新四军军装,站起来朝他敬了个礼:"明忠同志,周振武向你报到。"

"准备妥当了?"

"要能再多点子弹,就更好了。"

王明忠叹了口气:"敌伪现在大规模地发动清乡,枪支和子弹都运送不进来,给你们的这些配备,都是师部的同志们凑的,最强的。"

周振武一笑:"我就是那么一说。没子弹的仗老子也打过,够使了。"

王明忠点点头:"六师在苏州有一个地下征兵点,负责新四军在苏常太的征兵工作,吸收一批有文化有理想的知识青年,加入六师的队伍。这个征兵点以一个黄包车车行为掩护,一直单线跟师部联络,负责人叫何顺江。你去了苏州,向他报到。由他领导这次的缉捕行动。"他拿出一封信,放到周振武手里:"你去了把这封信交给老何,他会安排一切的。"

周振武一一记着,又听他道:"还有一个人,要参加这次行动。"他又往门外喊:"唤她进来吧。"

小战士招了招手,周振武盯着门口,见肖若彤一步步走了进来。

因为放走顾易中的事,肖若彤已经禁闭做了反省,也写了检讨信,但即便见到了印着顾易中照片的《江苏日报》,她仍然相信顾易中不是内奸八号细胞。她理解王明忠等人和组织的判断,他们皆认为她是受到了和顾易中感情的影响,才难以改变态度,更认为顾易中是害死数名同志的内奸,应专门行动缉捕。然而正因如此,她才更要参与这次行动,要亲眼看看他究竟是不是内奸。如果一切果真如此,她会将功补过,亲手抓捕他;如果不是,她也要证明他的清白。

周振武却急了:"明忠同志,你这是什么意思?"

王明忠抬手打断他，转向肖若彤："肖若彤同志，你能不能服从周振武同志的领导？"

肖若彤点了点头。"能！"她看向周振武，"我了解顾易中，熟悉他的活动范围。我跟着小分队去苏州，一定能帮上忙。还有，我哥就是因为叛徒的出卖才牺牲的。我要亲手抓住叛徒，为六哥报仇。"

王明忠轻轻叹了口气。"你看若彤同志，说着说着，又把革命工作跟个人的情感混淆了。"他又看向周振武，"你呢？有问题吗？"

"我……有。"周振武拉着王明忠的袖子，把他往旁边拽了拽，"王科长，我……"

"振武同志，你先不急，我就问你一句，你们小分队，五个大老爷们，还带着枪械，怎么进苏州城，怎么过一路上的敌伪检问所？"

"……我正研究方案呢。"

"替你想好了。由若彤假扮你的太太，你是江西来的少东家，姓周，若彤是少奶奶，其他同志扮成随行账房、挑夫。你们一行六人，专门从江西婺源坐船过来，到家业"人和车行"查账，并陪太太在苏州游玩。"

周振武松了口气："王科长，原来你都安排好了，这安排实在周到。"

"地下工作，一点马虎不得。你能不能完成任务？"

周振武又敬了个礼："保证完成缉捕叛徒顾易中的任务。"

王明忠这才点了点头："相信同志，也依靠同志。若彤同志，这把枪给你。"

正是顾易中上岛时被下了的那把枪。肖若彤认了出来，紧紧握在手里。王明忠看着她，道："相信你知道怎么用这把枪。"

肖若彤也看着他："是，王科长。"

"好吧，你去隔壁院子，每个人对一下身份资料，换好衣服，把所有跟根据地有关的随身东西都取下来。去吧。"

周振武与肖若彤应声出门。王明忠关上屋门，随即见一人从里屋走了出来，正是根据地政治处的林副主任。

"林副主任，这样安排合适吗？"

"妥当。我已经跟江苏省委刘部长取得联系，他正在盐城新四军军部参加整风，江苏省委也会做出相应的安排。明忠啊，不冤枉一个好人，不放过一个坏人，这口号喊喊容易，做起来难。白区工作复杂，不多动动脑子，不行啊。"

肖若彤与周振武往王明忠说的小院里走，两人却谁也不同谁搭话。直到进了院子，见四名新四军战士正换着挑夫与账房的衣服。一个年轻人热情地迎上来，指了指放在一边的西装皮衣："周连长，你换那件，听说你要扮成少东家。"

话音落地，他才看见后面的肖若彤，随即一怔。周振武道："哦，忘了介绍了，这是要跟我们一起行动的肖同志，她扮成我的太太。这几位是侦察连的同志，这是雷排长。"

"叫我雷子就行。"年轻人笑了笑，"这几位是从我们营里挑出来的，都是苏州周边的人，对苏州很熟悉。"

"以后我们就是一家人了。"周振武说着，拿起一件干净洋装，递给肖若彤，"……这件衣服应该是你的。"

却没想到肖若彤不伸手，只往屋里走："我自己有衣服。"她关上了门。雷子看看她背影，又看看周振武，笑道："少东家，你这位少奶奶好像对你有意见？"

周振武看着手里的衣服，没接茬儿。

一行人到苏州城内时，天刚蒙蒙亮。街上湿气重，虽未下雨，却闷得人胸口发紧，衣服也潮乎乎的。道上看不清人，只听得嘈杂声响：卖早点的在支铺子，车行的车夫交接班。周振武与肖若彤坐着黄包车过来，雷子扮作管家，其余几人也跟在旁边。

黄包车停在挂着"人和车行"牌子的门面外头，门口打扫的中年人回头看了看，见几人下车，便走上前去，不动声色地挡住了门。

"请问？"

"我们是从江西过来。"周振武道。

"是少爷啊，昨天在码头等了您一天，还想着是不是行程改了。"

"家里有点事耽搁了。这位是我太太。"

肖若彤礼貌地笑笑，中年人侧身迎道："快请进吧。"

众人进了内院，神色随即严肃起来。雷子往身后送了几个眼神，扮作挑夫的战士便悄没声地从包裹里掏出枪，寻了合适的警戒位置躲藏起来。中年人为肖若彤指了个房间，周振武则一路跟着他进了一间密室。

中年人正是王明忠口中的何顺江。他在密室中看了周振武拿来的信，一面读一面叙话："洋行这批伙计，都是今年征的新兵，工人居多，还有学生、小知识分子，在车行当车夫掩护。他们本来都是要送去湖那边参加新四军的，因为他们对苏州的情况熟悉。王科长说了，这些新兵配合你行动，振武同志。"

"你们几个人几条枪？"

"九个人，五条枪，都是短的，但子弹太少了，也缺少训练。"

何顺江将信烧干净。周振武边听边点头："没事，我正愁人、枪不够，加上我的人，咱们够一个班的了。"

敲门声忽然响起来。周振武立时摸上腰间的枪，何顺江则起身开门，指了指走进来的人，向周振武道："介绍一下，这是小分队的领导张起。"

周振武放下了手，神色也松快下来："叫我老周就行，情况怎么样？"

张起点点头，道："目标一直在顾园，没出来过。"

"消息可靠吗？"

"可靠。咱们的人扮成送柴火的进去过一次,姓顾的好像被他爹软禁起来了。"

"顾园周边的情况怎么样?"

"顾园前头临南石子街拐角这几天突然摆出一个报摊,像是90号特务,感觉是在保护姓顾的。还有近河这儿有一只乌篷,也总有三五个不明的人。"

周振武皱了眉头:"不能强攻吧?"

何顺江摇摇头:"顾易中的父亲顾希形,北伐的时候是国民党的师长,底下的管家是他的特务连连长,骁勇善战,家里花匠厨师打杂的,都是当年士兵,除了会耍枪,听说顾园还存有不少军火,平时防范甚严。"

周振武面色凝重:"你回去盯住了,只要他一出门,我们就动手。"

张起点点头,关门离去。何顺江又道:"参加你们这次行动的肖同志,是顾易中的女朋友?"

"谁说的?"

"王科长信里交代的。要不要派个人看住她?"

周振武起身:"没必要。肖若彤是我们的同志,敌我,她分得清。"

肖若彤把带来的衣服整理完,直至清空了箱子,她才发现有一封信压在最底下。

正是顾易中写给她的那封。

她拿起信,没有打开,默默坐了一会儿。不知过了多久,她听见敲门声,站起身来时,才发现自己眼睛早已酸涩了。

周振武站在外面,望着她的眼睛,道:"顾易中那边有消息了。"

顾易中听见门锁的声音。

他跳了起来,面对门站着,几乎摆出极为警惕的姿势,却是富贵和顾希形走了进来。他垂下手,低低唤一句:"爸。"

顾希形朝后摆手:"你去吧。"

富贵关上了门。顾希形看了眼桌上的饭菜和一碗汤圆,竟笑了一声:"可惜了老刘的好厨艺。"

顾易中这下真的急了:"爸,我真的没有做过任何对不起顾家的事。"

顾希形只是摇摇头:"此事本来与你无涉,倭人所为,是朝为父来的。一天不拉我下水,他们一天也不会死心。为父思前想后,只有一策。富贵已经安排好了,今晚,送你离开苏州。"

听得"离开苏州"时,顾易中终于惊得说不出话来。顾希形继续道:"为父有个老部下,陈汉宇,现在香港做寓公。你拿着我的信去,他会照应你的。"

"不行!阿爸,我一走了之,顾家这辈子也休想在苏州抬起头来。叛徒这恶名我得背一辈子。若彤怎么办?她冒着生命危险把我救出来,就是要让我找到证据,证明我的清白。"

顾希形竟十分冷静:"有证据吗?你知道上哪儿找证据?"

顾易中猛地转过头,从桌上翻出几张画像来,展开给顾希形看:"90号。90号里头有人能证明我的清白。"

"90号那些老特务,是你一个人能斗得过的?你表哥还在里头没救出来呢。"

听见陆峥的名字,顾易中立时说不出话来。他还在想着应对之策,却见顾希形从怀里掏出一支钢笔:"这是你的吧?"

顾易中僵了:"是若彤送我的。怎么会在您这儿?"

"富贵从日本人那里抢下来的。"顾希形走到他面前,伸出手来,晃了晃又落下,"易中,为父老了,立过重誓,不离开苏州,不离开你妈,不离开顾家列祖列宗置办下来的顾园。你不一样,留洋多年,中国人心之复杂多变,你不能洞察。你留下来,倒成了倭人构陷为父的工具。听我的,暂避其锋,远遁他乡,将来总有昭雪之日。"

他将钢笔放到顾易中手中,听顾易中喃喃道:"我要走了,东洋人更不会善罢甘休的。"

"留得青山在,不怕没柴烧。民国十七年,济南事变,倭人悍然对我北伐军开枪,为父时任北伐军二十一师少将师长,愤而反击,痛击倭人,然总司令蒋介石怕事态闹大,下令撤军。结果导致我交涉专员蔡公时被虐杀,济南军民被屠万余人。自此一役,为父愤而退出革命军。为父心中,何尝不日日存着这'雪耻'二字。我心中早有一战,但要看准时机。"

他心中早对国军、对蒋失望。北伐沦为军阀间争斗的工具,到了真正护卫自己国土时,军队却唯能退缩。虽然隔年日本便撤了兵,他也已看清国军的真面目了。

"爸……"

顾易中仍说不出话来。顾希形拍了拍他的肩:"走。守,便为攻。"

顾易中还未应声,富贵已走了进来,说车备好了。顾希形拦住顾易中,不让他开口,又问:"门口盯梢的人呢?"

"奇怪,一早那个摊撤了。少爷的行李我也让人先送到火车站了。"

顾希形一咬牙:"管不了那么多了。走!"

"阿爸!"

顾希形转过头,径自往屋里走,不再看他一眼。富贵把顾易中往外拉:"走吧,少爷,您就别让师长再为难了!为了您的事,师长这好几天不眠不休呢。"

顾易中咬了咬牙,大步朝外走去。将至内院门,又想起什么,当即住步,回头冲顾希形喊:"阿爸,忘了跟你报喜了,我姐生了个男孩……生在根据地,哭声很壮。"

顾希形的眼眶刹那间便湿透了。

他声音有些颤抖,却仍未回头,只抬了抬拐杖:"好,好,好。走吧。"

顾易中与富贵一路步至前厅，却见翁太与海沫等在那儿。顾易中先是一怔，但很快将两人与那日门外的声音影子对了起来。他善意地看了看海沫，后者却垂下头，避开他的眼神。

翁太往前挡了一步："顾少爷，你这是要去哪儿啊？"

富贵有些不耐烦，也挡住顾易中："不关你的事。"

"谁说不关我的事呀！他和海沫可是有婚约的。他不能就这么不清不楚地跑了。"

海沫终于出了声，细声细气的，却有阻拦之意："表嫂。"

顾易中终于忍不住。"富贵，这到底怎么回事？"记起之前几次被糊弄过去，又加重口气，"必须得说清楚，这二位女士怎么回事？"

"少爷，没工夫跟他们嚼舌头……"

富贵还未落声，翁太又嚷嚷起来："还是顾少爷有担当。少爷，跟你直说了，你亲爹跟我们家海沫姑娘亲爹当年订了娃娃亲，都有婚约的。你亲爹不认这个账，你呢，得认吧。海沫可是你的人，你要是走了，我们姑娘可怎么办？"

顾易中一惊，看向富贵："真有这事？我怎么从来没听说过。"

富贵无话，几是默认。顾易中又看了海沫一眼，听富贵急道："这事待回头再议，行吗？……我们这还有急事呢。"

海沫原本往后躲着顾易中，却被翁太一把拉到前面，力气大得像要推到顾易中怀里："顾少爷，你能正经看一眼我们姑娘吗？"

富贵没了耐性："让开。"

翁太还在闹："你想不认账是不是？我告诉你，除非你们家老爷子不姓顾，这婚约不认，否则你们可别想反悔！今日谁也别想离开顾园。"

"表嫂，别这样。"海沫想挣开翁太的手，却被一下甩开。富贵又上前几步,握紧了拳头:"没工夫跟你啰唆,给我让开!我告诉你,我们家少爷要是出事了,你家姑娘一辈子都得守活寡!王妈,把这泼皮户拦下。"

翁太拦在前头,还要使劲推,却被王妈一把抱住往后拖。翁太下意识用了力道,一个过肩摔,把王妈摔得老远,几乎爬不起来。富贵愣了一下,立时从腰里拔了枪:"你到底是谁?姓翁的,我早看出来你不简单,你跟这张姑娘到底是什么来历?"

翁太也僵住了,知道自己不小心露了功夫,正想着话应对。海沫早去将王妈扶了起来,顾易中还未开口,却见顾希形从屋后走了出来。

"翁太太,张姑娘的事,顾某人会负责到底的。今天我们余庆堂顾家危在旦夕,还望给条生路。"

翁太磕磕巴巴地顺着往下说:"……我没别的意思,我就是替我们家姑娘做主。少爷走了,我们可怎么办?"

顾希形一字一顿:"顾某定当负责到底。无论吃穿用度,顾某定以女儿相待。"

翁太见富贵拉着顾易中要走,还想去拦:"我们要的可不是这个,顾先生。"

顾希形一敲拐杖:"情况危急,只有得罪了。富连长!"

话音未落,富贵一把推开翁太,拽着顾易中一路冲出了大门。翁太还要去追,早被海沫和王妈一边一个拦下。她狠狠瞪了海沫,却只见她垂着头,眼圈儿红了。

她抹去那点泪,往顾易中离开的方向看了一眼,未承想他也正回头。两人对视,不过一刹,顾易中转身离去,消失在了大门外。

海沫却怔愣在那儿。她还没回过神来,只觉身后有些发冷,原是翁太正盯着她。

"人早走远了。别忘了你是来干吗的。"

翁太丢下这句话，径直走了。留下海沫站在那儿，用力扶住了门边。

"园前有两组90号的特务，是监视你的，这都不见了。这两天，弄堂口又多停了几辆黄包车，估摸着也是朝你来的。"

从前厅到顾园大门这几步，富贵低声给顾易中说着情况。顾易中看上去却不以为意："你老江湖了，还怕这几个蟊贼。家伙带了吧。"

富贵拍了拍身上，见顾易中一笑："听我的，富贵，今天我们要大摇大摆地去火车站。"他揣着衣兜，像个真纨绔似的出了家门，走进门前里弄。几个90号特务立时跟在后面，像是滑稽的尾巴。顾易中只作没看见，兀自往前走。富贵在他身后点头哈腰："几位老总，我们少爷要去观前街走走，可以吧。"

"可以可以，但我们几位得跟着。"

"爱跟跟，但几位老总，我们可不管饭啊。"

富贵刚转过身，却见一辆黄包车停在了顾易中面前。他打量几下车夫，指了指90号特务，问："你跟他们是一伙的吧？"

车夫却没搭理他，声音比他更低，只朝顾易中说。

"少爷，上车。"见顾易中没动静，又加了一句，"肖小姐让我来接你的。"

富贵一个字也没听清，只见顾易中触了电似的，噌一下跳上了那辆车，车夫随即飞奔起来，不顾富贵在后头追喊，不会儿便没影了。顾园门口的特务也跟了过来，富贵脚步一顿，挡住了他们，跌跌撞撞回了顾园。

他一路奔进顾希形书房，连敲门也顾不上，扑通一声跪下。

"师长……"富贵望着顾希形惊讶的神情，几欲垂泪，"师长，我对不起您！"

富贵磕磕绊绊地说了来龙去脉。顾希形越听面色越凝重："这么说，除了90号，共产党也在捉易中。"

- 123 -　　第三章　—坠崖

富贵点头："90号还能糊弄，被四爷盯上了可就麻烦了。"

顾希形面色铁青："被哪头抓着都凶多吉少！易中这回把天捅破了。"

身后又跟上了几辆别的黄包车，然而看着却不像90号的特务。顾易中有些不安，探身往前问道："是肖小姐一个人让你来接我的，还是有别人？"

拉车的正是张起。他不应声，只一路狂奔。顾易中当即反应过来，拍着车篷："停车！……我让你停车。我现在还不能跟你们回去，我得去找证据，待我自证清白后，我会去找你们的。停车啊！"

张起却越跑越快。顾易中急出了一身汗，站起来四下张望，正望见街边的两名巡警。他当机立断，猛地推了张起一把，险些把人推倒。他趁机跳下车来，疯狂撞入人群中。路人的尖叫惊动了巡警。张起再想追时，却早被巡警拦住，而顾易中已淹在人群中，不见影子了。

90号楼后有个小湖，清澈见底，苏州多雨，使它看上去更添几分灵动。近藤正在湖边，亲自刷洗他心爱的东洋马。黄心斋凑在一旁，伸手道："太君，我来吧。"

近藤没搭理他。黄心斋讪讪收回手，装作无事发生："按太君的吩咐，每天我都在《江苏日报》发一则顾希形要出任吴县知事的小道消息，不过顾希形倒挺沉得住气，既不声明造谣，也不承认事实。还有人往顾园泼粪。乐死我了。"

"古之君子，恶其名而不饮，今之君子，改其名而饮之。顾希形一直以苏州名士自居，我们就看看，他这面子，能摆几时。"

"顾家父子现在里外不是人，日子自然不好过，怕就怕……溜之大吉。"

近藤终于直起身来，正眼看了看他。黄心斋连忙道："请太君放心，我已经加派人手，前后门盯着顾园，顾易中插翅难飞。"

"外松内紧。让你的人先撤离顾园,别让顾希形跑了就行。在顾园周边成立一个包围圈,如果共党的人冲进去,让他们先打起来。"

黄心斋连连点头:"明白。顾家和共党的矛盾深,那这个吴县知事,顾希形到时候不当也得当。太君一箭三雕啊。"

近藤这才露出一丝笑意:"织田信长一代枭雄,最后死在本能寺,并非不善战,是他搞不清大势。"

"对对对,我们楚霸王也一样。不明白形势的人,都死得惨。顾希形早晚乖乖凭太君使唤。"

近藤没应,继续刷洗他的马。水花四溅,黄心斋有些狼狈地往旁边躲,又道:"还有一事,太君……周站长最近工作很积极。"

"周是个聪明人。要想儿子早日回国,该怎么做,他还能不知道吗?"

黄心斋嘴角扯得越发勉强:"……也是。"

周知非的确依前所言,在松鹤楼开了包间。眼下时候还早,屋里只有两个人,他与苏州商会会长王则民。

"则民兄,你这个为难兄弟了。"

王则民放低调子:"90号放一个人,还不是你这个站长说了算,知非兄啊,这布庄刘老板啊,是我三姨太那头的表哥的连襟,你看这关系,我磨不开这面儿。他们家愿意出十条黄鱼,给站里的弟兄们喝茶。"他随着话往桌上放了一袋子金条,周知非却连看都没看一眼。

"站里还是归日本人管。"

"知非兄,苏州谁不知道90号是你撑大场面的。那些小鬼子,也就是个傀儡。"

周知非严肃起来:"都说汉奸是傀儡,何来日本人是傀儡,传出去要掉脑袋的。"

王则民没应声，又把一个翡翠镯子放在桌子上。

"这个翡翠镯子是刘家祖传三代的宝物，绝对稀罕的物什，听说是宫里流出来的。给嫂子戴着玩玩。"

周知非端起茶杯，轻轻喝了一口，瞟那镯子一眼，却没看王则民："刘老板大号是……？"

王则民忙道："刘光达。上个礼拜进的90号。"见周知非点了点头，连忙把镯子也收进袋里，搁在了手边的柜子上。他刚刚回身坐下，便见连晋海带着个年轻人走了进来。

"晋海来了。"周知非脸上便轻松许多，又介绍道，"这是连强宝，晋海的本家。"

连晋海便拱手："站长，我该死，来晚了。王会长，你好啊。"

几人互相客套一番，周知非看一眼王则民，开了口："晋海，刘光达因为什么事进来的？"

连晋海想了一遭："贩卖私布，贩毒，通匪，欺压邻里。"

"手上有人命没？"

"那倒没有，打伤邻居三人。"

周知非呷一口茶："放了。"

连晋海一扭头："啊？他的案子日本人过问过。"

"无证人证物，报他个查无实据。"周知非话声与茶杯一块儿落下。王则民露出个谄媚的笑，被连晋海看在眼里。连晋海面上的不屑一闪而过，转了话头："嫂子还没回来？"

"一早和你太太去了大丸百货，说是要给幼非置办书包去。女人们去了大丸百货，就没点儿了。"

时至中午，一桌人终于坐齐，除却连晋海一家和王则民，还有纪玉卿的弟弟纪玉平，搭上几个陪客。周知非站起身来，一言未发，先干了一杯酒。

桌上也寂静。周知非又倒了第二杯："这第二杯酒呢，谢我太太。我们这些干特务工作的，拎着脑袋过日子，太太跟着担惊受怕，但至少让我们晚上能有个睡安稳觉的地方。当我们这些人的太太，不容易啊。来，晋海，咱们敬太太们。"

连晋海跟着敬，众人干了第二杯。周知非又给自己倒上一杯，却转向了周幼非。

"第三杯，我要敬我的公子周幼非先生……玉平，给你外甥倒酒。"

纪玉卿忙去拦，又给纪玉平使了个眼色："老周你昏头了，儿子才多大，就喝酒。"

纪玉平倒了一杯茶在周幼非面前。几人听周知非道："幼非，离苏州，离了中华民国，到京都，到日本，我希望你永远别忘了，你是中国人，在那些大小鬼子面前，你是那砸不扁的中国人，别忘了。喝。"

周知非将第三杯酒一饮而尽。周幼非犹豫一下，也端起一杯酒抿了一口，看父亲搂上他的肩："来，教你的周氏族谱，背给大家伙儿听听。"

周幼非深吸一口气，正要开口，包间门却开了。一人进屋，趴在连晋海耳边说了几句什么，随即出了屋。连晋海又把话传给周知非，后者晃了晃眼睛，神色立时变了。

"共党露头了，顾易中被接走了。"

周知非与连晋海被几个特务护着，从松鹤楼后门出来，一路钻进了轿车后座。

"快点找到顾易中。"

连晋海吊儿郎当："咱都把人送给近藤了，是他们自己放回去的。现在人跑了，也不是咱们的错。"

"日本人跟你讲道理吗？到时候不还是找咱们要人。"

连晋海自知理亏，压下意气来，绕开话头："八号最近联系了吗？"

周知非摇头:"这个人,极端谨慎。对了,地牢里那位谈得怎么样?"

"纪玉平在上海跟他老爷子接上头了,开六十根条子,但老财主不舍得,真抠门,他家在上海还有米厂、袜厂,是大闻人,不行我让玉平降降。留得越久越不值钱。"

周知非皱眉:"不能降。这又不是菜市场买菜,还讨价还价。"

"行,明天我让玉平再联系一下中人。再不给钱,就毙了。"

肖若彤几乎是冲下楼梯,直奔周振武几人而来——他正与何顺江、张起围坐在一张桌子前面,面前正中摆着个皮夹子。

周振武拿下巴指了指:"是顾易中的吧?"

肖若彤把它拿起来,左看右看,没应声,只问:"……他人呢?"

几人都闭口不言,张起终究先出声:"……跑了。"

肖若彤望着皮夹,极轻地松了一口气,周振武看了她一眼,递去一张火车票。

"这票是去上海的。"

张起补充:"我听他跟管家说的那话的意思,他不愿意去。"

何顺江道:"若彤,我们想听听你的意见。他有没有可能还在苏州,还是逃了?"

肖若彤直视他:"他不是个逃避的人。我相信他还在苏州,他会主动来找我们的。我相信顾易中。"

几人闻言,皆有些震动。张起道:"他是说了,待他自证清白后,他会来找我们。"见何顺江若有所思,又道:"待会儿我再去看看情况吧。"

日头还未落尽,太阳下仍落着薄薄一层雨,张起披着湿漉漉的雨衣匆匆进车行的门,何顺江连忙迎上去。

孤舟

"怎么样？"

"各大路口都设了关卡，查得紧。很多人手里还拿着顾易中的画像。"

周振武皱眉："这样一个小人物，至于这么大阵仗？"

"小人物大棋子，日本人想搬动顾老爷子，这是张好牌。"

张起点点头："这样看来，报上说顾希形父子落水当汉奸，或许并不真实？"

何顺江认同："即便有90号盯着，咱们也得想办法去顾园探探虚实。"

周振武想了想，还未开口，却被身后一声拦住，肖若彤不知何时走了过来，道："让我去吧。"

周振武眉头皱得更深了："你？"

肖若彤神态自若："如果顾易中真是叛徒，别人去都危险。首先我是个女的，不太会引起特务的注意，顾家的地形我又熟悉……"

周振武打断她："谁去都有危险。"

"周振武同志，如果我发生危险，那证明我对你的怀疑是错误的，我不值得去吗？"肖若彤目光炯炯，周振武却一怔："你还是怀疑我？"

"我去把他找回来，跟你们对质。如果他是，我亲手毙了他，如果他不是呢？周振武同志，我们需要一个一个排查，包括我和你。"

周振武不答，直转向何顺江："如果她有闪失，那车行也危险。"

何顺江看了看他，又看向肖若彤："放心，我自有安排。若彤同志，你去吧，注意保护自己的安全。"

顾易中躲在90号对面一处隐蔽街角，死死盯着门口动静，不多时，便见刘强宝晃晃悠悠地走了出来。

那幅肖像早已在他脑子里滚过千万遍。顾易中压下心绪，绕小路跟在了刘强宝后面，直拐进一栋民宅小楼里。走廊狭长，刘强宝走至一道门前，翻出钥匙开锁。顾易中打眼一看，认出那门锁正是时下流行的弹子锁，咔嗒一声，门开了，刘强宝刚往前迈了一步，顾易中便冲出来一把将他推进屋里，又反手锁上了门。

刘强宝刚刚站稳，还未来得及反抗，就被顾易中下了手枪。他看上去半点不慌，上下打量顾易中几下，笑道："你还真没死？你应该感谢我啊。"

顾易中发狠皱了皱眉，枪口直对着他额头，反手取下门后的麻绳扔给他："把脚捆起来！"

刘强宝接过绳子，麻利地把自己的腿捆起来。顾易中在离他极远的地方放下枪，又用剩下的绳子把他的手也捆在了身前，随后才放下心，盘腿坐在他对面。

"谁让你救我的？"

"我哥，连晋海。"

"90号的？"

刘强宝点点头。

"为什么救我？"

"他让我做什么，我就做什么，我真不知道。"

"你叫刘强宝？"

"连……连强宝。"

顾易中一握拳，又问："新四军六师十六旅的，怎么在90号点卯？为什么假冒新四军战士的身份？"

连强宝磕磕巴巴说不出话。顾易中斜他一眼，撕下一边墙上挂着的月份牌，翻过面来铺在连强宝面前，又掏出自己的钢笔搁在上面。

"写，你把这事经过写下来。"

连强宝往前探着身子，一笔一画地写，又嘟囔几声："哥，我饿，能不能叫点吃的，我保证把事情都坦白给你写下来。"

顾易中低着头，冒雨钻进小楼对面的绿茵阁咖啡厅里，拿起了电话，自然是往顾家打。电话响了几声才被接起来，里面响起个温温柔柔的女声。

"喂，顾家，找哪位？"

竟是海沫的声音，顾易中犹豫一会儿，猜她大抵快要挂了，还是开了口。

"你是那个海姑娘吧，是我……顾易中。"

"顾少爷？"

"有个事，能劳烦你吗？"

…………

外面雨愈大了。清脆声入耳，顾易中往门外看了看，终究从架上取了一把雨伞，才走回街上。姑苏城另一畔，海沫踏着雨声，悄悄走进了顾易中的房间，从衣柜里翻出个存折，还有一个印鉴。她将东西放进个绸缎小包里，取了把伞，又踏出顾园，走进雨中。

她依顾易中之言，去了中央储蓄银行，顾易中则就在银行对面暗处瞧着，见她出了银行又走远了，确认无人跟踪，才悄悄跟了上去，直走到巴城老街。

老街寂静无人，微雨朦胧，更缥缈似雾。海沫轻悄悄走着，慢慢住了步。她知道后头有人在跟，稍一回头，却被一把拽进了一个拐角。

"别叫唤，是我。"

听见顾易中的声，她才松下一口气，几乎冒了冷汗："吓死我了，不是约在前面的茶馆见吗？"

顾易中不答："钱取了吗？"

海沫将钱掏给他，顾易中胡乱塞进外套口袋里，又听海沫问："你不是走了吗？怎么还在苏州？"

顾易中叹了口气："少打听。这是为你好。"

海沫默然一会儿，还是问："如果家里有事儿，上哪儿找你呢？"

顾易中摇头："你听着，我现在是个大麻烦，明白吗？咱俩见面的事，你也谁不能说，我父亲、富贵，也包括你表嫂。"

海沫望着他，眼中便似巷中薄雨一般泛起涟漪。她像是在等什么，顾易中想。他喘了一口气，为自己方才的疾言厉色后悔，道："谢谢了。"

他没再说什么，匆匆转身走了。海沫撑着伞，望着顾易中的伞顶将他遮在雨中，伞上隐隐晃出"绿茵阁"咖啡店的店标。

顾园外的确总有特务看守，着重排查的是入园之人。富贵也总站在门前与他们对峙，特务瞧着富贵，却总有些心虚，但一见他，便躲开眼神。未承想今日富贵出了园，直走到他们面前来。

几个特务挤出点难看的笑，听富贵拍打着头发上的雨水，大声道："老总，这下着雨呢，你在这儿一站就是一天，不累吗？要不您还是里面请吧，我给您来点儿小酒，你盯着也舒坦点。"

特务忙摆手："大哥，我就是在90号混口饭吃的，少爷跑了，我们没少挨耳刮子，这要是顾老爷也跑了，我们几个小命都保不住了。"

"瞧你们说的，顾园是我们师长的府邸，他跑，跑哪儿去，凭什么跑？放心吧。"

在他身后，肖若彤一闪身，进了顾园大门。

砰一声响，顾希形把肖若彤带来的报纸拍在了桌上，报纸皱成一团，隐隐露出其上"顾易中坦言，其父顾希形有望出任吴县知事"的字迹来。

"无耻，造谣！"

"顾伯伯，您别生气，我们都相信您的为人。"

顾希形神情却冷硬,看也不看站在他面前的肖若彤:"肖小姐是为易中而来的吧?他不是被贵组织的人接走了吗?"

肖若彤一惊:"易中跑了。我们对他有些误会,希望他能回去把事说清楚。"

"在一个组织内部,误会是那么简单的吗?一个小小的误会会带来很多问题。无论重庆、南京还是延安,都是一样的。你一提误会,我这心里就一紧啊。"

肖若彤解释道:"他违反了纪律,有些事需要他回去说清楚。顾老先生,希望您能配合。"

顾希形抬眼:"就这么简单吗?肖小姐。"

肖若彤说不出话了。

"肖小姐,顾某人清楚,易中现在在你们组织那里,是叛徒,是汉奸,抓到了他,贵党是绝不会轻饶他的!我了解贵党做事的风格。易中这样,是要被锄奸的。"顾希形喘了口气,紧紧盯着她,"肖小姐,你跟易中认识也有不短辰光了,顾家的家风,易中的人品,多少也了解一些吧。"

"顾伯伯,我……"

"我知道,情义要念及,命令要执行,肖小姐,顾某知道,你也难啊。"

顾希形话音未落,肖若彤已经泪满眼眶,但她使劲睁着眼,终究没让一滴泪落下来。她牵起唇角,笑了。

"顾伯伯,六哥牺牲后,我……我真的想知道易中现在在哪儿。我要找到他,问他到底是为了什么。"

她走到顾希形身边,极快地抹了一把脸:"顾伯伯,我相信他,我想帮他。我希望易中能跟我回组织,他这样总躲着不是办法。我相信一切能解释清楚的。顾伯伯,您能帮我吗?"

顾希形望着她,神色终于有了几分柔和:"我是真的不知道他在哪里。

我想让他躲到香港去，可他昨天在去火车站的路上失踪了。我们也在到处找他啊。你要不信，我让富贵过来把事情经过给你汇报一下。"

"不必了，顾伯伯。您知道他可能去哪儿吗？"

"易中平时的社会活动我从不干涉。来往最多的陆峥表哥，被他连累，关在90号。营造社的同仁也说小半月没看到他了……富贵和下人们，正满苏州打听呢。"

肖若彤垂下了眼："谢谢顾伯伯。"

顾希形不接话："肖小姐，方便转达一下贵组织管事的，我顾某敢以性命替儿子保证。顾园绝不会出报纸上说的那种败类。他要真做出那种事，不劳你们动手，顾家自会清理门户。当然，如果他是无辜的，纵是有一千盆污水，我也要替他擦干净。"

"不，顾伯伯，我们都要相信易中。"肖若彤朝顾希形深鞠一躬，久久未起，"顾伯伯，打扰了。若彤告辞了。"

顾希形深深叹了口气，望着肖若彤出书房门。富贵迎上来送，却正见翁太扒在门外偷听，显然不是第一回了。

"表嫂，您干吗呀？不嫌累吗？"

"你说我干吗？"翁太直起腰，也不慌张，就往外走，听富贵在后面嚷："师长好脾气，我富贵可不是！背后拆烂污的事，别被我抓着。"

翁太头也不回："大管家，我们偷听也是堂堂正正的，倒不像你们少爷，神出鬼没。"

她拐过弯去，教富贵看不见了，却正与拎着湿淋淋雨伞回来的海沫撞上。翁太拂一把身前沾湿的衣服，嫌弃道："你走路没长眼睛了，上哪儿去了？"

海沫如平日里一样垂着头："我……我刚去书场逛逛。"

"你怎么心不在焉的。"翁太眼中精光一闪，哼了一声，"顾公子那个心上人,刚和老爷子在书房密谈呢。我真应该进屋,当面锣对面鼓把话挑明了。"

海沫蹙眉:"婚事顾伯伯都说开了,你就别再闹了。"

翁太冷笑一声:"随你。你再不上点心,这顾园咱们真待不下去了,苏州也待不下去了。一天天的,我操什么心啊。"

海沫没答,同她错开身,也往书房方向走,看了看敞开的门,又朝院里去,终于追上了肖若彤。

"等一下。"她轻声唤了一句。肖若彤还愣着神,一回头,开口问:"你是?"

海沫只道:"你是来找顾少爷的吗?"

肖若彤霎时戒备起来,却见海沫左右看了看,声音更低了:"我早上见过他。"

"他在哪儿?你还能找到他吗?"肖若彤问。

海沫摇摇头:"他不肯说他住在哪儿,就是知道我也不能说。他看起来很憔悴,东躲西藏的,生怕遇见熟人,我只是去给他送了点钱。"

半晌,肖若彤才又开口:"他信任你自有他的道理……你要是再见到他,一定告诉我,行吗?我每天下午六点会往顾家打一个电话找你。"

海沫想了想,点头应下,又听肖若彤问:"我还不知道你叫什么呢。"

海沫愣了愣,眨了眨眼,也抹去脸上的雨水:"我叫海沫,张海沫。"

"海沫小姐,我叫肖若彤。"

海沫望着她的眉眼,道:"我知道的。"

肖若彤冒雨回到车行,她匆匆踏进门,却见里外都空无一人,心一下提了起来。

难道这里的组织也被发现了?

她又往内院慢慢走了几步，仍无人影，转身直往外冲，却正撞在何顺江身上。

肖若彤往后一退，抬头看着何顺江和周振武："你们都跑哪里去了？车行的人呢？"

周振武还没开口，肖若彤便反应过来了，脸上立时染上怒色："你们怕我被顾易中拉下水，给敌人通风报信，所以都先撤退了是不是？"

何顺江顿了一下："请你理解，这是为了安全考虑。"

肖若彤深吸了一口气，却又往后退了一步，一字一顿道："我理解。"

周振武这才插上话："谢谢你的理解。"肖若彤却连看都没看他一眼。

何顺江插话："见到顾易中了吗？"

"没有，但我见到顾老先生了。他说顾家若出此败类，他自会清理门户……我相信顾易中不是叛徒，叛徒自有人在。"她话音落下，刻意看了一眼周振武，转身往院里走了。

何顺江让周振武把其他同志都叫了回来，又买了几个杂面包子回来分了。周振武跟肖若彤坐在同一桌，一面大口吃着，一面瞥着肖若彤，见她咬了一口，露出里面的肉馅后立时拿起筷子，把里面两三块肥肉都挑在了桌子中间的盘子里。

周振武忍不住开口："你不吃肉？"

肖若彤仍不吭声，只把盘子推离自己，又听周振武道："带队伍，查叛徒是原则问题，不要和生活混在一起。"他端过盘子，把里面的肉都吃了。肖若彤正好吃完了包子，她站起身来，转身走了。

顾易中不敢松开连强宝，便蹲在他前头，一口口地喂他吃面。面是张记枫镇大面买的，连强宝吃得津津有味，吃到半截，忽然闭了嘴，抬眼瞪着顾易中："哥，你不会给老子吃饱了就送老子上路吧？"

"现在不是让你死的时候。我要带你去见几个人,你把望树墩的事一五一十地说清楚。"

连强宝更紧张了:"见什么人?不会是共产党吧?现在全苏州都知道你和日本人勾结在一起,老子的证词共产党能信吗?四爷要知道老子是90号的人,肯定一枪崩了老子呀!"

"什么四爷?"

"新四军啊,苏州都叫他们四爷啊。你跟他们不是一伙的?"

"你只管老实坦白就行了,其余的事儿和你没关系。"顾易中一筷子堵住他的嘴,"多吃点面吧,以后吃得上吃不上指不定呢。"

连强宝望着热腾腾的面:"哥,你要这么说,老子一口也吃不下了。"

顾易中不作声。连强宝最终还是把面吃了,吃完以后,靠在一边装死。顾易中蹲在旁边愣神。他今天又去咖啡厅给顾家打了电话,是富贵接的,还告诉他,肖若彤来过了。

他告诉富贵,如果肖若彤再来,就告诉她,他要见她。

"因靖难之变。迁居东洋塘里,分礼、义、仁、智四支。三支周仁科生曾祖周求山,曾祖周求山生祖父周秉才,祖父移居城下里……"

日落西山,血红的夕阳洒进屋里来。周幼非又在背族谱。他已经背得很流畅了,在房里站得笔直,看着父亲:"……生父亲周知非,周知非生周幼非。我,周幼非,江苏宜兴果山周氏十一代孙。"

周知非点点头:"一字不错……把上衣脱了。"

周幼非打了个冷战,却还是脱了上衣。小男孩的背上现出许多崭新的伤痕,周知非盯着那些伤痕看,握紧了手里的戒尺。

"忍忍。"话毕,他抬手狠狠抽了儿子后背一下。周幼非强忍着,没哭出声来,听周知非慢慢道:"小鬼子们在学校肯定欺负咱们二等公民,阿爸教会你这身扛打的功夫,希望你记住,不管大小鬼子怎么打你骂你,你都不能吭一声,吭一声你就不是中国人,就不是我周知非的儿子,永远永远你别忘了,我们是江苏宜兴果山周氏后人。"

周知非自己的眼眶早红了,眼泪将面前快被打烂的皮肉模糊成一片。纪玉卿原本在客厅看着新拿到手的翡翠镯子,听见愈快的戒尺声,终于跑上楼来,将周知非推走:"周知非,你神经发够了没有!别打了,别打了!"

她的尖叫声余音中,客厅的电话响了。

自接了顾易中的电话,又见了肖若彤后,海沫这几日都辗转反侧。她回想起和顾易中见面时的情景,那柄伞上的咖啡店标格外清晰。

她坐黄包车来到绿茵阁咖啡厅门口,今日姑苏仍下着雨,她下了车,站在那儿张望。咖啡厅对面是一栋小楼,看着是民宅。海沫提起步子,刚要往那畔走,却见两辆黑色轿车嗖地开过来,停在楼前。几个特务模样的人下了车,往楼里一拥而入。

领头的正是连晋海。他见连强宝几天没来上班,立时带着手下李九招几人直奔他家。几个人来回敲门,却无人应声,连晋海正要把门踹开时,却见一个姑娘上楼来。

"先生,屋里没人。"

姑娘瘦弱文静,眉目清秀,连晋海毫不掩饰地打量她:"你是谁啊?"

"我也住这层,里头那间。"姑娘往走廊内指了指。连晋海追问:"你怎么知道屋里没人?"

"刚才我出门的时候,瞧见屋里的人也出去了,这会儿你敲门没人应,肯定是还没回来。"

连晋海面色沉了下去:"你认识这屋里的人?"

"不熟,偶尔能瞧见。"

"他是个什么样的人？"

姑娘一怔，眼中有些茫然，似在回忆："只知道是个男的。"话毕，她便朝方才指的方向走去。连晋海半信半疑，悄悄跟在后面，看她拐过最后一个弯，消失在里面，这才回到连强宝门前，招了招手，叫李九招他们离开。

顾易中在房内，正死死捂着连强宝的嘴，又用枪顶着他的脑袋，才没闹出动静。他方才本连跳窗逃跑都想过，见了这一番变故，才重又回到门后。枪口还没落下，却又听了敲门声，紧跟着轻柔的女声响起："顾易中……是我……开门。"

竟是海沫。顾易中松了一口气，犹豫一会儿，还是打开了门，海沫还未往前一步，遂见枪口顶着自己的额头。

"是我……顾少爷！"她方才贴在拐角内门板上，才躲过连晋海的眼睛。实则她根本进不了门，吓得出了一身的冷汗。

顾易中面目冷硬："你怎么知道我在这楼？"

"雨伞。"海沫道，"那天见面，我看见你拿了一把绿茵阁咖啡厅的雨伞，猜测你可能住在附近，就想过来试试运气。"她又指了指门外，"雨伞就放在门口。"

顾易中慌忙把伞拿了进来，又放下枪，朝她微微弯下腰，眉目间也软和下来："是我粗心了。实在不好意思。"

海沫只摇了摇头。"刚才那些，是特务吧？"又看了一眼连强宝，"他也是特务？"

未承想连强宝一直傻乎乎地盯着海沫看，见她瞧过来，还龇牙乐了一下："老子错了。"

海沫又被吓了一下，连忙走到一边，也拉着顾易中，声音更低："肖小姐来顾园找过你。"

"她在哪里？说什么没有？"

顾易中一下急了，海沫却仍不紧不慢地，缓缓道："她说，如果有你的消息，一定要告诉她。"

"你能联系得上她？"

"我们约好了，每天下午六点，她都会往顾园打一次电话。如果我能有你的消息，就转告给她。"

"这事儿都谁知道？"

"我谁都没说。"

"做得对。转告她我找到了能证明我清白的证人，我要和她见面！"

海沫回到顾园，坐在前厅里擦琵琶。黄昏日暮，碎光浮金，流在她手里的弦上。她不时往墙上的挂钟望——离六点只差几分了。王妈已经来叫她去吃饭，她没多少时间再拖延。

六点咚咚敲响的钟声，混在尖锐的电话铃声里。海沫搁下琵琶，疾步走去拿起了话筒，极小声念道："明天下午两点，张记枫镇大面……"却忽听得背后王妈的声音："谁的电话？"

咔嚓一声，她挂断了电话，慢慢回头道："噢。打错了。"

王妈皱了皱眉头。海沫随她往外走，不远处客厅之中，翁太放下了分机的话筒。

肖若彤极慢地搁下了电话。周振武与何顺江忙凑上来，听她道："顾易中约我明天见面。张记枫镇大面，就在离顾园二三百米的地儿，以前我们总在那儿见。他说抓了一个90号特务，可证他清白。"

周振武沉着脸："万一是陷阱怎么办？"

肖若彤笑了一声，却不看他，使她声音显得格外冷："就知道落井下石，顾易中在你心中已毫无信任可言。"

"苏州现在形势复杂，振武同志的担心也是有必要的。"何顺江打圆场，见肖若彤没说话，又找补，"见还是要见，不过我们要做好多重准备。"

肖若彤站了起来："他要见的人是我，我要求参加。"

周振武也看向何顺江："那我和肖若彤一起去。"

肖若彤看了他一眼，没应声，只后退一步，冷静道："我一定把顾易中带回来。如果顾易中不是叛徒，那叛徒就另有其人，我们这个联络点可能都会有危险。老何，振武同志，不管如何，我们应该给顾易中一个证明清白的机会。"

何顺江点点头："是啊，不冤枉一个好人，不放过一个坏人，是我党的一贯原则。振武同志，打仗你是行家，就请你来做周密的安排吧。"

"还是没找到连强宝？"

周知非走进自己办公室里，连晋海正等在里面："他常去的几个地方都找过了，应该是欠了不少钱，躲债去了。"

"道上那几个庄家找人问问，赌徒永远有下落，不可能找不到。再有，顾园门前那些黄包车夫搞清楚了？"

"是太湖那头的。不过……没查到他们的窝点。"

周知非还未答话，却见一个特务进门，拎着一盒稻香村往他这儿走："站长，您订的糕点到了。"

周知非下意识往后退了一步："糕点？我什么时候订糕点了？"

"别动！"

连晋海大喊一声，吓得那特务僵在原地，半点儿不敢动地，连手也悬在半空。周知非摆了摆手，让他把点心盒放在桌上。他的手一寸寸地往下沉，搁下了盒子，刚一松手，立时转身跑了。

周知非趴在盒上听了听，连晋海递来一把小刀，将包装慢慢割开，几块点心露在众人面前，而点心上放着一张纸条。

连晋海立时挥了挥手,将办公室其他人都清走,又关上门。周知非看了看纸条,塞给连晋海。一行字写在纸条上头:

两点,张记枫镇大面。泉水。

"她还是要见您?"

周知非不答,只摇摇头,望着办公室里的钟表。此时已是一点半,他沉声道:"泉水从来不在茶楼、饭庄、咖啡馆见面。召集站里所有人,就去这个地方。"

大雾散开,头顶上日头初现。顾易中拿枪顶着连强宝的后腰,一手提着一件大衣遮挡,走进了张记枫镇大面店。他不时往外望,拉着连强宝坐在了角落里。

"哥,我帮你做证,你可得保证放了我。"

顾易中没说话,只紧紧攥着肖若彤送的那支钢笔。不多时,即见肖若彤走了进来。

肖若彤与周振武几人方才就藏在不远处的一艘小船上,一路看着顾易中。她坐到顾易中身边,见他一手僵着,藏在桌下,便知那儿有什么。他抬起头,目光灼灼,只望着她:"若彤。他就是刘强宝,假新四军,我在根据地说的那个人。他们故意让他掩护我逃离刑场,他能证明我没有说谎。"

肖若彤打量几眼,见他嬉皮笑脸:"真名连强宝。不关我事啊,长官。我也是被迫的。"

"别在这儿说,走。"肖若彤又站起来,走到面店门外,朝已从船上下来、躲在马路对面的周振武点了点头。周振武朝她做了个手势,肖若彤会意,转身去叫顾易中。几人都起身,朝周振武站着的地方走。

然而还未跨过马路,便见路两头有几辆车飞驰而来,将行人都冲散。周振武立马掏了枪,他身后的几个人也随之跟上,甫见周知非下车,立时将枪口抬了起来。

连晋海早看见了他们:"一个也别放跑了!"

周振武等人当即开枪回击,边打边往后躲。枪林弹雨之中,肖若彤拉着顾易中,顾易中扯着连强宝,捂着脑袋跑到了对面。肖若彤嘶喊道:"90号怎么会来?"

"见面的事情除了你跟海沫,没人知道!"

"那个海沫到底是什么人?"

其余的特务也都赶到了,一同朝顾易中几人的方向乱枪射击。顾易中一面护着肖若彤一面躲闪,连强宝趁乱下手,一把抢了他的枪,身子一转就掐上了肖若彤的脖子,枪口指着她的脑袋。

顾易中红了眼,站在流弹之中,一步步朝她走:"连强宝,把人放开!"

连强宝半句不理,朝马路对面正往这儿逼近的连晋海大喊:"晋海哥,我在这儿,你快来救我!这里还有共党,我抓着了一个女的。"

"救肖同志!"

周振武一声令下,而后左右寻找有利位置,张起等人为他掩护阻击。顾易中不敢往前走,只得挡在连晋海与肖若彤之间,听连强宝喊:"你别过来,你再过来,我就打死她!"

砰一声枪响混在嘈杂声中,一颗子弹射穿了连强宝的眉心。是周振武开的枪,肖若彤忙往顾易中处跑去,却见顾易中冲到连强宝的尸体旁,拼命地晃着他血肉模糊的脑袋:"连强宝,你别死。连强宝,醒醒!别死!"

顾易中目光中混杂了恨意,猛地冲向还未来得及后撤的周振武,与他撕打起来。他迅速落了下风,被周振武一拳打倒在地。连晋海就快冲破阻击线,周振武吼道:"跟我们回去!"

顾易中喊得几乎劈了嗓子:"你为什么要打死他?"

肖若彤在旁拉着他,也急了:"他是顾易中的证人,他就是刘强宝!"

周振武扯着顾易中的领子："没工夫管这些了。90号的人怎么会知道我们在这儿，谁泄露了消息？顾易中，你是不是跟90号演双簧？"

肖若彤还未应声，顾易中却忽然蹲了起来："口供！连强宝是写了口供！"他使劲翻自己的衣兜，里面却是空的。他甩开周振武，望向身后的马路，见离他十来米的地方，那张月份牌如浮萍一般，漂在积水上——是他刚刚与肖若彤冲过来时掉落的。

顾易中什么也不知道了。他眼里只有那张湿透了的月份牌，而它漂了起来，往离他更远的方向去。他踹开周振武，直往外冲，冲过了张起几人的枪弹，冲进连晋海等人的射击区，一排枪弹朝他扫过来，肖若彤死死拉住他的衣角。

"你不要命了！"肖若彤尖叫道。

周振武也看清了，那月份牌上的确写着字，而它正往朝这儿跑的周知非那里漂过去。他带着何顺江等人往连晋海处集中火力，开始掩护顾易中，顾易中冲了过去，只见周知非从旁边特务手里接过一个日式手雷，拔出保险，往地上磕了一下，手一扬，手雷画出一个弧线，掉在了那张月份牌上。

顾易中离它几乎只有一步。他喊不出声，只觉自己口齿拼出一个软弱无力的"不"字，随后是巨响，剧痛，还有淋漓的鲜血与黑烟。肖若彤在很远的地方叫着他的名字，在黑烟之后有着愈来愈近的影子，朝他跑来。

他却已经听不见了，人也僵在那儿。他几乎是爬了过去，捡起一块极细碎的纸屑。

他笑了一下。肖若彤晃着他的胳膊。

"没了，都炸没了。"

她听见他说。

黑烟滚滚之中，周知非、连晋海带着一众特务终于退回了马路对面，只朝周振武几人开枪。周振武喊道:"肖若彤,把他带回去!顾易中就是叛徒八号细胞,你不要再被他骗了!"

顾易中没有反应,肖若彤无能为力。她听他念道:"我不是,若彤,口供丢了,人也死了。若彤,我没证据了,没了……什么都没了。"

周振武见肖若彤束手无策,上前将顾易中踢倒,正要带他走时,连晋海几人的子弹已经逼到了眼前。顾易中对这一切都视若无睹,他只望着肖若彤,一声声念着他不是叛徒。

周振武举枪还击,不忘回头冲肖若彤喊:"快把顾易中押走。"

"……顾易中,跟我回去。"肖若彤举起了枪。

"……若彤?"

她站了起来,垂头看着顾易中,枪口之后是满溢出来的泪:"易中,为什么会这样,为什么每一次你出现在哪里,90号的特务就出现在哪里,我是想相信你,可你让我怎么相信你啊!易中,走,跟我们走。"

"我哪里也不去!我要找证据!"

他爬起来,还未走出一步,却见肖若彤在他面前,朝地下开了一枪。

"你别逼我。"她哽咽着说。

顾易中又笑了。他扔下脸上破碎的眼镜,又往后退了一步。他看着她:"你们,他们,还有你,都在逼我。若彤,现在连你也在逼我,我不是叛徒,不是八号细胞。"

他又退了一步,肖若彤的手颤抖了:"顾易中,你想干什么?"

"我证明给你看,我现在就证明给你看……来,朝我开枪,看我跟90号是不是一伙的,来啊,朝我开枪啊!"

他忽然冲了出去,朝着周知非的方向,拼命、拼命地往前跑。一时周振武、周知非、连晋海都蒙了。连晋海扳机上的手指松了,街上枪声静寂下来,特务们看着顾易中越来越近,几乎到了周知非面前。

"……他疯了。"周振武喃喃道。

肖若彤的手却仍僵着，端着枪，枪口早对不准顾易中。她不知自己在哪儿，不知自己在做什么，只觉得动不了。顾易中离她越来越远，快要看不清了。

她感觉到她在失去他。

连晋海大喊："站长，怎么办？"

周知非一言未发，掏出了腰间的枪，一步步迎着顾易中而去。周振武等人后知后觉朝周知非射去密集的枪弹，他视若无睹。连晋海几人忙跟在后面替他掩护。周知非举起枪，对着顾易中的胸口，扣动了扳机，而后把枪插回腰里。

众人都愣在原地。

顾易中黑色的外套被血晕开。他躺在街道上，下晌的日头刺进他的眼，随血红的天、血红的云越来越快地绕着圈。他听见回响，仍是肖若彤的声音，仍是他的名字。

他闭上了眼。

周振武拦腰抱住疯了一般要冲出去的肖若彤，在张起与何顺江等人掩护下撤退，连晋海迅速带人追了过去，凌乱的脚步踏在顾易中身体旁边。周知非慢慢走过来，轻轻踢了踢顾易中的胳膊。

他再也不动了。

90号特务仍徘徊在顾园门外，守着紧闭的大门。周知非与连晋海亦亲自看在这儿，坐在不远处一辆小轿车里，不时往院子里望。

"一点动静都没有？"

"外勤组一直盯着，无人出入。"

周知非紧皱着眉："顾易中的尸体是被他们接回顾园了？"

"当天接回来的。第二天，他们就拉了口棺材进去，都有盯梢记录。"

周知非默了半晌，竟叹一口气："今天算头七。顾老头子真行，为了名节连儿子的丧礼都免了？"

连晋海哼了一声："顾希形行伍出身，心狠。死人见得多了，心也狠，早年他女儿跟个共党跑了，他能登报断绝父女关系。"

周知非点点头："恩怨分明，让人钦佩。"

连晋海也往车外望了一眼："虽然他挂个拐，每次见到他，我都有些害怕，他那眼神，能看透人的五脏六腑。"

司机发动了车，慢慢开离顾园，周知非闭目养神："他儿子还是死在咱手里，这个仇算结下了。真不想跟这个硬老头子当敌手。"

"站长，这事不怪你。是顾易中一心求死。死了好，死了八号细胞就更安全了。"

周知非摇摇头："好梦不长，咱们的八号再有所为，他们就会知道，死的这个，是假的。"

"都办妥了？"

富贵穿着一身孝服进书房时，顾希形正靠在椅子上，垂眼盯着一张老照片看，半晌也不动一下。照片是全家福，是十几年前的全家福。那时候顾慧中与顾易中还是孩童，而顾希形还穿着一身军装。

"报告师长。时辰一到，就可以出殡了。"

顾希形应是听见了，却没接话，只坐起身来，将照片摆给富贵看："你看看，那个时候多好啊……玉芬还在，两个孩子天天围在身边，她一走，这个家就像是散了一样，再也聚不起来了。"

富贵只看了一眼，便也低下了头："师长，您别太难过了。"

顾希形恍若未闻，眼神也发飘："是我对不起她啊，我答应她退隐江湖，可这两个孩子,我一个都没照顾好。"

"孩子们大了,都有各自的主意,路是他们自己选的。我相信,就算是太太在,也左右不了他们。"

顾希形摇摇头,苦笑道:"想当年沙场上,几千个士兵都管得了,现如今,两个孩子,顾某就左支右绌啊,真是教子无方啊,愧对先人啊。"

送小留学生至东北,再转至日本的火车快要开了。

一队日本宪兵将站台死死围住,周幼非抱着纪玉卿,哭喊不停。还有几个同他一样穿着日式校服的小孩子,甚至没有父母在身边能够告别,此时已排队上车了。纪玉卿也是泪流满面,紧紧抓着周幼非的衣角,听周知非说了一句:"哭什么?高兴的事。"

"高兴个屁!"她哭道,又看向周幼非,"……小四,妈真舍不得你。"

已经到上车的时候了。周幼非一步三回头地走上火车,纪玉卿又要冲上去,被周知非拉住了胳膊。

"近藤盯着呢。忍!别让小鬼子看我们笑话。"

话音未落,近藤便往近处走了几步,朝火车上的小孩子们敬了个礼。周知非笔直地站着,枯木一般,纪玉卿就挂在他身上,他们望着周幼非从窗口露出的脸,和不断挥着的手。

火车发动了,随着轰隆声响与滚滚浓烟,一下下地开走。纪玉卿几乎倒在站台上,周知非却仍站在那儿,盯着消失的车尾,他忽然听见儿子稚嫩的声音。

"先祖世居宜兴果山,始迁祖峰,生于明洪武年间,卒于成化间……"

他拖着妻子,转身离开了站台。

第四章
入雾

天日复晴，江面平和，芦苇飘荡，一条乌篷船穿梭在水草江波之间，船上冒起薄雾般的热气。周振武从一口小铁锅里盛了一碗白粥，将里头稀稀拉拉的米几乎都捞进了碗里，慢慢走向坐在船头的肖若彤。

她正看着江面，眼眶发红，却是干涩的。

"吃点吧。"周振武难得柔和道。

肖若彤一个字也不答，似没看见他。

"再这样下去，身体就垮了。"见肖若彤没有反应，他叹了口气，坐在她旁边，也看向江面，远远地，似有几处船影来回摇晃。

"这几天，我也一直在反思。或许顾易中真的另有隐情……"

他甫说出顾易中的名字，肖若彤便起身离开。周振武忙跟了上去："肖若彤……"

她猛回过头："能不能让我一个人待会儿！"

"你这样已经七天了……顾易中他……"

"他是被我们逼死的，被所有人逼死的，我们杀了他，你，我，都有份！"

周振武却神色不变，他递给肖若彤一个手帕，在空中举了半晌，肖若彤看也不看。

周振武望着她，慢慢道："顾易中不是八号，我不是，你也不是，只有胡之平夫妇了？！这事我想向上级汇报，可是无凭无据的，我都不知道怎么报告。"

肖若彤极慢地转过头，看着他。

"除了他们俩，有嫌疑的还有我们俩。"她说。

周振武一震："你？！"

"不管他是谁。我要把他挖出来，为顾易中报仇！"

肖若彤盯着周振武，像看着死人。她转身离开，周振武愣站在原地，目送她的背影。

新四军军部根据地在江苏盐城，胡之平夫妇刚刚在这里安顿下来。胡之平拎着两条鱼，往与顾慧中居住的小平房走去。推开门时，顾慧中正在奶孩子，他小心掀开帘子，露出笑容来。

"看我带什么回来了？"

顾慧中应声抬头，连忙放下孩子，又穿好衣服，朝他手上看去："哇，白鱼白虾，还有银鱼。"

"地道太湖三白。"

"哪里来的？"

"战士们下湖捞的，捞了好几筐。王科长让我拿了些回来，说是给你补身子……"

胡之平看上去心情不错，话也比平时多起来。顾慧中抬头，忽然问："打听到易中的消息了吗？"

胡之平的话戛然而止，转身要走："我先去做饭，工作的事儿一会儿再说。"

顾慧中一下变了脸色，伸手拦住他："之平？"

胡之平将鱼放在桌上。白鱼扑腾两下，竟又掉在地上，胡之平避着顾慧中，将它拾起来："瞧瞧，劲儿多大，新鲜着呢。"他走到灶前，拿刀面拍了两下鱼脑袋，它便不动了。

"我问你话呢。"顾慧中声色愈急，走到他身边去。胡之平舀了一瓢水，冲洗着鱼，又用刀刃一点点刮着鱼鳞。

"找到了。"他轻声说。

顾慧中忙问："他人呢？回顾园了？"

胡之平偏头，看着顾慧中的眼睛，终于忍耐不住。他放下刀，又洗了洗手，扶上顾慧中的肩膀。

"慧中。"他垂下眼,"我告诉你,你别太难过了。"

顾慧中反握住他的手:"你快说呀!"

胡之平咬了咬牙。

"苏州传回的消息,说是易中人没了。"

他见顾慧中身子软了一下,眼眶刹那泛了泪,闭上眼,强迫自己继续说道:"小分队他们在抓捕他的时候,和90号接触了。易中被乱枪打……打死了,90号的人干的。"

"我害死了他,是我害死了他!"

顾慧中忽然崩溃地喊了出来:"当时太湖里,我就应该让他上船!"

胡之平伸出手,一把将她搂在怀里:"慧中,哭吧,哭出来会好些。"

"不,我不哭……"

她的眼泪却早已流了满脸,滴在衣襟上,滴在胡之平身上。"可怜了我阿爸,老年丧子,他怎么受得了……"

"省委刘部长刚好在新四军军部参加整风,今天他找我谈话了,咱们又要动身回苏州,正好可以回去看看阿爸。"

顾慧中愣了半晌,稍稍平静下来,只僵硬地站着:"……也去给易中烧炷香。"

她忽然抬头,看着胡之平的眼,声音沙哑:"之平,为什么我们总这么动荡不安?"

"因为我们是革命者。"她听见他说,"等胜利的那一天,我们安居苏州,再也不要转移了。"

因为我们是革命者。

胡之平的话声回荡在她耳边,久久没散。

两人不日即带着孩子,坐车回到了苏州。新接头地点在平江路,胡之平取下行李，顾慧中抱着孩子，见一辆黄包车跑来，车夫对着胡之平问："先生，是去观前街吗？"

"不去，我们要先找个药店。"

"鸿记药铺离这里很近，我送你们去吧。"

胡之平与顾慧中对视一眼，提着行李上了黄包车。张起将两人一路拉进了人和车行，几个同志上来接过胡之平手里的行李，顾慧中抱着孩子走在后面，左右张望，打量着车行里的状况。

何顺江与周振武正等着他们，肖若彤则把顾慧中接进了里屋，两人都没有说话。外间几人相互介绍一番，胡之平将江苏省委的条子递给了何顺江，又看了一眼旁边略显冷漠的周振武，后者察觉，先跟他搭话："胡之平同志，又见面了。"

"可不是。"胡之平点点头。

何顺江看完了条子，面色和缓，看出两人间情况，开口插话："一路可还顺利？特派员同志。"

胡之平答话："苏州的形势比我们想象的还要严峻啊，这一路过来，过了两个检问所，被临时查看了三次。"

"竹篱笆也筑起来了，敌人清乡的目的，就是把我们根据地困干围死。"

胡之平点点头："日伪清乡活动猖獗，大量伤员急需药品救治，太湖那边现在疟疾流行，许多战士高烧腹泻严重，极大地影响了战斗力。江苏省委安排我回苏州开展工作，第一件要紧的事，就是要尽快买到治疟疾的特效药，叫奎宁。"

"我知道这药，在赣南游击队那会儿，最能救命的药。可现在药品管得紧，别说是奎宁，普通的药也很难搞。"

何顺江接着周振武的话，叹了口气："不止是药品，大米、棉花，这些都是日本人在控制经营。清乡以来，敌人加强检查，没有他们第七出张所的移动证,这些货都没法运。苏州常熟一带都扎了篱笆了,沿路设了许多检问所。"

胡之平道:"运输的事,组织上自有办法。老何,打听一下,苏州黑市上有没有货源,高价也行,组织给了我们一些经费,也让我们顺手买些阿托品。"

"苏州就是有,可能也不多,我打听一下上海方面。"

胡之平思虑半晌:"一定要谨慎。非常时期,阿托品与奎宁这两种药很敏感,不要引起不必要的怀疑。那你忙吧,老何,我跟老周还有点工作要谈。"

何顺江起身出门:"那我去安排下晚饭。"

房中只剩下周振武与胡之平两人,气氛一时有些尴尬。胡之平直视着周振武,先开了口:"老周,之前因为八号细胞的事情,大家心里都不太痛快,在根据地也互相说了些过激的话,有冒犯之处,我向你道歉。"

周振武摆了摆手:"彼此彼此,大家都是对事不对人。说实话,我还是喜欢在前线,战场上真刀真枪地跟鬼子干。搞地下工作,我这性子不太适合。"

胡之平诚恳道:"我认为你适合。"

"惭愧。替部队搞药,本来应该是我们新四军苏州办事处的职责,现在劳动到你们省委。"

"都是一家人。老周,说实话,前两年在上海,我是专职替部队弄后勤供应的,这回算干回老本行了。"

周振武点了点头:"组织上既然决定了,我服从安排,我们师王科长也密电我们,一切听胡特派员指挥。"

"大家团结一起。"

周振武又道:"有一件事,想向特派员了解一下。顾易中已经死了,这件事上，组织上怎么定性的？"

胡之平神色便黯淡了些："一直有争议，原是想缉捕归案后再做调查，现在人死了，就更麻烦了。这件事对内子和肖若彤来说，会有很大的影响。慧中一直很悲伤。肖若彤呢？"

周振武哽了哽，憋出两个字："老哭。"

"是吗？如果你认为她不适合目前的工作，我可以向组织上反映。"

周振武忙道："不用！这回缉捕顾易中的行动中，她也经受了考验。现在苏州这边女同志少，就暂时把她留下来吧。"

胡之平点了点头："你能这样思考问题，很好。搞地下工作，最要紧的就是同志之间相互信任。"

周振武喃喃道："对，对。相互信任。"

"慧中姐，你是相信易中的吧？"

顾慧中抱着孩子，低声道："说实话，之前周振武对他的怀疑都很勉强，我也不在现场，但岛上发生的事情，我确实有点懵。他为什么出现在电台室，那名小战士为什么死在他面前，这些怎么解释？"

肖若彤听得此言，声音有些冷："他已经没机会解释了。"

顾慧中抬起头，看着她："这是我心里最悲凉的地方，他死了，还留下这么大的疑团。"

肖若彤也说不出话。

"在我心里，易中永远是十七岁时远赴重洋时的模样，他站在甲板上朝我们挥手，朝气蓬勃、无忧无虑。他永远灿烂地活在我的心中。"

她确然记起顾易中年少时的模样。顾希形教导子女重品行之严，予生活之慈。顾易中还是少年时候，曾有一辆十分漂亮的自行车，他骑着车绕在顾园假山流水之间，如灿灿朝阳。

顾慧中眉眼平淡，却默默流下泪来。

苏州大街小巷间行人避让，丧葬队吹吹打打，形如一条素白长龙，游走在街道上。纸钱往天上撒，沾了濡湿的水汽，纷纷扬扬地落回地上。

90号的特务也混在吊唁和看热闹的人群之中，李九招举起相机，对着头列的棺材拍了几张照片；海沫就站在那头里，王妈在她身边，哭得像个泪人；肖若彤浮沉在周边的人群中，往远去的队伍张望。她想起自己一个个难眠的夜，坐在桌边，看着夜色下也被淹没的月亮，听见顾易中说的话。

"我不是叛徒，我真的不是叛徒，若彤你相信我……"

她泪流满面。

顾希形却不在这儿。

顾园空旷，余庆堂中门大开，他背对着门口，独自枯坐其中。

海沫在街头汤铺买排骨汤。汤锅摆在摊上，冒着热气，模糊她苍白的脸。老板剁排骨的声音绕着她响，她张开嘴，话声在里面显得极细。

"碎一点，再碎一点。"她说。

"姑娘，已经够碎的了，寸排都对半砍了，再剁就烂得没法入口了。"

她轻轻地摇头："没关系，烂一点好。"

老板依言，又剁了起来："您这排骨给谁吃的呀？三岁的孩子可都能吞下去了。"

海沫不答这话，只低头看着那刀："好了，添汤吧。"

剁好的排骨放进饭盒里，又捞了几勺汤填进去，最后撒上一把葱花。海沫小心地合上饭盒，将它搁进食盒里，放下钱，走了。

她绕着苏州雾雨交错的小路，一直进了兆和医院。

医院走廊漫长。她慢慢走着，站在一扇紧闭的病房门前，愣一会儿，又往旁退了几步。她眨了眨眼,往走廊窗外看,记起那日里的大雨。

雨从血红的天里落下来,亦是红的。她蹲在地上,蹲在街道中央,蹲在顾易中的尸体旁边:"少爷,顾少爷……易中……易中。"

她将顾易中拉了起来,背在背上。她几乎跪倒在地,紧接着摔在前面。顾易中压在她背上,像块冰冷的石头,只有血是温热的,顺着她肩膀流下来。她爬起来,一步步地往前走。从身体里掉下来的血凉了,黏在地上,铺开成一条暗红色的路,路两旁是麻木的、小步后退的人群,路当中是她与顾易中。

她走进了病房门。

陆兆和正给顾易中做检查。顾易中睁着眼,望着苍白的天花板,像什么也看不见。陆兆和回头看了海沫一眼,指指床边小桌上一口没动的骨头汤,那还是海沫上回送来的。

陆兆和往后退了退,海沫怔了一下,终究走上前去,把排骨汤也搁在那桌上。

海沫望着顾易中的脸,轻声道:"喝点骨头汤好得快,今天买的是齐门那边老何汤铺的,你尝尝?"

顾易中眼睛都未眨一下。

海沫打开那碗排骨汤的餐盒,舀出一勺尚有些滚烫的汤,慢慢送至顾易中嘴边,却见方才还硬得如傀儡般的人霎时偏了头,躲过她的勺子。

陆兆和便也叹气。

"易中,怎么也得张嘴吃点。要不是海沫姑娘把你从死人堆里扒拉出来,你那天就失血过多,没了。一礼拜了,伤口没问题,你身体现在需要的是将养。"

顾易中忽然转头望着他,手背凸起青筋,似要用力,而干涩的嘴唇艰难动了动，陆兆和凑上去："你想说什么？"

顾易中却又没动静了。

陆兆和无奈，对海沫说："海沫小姐，我先出去了。"

海沫陡然被唤，惊了一下，胡乱点点头。陆兆和转身出门，不忘把门关紧。海沫搁下汤勺，从随身的绸缎小包里拿出了肖若彤送给顾易中的那支钢笔，举在顾易中眼前。

顾易中却又回了最初那样，眼光穿透钢笔，只装得下天花板的白。

"是它救了你，靠近心脏的那一枪正好打在这支笔上，才没打中心脏……我试了下，笔还能用，就是这个洞，得补一下。"

顾易中的目光随着海沫的话飘进钢笔上的洞里。他眼里最后一点光，连同海沫的声音，似都被那黑洞吸了进去。

天快黑了，夕阳流着最后一点余光。

顾希形坐在园中凉亭里，手时不时敲着自己的腿。有人影悠悠地飘来，是海沫端着一碗药汤。

"先放这儿吧。"他说。

"凉了更苦，您趁热喝了吧。不过我拿了块黑糖，您含在嘴里，喝的时候就没那么苦……"

顾希形摇摇头："治得了咳，治不了心啊。我这腿老毛病了，一到这个季节就犯病。喝不喝都没用。我都说了，熬药的事你不要管，有王妈他们。"

海沫蹙眉："王妈来送药，您肯喝吗？还不是偷偷倒掉？王妈这才央我来。"

顾希形没话了，讪讪接过药碗，还有海沫放在他手里的糖。

"现在需要平常心，有平常心，咳、心就都治了。"海沫道。

顾希形一口喝尽了药,望着她,叹一口气:"你才来顾园不久,我却觉得咱们已经认识很久了。"

"顾伯伯,我也觉得我们像一家人。"

"这是顾家的福分啊。"顾希形说。

他声色又沉下来:"易中的事,你表嫂知道吗?"

海沫摇头,声虽小,却十分坚定:"我谁都没说。"

顾希形点点头:"做得对。人多嘴杂,这事干系重大,见谅。"

"您收留了我跟表嫂,我们感恩都来不及。"

顾希形没接话:"等这事过去了,我就帮你寻个好人家,就当是我顾家的女儿,风风光光地把你嫁出去。"

海沫一抬眼:"顾伯伯,您是赶我走吗?"

顾希形拍了拍她的手:"女孩子总是要嫁人的,但顾家永远是你的家。"

海沫不答,只蹲在顾希形膝前,替他轻轻捶起腿来。

"姐姐……

"姐姐……"

回廊狭长阴暗,顶上闪着薄凉的白炽光,被黑影时不时遮盖住。顾易中一步步从尽头走来,俊朗的脸上挂着笑,却比回廊含着更深的寒意。

他的笑容时而模糊,似蒙着姑苏的雾气;时而扭曲,连五官都不辨原貌,最终归于极端的愤怒,归于失色的狰狞。

"姐,我知道你的秘密,我什么都知道……"

顾慧中从梦中惊醒过来。

她睁开眼,使劲撑着眼皮,望着昏黑的天花板,倏忽坐了起来,手一摸才发现,身下的床单早已湿透了。

胡之平也醒了，迷迷糊糊的，伸手拢住她："怎么了？"

"我做了个梦，梦到易中了。他说……说……"

胡之平话声柔和："说什么？"

她的脸垂着，隐在暗色中："……没听清，吓醒了……他是不是怪我了，怪我没救他……"

胡之平拢得更紧了："不会的。再说，哪有鬼魂之事，我们都是无神论者……你是太想念他了，才会梦到他的。慧中，都会过去的。"

她再也没有说话。

"王则民想当这个县长？"

连晋海坐在周知非家客厅里，往屋里露出的箱子一角望了望："这王则民为了当个鬼知事，还真是舍得黄鱼啊。不过吴县管着苏南近五十万人户，又是鱼米之乡，油水确实不小。"

"清乡以后，省主席管不了这档子事了，谁当知事得听清乡委员会秘书长李先生的。我当下在苏州，还算能代表李先生，这不就送我这儿来了。"

余下的话，周知非便没说：照他往常行事例子，这一箱里得拿出一半去给李先生。纪玉卿见钱眼开，不仅舍不得，分出去了还想捞两根回来，到底被他严厉教训几句，放回去了。

不正经就得正法，他做特务许多年，一直明白这个道理。

连晋海便没接话，望望客厅四处，见人都被周知非遣了下去，才说起正题，将一张纸条放在周知非手里。

"站长，泉水转来的。"

条上只一句话："若再不相见，徐老板给你的信，送近藤了。泉水。"

"急了。"连晋海道。

周知非目光却冷："你手下那几个饭桶还没找到泉水的下落？"

连晋海讪讪笑了笑:"总躲着不见不妥吧,徐老板的信要落在近藤手里……"

周知非咬出一个字:"见!"

连晋海来了劲头:"地点我们来选,多带点人手,在苏州这地界,她就是有三头六臂,也得听站长您的。"

两人议定,连晋海便匆匆走了。他深夜来访,本就有些失了礼数。纪玉卿听见门声,才进屋来:"晋海悄没声地走了。什么急事?这大半夜的。"

周知非正从尾巴烧那张纸条,冒出的烟遮住了纪玉卿的脸。她嫌弃地甩了甩手:"又干什么见不得人的事了,别在家就烧东西,臭死了……条子是存银行去,还是放家里保险柜?"

"保险柜。"

"快塞满了。我置办个新的,用得上。"

纸条烧完了。周知非点头:"连晋海老婆在大丸订的粗呢大衣,你替她付钞,晋海是个实在人,不懂得外快,家里没几张钞票。记得哦。"

"知道。你们是兄弟情义,凡事相互担待,可惜我们女人啊,没有像你们兄弟一样的姐妹。"

"没见识的。李太太什么身段,女中豪杰,江湖上到处都是她的兄弟姐妹。"

纪玉卿嘲讽一笑:"我也想,你让吗?"

周知非却忽然抬了头,正正望着她:"兄弟姐妹再多,玉卿,也比不上你端来的一盆洗脚水。"

周知非与泉水约在虎丘塔见面。连晋海开着小轿车,周知非坐在后座,停在塔下。两人约好以摇车窗为标志,车窗一落,子弹即出。

连晋海开门下了车,见翁太从对面暗处走了过来。

"例行公事。"连晋海拦住她。

翁太打开手包,交给他一把枪。他又上上下下仔细搜了一遍,没再发现凶器,这才让开路。周知非从后视镜里看着,翁太慢慢朝他走来,拉开车门,上了车。

翁太自上车便望着他,眼中终于现出真切的柔和神色。周知非一怔,一时也说不出话来。

"好久不见。"他听见她说。他模模糊糊应一声"是",见她从包里拿出一封信来,递到他手上。

"这是徐老板的亲笔信,你看了信后,给封回信,我带回重庆即可。"

周知非紧紧握着拳,没有接:"你这是把我往火坑里推!"

翁太仍望着他。半晌,她忽然唤了一句:"周友仁。"

周知非愣了。

"重庆不是火坑,而是你的回头之岸。徐老板的信,是挽救你老婆和孩子的唯一机会。若无国,凡人皆草芥,我们中统是在帮你。"

听见中统,周知非才回过神来:"近藤刚到90号便清查内部,陈柯敏只是和中统的编外人员做了笔生意而已,被近藤处死了。张家正的妾侍和军统的人打了圈牌,全家到现在都找不到尸首。我今天和你见面,是冒了极大的生命危险的!"

"我知道。"翁太说。

周知非便再说不下去了。

"离开重庆之前,我是立了军令状的。要拿你的表态回重庆。倘任务失败,自裁。"

周知非的拳头慢慢松开了。

"晰萍,你我之间非要如此成敌仇?"

晰萍,区晰萍。他看着她翕动的嘴唇:"汉奸,天地不容。你忘了当年我们加入组织时的誓言了吗？绝对服从领导，严守组织纪律，以特务为终身事业，决不自动求去。如有违背誓言，愿受最严厉处分！"

"那个青春热血的周友仁已经死了，葬在大革命的洪流中了。"

周知非话声如一条直线，听在区晰萍耳中却如嘶喊。她仍递着那封信："你什么都明白，爱国不分早晚。"

他到底接了。

"信我先收下，回信的事，你得再给我点时间。"

"你相信我，这么做，对你是有好处的。"

周知非却已经转过头，避开了她明亮的眸光。

"以后怎么联系你？"

区晰萍忙道："玄妙观前面有一家九城裁缝店，你进去，让找小猴师傅，说我想做套《乱世佳人》里盖博穿的白西装，他会安排。"

"你们在苏州早就恢复了工作？"

"我们一直都在战斗，徐老板在苏州有不少产业，除了上海，他最惦记的就是苏州了。"

周知非点点头，似自言自语："这些不算秘密，我了然于心。"

"那为什么一直不肯见我？！"

周知非望着车前，神色茫然："你是中统的，我是汪政府的，你抗日，我搞和运，咱们俩现在不是一个阵营，见面就得拔枪。"

"你真的甘心去当汉奸吗？"

周知非似麻木地背着台词："和日本人合作是为了少流血，曲线救国。汪先生说过，战不易，和更难。要没有我们这些人甘背恶名，哪有现在的和平的局面。"

区晰萍咬了咬牙："无耻，打着和平的幌子，卖国求荣，全国人民早就看透了你们的嘴脸。"

周知非摇了摇头:"晰萍,我们不要再讨论这些了,未来究竟怎样,谁是谁非,不是咱们俩现在能说得清楚的。"

区晰萍却已不听他的话:"来之前,我以为你有很多无奈,现在看来是我多虑了。90号特工站站长一职,你当得倒是挺开心的。"

"我们只是方式不一样,但最终的心愿还是一样的。对我们来说,重庆不是敌人,是朋友,共产党才是咱们真正的敌人。别忘了新的青天白日旗下面写着六个字:和平反共建国。"

区晰萍冷笑一声:"你的特工能力,只有在中共的时候才是最优秀的。到了中统后,你就一直没赢过我,到了90号,也未见长进。"

周知非一抬眼,只见区晰萍眉眼生寒:"店里有俩,湖边有四个。"

"没我的命令,他们不会开枪的。"周知非听见自己说。他的声音越来越弱了,他想。

"这几个蠢货要不是你带来的,我也不会手下留情。"区晰萍说。

"……你这种身份的人,留情是很危险的。"

"危险是什么?我一个人赤条条来去无牵挂。"

"这么多年了。"他听见自己哑了的声音,"你还是一个人。"

区晰萍也黯淡下声来。

"心里的位置就那么多,有人没出去,别人自然也进不来。"

他一直很内疚,周知非想。当年不告而别,他……

可他却没有说出来,听见区晰萍说:"你太太,我很好奇,她是个什么样的人,能让你死心塌地。"

"李先生介绍的,算是他的远亲吧,普普通通的一个女人,也没什么见识。"

"你爱她吗?"区晰萍忽然问。

爱是什么？周知非想。

他也的确问出来了。不知是在问区晰萍，还是在问他自己，然而他已经答出来了，答给他自己听："我们这些举手宣过誓的人，谁知道爱是什么。她这人没有什么理想抱负，有人陪她打几圈麻将，数数我拿回家的金条，她就很开心了……这世上，好像只有你和她这两种女人。我都遇到了，这一生，也知足了。"

可他却握住了她的手。那手是冰凉的，僵硬的，可终于慢慢柔软起来，连同手的主人，靠在他肩膀上。

谁也没有动，谁也没有再说话。

"送你条情报吧，顾易中没死，还在苏州。"她下车的时候说。

周知非猛然抬眼看她，她却没有再回头，也不知是否听见了他最后一句带笑的低语。

"你还是我的榜样。"他说。

区晰萍走远了，安然无恙，带着她的枪。连晋海坐上车，回头望着周知非，竟有些恨铁不成钢："站长，怎么回事？您怎么没摇啊？"

周知非却没有理他，只举起自己的手，摆出一个开枪瞄准的姿势，望着车前，望着后视镜，望着一片空。

"我的手……顾易中没死。"

周知非在卧室里看那封信。看了一遍，又从头看。一遍一遍，一个字一个字。

知非吾兄：

　　余与君素厚，凡事予优容，而汝何竟至背余事逆耶？汝天理何在？良心何在？晰萍力言汝附逆，为一时失足，汝不甘心做贼自绝国人矣。故特命晰萍重履险地，即为余达此意与汝。若汝能携伪苏州特工站阄站干员弃暗投明，则不惟过往不咎，另邀逾格之重奖也。戴罪立功，此其时矣。望毋负余意，余由泉水代达。

　　　　　　　　　　　　　　　　　　　弟　恩曾

　　他流了许多汗，从额头流到下颌，再流进脖子，将衣服都湿透。一遍一遍用手抹，却总也抹不尽。他掏出手帕来擦了，将它扔在桌子上，听见家里的刘妈在外头喊"太太回来了"。

　　纪玉卿正往里走，未见她人，声音里已全是喜色："知非知非，小四学校来电报了呀，让我们再给寄点钞票过去。知非，人呢？"

　　周知非划火柴，把信烧干净了，灰撒在窗外，撒进夜里。纪玉卿正推开门，随即退了一步，捂了捂鼻子："又在屋里烧东西，你还真不嫌臭。"

　　周知非一言未发，与她擦肩而过，出门。

　　"各大医院都排查过了，没有找到顾易中的线索。我想他们既然做戏，肯定是要做真，不可能把人送去大医院，他会不会还在顾园？"

　　周知非摇摇头："他伤得那么重，若在顾园，必然得有大夫出入。"

　　连晋海有点着急："可没有大夫出入的记录，这事怪哉。区姐既然知道顾易中没死，就一定知道他藏在哪儿。不行咱们问问她去。"

　　周知非显出怒色："还嫌不够丢人吗？苏州就这么大，连个活死人都找不到？难不成我们还要找中统的人帮忙？饭桶……顾易中的姑父不是大夫吗？你们查了他的医院没有？别灯下黑。"

"头一个我就派李九招他们去查兆和医院,没人啊。"

"陆大夫德国留学的,脑子灵光得很,他会把顾易中摆普通病房?你亲自跑一趟,把兆和医院都给我翻一遍。"周知非喘了口气,挪开目光,朝办公室窗外看去,"晋海,别被底下那些吃干饭的糊弄了……现在搞特务的,都只想混口饭吃,哪有真下死气力的。我看站里的培训班还得搞。"

今日天清月朗,姑苏难得的好天气。顾易中靠在窗口,默默往外望着,海沫仍将一碗汤端在他嘴边。

"多少吃点,好吗?你这样不吃不喝的,身体怎么能恢复。"

顾易中从没有接过话。

"就算你不为你自己,也想想肖小姐。那天出殡,我看见她了。"

顾易中眼睫动了动,在微薄月光之下闪出暗影。

"你们在做的事,我不懂,但我知道,如果两个人心里都有对方的话,就不能轻言放弃。当初我爹娘在广州前后脚去世了,我也觉得活着没意思了,想就随他们去了。有天晚上,我梦见他们,梦里,他们什么都没说,就是哭,哭得很伤心……我就问,爹,娘,你们是不是在那头过得不好?被欺负了?后来我明白,他们不是为自个哭,是为我。不愿我这么做,不愿我就这么白白地……人生在世,本就难尽善尽美,苦的时候心里想,别放弃,为你爱的或是爱你的人,再坚持会儿,或许未来,会越来越好。就当是为了肖小姐,你就不能再坚持一下吗?若是就这样不明不白的,她会伤心的。"

她极慢地伸出手,似仍在犹疑,又似下了什么决心,终于轻轻抚在顾易中肩膀上。

"只要人在,活着,就会有希望。"

顾易中眼眶红了。

海沫不知是什么时候走的，他哭着哭着睡着了。醒来夜还没尽，他躺在床上，茫茫想着什么，直至听见门口的响声。

医院走廊的灯是常亮的，昏暗的、冷的白炽光从病房下的门缝里渗出来，眼下正有黑影将那点光挡住了，连带着窸窸窣窣的响声。顾易中坐了起来，直直盯着那东西看，是一封信，从那儿塞了进来，随即门缝亮了，黑影走了。

他不敢开门，从缝里往外看去，走廊里空无一人，信里只一行字。

"要想找出叛徒，唯有进入 90 号，拿到八号细胞的海底 。"

斜塘土地庙挂着的"福德正神"牌匾之下，供着土地爷爷和土地奶奶。

有人隐在其后，从神明脚下的暗石处拿出一封信，看完了，又原封不动放了回去。

信上只一行字。

"顾易中未死，速查，90。"

胡之平住了笔，听见里屋孩子的哭声。

他见顾慧中在卧室里发呆，孩子就躺在她身边，她望着眼前空荡的桌子，似什么也没听见，直至他将孩子抱了起来，才猛地站了起来。

"你怎么了？孩子哭成这样你都没听见。"

"是……是饿了，该喂奶了。"顾慧中胡乱说着。胡之平把孩子放在床上，又看了她一眼："不是刚刚才吃过吗？……是尿了。"

"哦……我去拿尿布。"

胡之平给孩子换了尿布，又哄他睡着，才轻手轻脚出屋来。顾慧中在客厅里给他倒茶，茶水却早溢了出来，流满桌子，渗进木纹里。他连忙上前，拿抹布擦干,将她手里的茶壶拿下来。"你别动,别烫着。"他指了指餐桌旁边,"先去那边歇会儿吧。"

顾慧中看着他,眼中空空一片,走过去坐下,一句话没说,直到胡之平也过来。

"你怎么了?"

"我没事。"她摇摇头。

"还说没事?你这人吃饭口重,今天晚饭没放盐你都不知道……还在想易中?"

"若彤一直不相信,易中是叛徒八号细胞。"

胡之平紧紧盯着她:"你觉得呢?"

"我不知道……"顾慧中说,"这几天心乱得很。"

胡之平坐在她对面,半晌又开口:"慧中,有件事,我一直想问你。"

顾慧中猛地抬起头来。

"怡园行动前两天,下午有三个小时,你不在家。"

顾慧中的背忽然挺了起来,望着胡之平:"你什么意思?"

"我只是问问。"他说。

"你怀疑我?!"

"怎么会呢,慧中,我只是了解一下情况,平时出门你都会告诉我的,可那天去哪儿了,你什么都没说。"

顾慧中急了,眼里竟泛起泪光:"你还说你不是怀疑我!"

"我真的只是随口问一问。"

"你这么问,就是不相信我!这都多少年了,你竟然会怀疑到我的头上来……之平,胡之平,搞地下工作,难道夫妻之间也不能信任了吗?我们革命,难道先要革自家人的命?这才叫忠诚,这才叫革命?"

胡之平张了张嘴,喉咙一片干涩,他看着顾慧中闪闪的眼睛,说不出话来。

孩子的哭声从屋里传来，顾慧中再不看他，进屋去哄孩子。胡之平坐在原地，望着地面。

周振武甫进人和车行里屋，便见何顺江与胡之平都在里头。胡之平还抱着孩子。何顺江起身迎他："振武同志，特派员等半天了。"

"怎么把孩子抱过来了？"

"慧中今天有个长电文要发，正忙着。"

周振武点点头："我去找药了，黑市上的药品，90号查控得紧，即便有货也没人敢出手。"

何顺江道："医院也是，奎宁是稀缺药，一家至多一两瓶的货，卖到哪里还得登记。"

胡之平面露难色。"根据地一天一个电报地催啊。另想办法吧，实在不行，我和上海那边的同志联系一下，看看他们有没有渠道。"他要翻自己的公文包，冲周振武道，"孩子帮我抱一下？"

周振武小心翼翼地把褓褓接在怀里，问道："取什么名字？"

"军生，胡军生。"

周振武一笑："军生，你真的是军队生的宝贝。"

胡之平从公文包里翻出一沓钞票，交给何顺江："我们的活动经费。"

"回头给你打个收据。"

"最好现在。我好给组织入账。你们有其他要报的账也汇总一下改天给我。"

何顺江依言，转身出了屋。胡之平从周振武怀里接过孩子，便也要走，却听他道："老胡，有事要跟你谈谈。"

军生经这么一折腾，又哭了起来。胡之平轻轻拍着哄他，点点头示意周振武说。

"是关于肖若彤,上次你征求我的意见,让肖若彤回根据地,我觉得不用。但现在我认为,应该调她回根据地。"

"出什么事了?"

周振武沉默一会儿,想起今日从平江路过来时,肖若彤一路跟来的事。他跑了一段路甩掉她,进了凤苑书场,她跟进来没找到他,这才罢休。

"顾易中出事以来,她状态一直很不好,我信任我们的同志,但个人以为,她现在不适宜在苏州搞地下工作。"

胡之平还未答话,却听得一声:"我不同意。"

两人这才发现,肖若彤不知何时竟已站在门口。周振武望着她,张口结舌:"肖若彤……"

"我的状态一点问题都没有,特派员同志,顾易中约我们见面的时间,就我、老何和周振武知道,90号的人为什么会出现?"

"……你还在怀疑我?"

"早上你去平江路见谁?"

"你还跟踪我?"

军生哭得更大声了,胡之平忙着安抚,听肖若彤只是追问:"见谁?"

周振武冷冷道:"我见什么人没必要跟你汇报。"

肖若彤直接转向胡之平:"他去了凤苑书场,90号的人常去那里,保不齐和谁接头。"

周振武急了:"你胡说!"

肖若彤冷静道:"你有嫌疑。"

"要说嫌疑,你比我们都大!"

"不要吵了!刚说过同志间要相互信任,马上就在相互猜忌。顾易中的事,八号细胞的事,目前放一边去。我们的任务,是全力搞到奎宁。"

军生还在哭。肖若彤没接话,只看向孩子,伸手去接:"我来哄哄……没奶粉吗?"

胡之平摇摇头:"奶粉不好搞。"

肖若彤抱着孩子,晃着手比出各样的姿势,摆出笑脸哄孩子,军生慢慢不哭了。

屋里一时没人说话。何顺江推门而入,望望几人:"怎么了?"

他把收据递给胡之平,见他面色凝重,道:"我宣布两条纪律:第一,必须停止同志之间没有根据的猜疑;第二,这里的同志,不管是谁出门,都必须有人陪同且报告时间地点、所为何事,任何人不得擅自行动。"

顾希形近日来喜欢在园子里头坐着,和海沫一块儿剥橘子,听海沫为他念《申报》:

"首都空军升机迎敌,击落敌机2架。日机16日突袭首都,11时许,敌机6架,沿长江北岸,自东向西,意图袭击首都,我方据报后,即出面追击,在宜昌附近击落敌机2架,均为轻轰炸机,敌机惨败后,即四散逃走,敌未得窥近首都……

"顾伯伯,这新闻是真的?"

"《申报》从上海租界订的,日本人控制不了,这是当下唯一能信的报纸了,不像《江苏日报》,尽在那里扯谎。"

海沫松一口气:"那是真的了。"

顾希形看着她的眼睛:"海沫,你很关注我们空军的新闻,家里有人在空军效力?"

海沫一愣,将剥好的橘子递给他:"没有没有。顾伯伯,我去看看汤药煎得怎么样了。"

富贵恰好过来。海沫话毕便起身,朝富贵点头,转身离去。富贵看着她走远，附到顾希形耳旁，小声道："少爷的墓地被人动过，我跟附近的老乡打听了，他们说前天夜里，看见几个男人在墓地附近鬼鬼祟祟的。"

"90号他们已经起疑心了，万一他们开棺，可就露馅了。易中的伤恢复得怎么样了？"

"伤口恢复得还不错，就是精神状态……"

顾希形打断他："马上把他送走。"

富贵为难道："去香港的邮轮还得一个星期后才开呢。"

"无论如何，赶紧离开姑苏城，先去上海租界。"

富贵还未答话，却见海沫引着个穿着长衫的中年人走过来。这人看上去文质彬彬，自成一股礼貌风度。顾希形认得他，此人叫作黄秋收，曾引顾易中入建筑业的门，能算是顾易中的老师。

黄秋收坐在顾希形对面，海沫为两人倒上热茶。

"易中的事，我也是才听说，顾老先生，还请节哀。"

"先生还惦记着犬子，顾某很是感恩了。"

"当年在上海，我与易中在冠盖事务所共事三年，他的人品和专业给我留下了极深的印象。"

"他也常说，遇到了伯乐，您不仅带他入门，还引见了梁、林，让他加入了营造社。"顾希形说着，又是一声叹息，"他要是能一心专业，不问政事，也不会落得现在这个下场。"

"易中他葬在何处？方便的时候，我想去给他送束花。"

海沫拎着食盒进入病房时候，见顾易中床边的药一点没动。他坐在窗边，眼睛默默望着外头，亦没分给她一点儿。

她倒了杯水，将药递到他手边："你得尽快好起来，顾伯伯这两天就送你离开。"

她看着顾易中接过水和药，慢慢服下，形容却像个被操控的死人。她慢慢说着："今天家里来了客人，说是你的朋友，和顾伯伯谈了好一阵子。听说是从上海来的，你以前的同事。姓黄……叫黄……"

"黄秋收？！"

顾易中骤然活了似的，朝她转过头来，急促道："黄秋收？"

海沫见他开了口，又惊又喜，笑着点点头。顾易中追问道："他住在哪儿？"

"富贵叔傍晚会带他去你的墓地。"

"海沫，"顾易中话声慢慢坚定起来，"我要见他。"

海沫带着黄秋收进顾易中房门时，见他换了一身崭新干净的衣服，脸上也重现光彩，待见到黄秋收时，甚至有泪光闪在眼里。海沫见状，随即关门离去。

"黄先生……"他喃喃道。

黄秋收上前，紧紧握住他的手。

"真没想到，你竟然还活着。"他在床边坐下，"你的事我都听说了，我当时在根据地参加整风学习，师政治部主任知道你我素来相识，特地找我了解你的情况。"

顾易中急道："先生，我不是叛徒，我根本不明白到底怎么回事，90号抓了我又放我，我解释不清啊。"

黄秋收点点头："组织上也觉得这件事疑点颇多，一直在调查，你这一出事，事情更复杂了。"

"我和六哥感情那么好，他就像我亲哥哥一样，我怎么可能出卖他？"

黄秋收声色沉重："君侠的牺牲我也很难过，他是我介绍入党的，若彤也是我看着长大的，你们这几个孩子，我一直认为是很有前途的。"

"老师，我现在很迷茫，我不知道该怎么办。"

黄秋收望着他的眼睛："易中，你相信我吗？"

"当然！八一三事变后，是您给我们讲了抗日民族统一战线的道理。我还记得当时您给我们念的那首诗，'四万万人齐蹈厉，同心同德一戎衣'。"

"如果你相信我的话，"黄秋收一字字道，"我希望你能去90号工作。"

顾易中僵住了，睁大了眼，望着他。

"对付日本人，我们需要很多拿枪的战士，但是也需要眼睛和耳朵。之前我们有位同志一直在90号工作，因为他的情报，我们在战场上挽回很多不必要的损失。只可惜，怡园行动失败后，他的身份也暴露了，不幸牺牲。"

顾易中默默出神，他立时记起良友咖啡店门前满身是血的段文涛，又听黄秋收道："我们一直在考虑新的人选，可想要打入90号，并非易事。日本人一直在争取顾老先生参加和运，如果你去，或许会简单很多。"

顾易中冷静下来许多，缓缓道："你要我去做汉奸。"

黄秋收没有否认。

"表面意义上的汉奸。"他说，"当然，你会背负巨大的骂名，你的亲人、朋友，甚至是爱人，他们都会误解你、憎恨你、抛弃你。所以，我不会强迫你这么做，只是争取。"

不知过了多久，夜色沉沉，病房中唯有窗外渗进来的丝丝风声。黄秋收听见顾易中道："对不起先生，我需要时间考虑。"

黄秋收点点头："能理解，不勉强，但时间有限，我只能给你一天时间。其实以你现在的情况，你可以离开苏州，到一个没有人认识你的地方去生活。"

顾易中摇摇头："我也不想走，我不想如鼠蚁一样，东躲西藏，见不得光，那和死了有什么区别。"

"让你打入90号,还有一项特殊使命,就是获得我们组织内叛徒的证据。如果做到,我们既能清理队伍,也能证明你的清白。"

"什么样的证据?"

"中统有个传统,被策反或是从其他组织叛逃过去的,都会留下一份海底,就是一份效忠誓词,算是投名状。周知非把这一套从中统带到了90号,八号细胞一样会有海底。如果你能找到,就会知道,谁才是真正的叛徒。"

顾易中消化着他这番话,还未应声,却见黄秋收起身,冲他比了个噤声的手势,走到病房门处,贴在门上听着外面的动静。

病房门外,连晋海一面左右张望着,一面使劲转动门把手。房门像是锁上了,他弄了好一会儿也没有进展,却听后面阴沉声音问了一句:"你找谁?"

连晋海猛一回头,见是陆兆和走了过来。

"你是来看病的吗?我怎么不认识你。"

连晋海转着眼睛:"啊,我是,你……是陆大夫吗?……我的腿,你瞧瞧,突然动弹不得。"

陆兆和瞥了他一眼:"上诊疗室去吧。"

连晋海不得不跟着他走,却一步三回头,望着那间病房门。

"这里恐怕也不那么安全了,是走是留,你要尽快做决定。如果你想见我,就把窗台上的那盆向日葵放在窗口显眼的地方,我会来找你。"

黄秋收给顾易中留下这么一番话,慢慢把门打开一条小缝,左右看了看,见走廊无人,这才出门离开。

顾易中坐在床上,没再说一句话,默默看着他把门关上。

第二日黄昏,那盆向日葵摆在窗口,正对着一寸寸沉落的夕阳,金黄的花瓣被映得血红。

"真的考虑好了？"

"先生，您代表组织给我这样的使命，是我顾易中作为平头百姓的光荣。我知道你们对我的信任有多大的分量，这是我个人难以承受的。但是从今天开始，我的心中产生了一种新的东西。即使责任重于泰山，我也敢于承担。"

听得此言，黄秋收面上显出些复杂的欣慰："这个新的东西，是一种主义。获得它的人，会开启新的人生。"

"谢谢您选中我。"顾易中的眼睛明亮，望着他，一字一顿，认真地说。

"好，从现在开始，你和我单线联系，你的真实身份，除了我以外，谁都不能说，包括你的家人，还有肖若彤。"

顾易中并未反对："我的具体任务是什么？"

"除昨天说查找叛徒之外，暂时没有具体任务，你只需要听、看、记。等我们把日本人从自己的土地上赶走之后，这些卖国求荣的汉奸，他们的罪行、罪证，就需要像你这样的战士站出来告知国民，必须血债血偿。"

"那我怎么联系您？"

"具体联络方式和你的代号，待我向组织上汇报后，会告诉你的。"

顾易中沉静听着，挨个记下了，见黄秋收起身要走，心中却涌起十分百分不平的心绪。

他虽下定了决心，也相信自己永不会动摇，但仍怀着对前路的茫然、未有详尽计划与指引的无措。他不由开口唤了一声："先生……"

黄秋收回头，却见他只是摇摇头。

黄秋收并未离开，反而上前去，拍了拍他的肩："我知道，这条路很难，充满艰险。可是国不平，家难安，唯有牺牲到底的决心，才能博得最后的胜利。"

顾希形带着富贵和家里的老沙进兆和医院，迎面却见黄秋收往外走。他脸上隐隐有笑意，使顾希形心中一时泛起诸多疑惑——黄秋收为何来了医院？又为何是这副情态？然他还未来得及打招呼，黄秋收便已走远了。

富贵进到房中，帮顾易中收拾行李："90号的人已经开始怀疑了，这里不是久留之地。"

顾希形坐在顾易中床边看着，时不时提醒他们往里加些日用品、常用药，半晌没说话的顾易中忽然开口："爸，我想单独和您说几句话。"

顾希形一怔，看向富贵和老沙，朝外摆了摆手："你们先出去吧。"

见两人开门离去，顾易中坐正了些，逼自己直视顾希形的眼睛。

"爸，我有个决定，希望得到您的谅解。"

"什么决定？"

"我想进入90号特工站。"

顾希形不敢相信自己的耳朵，下意识往后一倾，声音颤抖，道："这一枪没打死你，你想再死一次吗？还是说……"

顾易中从嗓子里逼出声音："我是深思熟虑的。"

顾希形大怒："你要去当了汉奸，我们顾家还有什么脸面做人？！"

顾易中沉默了半晌，终于垂下眼。

"陆峥还关在里面，他是被我连累的，我不能一走了之。"

顾希形声虽不高，字字却压抑着沉重情绪，如狂风骤雨前压城的黑云："你知道那是什么地方？知道里面都是什么人吗？！可耻的汉奸，民族的罪人。路过之处，苏州人无不掩鼻。余庆堂自晋南渡，已千余年了。名节啊，你是要自取其辱吗？"

顾易中紧紧攥着手。

"要是这样莫名地走了，我才真是一辈子没机会证明自己的清白。余庆堂也就永远蒙污。"

这话显然别有含义。顾希形顿了一下,猛然想起在外头看见黄秋收的情形。他脑中轰隆一下:"你是不是受到什么人的蛊惑了?"

他已隐隐明白了什么,却绝无法接受,只听顾易中答道:"是的,我受到了一种信念的蛊惑,它高高在上,我无法拒绝。"

顾希形吼道:"你不要胡思乱想了!离开苏州,清清白白地活着,我们这么多人为你做的假死局才有意义。"

顾易中话声也硬起来,声虽不高,却十足坚定:"爸,自古忠孝难两全,余庆堂家训的'孝悌忠信','孝悌'已难,就让儿子去实现'忠信'二字吧。"

"你'礼义廉耻'都不要了,光'忠信'有什么用。多言无益!晚上你得走!"

未料到顾易中并未再与他争执,而是从床上下来,缓缓跪在他面前。

"儿子不孝。"他说。

顾希形深吸一口气:"你这是拿顾氏一族千年的名声做赌注啊。把我顾希形在黄埔的脸面也全押上去了。"

顾易中抬起头来。

"为了顾氏一族千年的名声,您就让我做一次汉奸吧。"

"汉奸"词一出,顾希形终于怒气难抑,猛地站了起来:"如此罪孽深重的话,怎么会从你的嘴中说出?我顾希形是要遭雷劈啊!顾易中,你胆敢踏入90号一步,和东洋人有一丝瓜葛,你就永远不要踏入顾家的大门,顾家没有这样的败类!"

他绕过地上的顾易中,狠狠摔门而去。

顾易中仍跪在原地,抬眼看着对面蒙尘的玻璃,那玻璃将他的脸也映得憔悴灰暗。

顾易中，你将踏荆棘而去，上刀山火海，入龙潭虎穴，你要接受无尽的骂名，接受万人的唾弃，你准备好了吗？

"我准备好了。"
他说。

苏州已见秋色，四处仍是草木丰茂，90号小楼之间也不例外。然大院中剑拔弩张，几个特务举着枪围在一处，枪口皆对着正中一人。

顾易中笔直地站在那儿，连晋海带着几个人又匆匆围过来，看见了他，先喊一声："你小子果然没死？！"

顾易中还未答话，又见黄心斋跑了过来，气喘吁吁，看上去像是绕了好几圈："顾公子，近藤太君有请。"

顾易中被黄心斋引着走了。连晋海慌忙往楼里周知非办公室冲，却见周知非已站在走廊，从窗户往院里看，目光跟着顾易中，直进了门。

连晋海把气喘匀："顾易中自称是八号细胞，求见近藤，他是疯了吧。"
周知非仍看着窗外，喃喃道："或许是报应，那枪怎么没打死他。"

顾易中走进近藤的茶室，这茶室十分宽敞，一墙大开，正对着训练场。近藤正背对着他站在训练场前，手扶在尖利的指挥刀上。

在他面前，一个小分队正全副披挂，厉声操练。岩井指导，其他士兵观摩，一名分队队长与十二名宪兵排成整齐队列，刺刀刃在日光下折出锋利的光，与震天的喊叫声一同射进顾易中眼耳之中。

"你是八号细胞？"近藤忽然开口。

顾易中站在他身边，神态自若："不是。但我掉到你们的陷阱里了。现在不仅你们，新四军也在追杀我，在他们眼里，我就是八号。"

"死里脱生，你大可去上海或是香港，为何来90号？"

"我不愿如鼠蚁，到处藏匿，见不得光。"顾易中看着近藤，近藤却始终连一个眼神也没给他，"我想加入90号。"

"我们需要的是令尊，不是你。"

"我父亲是死也不会认输的军人。"

近藤忽然转过身来，微微一笑："你认输了？"

"认了，我要活下去。"顾易中直视他的眼睛。

"我为什么要接收你？"

"你们需要我。"

"我们谁都不需要。苏州四十三万两千人口，管辖他们的宪兵只有眼前区区十三人，顾公子，你知道是为何吗？"

顾易中面色平静，却没有回答。

近藤笑容更显："不是我们日本士兵能征善战，也并非苏州人民贪生怕死，只是因为你们有叛徒。你们前有王克敏、梁鸿志，现有汪精卫、陈公博、周佛海。汉奸，我知道你们中国人对他们有多不齿。你想跟他们一样吗？"

顾易中说："有时候活下去最重要。"

近藤突然向前一步，逼近他的脸，像要将他吞吃入腹。

他声音极高，灌进顾易中的耳朵："你真想跟他们一样，当汉奸吗？"

"是的。"顾易中说。

"你不想！你在演戏给我看。"

近藤眉目近乎狰狞，在顾易中眼中便如恶魔。顾易中仍站在原地，摇摇头："没有拿命演戏的。"

"面具戴太久，就会长到脸上，再想揭下来，除非伤筋动骨扒皮。这是中国的作家，鲁迅先生的话。而你，顾易中，你就是戴着面具过来的。"

顾易中机械地说着话，甚至没有丝毫的语气波动："我是真心加入。"

"我要把你的面具揭下来！"近藤恍若未闻。他与顾易中像走在两条平行线上，谁也听不见谁的话。他猛一挥手，用日语喊道："瞄准！"

话音甫落，十二个宪兵齐刷刷地把枪口对准了顾易中。黄心斋原本站在顾易中身后，见此情景吓得挪到近藤身后去，听近藤道："预备。"

保险拉开的声音。

"说实话。"近藤说。

顾易中低头，看着台阶下齐齐站着的宪兵，又看向近藤："阁下。同样是鲁迅先生的话：猛兽总是独行，牛羊才成群结队。这个唬不住我。"

近藤并未出声。岩井又一挥手，急雨般的枪声响在院中。

子弹擦过顾易中的头顶，扎进近藤茶室的墙面里，像是一排不见尽头的黑洞。而顾易中仍站在近藤身边，笔直地，一言不发。

近藤冲他笑了。

黄心斋带顾易中进了周知非的办公室，周知非正坐在里面，一双眼如鹰一般，看着顾易中走进来。

"周站长，太君让我带易中过来拜会你。他已经决定加入我们了，近藤太君也批准了。"

顾易中迎上周知非的目光，见他笑了一下："东洋人怎么就一下子相信你了呢？"

顾易中也笑："他们不相信，但知道我有用。"

"你有用吗？因为你爹是顾希形？"

"周站长，人皆知有用之用，却不知无用之用也。"

"无用之用。"周知非慢慢重复一遍，笑道，"能保你不死吗？"

顾易中耸耸肩："死过一次就不怕了。"

黄心斋无奈："你们就别在这里打机锋了。快走吧，楼下车都给你备好了。站长，我还要带易中回顾园搬行李。"

周知非点点头："好，欢迎顾同志。"

黄心斋出了门去等着，顾易中挂上礼貌的笑容："周站长以后多栽培。"

周知非伸出手来，也笑得亲切："岂敢。"顾易中握上他的手，身子一倾，便听周知非低声道："汉奸不是谁都能当的。90号也不是个谁都能活着出去的所在。顾同志，保重。"

顾易中跟着黄心斋走，周知非则直奔近藤办公室，开门见山："顾易中不可相信，周某怀疑他是共党派来的卧底。"

"你有何证据？"

"周某只是推测。或许他想找出八号细胞。"

近藤笑笑："八号的身份我都不知道，他能找到？周，你对自己的保密能力没信心？"

"周某有信心，但顾易中一定是别有用心。"

近藤停了手上的动作，忽然转头，直视周知非："你真心吗？连晋海、黄心斋都真心吗？你们跟大日本帝国走的中国人，哪个是真心的？顾易中为了活命，来参加和平运动，我们90号不敢收留，不显得我们小气了吗？还怎么展开大东亚战争？！还怎么让苏州民众相信我们？"

周知非猛被如此捅破，张口结舌："……阁下。"

"我们的口号是'精诚合作，日中提携'，让顾易中加入90号，跟让你儿子去京都留学一样，都是大日本帝国睦邻友邦政策的表现。"

周知非无话可说，又听近藤道："京都来信了。令郎在那边学校表现得很好，虎父无犬子啊。"他说着，从抽屉里拿出一封信交给周知非，信封上歪歪扭扭写着几个字：父亲大人收。

周知非抿嘴："谢帝国的栽培。"话毕，像是一刻也不想多留，径直拿着信往外走,险些撞上进门的黄心斋。后者跟他打了声招呼,周知非理也没理,疾步走远了。

近藤只当作没看见,冲黄心斋说话:"黄,周怀疑顾易中的诚意。你分析一下顾易中的真假。"

"要是真的吧,姓顾的来得太突然了,理由不足;要说是假的,加入和运不是闹着玩的事,顾易中他完全可以逃啊。我想不明白,还请太君明察。"

近藤笑了笑,坐在桌前:"假的。"

"啊?那太君还要收留他。"

"我要把他这假的变成真的。顾易中和他的父亲顾将军,都得参加和运,为大日本帝国效劳!苏州四十三万人,每一个都得参加和运,都得成为大日本帝国的好子民。"

近藤眼里燃着火光,黄心斋腰压得更低,连连点头:"太君,我的明白。你是项庄舞剑,意在沛公啊。顾易中加入了90号,就是个人质。这个吴县知事,顾希形他不当也得当了,没跑了!"

近藤没有看他:"这回若再不就任,顾氏父子,皆杀无赦!"

周知非回办公室,将门锁紧,立时打开周幼非的来信。他直看末尾,忽而愣住了,空着的手默默攥紧拳头,一下、两下……闷闷砸在自己额头上。

信中前头几句要寄钱的话,他却是明白的。他早知日本人定会检查通信,在周幼非离开之前,父子两人就约定了暗号:每被日本人打一次,就在信末点一个墨点,墨点一共八个,周幼非被打了八次。

路程共半月,周幼非到京都也就半月,就已挨了八次打。

他回到家中,将信说给纪玉卿,纪玉卿哭着叫骂,骂天杀的小鬼子,更骂周知非,骂这是他当汉奸的报应,骂他周家的列祖列宗。

他难得一句话也没说，只回自己房里去，默默坐了半宿。半夜起来，走去周幼非的卧房，里面亮着灯。

门缝里，纪玉卿在床上抹泪，手里抱着周幼非走前拍的那张全家福。

照片里，他与纪玉卿并肩而坐，周幼非一身长衫，笑着依偎在他们怀里。

"顾易中没死？"

人和车行里间，诸人一片沉寂，肖若彤首先发问，胡之平是带来这消息的人，便答她："不仅没死，还去了90号特工站，这两天报纸上就会登新闻。"

肖若彤眼神僵了，张了张嘴，说不出话来。周振武满面怒色："看来我的判断是对的，这个叛徒，汉奸。"

胡之平却拿出一份电文来，铺在桌上给诸人看："这是组织上发来的电文。要求你们暂停对顾易中的缉捕行动，不纠原委。"

"为什么？！他现在是赤裸裸的汉奸，应该对他进行制裁。"

"是啊，省委怎么会要求停止行动呢？"

胡之平摇摇头："组织上这么决定，自有组织的道理，执行命令吧，不要过多猜测了，我希望你们新四军方面也执行这个命令。"

周振武与何顺江对视一眼，两人仍有愤愤不平之色。而肖若彤仿佛记起什么，面露担忧。她看了一眼胡之平，慢慢走出门去。

黄心斋与顾易中从周知非办公室出来，便直奔顾园。两人开着插有汪伪政府旗的小轿车，又带了两个特务在旁做警卫，陪着他走进顾园。

邻里路人的骂声传进顾易中耳朵，什么"汉奸""败类"的字眼早在他意料之内——他明白，这不过是暴雨江流开端，往后一切，又何止胜其百倍千倍。

顾希形坐在余庆堂檐下阴影之中,坐在堂上那副对联之间。富贵在他面前默然收拾地上茶碗的碎片,一边火盆里烧着几张传单,呛人黑烟之中,还能看见血红的"汉奸杀无赦""当今秦桧,卖祖投倭"等零碎字样。

他脑中反复回响顾易中那日里说的一字一句,强压着怒火,将每个字都掰开揉碎地想。他又记起黄秋收——自他出现后,顾易中便忽然变了。

他眼睛一亮,面上竟显出一点笑意来。

黄心斋坐在前院花厅里,王妈匆匆过来给上了茶,抬腿便要走,却见翁太从厅旁避弄里闪过。黄心斋眯着眼睛瞅:"这是谁?"

王妈不答,只说:"先生,茶快凉了。"见黄心斋要往里跟,连忙上前拦住:"内外有别,先生!"

黄心斋不甘不愿地停了步子,眼睛却还往里瞧。忽有阵阵琵琶声从内院传来,顺着风丝飘到墙外去了。

是海沫正在房里弹琵琶。翁太进门,阴阳怪气地斜了她一眼:"你还有心思在这春花秋月呢,顾家都乱了套了。"

海沫只盯着琵琶弦,手下愈急,嘈嘈切切,便如急雨。翁太仍在说着:"顾少爷不但没死,还投了东洋人,当了汉奸,你不知道吧?幸亏没成亲,不然这一身脏水,擦都擦不干净。"

砰一声,海沫手底的弦断了。

"不可能。"她静静地说。

翁太无动于衷:"想不到吧,人心隔肚皮。"

"你从哪里听来的?"

"自己送上门的,接人的车都来了,老先生都摔了俩茶碗了。海沫啊,这顾家少爷也是留过洋的人,应该识得大道理,这怎么说投日本人就投日本人了,听说还是要去当特务……哎,你这是去哪儿?"

海沫将琵琶扔在一边,不待她说完,便起身出门了。

她走进顾易中房间的时候,见他正收拾行装。建筑模型、书、画册扔得满桌满床都是,他正对着个藤箱子茫然坐着,箱子里塞了一半,同他的神情一样,乱糟糟的。

她坐到他身边去,一个字也没说,拽过那箱子来,将里面衣服重新叠了,与画册分擦在两边。顾易中愣了一下,眼神在床上物件里挑拣着,一样样递给她。

箱子快要满了,两人动作都停了。顾易中望着自己的书桌,上面摆着一个顾园的建筑模型,是他从前答应了父亲,要对顾园改造一番时做的。

顾希形说,等着他回来搞。

他拿起那个模型来,亲手装进箱子里。他抬起头看着海沫,终于开口。

"海沫,这一段时日多谢你照顾。咱俩的事,是早年父母间订下的,不作数。你是自由的。"

海沫也望着他,却仍不说话。

"我这一去,顾园以后肯定更难了。当下苏州很乱,你跟表嫂回内地的家吧。"

"乱世的人哪有家。"

海沫这话声竟平静。顾易中张开嘴,什么也说不出来。他看着海沫又仔细检查一遍箱子,还拎起来试了试分量。

"你伤还没好利索,不能提重物,我让富管家来帮你拎。"她说。

"不麻烦他了。"顾易中起身,尝试拎起箱子,甫一使力,胸口却剧痛起来。他放下箱子,一次次试着拎,却听海沫道:"外面传的那些说法,是真的吗?"

她顿了顿,极慢道:"说……说你投了日本人。"

箱子砰一声砸在地上，顾易中紧紧咬着牙，望着她泛起涟漪的眼睛。海沫退了一步，深吸一口气，像明白什么，不再等他答话。

她不再看他和那箱子一眼，转身出了屋。

顾易中拎着箱子，一寸寸挪出了屋。富贵正在前厅外头扔碎茶碗片，见他出来，顺手拉上了前厅的门。

顾易中走到他面前："阿爸还是不愿意见我。"

富贵看着他，眼中满是无奈，抬起簸箕给他看里面的瓷片，而后拉住他的手："少爷，90号那个鬼窟不能去，一踏那门，不但你身败名裂，这顾园顾家，以后还怎么在这南石子弄过日子呢？"

顾易中却没有答话。他轻轻拂开富贵的手，转身一步步走了。

海沫与翁太隔着几扇窗，隔着弄廊，看着顾易中与黄心斋出了门。

"到底没劝住？"

海沫垂头看着那把断了弦的琵琶，不作声。翁太凑过来，幸灾乐祸地，讲话像是唱戏："你不是一直说这顾少爷是正派人吗？正派的要去当特务？90号那种地方，即使人进去了，也得变成鬼。没想到顾少爷……"

"你能不能闭嘴？！"

翁太吓了一跳。海沫抬起头来，红着一双眼，似要杀人似的盯着她。打认识以来，她头一回看见海沫这副模样，嘴里余下的风凉话便生生咽了下去。

小轿车开进90号，弯弯绕绕地又开了一会儿，才在一栋楼前停下。楼体阴暗，一看便十分陈旧了，里面设施想必也简陋，这些都是顾易中一看便知的事。黄心斋与顾易中下了车，另两个特务帮顾易中拎行李，直往楼里走。

"这是宿舍。"黄心斋介绍说,边走边指,"门房能打电话。宿舍虽然破了点,但安全,重庆那头的杀手找不到这儿,这年头,安全最紧要了……我家在二楼头上那间,得空来坐坐,让嫂子给你做俩菜。"

楼前有个小院,话声交错,倒是热闹。几个人刚刚进门回家,几个七八岁的小孩蹲在院子里玩,就像个普通杂院。顾易中来回望了望:"站里的人都住这里头吧?"

"除了周站长。"黄心斋说,说到后面,还放低声音,凑到顾易中耳边,"90号有他的住处,风声紧的时候,他才会携全家过来……平时他住哪儿,不让人知道。他这人不像我,多疑,还怕死。缺德事干太多。"

顾易中点了点头,面上却不动声色。黄心斋见状,不再聊此事,说起别的:"近藤太君吩咐了,你有什么要求尽管提,回头我让总务科老苗安排,都下水了,日子就不能凑合。"

这屋子倒是十分干净,楼里的宿舍大抵都是后面改的,铺位临时隔出两个来,正面对面。此时屋里竟已有一个人,一个看上去二十来岁的年轻小伙儿坐在一张铺上,见两人进门,连忙起身。

黄心斋有些惊讶:"高虎你怎么在这儿?你不是在常熟分站吗?"

看来小伙子就叫高虎了。他啪一个立正,又一个敬礼,高声喊道:"报告黄副站长,高虎奉周站长的调令,来苏州总站工作,请指示!"

黄心斋吓得一激灵:"哟,那么大嗓门做什么?我又不打赏。快坐,坐。"

"谢黄副站长!"

黄心斋看了看两张床,大手一挥:"你挑一张吧,易中。"

顾易中点了点头,把放在房门口的藤箱搁在靠里的那张床上。黄心斋身后又进来个人,沉默寡言的,抱着两副大铺盖,分别搁在两张床上开始铺,高虎赶紧过去帮忙。

黄心斋道:"老苗,这站里新进了不少人,澡堂淋浴修好了吧?"

顾易中想着这多半就是黄心斋刚说过的苗建国,90号里管后勤总务的。苗建国看着像是多一个字都不说的脾气,答一句"好了"又没了声。

"这时节来参加和运的,都是先进分子,是革命同志,你把伙食办好点,别再克扣了,老苗。"

苗建国急道:"黄副站长冤枉小的,这总务干得我贴着钱呢。"

黄心斋甩甩手:"行了行了,咱们干和运的谁不倒贴,你倒贴钱,我们还倒贴脸面呢。易中啊,站里新近招了些人,还有下面太仓、昆山、常熟三个分站的业务不熟的员工,合办了一期培训班。周站长意思让你也一起参加。"

"遵命。"

"那你休息,我走了。"黄心斋说着话,却给了顾易中个眼神,后者会意,当即送他出去。两人前脚迈出门口,苗建国后脚便瞧了高虎一眼。高虎立时凑得离他近了些。

黄心斋与顾易中在外间走廊说话,如在楼底下一样,挨在他耳边:"小心点高虎。名曰保护,实为监视。"

顾易中挑眉:"周站长不信任人。"

黄心斋一笑:"信任?他爹没教会他这词。今后共事久了,你就会明白了。倒是这期训练班,你要好好表现,别让周知非拿住把柄。在你投诚这件事上……周站长跟近藤较着劲儿呢。"

顾易中看了他一眼,黄心斋声音压得更低,又道:"周站长会亲任主任教员,教的无非是你们中共顾顺章……"

顾易中神色不变,打断他道:"不是'我们'。"

黄心斋忙道:"对对对,你不是共党。是归顺的顾顺章那一套,什么审理行动侦察啊,周站长人不怎么样,但在特务专业上,还是很自傲的,吹起来那叫一个口若悬河,马上你就会领教了。你留步,以后有什么麻烦,直接来找兄弟我。"

顾易中便笑:"辛苦黄副站长。"

"不辛苦,不辛苦。咱们是一伙的。在90号,单干不灵的。"

黄心斋说着便走。顾易中站在门口,目送他上楼去,再一转身,却见院子里方才各干各事的几个人都抬眼看着他,在暗淡天光下,更显阴沉,使他极不舒服。他没说话,转身回自己屋去了。

苗建国已经走了,高虎则正站在桌前,瞧着慌慌张张的,正拿着他放在箱子里的顾园模型看。顾易中没说话,看了一眼那箱子,见它开了条缝。高虎给自己找补:"这东西有点……"

顾易中从他手里接过模型,小心护着:"复杂。"

高虎连连点头,顾易中同他坐下,一块儿研究起那个模型来。

第五章 破题

"此人叫崔耀民,从上海过来跟我们接头,他号称有关系能买到奎宁。记下来。"

胡之平从包里拿出一张照片来递给周振武。后者点头,接过照片来仔细看了看,神色严肃:"他不是咱们的人?"

"是个黄牛。是上海闻人杜月笙的门生,杜月笙避去香港后,上海码头上的事都委他出面。据说人脉很广,重庆、南京两头都卖他点面子。"

周振武眉头皱得更深了:"这种双面人可靠吗?"

"有钱能使鬼推磨。他就是那个鬼。我是通过上海的关系找到他的。以前那些黄牛抓的抓,跑的跑,也就他还有点门路,愿意跟我们接触。"

两方约了下周三两点在采芝轩茶楼见面,派周振武去接头,标志是《江苏日报》和《新申报》。胡之平知道周振武性子,专门嘱咐,无论崔耀民开出什么价,先答应再说。买到奎宁是组织的当务之急,其余都可以排在后头。

肖若彤就坐在一墙之隔的屋里,面前桌上摆着那封铅笔写的信,顾易中字句与声音都似在面前、在窗外迢迢流水之间。河面寂静,唯有一个老渔夫与他的鱼鹰在河边。那鱼鹰捕上了几条大鱼,被老渔夫从嘴里掏出来,扔在桶里,转而喂了几条小的进去。

周知非主持的特工训练从今日开始,就设在90号院里的训练基地。要受训的新人站成一排,顾易中跟高虎挨着站,都看着面前正发表开营讲话的周知非。

"什么是特务工作?人们往往拿警察厅的侦缉队,巡捕房的包打听,参谋处派出的军事间谍比拟特务工作。的确,特务工作之于上述种种,有很多相同的地方,但若仅用上述那些名词来解释特务工作,则未免将特务工作的意义弄得太简单了。特务工作,是一种以政治为背景的秘密工作,简单来说，就是政治警察。"

小特务将一摞书挨个发给众人，是油印本的"特工丛书"，每人一套。顾易中挨个翻看了，见里头有训练、情报、侦查、行动、审理与组织几册。周知非仍在说着话："苏州特工站分总务、组训、情报、侦行四科，总务又分枪械、电讯、机要、交际四室。组训负责新学员训练及学习，情报负责对外情报收集及人员发展，侦行负责保卫与暗杀。除了苏州总部，还下辖太仓、昆山及常熟三个分站。"

顾易中看完了，往旁一瞥，见高虎翻来覆去地在手里倒着那几本书，看着像不大认识上头的字，见顾易中瞅他，又做出一副信心十足的神情。

顾易中险些失笑。

"特务工作，以绝对的秘密为原则。秘密的组织，秘密的工作方式，秘密的身份。

"在革命战线上的特务人员，应该是最忠实、最勇敢的同志，他们必须把世间所有的繁华富贵完全放弃……

"……只一心一意地抱定牺牲的决心，以热血和头颅来拥护党，保护我们的组织。"

这些果然是共产党的口吻，顾易中想。他记起肖若彤从前同他说过的种种：他们扮作各样平常人交接资源，时刻警惕，甚至时刻做好结束自己生命的准备；记起十年来颠沛流离的顾慧中和胡之平，他们居无定所，甚至连孩子也要跟着一块儿过苦日子……

"……盯梢，在普通侦探学上，叫作跟踪。是一件很重要、很不容易做的工作。要盯梢，就要仔细观察被盯梢者的细节，面目的形状、特别的标记、身材长短。盯梢敌人而被其发觉，是件顶危险的事。所以盯梢人员必须灵活、机警，并善于伪装。"

顾易中的盯梢学得不错,至少比高虎要强挺多。两人一块儿出去练手,高虎悄悄跟着他,拿着份报纸藏这儿藏那儿,吭吭哧哧跟了半天,刚走到个热闹点的街市,一眨眼顾易中就跟丢了。

高虎喘着粗气,往前一直跑到小巷口,听见身后有动静,一侧身,见顾易中竟站在他后头,笑着看他。

他使劲儿皱眉,苦思不得其解,最后砸了顾易中一拳。

顾易中的密写和密藏学得也好。周知非讲课十分尽责,竟有些达到事无巨细的程度,教了药水显影法、水火显影法和光线法,淀粉浆、甘蔗汁、米汤、苏打水全用上了,和蜡烛、紫外线射灯什么的摆了一桌子。

顾易中一样样认真试过去。最难的莫过于在衣服夹层和鞋底缝针藏东西,还有在香烟里抽送烟丝。他从前除却画几张建筑图、做些粗糙拆卸手工以外,能称得上是十指不沾阳春水的大少爷,头几回扎了好几次手,但好在是练成了。

反观高虎,乱七八糟的香烟和烟丝,又摆了一桌子。

"特务工作,还要善于利用特情,我们叫内线细胞。建立内线细胞的方式一为打入,即派出人员伪装,打入敌对组织,中共最善于搞这一套;方法之二为拉出,就是对特殊目标进行绑架,这是中统的拿手好戏,他们的术语叫突击,对目标以生命或其软肋胁迫其叛变,签字为证,留下密结海底,然后放回,跟平日一样。拉出的要点是时间要短,一般来说,过了一个晚上,特情就可能被敌对组织怀疑,利用价值大大降低。就拿第二种来说,抓住目标、说服他签字画押,只需一晚甚至更短。旁人再看那人,几无甚分别。"

顾易中记得极认真,不忘瞟一眼高虎的笔记,看自己有没有什么落下的,却只见了歪歪扭扭的几行字。

几日之后是室外训练。在此之前，周知非又往斜塘庙里放了纸条，问顾易中是不是中共的人，他见上回放的信还在，便只把新纸压在其上。

高虎的监视没什么进展，只看见了顾易中那支破钢笔。周知非一下便猜到是刻着名字的那支，他本也没指望这人能从顾易中身上得到什么有效信息，因此还是区晰萍更靠谱。

"作为一名秘密工作人员，除了要掌握秘密的技能，还要掌握最重要的本领：抗击打能力，要忍得住敌人的严刑拷打，宁身灭而不出卖组织。"

一排小特务仍站在头一天开营时的训练场，一共八人，只是皆赤裸着上身。周知非一挥手，又有八个老特务进了场内，一一对应，站在他们对面，甫一站好，二话不说，就是一通暴打。小特务们不能还手，闷哼声四起，周知非站在场边，面无表情地看着。

黄心斋正在二楼公共厨房里炒菜，香气顺着门窗冒出来。黄心斋往下冲院里的张吉平嚷嚷："吹子，你家有白糖吗？借点。"

张吉平正帮自己女儿修一把木椅子，小姑娘蹲在父亲身边，乖乖地帮着递东西。张吉平头都没抬："上次借的你还没还呢。"

黄心斋被他噎住，还没想出下一句来，又听见门口动静。两人同时往小院外门那看，见顾易中跟高虎相互搀扶着，跌跌撞撞地往里走，一脸狼狈相。两人对视一眼，即刻猜到是怎么回事。黄心斋又要说话，险些被自家老婆吼声吓个趔趄："黄心斋，菜煳了！"

顾易中跟高虎进了宿舍，脱掉上衣，互相看着对方血肉模糊的上身。两人新伤叠旧伤，高虎的眼还被打肿了。然顾易中看着还是比他更惨点。高虎把衣服一扔，连压低声也忘了，啐了一句："……这些龟孙，下手真狠，真打。"

"他们寻思着把我打跑。"顾易中慢慢道。

高虎来了兴致,一下蹲到他面前来:"顾哥,你是不是想跑?这日子没法混了,不行咱们跑吧。"

顾易中却没答,反问他:"你为什么来这里?"

"干特务啊。"

见顾易中又不说话,高虎只得蔫蔫道:"跟你说实话吧,我是从家里跑出来的。我家在东山。"

顾易中想了想:"我知道东山有个雕花楼,里面的雕刻很好,尤其是那个门头。"

东山是太湖七十二峰之一,而雕花楼在洞庭,是民国十一年建起来的私人小楼,里头的木刻浮雕取材于《三国演义》《二十四孝》《西游记》和传统寓意图案,更是吴县香山建筑雕刻的代表。像顾易中这般的"专家",自对其如数家珍。

高虎脸上竟露出点得意,神神秘秘道:"那就是我们家亲戚的。"

"嚯。"顾易中换了夸张口吻,强忍着嘴角的疼,拱手道,"失敬啊,原来是高少爷。"

高虎连连摆手:"我本来还以为当特务挺好玩的,哪知道见天挨打……我不想干了。顾哥,你干吗来90号?"

顾易中面色陡沉,道出两个字:"活命。"

高虎似没多想,继续撺掇道:"走吧,顾哥,我有东边小门的钥匙,我们可以从那里逃出去。这地儿不是人待的。"

"高虎,我一出这门,就得送命。"

高虎仍吊儿郎当,站起来往外张望:"不会的,没人知道。"

"东门后头有个岗楼,那里全天有宪兵站岗,无故出门,杀无赦。"

"啊?有吗?我不知道……"

顾易中紧紧盯着他，又慢慢走回自己的床铺上，背过身去躺下，再不看他："高虎，你还是离我远点，这样对你好。"

第二日下了大雨，训练还是照常。连晋海给周知非撑着伞，看着淋在雨里的八个学员。八个人如昨日一般脱了上衣，整齐站着，等着挨打。周知非使了个眼色，连晋海立即会意，交接了雨伞，自己跑去把顾易中和高虎叫出列，命令两人进行昨日那样的"抗击打训练"。

高虎站在顾易中面前，垂着头，畏畏缩缩地不动弹。

连晋海又唤一声："高虎。"

这便是警告了。高虎动了手，先是一左一右地打了顾易中两个耳光，又冲他肚子来了一拳。然看着便轻飘飘的，没用实劲儿，连晋海自然不满意，再来一遍、两遍，顾易中仍站在那儿，一动不动。

连晋海一把推开高虎，险些摔在地上。

连晋海亲自动手，扇耳光、施拳头，没等顾易中从地上爬起来，又狠狠踢了他几脚。顾易中嘴角往外流血，顺着瓢泼大雨漫在地上。一次、两次、三次，他终于站不起来了。

周知非撑着雨伞，转身走了。

背面小楼窗口，近藤的脸从被雨幕蒙住的玻璃之后一闪而过。

雨还在下，只是势头小了许多，一一落在屋檐上，便如玉盘琵琶，将夜色敲碎。高虎架着顾易中回到宿舍，把他扔在床铺上，又拿出毛巾来给他擦身上的血。顾易中半睁着眼，像个死人。

他听见高虎的声音，是叫了一声"站长"。顺着那话声，他迷迷糊糊看见了周知非，周知非站在他面前，叫高虎出了屋，又关上门，随后拉过一把椅子，坐在他床边。

"易中，今天就咱们俩，我给你上点私课。"

顾易中强撑着坐起身来，睁开眼睛，直直望着他，道一句："周站长请赐教。"

周知非点点头。

"'打入'是最难的特务技巧。'打入'能否成功，不在你有多聪明，而在于对方有多愚蠢……顾易中，你了解周某的历史吗？"

他不待顾易中回答，继续往下说："1927年大革命时期，我就是一名中共党员了。要不是顾顺章那个粗货出卖，我现在可能也在延安的窑洞里，用嘴皮子抗日呢。他们惯会搞洗脑那一套，什么'主义''信任'，天天挂嘴上。为了他们玩命，不值。"

顾易中点点头，却道："所以你三二年主动投了中统。"

周知非一惊："听谁讲的？"

"90号四科，情报科的人嘴上最没谱。"

周知非骂了一句："这些蠢材！"

顾易中不管他，也继续往下说："然后又从中统跟了李先生。1939年，76号特工总部挂牌，李先生破获的第一起大案，就是捕获中统苏沪区全部人马四十余人，仅区长徐照林一人脱逃。记得当时副区长叫周友仁，周站长，这应该是你的化名吧。"

周知非强掩情绪，喝了一声："留过洋的就是了得！"

顾易中摇摇头："当时的《申报》，这案子可是头条哦，站里的图书资料室随便可以查到。周站长，易中也请教一下，你在90号是'打入'呢，还是真心的呢？"

周知非看了他一会儿，竟笑一下："问得好。顾易中，在90号真屈才了，你应该去76号跟李先生干。"

"你还没回答学生的问题呢，站长。"

周知非却耸了耸肩，毫不恼怒，甚至十足诚恳："实不相瞒，依知非看来，不仅90号，整个汪记国民政府，就没一个是真心的。陈公博、周佛海、丁部长、李先生，大家都哄着小鬼子还有汪主席玩呢。你知道为什么？钞票！权力！记得李先生曾经说过，既然河边就能抓到大鱼，为什么非得去河里捞些小鱼小虾。你来了，咱们一起捞大鱼。"

顾易中也笑了："我对钞票没兴趣。"

"你年轻。"

"周站长，要不是你把八号细胞的脏水泼在我的身上，我也不会沦落到如今这个地步。"

顾易中一剑刺出，却见周知非仍面目带笑："这绝非周某本意。易中啊，我挺佩服你胆识的。原想你一白面书生，不用几回，就得趴下，没承想还能活到现在，还冠冕堂皇地进了90号。"

顾易中咬了咬牙："承蒙夸奖。"

"90号只是大家萍水相逢的地儿，小鬼子不可能永远霸着苏州，早晚，他们得滚蛋。未来不管姓蒋姓汪，姑苏还是咱们的地盘。易中老弟，不管你是为了谁，听哪头号令的，周某只想跟你交个朋友。"

"行啊。"顾易中答应得痛快，他顿了顿，"不过当朋友之前，你能把八号细胞是谁告诉我吗？"

周知非脸上笑意霎时无影踪："说到底，你还是想为中共办事。"

顾易中耸耸肩，牵扯身上的伤，倒吸一口凉气："我只为自己办事。八号害我匪浅，我除之而后快。"

"你比令尊顾先生还顽固。顾公子，我最后提个建议，早点离开这里，越早越好。不然，你会死在90号的。"

这建议倒是真心实意。顾易中没能答出话来，他知自己或有些太心急了。而周知非也没等他应声，径直出了屋。

高虎正站在走廊外头，用纸巾堵着自己的鼻血。周知非出门，见雨竟又下得大了起来，只得在廊下避雨，与高虎仅几步之遥，却没正眼看他一下。因此猛被叫了一声又拦住的时候，他很意外。

"站长！"高虎凑到周知非耳边，压低声音，"能不能别让我再监视姓顾的？"

"怎么了？"

高虎看上去难受得不行："我一撅屁股，他就知道我要拉什么屎。这活没法干。"

周知非满面嫌弃："你腰间别的是手枪，又不是柴火棍。要真没法干，就把他干了。"话毕，一个字也不再听高虎说，转身就走。高虎在后头听蒙了，他辨不清这话里真假轻重，如黄心斋所说，从周知非眉眼里看不出他半点真情假意。他心一横，掏出枪来，推门而入。

就在他身后，黄心斋家的厨房里头，楼角滴水的雨帘后面，有个人影晃了晃。

顾易中在高虎面前直挺挺地躺着，半点不像刚同周知非说了话的模样，又让高虎想起死人。窗外雨声极大，将他的脚步声也盖过去。高虎一步步走过来，鼻子里堵着纸卷，看上去十足滑稽。他手却意外地稳，慢慢抬上来，枪口顶着顾易中的额头。

顾易中实则醒着，什么都能看见、能听见。他听见高虎按下保险的声音，额头上一片凉意。

"你想过一个问题没有？"他忽然开口，声音极低，然清晰可闻，"把我灭口了，他会不会把你也灭口了？"

啪嗒一声，顾易中眼见那把枪被扔在了地上。高虎蹲在一边，抹起泪来，边哭边嚷。

"妈的，当个狗特务怎么就这么难？！"

海沫端着茶盘进前厅时，正见顾希形扶着椅子，用力想站起来。她脚下一急，险些摔倒，匆匆撂了茶盘，连忙上前去扶顾希形。

"顾伯伯，怎么了？"

顾希形叹了口气："腿不争气。早上起来就发现动不了了，往年都是找兆和瞧的。"

"那我去请陆大夫。"海沫扶他坐下，说着就要往外走，被顾希形拉住："没脸啊！逆子一去，八德'孝悌忠信、礼义廉耻'，全丢了。"

她神色也黯淡下来，默默站在一边，良久，才问："顾伯伯，顾少爷的事会是这么简单吗？"

顾希形反问道："你怎么想的？"

海沫真心摇摇头："我也说不好。"

"前些日子有位姓黄的先生，到家里来过，可还记得？"海沫点了点头，又听顾希形道，"他不仅来过家里，还去过医院。就是这个人啊，易中见过他后，就踏上了这条不归路。"

海沫想起文质彬彬的黄秋收，心底一震："他不是好人吗？"

顾希形仍没有回答："不管他是什么人，易中这一去，汉奸的帽子就彻底戴上了。洪承畴本是明重臣，一朝投了清，终生被视为明奸，列《佞臣传》。自三七年迄今四年，东洋人威逼利诱，顾某不为所动，乃深知汉奸这两个字，是天底下最恶毒的咒人的话。"

海沫眼睛一酸："顾伯伯……"

顾希形看着她："海沫姑娘，我知你心地善良，但逆子所为，天地不容。以后无论何情何景，皆不可搭理逆子。顾某拜托了。"

见海沫没有应声，只垂头站着，他又道："顾某亏欠你跟令尊太多。下个月是我六十寿辰，我想借着寿宴，认下你为女儿……不知顾某是否有此福分？"

　　海沫此番真是一惊。她张了张嘴，似有诸多话憋着，终究没有说出来。顾希形像是看出她心思，慈爱道："这是顾某人不情之请。你不急着回话，回去仔细考虑，也和你表嫂商量商量。"

　　海沫早料到，翁太定会对此事满意非常。果不其然，翁太裹着被子靠在床里，慢慢悠悠听她说完，连连点头："没看出来，你把顾家老爷子笼络得这么好。你还真是干我们这行的天才啊。"

　　海沫坐在屋子另一角，垂着眼不看她："这几天我越发觉得不安，我们不该骗他。"

　　翁太冷哼一声："这别人求都求不来，以后顾园就是咱们的家了。"

　　海沫声音轻轻："他要认的是真海沫，跟我又没关系。"

　　"什么是真海沫假海沫，那人早死了。现在，你就是真的，普天下没人知道这一段。"

　　海沫抬头看着她的模样，声音竟硬起来，一字字道："这戏我演不下去了，我不想在顾园待下去了。"

　　"待不下去你能去哪儿？"

　　翁太定然又要说那些威胁她的话。海沫如是一想，正要开口，却听翁太继续道："顾希形病成这样子，他女儿下落不明，儿子又去做了汉奸，他那身体，能挨过这个冬天吗？这个时候，你得装得有良心吧？"

　　海沫实没料到翁太会说出这样一番话来，当即一怔，闭了嘴。

　　两人沉默半晌，在屋里亮了灯，翁太忽然问："海沫，你觉得顾易中去90号，会不会是老爷子派去的？他们父子在演双簧？别以为我们会演戏，人家就不会演戏。"

　　海沫轻声道："真希望是这样。"

何顺江坐在车行里焦急等着，终于见周振武风尘仆仆地走了进来。两人对视一眼，即刻起身，走进内屋关上了门。

周振武急道："不知道出了什么差错，他一直没来。时间到了，不能就等，我就先回来了。"

何顺江摇摇头："我们的人在车站，确定他是下了火车的，怎么会没接上头呢？下一次接头约的是明天下午两点，到时再议吧。"

崔耀民实则前天夜里就在仓米巷被黄心斋带人套了麻袋，连人带药全军覆没，当日便被拉回90号审问。黄心斋亲自上手，没过多久便敞着衣领，连衣服上的血都来不及擦，拿着问出来的资料便往近藤办公室走，迎面碰上连晋海。

"黄副站长要急着去见太君，看来是招了啊？"

黄心斋"嗯"一声，颇有爱搭不理的意味。连晋海又奉承道："近藤太君一早就出去了。是不是有重要的口供？什么人都过不了你这关啊。"

黄心斋这回连"嗯"也没有了，把手上一沓纸往身后一藏，要绕过连晋海去，却听后者阴阳怪气道："李先生来苏州视察，近藤和周站长都去李公馆了，没请你吗？黄副站长。"

黄心斋半点气没有，边应声边往楼下走："你像站长的影子一样，紧随其后，你都没请，会请我吗？"

连晋海看着他背影，从鼻孔里哼一声，又一招手，李九招便走了过来。他有的是眼力见儿，凑到连晋海身边道："抓的人姓崔名耀民，上海过来的，要跟这儿的共党接头。"

"还招什么了？"

李九招讪笑："……就听到这些，黄心斋就把我支出去了。"

李士群的公馆建在苏州鹤园，从光绪年间始建至今，鹤园已有三十余年。当年是因俞樾在此书有"携鹤草堂"匾而取名鹤园。园中池水似鉴，修廊如虹，东宅西园并列，宅有三进，园有五进，以简洁开朗为风貌，在周知非看来，恰合李士群的品味。

　　近藤与周知非一左一右坐在屋内的沙发上，面前放着盖碗茶。外间花香鸟语伴水声而入，周知非朝外瞟去，见小桥凌波之中，李士群慢慢走了进来。

　　周知非起身去迎，近藤则只坐在原地，纹丝不动，姿势甚至更放纵了些。李士群进了屋，挥手示意周知非坐下，话却不是冲他说："近藤少佐，别来无恙啊？"

　　他年纪约有四十上下，实则与周知非相差不多。身形清瘦，戴着副眼镜，举手投足皆斯斯文文，一团和气，再深看几眼，却能被他眉目间一股阴戾吓退。他坐在周知非身边，听近藤哼了一声："有恙。"

　　李士群看了周知非一眼，后者忙道："少佐为吴县知事人选一事正生闷气。"

　　李士群点点头："郭景基被刺这么久了，你们一直提不出人选。江苏省高主席昨日还给我打电话，意思是你们如果提不出人选，他就做主任命了，我这次是专为此事而来。知非？"

　　周知非微微弯下腰："苏州商会会长王则民手面很大，也颇受地方拥戴，周某以为他可委。"

　　近藤这回出言却快："此人不行，胸无点墨，贪腐成性。"

　　周知非反驳道："街头谤议。王则民家财万贯，富甲一方，他不会在知事一职上捞钱。他是崇敬汪主席的高尚人格，想为和平运动做点贡献。"

　　近藤一字一顿地说着汉语："若委此人，我必驱之。"

　　周知非转向李士群："干脆让省民政厅派一个人得了，我们90号方面也别提人选了。"

李士群摇摇头:"不妥。虽然因清乡工作需地方高度配合,吴县、常州、太仓、昆山各县设有清乡特别区公署,直接向清乡委员会汇报。但让各地特工站参与地方长官的甄选,也得到了最高领袖的许可。此例须循。近藤少佐的意思呢?"

近藤咬出三个字:"顾希形。"

周知非面上现出嘲讽的笑意:"顾希形能俯就,当然是好事。问题是郭景基死了以后我一直在做工作,老爷子坚拒不出。"

李士群也开了口,听上去意在安抚:"顾希形自视甚高,连老蒋都丢过面子,委实不易。"他与周知非对视一眼,又道:"……少佐,要不,让王则民先代知事一段时日何如?"

近藤还是没有看他:"顾希形的儿子顾易中现在在90号任职,近藤以为,这是顾希形态度松动的表现。"

李士群一抬眉:"怎么回事,知非,不是有报告说顾希形的公子是亲共分子吗?"

"他是进了90号,近藤阁下同意的。属下正想跟您汇报,有内线密报,共党认定他是汉奸叛徒,曾派了一个小分队专门来苏州缉捕他,他也许是走投无路了。"

李士群摇摇头:"共党狡猾异常,不可轻信。"

周知非显出几分轻松:"此事确实蹊跷,属下也怀疑他动机不纯。"

"近藤以为,既然儿子愿意进90号,老子也就可能当吴县知事!"

近藤似没听见他们两人说的半个字,口气严厉,压着李士群念叨"这个颇难"的声音,又道:"当年影佐阁下争取汪精卫过来,军部是根本不信的,疑惑声四起,结果影佐阁下果真带着汪精卫逃出河内,建立了'和平政府'。陈公博、周佛海、老丁、李先生,你们一拨人不都下了水当了汉奸吗？和平运动就是要知难而上。"

近藤抬起头来，与李士群直直对上眼睛。李士群半个字也不再说，坐得像一尊石雕。

周知非开了口。

"李先生从不畏惧困难。近藤阁下，李先生一直披肝沥胆，请你不要用上级的态度教训他。我是他的追随者，不允许有这样的声音。"

近藤亦沉默下来，这回换作周知非盯着他。几人对峙，直至李士群平静叫了一声"知非"，他没等周知非答话，像是只要他移开目光，又转向近藤："吴县知事的事，就凭近藤君裁决了。我还有事，就不留二位吃饭了。"

他都不再看近藤一眼，起身便往内室走。周知非立马起身跟在他身后，近藤看了看窗外园景，坐在原处，却连手都没有再动一下。

三碗茶搁在桌上，渐渐不冒热气了。

"李先生，这近藤太浑蛋了。"

周知非跟着李士群踏进内室门槛，话音甫落，便见他抬手："习惯了。知非，你是没在76号待过，不用说一个少佐，就是一个普通的军士长都能把我跟老丁气死。别忘了汪主席的教诲。"

"战不易，和更难。"

李士群看不清周知非的脸色，也似乎并没在意，只语重心长道："汪主席还有我们的苦心，普通民众哪里知道啊。搞和平运动的，就得有'我不入地狱，谁入地狱'的坚强意志。"

"我是着急这王则民知事的事。……对了，前日我让晋海给您府上送的小海鲜，收到了？"

李士群装作听不出周知非的话锋一转，轻轻点头："下次别这样了。"

"那是王则民的心意。"

李士群又摇头："王则民的事，急不得。"

"近藤力推顾希形，我提醒过很多次，这是在浪费时间。"

周知非见李士群笑了笑，又说："顾老先生那边，汪主席亲自打过电话，他都拒了，就一近藤，不可能拉他过来，就让他的努力最后落空，也让他们明白，离了咱们这些个中国人，他们在中华大地上，寸步难行。"

高虎推门而入时，正见顾易中费劲地往身上拽衣服，袖子箍着手，衬衫蒙着肚子上的绷带，看着就疼。高虎咽了口唾沫："有行动。"

顾易中没搭理他，他也不恼，扔了圈绳子到床上，又去摸自己的枪。

顾易中这才瞅他一眼，仿佛刚想起来，问道："我的枪呢？"

高虎语塞，干巴巴的："没给你发枪。"

好在顾易中没追问，他穿好了衣服，拎起那圈绳子，就往外走。

"去哪儿，办什么事？"

高虎声音更干了："保密。"

到了地方，"事儿"其实就是押人。顾易中把那遍体鳞伤的人犯拿绳子绑了，高虎和其他几个特务拿枪看着，从监狱往外走，迎面就碰上黄心斋。

"顾易中，你们押着人犯去哪儿？"

顾易中也不知道，自然不吭声。高虎拿"秘密"两个字应对一路，到黄心斋这儿吃了瘪："不行。这崔耀民还有许多情报没招呢，押回监狱，押回去！"

高虎没话了，黄心斋还是攻顾易中，这才是跟他"一伙儿"的："顾易中，听见没有，把人押回去。"

顾易中木着，知道自己指定是不能做主，还是瞅高虎，却见连晋海不知从哪儿冒出来，蹿到了最前头。

"黄副站长，提审姓崔的是周站长的意思。"

"近藤太君还等着我审姓崔的情报呢。"

连晋海更不吃这一套，换言之，听见近藤的名字就来气。他一摆手，枪口却还是对着顾易中："那你让小鬼子等着吧。顾易中，咱们走。"

黄心斋被挤到走廊边上，咬咬牙，匆匆扑进近藤办公室。

"崔耀民招供说要与新四军的人做交易，卖奎宁，顺着他挖，说不定能挖出一条情报网。太君，连晋海他就这么抢功。太君，心斋觉得十分委屈。崔耀民要去和共产党接头的。说不定还是大鱼呢。"

"这事周跟我说过了。"近藤头也不抬，"周说，这是个试探顾易中是否还在通共的良机，我同意。"

崔耀民脸上还带着伤，他对哪儿有枪口指着他一清二楚，任谁也没法在这境况下举止自如。连晋海往他面前搁了壶茶，摊了份《新申报》，装作掌柜，便往顾易中的藏身处去了。

"盯住了，一会儿来的人要跑，就一枪崩了他。"

顾易中终于拿着了枪，他抬起眼来："不要活口吗？打死了，人就白抓了。"

这话问得倒像是真心，尤其以他平日里能力来看。连晋海气得翻白眼："打腿不会吗？"

顾易中懵懂地点了点头。

采芝轩茶楼正对着观前街，人来人往，进客不少。顾易中还在悄摸看枪，支着的耳朵就听见高虎的声——他扮成小二，掌握一切来往人的动向，此时跑到一个刚进门的男人跟前，招呼道："先生，您几位？"

男人穿着件马褂，顾易中一听便知道是惹他们怀疑了。然那人反怀疑起他们来，上下打量高虎几眼："跑堂的？怎么以前没见过你。"

高虎演得十分尴尬:"新来的,新来的。"

"叫什么呀?"

"您叫我小虎就行。"

那边正糊弄着,这畔连晋海跟崔耀民对了个眼神,就知道他们要找的不是这人。高虎费尽口舌请人上楼,未承想那人打量一圈,偏偏要坐崔耀民附近。

"上楼,上什么楼?这不都空着呢。老子就坐那儿。给我来壶碧螺春。"

高虎不停往连晋海那儿瞟,是真没辙了。连晋海转而瞪顾易中,公子哥儿被瞪了半天,终于扭扭捏捏起来,上前去说:"先生,今天一楼不方便,要喝茶还请上二楼。"

男人张嘴就要骂,"凭什么"三个字还没出口,腰窝就一凉,一柄枪顶在那儿。顾易中再去看他,却见此人半点儿不慌,蹦出一句:"你哪头的?黑码头?"

黑帮?顾易中迷糊一下,顶了顶枪:"少废话,要不上楼要不然滚。"

男人没再说话,只剩一脸的官司,横着朝外走,顾易中藏了枪盯着他。未料男人走到门口,忽地疯了似的,回身便喊:"有枪了不起啊,有本事你们都别走,给老子等着。"

余音没落,男人一溜烟儿跑了。顾易中往前几步,到底没追,却看见茶楼门口站着个他最最不想在这时候看见的人。

肖若彤正回过头来,与他对视,眉目皆愣。

她本是从窗户爬出来,跟着周振武过来的——今儿是组织第二回跟崔耀民接头的日子,如再出意外,就确确实实要放弃这笔交易了。周振武的易容伪装做得极全,贴上胡子戴上假牙,连骨相看着都变样,而后套上礼帽墨镜长衫,装作商人叫了辆黄包车,往接头的采芝轩茶楼来。

周振武没进茶楼,只在街对面的报刊亭买了份报纸,站在那儿慢慢读。

肖若彤为躲着他，便在街对面窥探，未承想正撞上茶楼。

她顺着顾易中身后看去，早认出连晋海，掉头便走。连晋海却更快一步，拔出枪来往柜台外头跑："给我抓那个女的！"

特务们闻声一拥而上，高虎也混在里头。

"别让崔耀民跑了！"

却是顾易中，被几个特务冲个趔趄，仍站在原地。崔耀民听了这话，嗖地站起来，绕过几个奔逃的客人冲出了后门，几个落在后面的特务便跟着顾易中往后门追去。

两拨人皆是刚出门，砰一声枪响就放在天中，街上尖叫声四起，行人摊贩四散乱跑起来，乱了连晋海的眼。他忙招呼人躲进茶楼，再往外看时，肖若彤早就没影了。

"怎么回事？谁开的枪？！"

高虎折腾几趟，舌头都打结："不、不知道，不会是刚才那个二溜子吧？"

连晋海猛地反应过来："崔耀民呢？还不去追！"

高虎喘口气，还没动地，就见顾易中带几个人押着崔耀民回来。几人面面相觑，连晋海脸色发青。

周振武一路七拐八绕，最后奔进人和车行，何顺江连忙迎上前去："接头顺利吗？"

"肖若彤回来了吗？！"

何顺江被他的口气吓了一跳，心里立时猜着几分："没有啊，她——"

"坏了，肖若彤去了茶楼，被90号的人发现了。这时候还没回来，可能有危险。"

茶楼外面开枪的人正是他。肖若彤刚跟出去时候，他便发觉有人跟踪，以为是特务，这才没进茶楼，转而站在报刊亭，没想到阴差阳错竟逃了一回。

两人皆是面色凝重，周振武转身就要往外走，还没踏出门槛，却见肖若彤走了进来。

她失了魂似的，连步履都僵硬，往日总含着股愤慨的眉眼也落下来。周振武松一口气，又挂上副凶相，怒道："你跟我进来！"

两人进了肖若彤的房间。周振武勉力无视她神色，严厉道："你怎么回事？谁让你去茶楼的！你知不知道我今天是有任务的。跟踪我，无组织无纪律！"

"对不起。"

这句却出乎周振武意料。他面色霎时缓和下来，听她又道："我不该跟踪你，更不该怀疑你，我知道我违反了纪律，我接受你们对我的处罚。"

周振武叹了口气："错误是肯定的，但我也要说一声感谢。今天你要不去，现在我可能也不会站在这里。"

个中因由不必再细说。肖若彤抿了抿嘴，没再说话。周振武则按下前话不提，拿出一张照片摆在肖若彤面前："你当时在茶楼掉头就走，是看见了什么？这个人吗？"

照片上正是崔耀民。肖若彤摇头，她看见的是顾易中和90号的人，他们就零零散散蹲在茶楼里，显然是一伙儿的，这又使周振武一震。她看着那张照片，轻声道："我一直不愿意相信他做了汉奸，今天这一眼看见了，我心也死了。"

这使周振武说不出话了。肖若彤的脸映在他眼里，比他扔在茶楼对面的那份报纸更发灰。他声音比自己记忆里任何时候都柔和："你和顾易中以前相好，你不相信他是叛徒，情有可原。我一直希望你理性地看待这件事，这样至少可以减少对你的伤害。"

肖若彤恍若未闻："过去，我哥跟我说过，干革命不仅要有理想，有热情，还要有智慧，是我太愚蠢……"

何顺江敲门而入时，正听见肖若彤一声极短促的啜泣，而周振武则难得手足无措地站在她对面。他在俩人之间来回望："你们到底怎么回事？接上头了吗？"

周振武摇摇头："差点进了90号的圈套。"

何顺江早有崔耀民已经被捕的预感，但从周振武口中确认此事之后，心仍旧沉了下去。崔耀民不是组织的人，甚至不是任何一方的特工，没什么嘴上把门的精神，多半是什么都说了，因此茶楼之变也就是意料之中。最令他意外的是，肖若彤看见了顾易中。

肖若彤始终低着头不说话。周振武也没什么要汇报的了。何顺江看了看她，慢慢道："有件事，我要通知你们。组织上希望我们的人能和顾易中接触一下。"

他盯着肖若彤看，她却只是颤了颤肩，仍避着他的目光。何顺江开口，话便是对两个人说的："组织上认为事有蹊跷，之前时间太仓促，发生的事情也没有调查清楚，还有很多疑点。"

"那我去？"周振武显然有试探的意思。

"你不合适，需要找一个他能信得过的人。"

何顺江仍望着肖若彤，话中意有所指，就是不挑明。周振武则不愿僵持了："肖若彤同志，如果组织上认为有必要接触的话，我认为最合适的人是你。"

"顾易中没死的事，阿爸您一早就知道。"

顾慧中站在顾希形面前。父亲双手搭在拐杖上，一双鹰似的眼直直望着前方。她听见一个平静的"是"字。

她自己的声音却有些颤抖了："他去90号做了汉奸，你也知道？"

连敬语也忘记了，顾希形却并没有介意，他仍答道："是。"

外面夜色早深，书房灯光昏暗。顾慧中深深喘了口气。顾易中没死，且和90号特务在一起的消息是胡之平从车行那儿听了，而后回来告诉她的。个中来龙去脉，除却顾希形以外，恐怕没人知道了。

"爸，您怎么能允许他这么做呢？您从小就教我们……"

"还记得这些吗？"

她的声音戛然而止。顾希形从手边抽屉里翻出一只陈旧的木盒来，又小心翼翼打开，顾慧中望着里面堆满的东西，方才的话一个字也记不起来了。

"……这是我们小时候的东西，您还留着呢？"

"瞧瞧这个。"顾希形说。

一双小球鞋，是顾易中的，是他十岁时，顾慧中送给他的礼物，她怎么会不记得。

"你娘说，为了给他买这双鞋，你攒了一年的零用钱。他穿着这双鞋跑来跑去，满大街嚷嚷，是他姐姐给买的。后来，他顽皮，穿着这双鞋踩泥巴，鞋脏得不成样子，把你气得说，以后再也不给他买鞋了。"

她下意识弯起唇角来，却像僵在那儿一样显得有些不自然。顾希形仍絮絮叨叨地念着，他极少这样说话，因此往日的高大威严也弱了下去："从小到大，你都护着他，帮着他。小时候你们好得像一个人似的，就怕对方受一点委屈。为什么长大了，却走到了这一步呢？"

她猛地回过神来，定了定眼神，也硬下心肠。

"爸，我也不想这样。可我有我的信仰，有我的责任。"

"你做抗日的事，我不拦你。如果你还认我这个阿爸的话，就答应我一件事，行吗？"

顾慧中没答应也没拒绝，只唤一声："阿爸。"

顾希形只径自说了下去："倘若有一天你们要易中死，也绝不能让他死在你的手上。父母兄弟，乃人伦至亲。信仰再伟大，也不能不要人伦。你要是能答应阿爸这件事,就收下这双鞋吧。"

她的目光落了下去,定在顾希形手中那双鞋上。

"八号细胞这条线,可能要断。"

周知非扯过连晋海的杯子,给他倒了一口白兰地,自己面前却是满满一大杯。他话音落地,便端起杯子灌了一大口。客厅的灯开了个角,他们便也躲在这个角里,连晋海一抬眉:"咱们不是有他海底密结吗?"

"我给他留了两次消息了,他都没回。但他肯定回苏州了,他动了我上次留的纸条,知道我在找他,就是拒绝做回应。"

连晋海冷笑一声:"哟,上船抽跳板。"

"我给他下了最后通牒,一周之内再不与我联系,我会昭告天下八号到底是谁。想跳线,没那么容易。"

"现在最希望顾易中死的就是八号细胞。他一旦死了,就坐实了八号的身份,真正的八号细胞就洗白了。"

周知非却一笑:"但要那样,他就再也不会为我提供太湖那边四爷的情报了。"

"我明白你为什么容许顾易中在90号活动了,有顾易中对八号是个制衡。站长,你说近藤真相信顾易中吗?"

周知非仍旧喝酒:"小鬼子不懂得变通,认死理。他在顾希形身上花费了太多心血,好不容易在顾易中这儿开了口子,他哪舍得撒手。小鬼子还想利用顾易中。"

"顾易中绝不是草包,留着早晚是祸害……站长,不如一了百了。"

周知非看了他一眼,连晋海锋利目光便压下去了。他听周知非道:"他活着比死了好使。"

"可他不听我们的啊,我怕他坏事啊。"

"让他杀个人，纳个投名状，甭管他真假参加和运，都不要给他回头上岸的机会。"

连晋海这才点了头："我来安排。进了90号，就由不了他了，早晚大家一起落水做汉奸。"

周知非皱眉："说了多少遍，叫参加和平运动。"

他不待连晋海赔笑打圆场，忽然问道："她有消息了吗？"

连晋海话音一哽，自然知道他问的是谁，忙又点头："李九招找到了，藏身在顾园，九招这家伙，杀人不行，找人倒是蛮灵光的。"

"妙。应该早想到顾园这个落脚点，泉水毕竟老特工。看起来重庆方面也没放过顾希形。她一个人？"

"同行的还有一位叫张海沫的年轻女子。不太像报务员，这姑娘跟顾易中早年定娃娃亲。上海76号那边有情报说，区姐现在职务是中统江苏行动区区长，除了第一杀手冯治国，还带了两部电台来苏州。"

"那他们的目标是顾希形。"

连晋海这回却没再附和。他撂了酒杯，望着周知非，道："是你。"

周知非便没言语了。这在连晋海意料之中，余下心里话就也顺嘴问了出来："老徐给你的信里说了什么？"

周知非还是没言语。

连晋海霎时撇下头："站长，我错了。我不该打听。"

周知非却没接话，愣了半晌，垂下眼，径自背起什么来，连晋海听而心惊："……若汝能携伪苏州特工站阖站干员弃暗投明，则不惟过往不咎，另邀逾格之重奖也。戴罪立功，此其时矣。"

周知非过目能诵。连晋海反应过来："老徐想策反站长带着整个90号回中统那边。"

"泉水此行的真正意图。"周知非沉声道。

连晋海还未答话，纪玉卿的大嗓门便刺进客厅来："又躲这儿喝酒！知非，你忘了赵大夫怎么吩咐的……血压那么高。"

话音没落，纪玉卿已经过来把周知非的杯子给收了，杯里剩下几口酒，也进了她的喉咙。连晋海赶紧把自己杯里的酒也干了："晚了，站长，嫂子，我也回家歇了。"

纪玉卿念念叨叨："晋海啊，回家别骂晓蓝，她今天在大丸百货又置办了件貂皮，是我给拿的主意。我们这天天跟着你们汉奸特务挨骂，不买点贵货，我们这些娘们儿心里是真不平衡。"

周知非插嘴："你送晓蓝不就得了。"

"晓蓝非得自己掏钱。"

眼见夫妻俩又要拌嘴，连晋海忙道："嫂子，别再送了，你跟大哥已经帮衬我们太多了。千万别，我回了、回了。"

周知非没再说什么，送连晋海一直到出大门，忽然从怀里掏出一厚叠法币，塞进连晋海手里。

"拿着。"

周知非一这么干脆利落地讲话，连晋海便知事无转圜。他抓着那钱，唤了一声："大哥。"

"算我送弟妹一件大衣。"

"……那行，大哥，你休息吧。对了，玉平从上海回来了。"

"他怎么不来找我？"

连晋海一笑："买卖能谈成，他不敢见你？只谈到十六根条子。"

周知非冷哼："这个闻人可真抠门。"

"可不是，大哥，要不咱们干脆把金条收了放人，再搁下去，也是望树墩的事。"

周知非摇头："不能坏了规矩。就他们那身家，至少得一百根。"

"真够呛。要我说，把他做了得了。"

"现在有人比他更该死。"

周知非话声平静，与前头说买大衣的时候也是一样。连晋海再没接话，只道："走了，真走了，大哥。"

周知非帮他开了大门，踏在门槛。他心底忽地一阵翻涌，不由得多看了连晋海的背影几眼，直至他消失在夜色里。

第二日，连晋海将训练班学员都叫到校场，面前跪着崔耀民，他的枪正指着崔耀民的脑门。

"崔逆耀民，通匪资敌，经特别法庭审议，报清乡委员会苏州办事处批准，处死刑，褫夺公权终身，马上执行。"

虽然早料到自己会死，真听见判决，崔耀民还是挣扎起来，他嘴被塞住，连抗议也是"呜呜"声。连晋海却不按扳机，甚至把枪收了回来，看着自己身边一排学员。

"谁愿意来执行枪决？"

说罢，不等十六个人喧闹起来，又令道："顾易中，出列！"

话既到这儿，顾易中怎还不知今儿这事就是针对他，就要落到他头上，因此听命出列，望着连晋海递过来的枪。

"……我没杀过人。"他说。

"都得有第一次。你要加入90号，这一关必须过。"

连晋海把枪掂了掂，顾易中动作僵硬，接了枪站到崔耀民眼前，见他面目涨红，眼中含泪，竟真像有正经话要说。

顾易中眨了眨眼，不等连晋海反应过来，先扯掉了崔耀民嘴里的布。

"姓连的，我操你姥姥！你杀人灭口，我太太给你的黄鱼白送了……"

"你胡诌什么？什么黄鱼？"

崔耀民话一出口,石破天惊,连晋海几要伸手夺回顾易中的枪,又听崔耀民连珠炮一样往外爆:"还有翡翠镯子,你太太一对,站长太太一对,我要见近藤顾问,我要立功折罪,丁建生有问题——你们跟丁建生倒卖的……"

连晋海脸色大变,吼道:"嘴给我堵上!堵上!"

顾易中瞥了连晋海一眼,旁边制着崔耀民的特务也傻在那儿,不知是被崔耀民镇住还是被连晋海吓住。连晋海几步上前,一拳将崔耀民打翻在地,去堵他的嘴,却没想到崔耀民攒了狠劲儿,奋力一搏,竟挣脱开来,用脑袋一撞,把连晋海撞翻在地。

连晋海边嚷边爬起来:"看我怎么弄死你!"

他话音未落,却见崔耀民脚步一转,竟扑向顾易中,顾易中往旁闪,反被他夺了枪,朝着连晋海就开枪。砰砰几声枪响,旁边的特务如梦初醒,一枪把崔耀民爆了头。

顾易中与其他学员都瑟瑟发抖,趴在旁边,崔耀民成了具尸体,几个特务接连喊着连晋海的名字,往楼里乱跑。李九招跪在连晋海身边,拿手捂着他腹部的弹孔。

"顾易中在那边训练,我去请他。请你稍候。"

海沫笑容满面,冲着跟前特务点了点头,口中流出些柔和软语:"多谢阿哥。"

特务转身出了办公室。她站在原处,松了一口气。

她独自来90号寻顾易中,实在是冒险,好在跟了翁太那么久,多少学了些特务的把戏,因此才将将蒙混过关。要不是那日肖若彤言语,她是绝不会走这一趟的。

肖若彤是趁她去药铺替顾希形拿药的时候跟上她的。

苏州刚下过雨，秋日又潮，两人进了一条悠长里弄，地上还积着水。海沫小心避开水洼，站在肖若彤面前。

"你怎么现在才来，我一直在等你。"

肖若彤看上去憔悴许多，对她开门见山，说要与顾易中见一面。她自然回绝——顾希形如今已和顾易中断了关系，他再也不会回来了。她更是答应了顾希形，不再与顾易中来往，照理说，无论如何也不该、不能帮肖若彤这个忙。

她连拒绝的话也讲得极柔和，只像软刀子往外放。肖若彤踏着水跑在她身边，一句一句追问："你愿意他真的变成汉奸吗？他去90号也许是有原因的，我不想他背着一身骂名。"

"汉不汉奸的，那是他的事。"她说，"上次在面馆差点要了他的命。我不信你们的话了。"

肖若彤面色霎时变得惨白。

"海沫，再信我一次行吗？帮我也是帮顾伯伯，如果顾易中真有苦衷，也许能帮他们恢复父子关系。"

海沫甫从回忆中脱出，却听见窗外接连的枪响。几个特务从办公室外飞奔而出，她慌忙跟了上去，还没到训练场，便见几个人抬着浑身是血的连晋海从她面前跑过。人群之后，顾易中赫然站在里面。

海沫一怔，恰与顾易中目光相接。他匆匆上前来，低声急道："你来这里干吗，赶紧走，快走！"

她并不挪步："我有事找你。"

顾易中只把她往外半推半扯："快走！"

两人避在一座假山后面，海沫再不走了，望着顾易中，只说一句："她想见你。"

"我谁也不见。"

"是她！"

海沫并未说出一字人名，顾易中却霎时骨血僵冷。他紧闭着嘴，又使几分力气，硬拽着她往外，直出了90号大门。

"赶紧走。"他冷声道。

"……我觉得这里面有误会，你应该见她，把误会说清楚。"

"要能说清楚，我就不会到这儿来了。"

"那至少告诉她，你来这儿的目的是什么，我相信她是信你的，不然她就不会来找我了。……她约你下午见，地址……"

"别说了。"

顾易中斩断她的话，从中山装上衣口袋掏出一支派克笔来，往海沫手里塞："把这笔给她。还给她，她就会明白。"

海沫还在犹豫，顾易中却见张吉平带着几个特务从院里跑了过来。他又推了海沫一把，道："拿住，快走。"

"小姐请留步！"

张吉平却已到了，盯着海沫握紧的掌心，直言道："手中的东西给我。"

海沫亦不慌乱，把笔递给了张吉平。那钢笔已被打穿了笔帽，看着是再不能用了，张吉平翻来覆去检查，听海沫道："先生的笔坏了，让我拿去修一下。"

"别为难一个女子。"顾易中蹙眉道。

张吉平瞥他一眼，晃了晃手里的枪："你赶紧走吧。顾大公子，站长等着问你连科长的事呢。"

顾易中不置可否，转身走在几个特务之间，却见钢笔还在张吉平手里，顿时急了："钢笔，还给她。那是我的，吹子！"

张吉平又瞪他一眼，拧开笔帽笔身，里头什么也没有，嗤了一声："一破钢笔，谁稀罕。"转手把笔一扔，海沫忙接住，匆匆逃走了。

等她到与肖若彤约好的里弄时，天已近黄昏，空中湿气重，逢着降温，已起了些薄雾。肖若彤站在那儿等着，见她摇摇头，递过一支派克笔来。

"他不见你。"海沫说。

肖若彤接过笔来，愣愣看了一会儿，却又放回海沫手里。

"我送给他的，该他自己了结。"她道。

她没再等海沫答话，转身便走。海沫握着笔，望一眼她背影，终于也转过身，绕出了里弄。

肖若彤却在拐角处停了下来，站着半晌，缓缓蹲在了地上。

海沫立在远处，转过了头，看着肖若彤，亦看向自己长长的影子。

海沫回至顾园时，见翁太正在厨房里跟王妈一块儿做菜。翁太手把手教王妈做广东菜，说是为了教顾希彤开些胃口，实则是打听着顾易中的事儿，王妈什么也不知道，她却一听便知。海沫踏进门来，咳嗽两声，把翁太叫了出去。

"天塌了？"

翁太斜一眼海沫惨白的脸色，听她问："你认识90号里头的人？"

"我才不认得那些杀人魔头。"翁太话毕，却半晌没听海沫作声，不由抬眼。海沫只盯着她看，她便知自己话瞒不住人，叹了口气："出什么事了？"

"能不能帮帮顾少爷？"

海沫见她松口，连忙追问，却见翁太脸色一变，眸光陡厉："顾易中出什么事了？说！"

"……早上我去90号了，看见他被他们抓起来了。"

海沫心急之下，干脆说了实情。翁太看了看她，道："你想救他。"

海沫并未否认："我想了半天，没有认识他们的人。"

翁太一副事不关己模样："这事你应该找顾老先生啊。"

"顾老先生才不愿意跟他们打交道呢,我仔细琢磨下,好像只有你可能认识他们的人。"

"我不认识!我谁也不认识,我为什么要认识特务。"

"我知道你是干什么的,要不是你跟他们以前认识,他们也不会费尽力气让我带你们回苏州……"

"再说我认识我跟你翻脸!"

翁太忽然变了脸,露出原本的凶相来,又压低几分声音:"林书娟,我救不了少爷。这事你少掺和,要是坏了我的事,你弟弟……"

话音未毕,翁太便见富贵从院子另一边过来,眨眼间便换了一副笑脸。富贵掀着眼皮:"哟,在这乌漆麻黑的地方说体己话呢。"

翁太揽着海沫的肩:"孩子不懂事,出去胡逛,正说她呢。"海沫没应声,瞧了眼富贵,转身就走。

"吹子,凭什么关我的禁闭,我要见周站长。"

"省省气力吧。"

张吉平不管顾易中再说什么,只扔下这么一句话,便锁上禁闭室的门走了,只留下看守看着顾易中。

顾易中望了他半晌,待他走得不见影子了,突然狠劲儿踢起禁闭室的门来,边踢边喊:"有人吗?!来人——"

"骨头痒痒了不是?"

看守终于走到门口来,拿着警棍回敲两下门,听顾易中嚷嚷着要见黄心斋,理都不理,转身就走:"你说见就见?你谁啊。"

"兄弟兄弟,行个方便。"

看守扭过头,看见顾易中正用手表轻轻磕着门,朝他晃了晃:"劳力士,好几百块法币呢,麻烦你把黄副站长请过来。"

抢救室灯光惨白，映在淋了血似的白棉布上，更显诡异。棉布盖在连晋海身上，露着他的脑袋，他大睁着眼，像要望进周知非的眼里，却已丝毫无神了。

周知非站在床边，面如雕塑，他伸出手，使劲又小心地合上连晋海僵硬的眼皮。

"晋海，你可让我怎么活啊？！"

周知非回过头去，见连晋海的妻子晓蓝冲了进来，身上正披着一件貂皮领子。苏州天气尚且热得很，她脸上汗泪交融，百分狼狈，周知非下意识往后退了一步，任她扑在连晋海身上哭号着："站长，你可得为我们家晋海做主啊……他跟你这么多年，你可得为他报仇啊！"

周知非慢慢走出了抢救室。

高虎、李九招带着几个特务，都跟在他身后，一声不吭。周知非的手攥在袖里，有些发抖，他低着头，眨了眨眼，把那点泪珠子退了回去。

"……晋海就这么白丢一条命？"

纪玉卿破天荒地给他倒了酒。

还是白兰地，倒了两杯。夫妻两人坐在书房里，相对无言了不知多久，纪玉卿端起来就喝，周知非不看她，只看着酒杯，一口也不动。

"要不是下午我死拉硬抓，晓蓝就吞了鸦片。这指定是顾易中跟那个黄灾星串通起来搞的鬼，把晋海打掉，好夺你的权。知非，你得替晋海报仇啊！"

纪玉卿还欲再说，外头电话铃压过了她的尖细声。周知非仍没给她眼神，他抬起厚重的眼皮，目光从书桌上的酒杯爬到摆成一排的相框。

一排中间靠左的一个，是他跟连晋海的合照。

俩人都打着赤膊，是还在学习训练的时候，脸上挂着年轻风华，挂着志得意满，冲镜头笑得正灿烂。

他像与谁争抢似的，劈手夺过那个相框，把照片撕得粉碎。纪玉卿破碎的应答电话声这才扎进他的耳朵："是，他在……让他马上到，好。"

电话挂了。

"鹤园那头的催你了，牌搭子就差你一个了。"纪玉卿说。

周知非端起酒，一饮而尽。

"把王则民送的那箱金条，明天全给晋海家送去。"

纪玉卿似被吓着了："全……"

"站里那点牺牲抚恤金还有弟兄们的捐款，能顶个什么用？送金条后，你让晓蓝带着孩子，回宜兴老家吧，苏州这个地方别再待了。"

他走出书房，一路走出别墅门。纪玉卿的声音落在他身后。

"记得给晋海报仇，周知非！杀了那个姓顾的。"

"连科长因公殉职了。"

"崔耀民呢？"

"当场毙命。你说你这事，玩得……真是高啊。"

"我不明白黄副站长所言何事？"

黄心斋笑出"呵呵"声："我们搞情报工作分析，对每一个事件关注的是谁从中获益，你说连、崔二人毙命，谁更有利？"

顾易中像是摊了牌，点点头："没错，是我。"

黄心斋说："那不就结了。顾少爷，这可是90号，全是以前军统、中统、共产党那边过来的，心眼一个比一个多。"

"那可不见得。"顾易中道，"崔耀民抢走我的枪，朝连科长开的枪，崔耀民又被乱枪打死，现场那么多眼睛可以替我做证。"

黄心斋还是笑："顾少爷，我发现还是你们读书人……不仅玩得高，口才也好。崔耀民是我好不容易抓到的一个重要人证，被你这么一搅和，什么线索都断了！我还说不出啥来。不扯这有的没的……你找我干什么？说吧。"

顾易中便依言，试探着问："你听说过一个叫丁建生的？"未承想黄心斋听见这名字，立时变了脸色："这名字怎么来的？"

"崔耀民死之前说的。"

"他就死在这上面的！"黄心斋厉声道，"顾易中，如果你还想在90号里活命，千万别提这个名字。千万！我走了，我没空陪你。"

顾易中见从他这儿再问不出什么，随即改了口："我要见一下近藤。"

"死了连晋海，近藤也保不了你的命！"黄心斋回过身，往顾易中耳朵边上凑了凑，"……90号的事，只要不涉及东洋人，周知非想怎么样就怎么样。顾易中，你不知道这个连晋海自三二年周知非背叛中共投徐恩曾那会儿就跟着他吗？他跟姓周的穿一条裤子呢！姓周的那点破烂事，没有他不经手的。现如今他就这么死了，周知非会放过你吗？顾少爷……自求多福吧。"

话音刚落，门陡然开了，外头亮光照得顾易中睁不开眼。张吉平大跨步走进来，目光刀子似的割着顾易中的脸，他身后的两个特务比他还面露凶相。他往外一指："姓顾的，周站长有请。"

连"顾大公子"那阴阳怪气的名儿也不叫了。顾易中与黄心斋对视一眼，两人心中显然是一样想法。黄心斋霎时变脸："姓顾的，没一句实话！你不招供，瞎耽误我时间干吗？！张队长，你们忙，你们忙。"

话毕，甚至不敢看一眼张吉平，立刻闪出门了。

他是往近藤办公室去，三步并作两步，几是小跑到门前。轻敲几下重敲几下，里头还是没声，他这才捏着嗓子叫一句："太君。"

"进来！"

"太君，不好了！周站长把顾易中提走了。"

近藤坐在书桌前，头也没抬一下："周刚从我这里离开，他说他会好好地处置顾易中。"

"他要杀了顾易中！太君，周站长一定会杀了顾易中。顾易中是该死，可顾易中要是死了，那顾希形就绝不会出任这个知事。太君，您的计划就要大大地受影响啊。"

近藤并没答话，窗户外面却传出吵嚷声来，他往下一看，正见顾易中被张吉平押到周知非面前。

他笑了笑："黄桑，过来一起看戏吧。"

除却他们几人，训练班的其他学员也在，与杀崔耀民时候一样，站成一排，整整齐齐。校场外围则站满了看热闹的特务，李九招站在场当中，字正腔圆地点着名。

顾易中仍站在张吉平身边，照理说高虎之后就是他了，他提着心，听李九招头也不抬，念了一句："顾易中。"

他一愣神，心中犹疑，并没出声。

李九招又念了一遍，还冲他招了招手。顾易中喊一声"到"，站回了高虎旁边。

"报告主任教员同志，全体学员集合完毕。"

周知非这才从远处慢慢走了过来。顾易中紧紧盯着他："我宣布，从今天起，你们十六人，都顺利毕业，将正式成为90号特工站的一员。不管将来你们是在苏州本站工作，还是分到昆山、太仓、常熟分站工作，我都代表90号欢迎你们。"

他听了两秒钟底下的掌声，又开口："在这次为期两周的培训中，顾易中同志成绩优异，表现突出，各项考核分数位列第一，被评为这一届的优秀学员。特授奖状一张，奖金一百二十元。"

掌声霎时停了。顾易中微微睁大了眼，听周知非叫他出列。他走上前去，行了个不大标准的军礼。

周知非也回了他一个军礼。

顾易中举着奖状，听他缓缓道："顾易中，干得漂亮，没想到，真有特工天分。"

顾易中笑得乖巧："是周站长教导有方。"

周知非也笑，在顾易中转过身去以后，目光霎时如毒蛇。顾易中又敬了个军礼，高虎站在队伍里，带头热烈鼓掌，校场上渐响起稀稀拉拉的掌声来。

"……周知非卖的是什么药？他是真的要杀人，太君。"

近藤转过身去，笑着看黄心斋。

"黄，周比你高明，这是他能当站长的原因。"

黄心斋虽还没彻底想明白，然下意识迎合。他又往窗外看了一眼，应道："太君说得对……太君，李先生怎么也来90号了？"

他手指向窗外，近藤顺着那儿看去，见李九招真领着李士群和他的几个随员走进了校场，站在周知非旁边。

"今天很荣幸请到了我们的警政部部长，清乡委员会秘书长，同时也是我们剿共救国特工总部的负责人李先生出席这个结业典礼，下面有请李先生给大家训话。"

周知非让出了中位。李士群站了过去，只扫一眼众人，开了口："同志们，首先，我祝贺大家受训结束，并取得优异的成绩，加入苏州特工站，成为一名为党国和平运动工作的特务分子。下面我要讲讲特务工作，一般人对特务工作有误解，而事实上，特务工作，是光荣的工作，我们是领袖的耳目，也是领袖的胳膊。我们将来的政治出路，全凭自己的实力。因此我们不但要扩大特工组织，欢迎各路青年才俊的加入，同时我们还要有自己的武装力量，所以大家无论对和平军、渝军、共军，只要有路可钻，必须想尽办法拉拢，甚至用打入、拉出分化的方法，只求目的达到，可以不择手段。"

黄心斋从楼上气喘吁吁地跑到了场里，扫一眼面无表情听着训话的训练班学员，寻了个缝钻进特务人群里。正逢李士群话毕，他猛地带头鼓起掌来。

"我让书记把你今天讲话的内容都录了下来，你过目一下，没问题我想把这些指示发在这周的《清乡前线》上。"

李士群瞄一眼周知非递来的报告，摆摆手："今天这个讲话就算了。涉及咱们特工总部扩军的问题，东洋人那边比较敏感。把这个记录毁了吧。"

两人已经回了李士群的鹤园，说话便松快许多。周知非一点头，立时把报告撕成了碎片，又听李士群问："吴县知事委任下来了。"

"王则民出局了？"

"还是顾希形。近藤去找的晴气，让晴气跟高冠吾主席打的电话。高主席没法子，专门给我解释了一番。先这样吧，公文估计明天就到办事处。"

周知非心里一沉："王则民这落了空，不得跟我打多少饥荒。"

李士群还是摆手："王则民那边你让他等等，顾希形是不会接这个差事的。"

周知非点头："明白，属下也是这么想的。"

"……顾希形的公子今天我也见了，一表人才啊，听说还是放过西洋的，跟梁任公的大公子一个学校的。这要是投了共党，可惜了啊。"

"可不是。我这边一直拉他入伙。但顾易中跟他父亲一样，顽固，不懂随机应变。"

　　李士群摇了摇头。"当今世道，不给自己考虑后路的人，毕竟少。只是还没到绝路。再逼他一逼。"他忽地转头，甫听周知非应承几声，又道，"晋海的仇早晚要报的，但不急在一时。稳住顾公子，你这事办得漂亮，能让东洋人对咱们刮目相看。"

　　周知非神色微变，低声道："谢谢先生夸奖。"

　　李士群拍了拍他的肩："那行，知非，今天就不留你吃饭了。小林师团长将要在警务司令部宴请我，面子给老足了，我得跑一趟。"

第六章 翻覆

顾易中低头,看着桌子上字字分明的委任状。

"这是近藤阁下交给你父亲的吴县知事委任状。长官敬重希形先生,凭其威望,最适合担任此职。"

顾易中朝周知非低头:"家父脾性顽固,几乎没有说服的可能。近藤阁下是知道的。"

"别人不行,你也不行吗?你可是他亲生儿子啊。"

"我早已被家父扫地出门,苏州尽人皆知。"

周知非笑了笑,上前一步,十分亲切地拍了拍他的肩:"打断了骨头还连着筋呢。近藤说了,这个委任状有劳你,务必送达老先生手上。不日特工站就要报送江苏省高主席正式发表了。"

顾易中咬出字来:"我办不到。"

"办不到也得办。"周知非说,"特务工作的首要任务就是听指挥,你这个优秀学员应该没忘吧。"

顾易中哽了哽。

"我想见近藤阁下。"

"见了也是这些话。三日之后,便是令尊六十大寿,到那一天,令尊就任知事一事,也布之天下了。顾园,这回喜上加喜。"

周知非忽而又凑近了些,乃至附到他耳边,轻声问道:"感到为难了不是?连晋海一条命,就换来这个。顾易中,不能什么好处你都占着啊。既不下水,也不交投名状。你爹要能来就职知事,连晋海的事,在我这儿,就算抹平了。"

顾易中一动不动,亦没答话。

"还有,你表哥,也可以出狱回家了。"

顾易中如梦初醒,激动道:"陆峥与此事毫无干系!"

周知非又拍了拍他的肩:"这大家都知道。90号规矩你应该懂的,兄弟们不能白忙活一场,听说你姑父陆先生的诊所生意蛮好的,破点财。二十条黄鱼,十条给兄弟们吃烟,十条给晋海家的。"

顾易中当晚就去 90 号牢房,接陆峥出狱回家。他一面搀着表哥,一面紧紧攥着一个火柴盒,在暗处摸索着陆峥身上的口袋。

陆峥虽然嘴上逞能,但实在连走路都费劲。顾易中还没摸到一个兜,却忽见一人从拐角后面冒出来,还叫他:"哥……"

顾易中吓了一跳,急忙把火柴盒藏在手里,借着走廊灯一瞧,却是高虎。"又是站长让你来的?"

顾易中既已知道高虎是周知非的眼线,语气便绝称不上好,何况他今晚除却送陆峥回家,还有要紧事做。高虎心虚,结结巴巴:"没没,我来帮你送你表哥回家呀。"话音落下,立时上前搀上陆峥另一条胳膊:"表哥你好!"

陆峥茫然地看了看他,又看了看顾易中,到底没问出来。顾易中没再搭话,把火柴盒揣回了自己口袋。

顾易中开车,高虎扶着陆峥坐在车后座,车开出 90 号大门,高虎的嘴叽叽喳喳不停,倒颇有平日风范:"表哥,这段时间在里头,受委屈了。"

陆峥愣一下,猛然回头,忍不住"嘶"地吸一口凉气,冲着高虎:"你是叫我?"

高虎忙点头:"打你了吧哥?这些看大牢的六亲不认,还净给牢犯吃馊了的米粥……"

"刚进去的时候狠吃了顿生活,最近倒没有……吃的倒还好,后来允许家里给送……就是马桶太臭了。"

陆峥字斟句酌,不知什么该说什么不该说。高虎满面同情和理解:"你别怪顾哥,他一直琢磨着怎么救你出来呢,要是混不上这个优秀学员,兴许他们还不放你出来呢。"

"什么优秀学员？"

"顾哥没跟你说？大喜事啊——"

话没说完，顾易中猛一阵咳嗽。高虎话声戛然而止，陆峥自然也知趣不问。顾易中一脚油门一脚刹车，汽车正好停在了陆家门口。

顾易中扶陆峥下车，拿眼神支使高虎去敲门，高虎拉着陆峥胳膊，磨蹭整五分钟，终于妥协，去拍大铁门。

就这一瞬当口，顾易中立时把那火柴盒塞进了陆峥的衣袋里，又捏了捏陆峥的手。

陆峥看他一眼，而陆家的门亦开了。

陆兆和站在门里，目光由陆峥到顾易中，面色由红润到发青。门灯下头，陆峥看得清清楚楚，怯生生叫了一声："阿爸……"

"你怎么会跟他在一起？别跟我说你也下水了！"

陆峥霎时明白大半，却答不出话来，只听顾易中应声："姑父，表哥身子还太虚，让他先进家门吧。"

高虎站在一边，恨不得夺门而出或寻地缝，闻言连忙帮腔："对对对，进门。"

说着就要往里走，却被陆兆和一脚挡住："你们二位就不必进去了，省得街邻们误会！"又斥陆峥："姓顾的当汉奸，咱们陆家难道也要下水不成？进屋！"

"等下，易中，到底怎么回事？"陆峥却住了步，见顾易中死寂，话声更急，"你不会真去做了汉奸吧？我说吧，他们平白无故的怎么把我放出来。你这到底为什么呀？"

陆兆和喝道："还有什么好问的，进屋！"

他一推铁门，就要落锁，却忽被顾易中伸手拦下："姑父。"

"千万别这么叫,陆某人不敢,顾先生!"

顾易中垂眼,平静道:"救陆峥他们要了二十条黄鱼,是我做的保人,您是不是给付一下。"

陆兆和瞪着顾易中,目若喷火。他一手扶着陆峥,一手大力摔上了门。

顾易中站在门外,静静往里看,听高虎吐牢骚:"这是姑父吗?救他儿子出来,他不但不感谢,还这么对你!这都什么人呢?!"

他话还没完,只听哗啦一声,铁门缝里扔出二十条黄鱼来,陆兆和连个影子都没留下。

高虎看着顾易中蹲下身,一条一条地把它们捡了起来。

"全苏州都传遍了,顾园出了个汉奸,顾易中投靠90号,成了日本人的走狗。"

"不可能!"

陆峥几乎从不与父亲相抗,这次却脱口而出。然陆兆和并未发怒,只抬头看看他,叹了口气:"要不是他成了特务,你还能从那里头出来?这些日子,能拜的佛我都拜了一遍,连你的面都不让我见一个。"

陆峥话便塞在喉咙。他忽然想起什么,压着疼痛,伸手去翻自己衣兜,捏出那个火柴盒来。盒里是空空如也,只有几枝火柴,陆峥又把盒整个撕开,见内里果真写着一句话。

是顾易中的字迹,大抵是写给顾希形的。

"阿爸,三日之内,将被逼献吴县知事委任书,生死一线,急请您寿日前离苏。易中。"

"阿舅,易中的意思,让您尽快离开苏州。"

陆峥包扎好了脑袋,又吊着胳膊,只剩说话还利索,坐在书房。

顾希形没言语，把纸条递给富贵，听他道："鬼子文的不行，要来武的。"

"阿舅。明摆的鬼子想一箭双雕，是逼着易中把你拉下水。惹不起，咱还躲不起吗？三十六计，咱们走为上计。"

顾希形缓缓道："六十大寿，我是铁定在苏州过了。"

陆峥一愣，富贵也顿住，叫了一声："师长。"

顾希形一笑："富贵，什么时候你也开始怕倭人了？寿宴不仅要办，还要把这苏州城有名望的人都请来，办得风风光光的，顾某人当了四年缩头乌龟，不想再当了。给《江苏日报》打电话，我要登个启事。"

天日阴沉，闷得人在外即要出一身汗。李九招开着挎子进90号停车场，车刚停稳，后座坐着的风衣男就往外走。男人戴着墨镜，风衣里套着全身制服，大步朝楼里走。

李九招在后面嚷："站长在二楼头一间！"

男人理也没理，连背影都快走不见了。

周知非正坐在办公室里喝茶，翻着桌上一份厚实档案。档案封上三个大字，"谢文朝"。

谢文朝就站在他面前，俩人一问一答，冗字一个没有。

"你是昆山哪里的？"

"锦溪。"

"以前在部队上待过？"

"报告老师，宪兵第三团。"

"呀。"周知非感叹一声，"那是老蒋的御林军啊，怎么不干了？"

"西安事变中，我们侍卫长蒋孝先被打死了，侍卫队的待遇就不行了，后来在苏州四分局当过半年警察，薪水太低了，就回昆山赋闲了。"

"怎么参加的和运？"

"我跟晋海是拜一个老头子的，立字辈的，晋海在昆山当分站长的时候，让我出来干特务。"

周知非点点头，似记起来这回事："晋海回苏州当侦行科长时，推荐你代理的昆山分站。"

"这是去年的事了，老师。要没你的支持，文朝当不了分站长。"

周知非神色亦缓和几分："家里还有什么人？"

"就一爷爷。父母在三七年日本人登陆时被炸死了。我叔叔照顾爷爷。"

周知非似是满意，点了点头。

"嗯。晋海一直夸你精干，为人忠诚，上一回的训练班，各个科目都得的满分，是优秀学员。"

谢文朝鞠躬："谢谢老师夸奖。"

"晋海走了。侦行那边，缺一个可靠的人，我的意思，是让你过去代科长，三个月后转正，薪水这个月开始按科长待遇支，每个月加六十元。你什么意见？"

谢文朝仍弯着腰："学生定当肝脑涂地，报答老师。"

"那些都是虚的。"周知非摆了摆手，眼神骤变，"我就一条，帮我挖出顾易中的底。"

周知非晚上应邀往李士群公馆去，陪他，清乡委员会苏州办事处副秘书长老汪，还有王则民吃苏州名菜藏书羊肉，屋里香味缭绕，周知非的脸色却格外阴沉。

老汪看了他一眼，有意挑起话来："晋海一向聪明，十年的老特务了，没想到最后却栽在一个培训班的新学员手里。"

李士群这时接话，咬着羊肉说了俩字："轻敌。"

周知非应道："他是大意了。"

"是你大意。"

周知非闻声抬眼，望着李士群，后者却只看着羊肉锅。老汪在旁边搭茬儿："知非啊，借刀杀人，你还不比姓顾的小朋友玩得溜？"

"近藤小鬼子一直碍着事呢。"

"他不是共党吧？"李士群冷不丁问了一句，周知非立时反应过来他在说谁："不是。也就加入过外围，凑凑抗日的时尚，内线报告过的，新四军的小分队也确实一直在追杀他，并发出了通缉令。"

"重庆那边呢？"

"没发现有瓜葛。"

李士群话对老汪说，却看了一眼周知非："相比较共党，小鬼子最恨的是咱们跟重庆藕断丝连，老汪手面干净点儿。"

"你还不信我？年初中储与四大行开战以后，重庆那边恨死我了，传说十万取我的脑袋。反正我是回不去了，其他人我不知道……"

周知非装听不见，接着李士群上一茬儿话说："晋海本想让他手上沾点血，弄个投名状，没想到把自己搭进去了。近藤又一直护着他，说是为了拉顾希形下水，但我看没那么简单。"

"近藤这小鬼子真是荤素不吃，老李，不行跟晴气长官说说，把他调到前线得了，苏州冷气室里一待两年，太舒坦闹得。"

李士群摇头："近藤正男是三〇年日本陆大步兵科毕业，比晴气资格还老一年，一向不把晴气放在眼里。……听晴气说日本二二六事变，这家伙是主谋之一，要不是他身世显赫，早跟北一辉、矶部这些皇道派的狂热分子一起被处决了。这是个喜欢下克上的家伙，专让上司吃瘪，你还要去找他上司？"

"还让顾易中给顾希形送委任状，小鬼子想一箭双雕。"

周知非终于也往锅里伸了筷子，听老汪开口骂人："东洋人有点天真，顾希形要愿意下水，还轮得着他，高冠吾跟他以前什么交情？亲自跑了不下十趟顾园，没法子才找的郭景基那鸟人当知事，结果——"

"顾易中有些棘手，90号里有个黄心斋，就够糟心的，他要是再跟近藤黏糊上……"

"黄心斋跟万里朗混，他们几个号称'小军统'，唯万里朗马首是瞻。也就李先生大人大量，一般人早清理了。"

李士群没搭老汪的奉承话，只笑了笑。周知非道："我一直怀疑他跟重庆戴笠那头有联络，跟了他一段时间，老小子鬼得很，除了上班就是回家陪老婆，没什么破绽。"

"你还真得小心。这种马屁精狗奴才，戴雨农最喜欢用的。"

"有用的牌就留着，没用，打出去便是了，不要拖泥带水，婆婆妈妈。"

李士群终于发话，周知非知道这两句跟老汪没关系，纯冲着他境况说。他不吭声，连夹两块羊肉放在嘴里嚼。

半天不敢搭一句话的王则民见几人都不开腔，终于收尾："李先生，你要喜欢吃藏书羊肉，改天我请你到平江的那家老馆子吃，他们五十年的手艺。"

李士群点点头："谢谢则民，我从不在外头吃东西。"

李公馆外头夜深人静，月黑风高。周知非跟王则民一块儿出来，王则民紧赶几步走在前头，给周知非开了车门："站长，晚上多谢了，拉我来跟李先生吃饭，李先生那么大官，蛮平易近人的。"

周知非站在车门旁边："不能让你白送东西了不是。"

王则民忙赔笑："小意思小意思。"

"又换车了？"

王则民顺着周知非指着的方向一瞅，正是自己的车："防弹的，机枪都打不透,德国货。"

"郭景基要是置办了这车,也不会死在重庆手上了。"

王则民嗅出点儿什么:"站长,改天给您也弄一辆。"

"哟,想贿赂我?"

"不敢不敢。"

周知非拍拍他的肩:"我也防弹了,李先生原来那辆车送我了。老王啊,委任状飞了,你这知事行头白置了。要不,咱再走走高主席的路子?"

王则民连连摆手:"不想了不想了,吴县知事东洋人要让顾希形当就当吧。挨枪子儿的角儿,老子不稀罕。"

"真话假话,我给你透个底吧。"周知非笑了笑,"顾希形这知事当得成当不成,还两说。李先生还是中意你。"

"哄我开心?"王则民嘴上淡定,眉毛早飞了出去。周知非还是笑:"我有那必要吗?"

王则民一弯腰:"我又给您跟李先生各备了一份,明日我就派人送府上来,请您代交李先生。"

周知非点头:"那我不客气了。"

王则民拱手:"此事要能成全,兄弟这个知事,也就是站长您的知事,以后家里的用度开销,兄弟全包了。"

"心意周某领了。你先帮着把连晋海的后事办好就行了。晋海走得冤屈,后事要办得体面。"周知非边说边上了车,王则民在外招手:"这个您放心!"

90号侦行科办公室里一大早便坐了几个特务,这儿原本是园林书房,后来改作办公室。黄心斋敲敲门,领着高虎和顾易中进来。谢文朝和李九招带头站了起来。

"侦行科的同志们，这是顾易中与高虎二位同志，奉周站长的命令，安排在你们这里工作。大家欢迎。"

掌声稀稀拉拉，黄心斋装作听不见，给顾易中和高虎挨个介绍。谢文朝既是科长，随便指了两个空位，话都没说一句。黄心斋纵使脸皮再厚，此时也有些挂不住，干咳了两声："你们忙，我走了。"

顾易中坐在高虎对面，往旁边斜几眼，嘟囔道："不太欢迎我们啊。"

高虎冲他翻白眼："连科长在科里人缘一贯很好的。听说代科长是他从昆山带过来的，死忠。"话外之意不言而喻。顾易中不搭茬儿，扯过桌上今日的《江苏日报》看，内版赫然印着一张告示：

顾园启事

六月廿七日，在本市顾园举办六十寿宴，欢迎亲朋好友，届时一聚，本人就不一一奉送请帖了。

顾园主人　顾希形

顾易中死死盯着告示看，他能感到身边高虎与李九招的目光，面上神色丝毫不动，合上了报纸。

"陆稿荐的烧肉好吃，尤其以其酱鸭、莲蓬蹄最为出名，这稿荐是咱们苏州的草垫，相传是用吕洞宾供宿留下来的草垫里稻草烧出来的，所以才香飘十里。今天不成敬意，兄弟跟高虎初来乍到，以后还望科里各位兄弟多多指点。"

顾易中话毕，举起酒杯，冲办公室里正大快朵颐的几个特务一躬身，把啤酒一饮而尽。李九招匆忙要放下手里油光四溢的蹄子："顾兄弟客气了，近藤那么器重你，哪还用得上我们帮衬。"

其他特务纷纷点头。高虎从旁边冰桶里开出一瓶啤酒，又把自己杯子倒满。办公室正当中桌上铺着报纸，整整齐齐摆着四个瓷盘，里头盛着陆稿荐的四道招牌名菜：五香酱肉、蜜汁酱鸭、酒焖汁肉、进呈糖蹄。屋里灯火通明，香气飘散，李九招又拿了瓶可乐汽水，听顾易中道："九招兄是不知道弟兄的苦啊。"

"愿闻其详。"

"都知道日本人收留我，是因为家父。他们签了一份吴县知事的委任状，要我在我爹寿宴那日亲自送去。"

除却周知非几人，此事尚且没人知道。吃得正高兴的几个特务面面相觑，听李九招接话道："四年了，东洋人一直希望令尊出马当这个知事，令尊似乎一直不肯屈就。"

顾易中满面愁苦："谁说不是呢？我要是当着那么多人的面把这委任状给他，他还不得打死我。可我要是不送，日本人就会打死我。"

李九招扯上嘴角："风箱里的老鼠。"

顾易中又端起酒杯，话头一转："横竖都是死，死之前咱们先吃饱。"

高虎陪他干了一杯："哥，没想到你这么难啊。一醉解千愁！"

"对对对，弟兄们，尽管喝，只要兄弟有条命在，以后咱们侦行科消夜我全包了。"

一听这话，满屋特务顿时举杯："谢谢顾公子了！"

唯有谢文朝坐在角落灯影下头，既不说一个字，也不沾一口菜，翻着眼皮瞪着顾易中瞧。顾易中喝下一整瓶冰啤酒，莫名打了个抖。

高虎把烂醉如泥的顾易中背回房去，扔在床上。顾易中倒不打鼾，只睡得像个死人。高虎立在床边看了一会儿，溜出了宿舍门，摸着夜色，到后院凉亭里去。

周知非正一个人坐在那儿，远处树影深处院墙外头，隐隐传来《桃花扇》的评弹声。

高虎走到他面前，正要开口，周知非一摆手，他两片嘴唇就冻住，两人竟慢慢将这一段《桃花扇》都听完了。

"又喝醉了？"

高虎点头："连着醉两夜，也没见他跟顾园联系。"

周知非笑了一声。

"他把你又耍了，高虎，他跟他父亲联络了。"

"绝无可能！我一直跟着顾易中的，贴身！我保证他电话都没拿起来过——"

周知非递给高虎一份《江苏日报》，赫然是印着顾园启事那一页。高虎瞥了一眼："先前在办公室也看见了，顾希形登这个启事什么意思？"

"特务工作一个重要的联络办法，就是公开发行的报纸。顾易中肯定给顾希形传递过消息，让他走人，顾希形发启事回应，这个启事，是向顾易中表态他不走，而且还要大办寿宴。"

高虎恍然大悟："爷俩唱双簧。"

"要跑，他也一定会办完六十寿宴再跑。否则顾希形他丢不起这人，这些老军阀面子看得比命还重。顾易中，你要看牢。"

高虎的脸霎时垮下来："站长，这事能不能让别人来干，我实在是跟不上顾易中，他太狡猾了，简直就是田里的泥鳅。"

周知非也不恼："那你说站里谁够得上顾易中，你举荐一个。"

高虎彻底失语。

"尽你的气力就行了，我自有打算。"周知非拍拍他肩，"你再找几个可靠的人，昼夜在顾园外守着，但凡顾希形离开顾园，格杀勿论。"

原先他放在土地庙石头下面的三个纸条，现在只剩一个了。

周知非打开这张黄色符纸，里面描着一句话。

"杀死顾易中，我就恢复工作。8。"

山塘街两面店铺繁多，往来人群也杂。周知非扮了扔在人群里就再寻不着的一身，走进了道旁"九城裁缝店"的招牌下头。

店里挺清闲，周知非状若无事，却往阴影里沾。店里裁缝捏着根粉笔，脖子上绕着皮尺往他这儿招呼："我就是小猴师傅，先生您有什么吩咐？"

周知非听分明了，一字字慢慢道："我想做套《乱世佳人》里头盖博穿的白西装。"

苏州河上花船向来是文雅人士游水所乘最爱，船篷精雕细镂，日头上干净光影一落，便在里头游人身上落下繁复斑纹，如梦似幻。撑船的汉子一篙用力，船便轻轻漂离了码头，上头来往人群的嘈杂声也渐听不见了。

周知非坐在船舱，望着面前的区晰萍，她逆光而坐，似自十年前而来，使他一刹那放下警惕，几陷恍惚。

区晰萍开了口。

"民国二十二年，清明，思诚、晓蓝、晋海、你、我，五人同舟游苏州，那时暮春之初，和风徐来，快活得如同神仙一般。哪曾想如今江山依旧，斯人已逝。"

周知非心中一沉，如梦初醒："晋海牺牲的事你知道了。"

区晰萍眸色一厉："跟顾易中有关？"

"脱不了干系。"

"所以传说顾老先生六十寿宴那天，顾易中会来送知事委任状，是真的了。"

"我就是为这事而来的。"

区晰萍哂笑："我还以为你是来递回信的呢。"

周知非看着她的眼睛："这事办妥了自然就有回信。"

区晰萍这回未立刻答话。半晌，问道："你要什么？"

"你的第一杀手冯治国。这委任状顾希形若不接，留着没用，替日本人打了他。"

"他要接了呢？"

"那便是汉奸，替国人锄奸。"

区晰萍又是一笑："横竖要让我下手。"说罢，不待周知非答话，径自道，"这样不管顾希形怎么死，看起来不是日本人干的就是我们的人干的，跟你都没有干系，好一手借刀杀人。"

周知非也笑："你是知道我的，许久没用枪了。"

区晰萍似是好奇："顾易中跟你过不去，你打他爹做什么？"

周知非轻轻道一句："晋海的仇要报的。"

区晰萍又是沉默。

"……打顾希形不在徐先生交给我的任务里，这我帮不了你。"

"帮我就是帮你。"周知非道，"你在顾园潜伏近两个月，应该对那里的地形很熟吧。"

区晰萍看上去毫不意外："怎么找到我的？"

"没有比顾园更好的落脚处了。中统二十罗汉的名头你不是白担的。但我现在能找到，黄心斋原先军统那批人早晚也能想到。顾园已经不安全了。"

区晰萍点头："马上就脱离。"

"你同行的那个叫海沫的姑娘是什么来头？你们在苏州还有多少人？"

周知非问得似连珠炮，他知自己马上便要走了，不论区晰萍会不会照实答，也要问一遍才好。况且他知道区晰萍多半会说。

"不是我们这行的。我借她身份才进的顾园。至于我们的人……比你想象的多。"

她又抬起眼来看他："知非，徐老板很看重你。我离开重庆的时候，徐老板亲自在川东师范学校本部接见我。徐老板让我转告你，他很欣赏你的才华，是真真地盼望你能回团体。知非……我更喜欢你回来，回到我们一起工作战斗的那些日子。"

她迅而又低下头，垂下眉眼去了。只这一动，却使周知非心亦泛波。他忽然记起少时读过的徐志摩一句诗：最是那一低头的温柔。

他闭了闭眼。

"事办妥了，一切都好说。晰萍。"

他话音甫落，便如逃离般，跃上跳板登上码头。船因此动自横，外间天色已暗，夕色入水，光影折波。区晰萍并未下船，倚栏看池水，任船又漂远了。

顾易中是被鸟鸣与晨露落声吵醒的。他迎着光睁开眼，却见黄心斋坐在窗边盯着他，霎时醒了，叫一声"黄副站长"，听着还颇有责怪之意。

黄心斋无言："睡得真香啊。顾少爷，别说，有时候我还蛮佩服你的，处变不惊，毕竟是名门贵公子。"

顾易中看一眼高虎的空床，听黄心斋道："去食堂吃早饭了。"手里又被塞个东西，正是他先前送给看守的劳力士，黄心斋又道："这表还给你。看守兄弟不懂事。"

他瞄一眼黄心斋脸色："喜欢你就留着。"

黄心斋看着本就不舍得，推却一次，就喜滋滋地戴上了，人看着都比方才容光焕发几分："易中啊，有个立功的机会，送给你，还记得上次提的丁建生吗？他有个贸易行，手段能通天，上个月，清乡还没开始的时候，他搞了几十吨的军用物资，听说倒给了内地。近藤让周站长秘密调查，这个人就人间蒸发了。"

顾易中揉了把脸，清醒清醒："有人走漏风声？"

"近藤太君的原词是，'监守自盗'。"

顾易中不为所动："崔耀民死在这上头。"

"要人死，还收人钱，这些人心肝太黑了！"黄心斋义愤填膺，"易中，说实话，我是斗不过他们，也不敢斗了。这些料我放给你，只要抓到丁建生……"他半站起来，往门外瞧一眼，还是压低了声，"近藤就能把姓周的拿下。还有，希望你爹当了知事，别忘了我这个副站长。"

顾易中却一笑，一字一顿唤一声："站长。"

黄心斋忙往后退。"站长我不敢想了。易中啊，我特别理解令尊，毕竟坚持四年了，这一步迈出去，前功尽弃，不容易。放心，90号里，以后我帮你，你也帮我，咱们后头有近藤太君呢，不怕扳不倒他们。"他笑得胸有成竹，"上个礼拜，近藤单独把我叫到办公室，就是让我查周知非。"

"贪污？"

"通敌！"

瞧黄心斋脸色，竟真像确有其事。他又道："重庆那头的，中统老徐。贪点污算什么事，当汉奸的，谁不搞点钱，东洋人不管这个。东洋人恨的是跟重庆那边接触。这是红线不能碰。易中啊，你要信你哥……"

话音没落，敲门声砰砰响。顾易中高声应一句请进，高虎就端着俩饭盒走进了门，黄心斋也立马改了口风："那就这样，顾易中，明天跟我去太仓分站视察。高虎，今天食堂什么菜？"

高虎抬抬饭盒，油炸烩的味儿往外飘。黄心斋皱着脸："天天油炸烩，回头我让他们换换花样，特务工作这么辛苦，吃食上不能亏待了弟兄们。"

牢骚发完，干脆利落地抬腿走人。高虎瞥一眼顾易中，后者却不接他饭盒："高虎，不吃这些了，我叫了桌菜。"

高虎一乐："谢谢哥。谢文朝科长说了，你父亲明天祝寿，今天准你一天假，让我帮着你，看看要采买些什么。"

"……哥，90号隔马路就有一家澡堂子，干吗非跑这儿来？"

逍遥水孵混堂，顾易中跟高虎光着膀子，泡在池子里，躺在池壁边上，俩人都是满脸涨红。高虎气都虚了几分，慢慢悠悠问顾易中。顾易中阖着眼，老神在在："逍遥水是苏州最好的，小时候我阿爸老带我来这儿。早上喝茶叫皮包水，下午泡混堂也叫皮包水。"

高虎在水里比大拇指："你们有钱人会玩。"

顾易中斜他："高少爷你客气了，你们家那西山雕花楼远近有名啊，这些场面应该没少见啊。"

高虎干笑一声："哥，你明天真的去送委任状吗？"

"不去周知非跟日本人能饶得了我吗？"

"不是你吃挂落（方言，受连累）就是令尊吃挂落。"

"明摆着的事儿。"顾易中难得骂人，"本来以为进了90号就消停了，哪知道小鬼子步步进逼。高虎，如今形势，别为虎作伥，做个人吧。"

高虎心里发慌，仗着泡在池子里，勉力装傻："我本来就是人啊，你为什么要我做个人。顾哥。"

顾易中这回连看都不看他一眼，拎了块毛巾裹身子起身，高虎连忙跟着爬起来。俩人又进了按摩室，趴在按摩床上。屋里烟雾缭绕，夸张点儿说是伸手不见五指。高虎越趴越困，再看顾易中，早睡得死沉了。

他到底没忍住，合上了眼，睡熟没多久，顾易中床边便站了个人。

孤舟

"哥,洗好了怎么也不喊我一声。"

高虎一睡醒,见顾易中没了人影,吓得魂飞魄散,几乎找遍整个澡堂,却见顾易中在更衣室里,已经穿戴整齐,正优哉游哉坐着喝茶,见他这副模样,道:"该回了。今天花销,我让掌柜的记你账上了。"

高虎茫然看了看四周,什么可疑事物也没寻到。

翁太扒在顾希形书房门边。她方才见富贵慌里慌张地进了屋,又关上了门,便觉定然有事,因此来瞧瞧。却只听一句"师长",便什么动静也没有了。

她又凑近了些,冷不防身后被人拍了一下,吓得她险些施展出擒拿功夫来,再定睛一看,却是海沫。

海沫蹙着眉:"又偷听。"

"没那兴趣。"

翁太说着便往回走,却听海沫在身后道:"我打算回了顾老先生的美意,不想拜这个干爹。"

翁太骤然回身:"不能回,海沫!"

"我又不是真海沫!我也不想骗他们了,我这就找老先生说去,把一切坦白了。"

翁太立时回身去扯她,然海沫早有了防备,一把将她甩开。翁太眼神一厉,施展擒拿术,轻易制住海沫,一柄簪子顶在海沫脖颈上。

"我这簪子浸过氰化钾的,准备没路时自裁用。我手上但凡使点儿劲,你有九条命都不够用的,林书娟,不开玩笑了。"

海沫脸色煞白,喘不过气来,动也不敢动。翁太面目冰冷:"还有,你别忘了,我们在这边有任何差池,你那当空军的弟弟的小命也甭想要了,听明白没有。"

海沫连连点头，翁太一松手，她便咳嗽着蹲在地上，见一封信被扔在自己面前。

"你弟弟的信，联络站转来的。看在你弟弟还算英勇报国的分上，我今天不跟你计较，但你要坏了组织的行动，就别怪我不客气了。"

海沫颤着手撕开信封，见里面果然是弟弟字迹：

娟姐如晤，一别数月，心甚念。弟已由航空学校转至军中服役。基地条件甚苦，伙食粗糙难咽，但同志们的热情都很高，一想到可以驾机升空跟日本鬼子作战，热血沸腾。弟如今唯一想念的是，何日能与姐重游歌乐山。

海沫的泪顺着脖颈往下流，一粒粒滴在信纸上。

"海沫，来了。"

海沫站在余庆堂匾额下面，身后是如漆夜色。顾希形站在祠堂当中，点香敬上列祖列宗，并未回头。

"伯父，天凉了，该歇息了。"她道。

顾希形仍不回身："海沫，你不是真海沫，翁太也不是你表嫂。"

海沫垂眼："什么也瞒不了您。"

"我也是这两天才窥出点门道……真海沫呢？"

"十一岁时，就已夭折了。表嫂的说辞都是她编的，除了先生死于日本人手里是真的。"

顾希形点了点头："是玉泉兄的风骨。"

海沫又道："海沫姐姐死之后，先生收我当学生，把我当女儿一般看待，教我弹词，还带我四处登台。"

"你本姓什么？"

"林。伯父，我只能说这些了。抱歉。"

顾希形转过身来望着她。

"海沫，不管你姓什么，是谁家的小姐，你救过易中一命，我就当你是真海沫了。大恩大德，顾园永志不忘。我让富贵包了一千元法币，你明早就离开苏州吧……明天，顾园可能会有大事发生。"

海沫一愣，抬头看着顾希形。她知明日是顾希形过寿，也隐隐猜到90号会有所行动，如此一来，更是预感不妙。

顾希形又道："那个翁太，顾某揣测，并非善类，你尽早从她那里脱身较妥当。"

海沫躬身："伯父美意，海沫感恩六内……海沫有难言之隐，望伯父海涵。"她轻轻跪下，给顾希形叩了个头，跪地许久，方才起身离去，再未回头。

胡之平几人正聚在人和车行当中开会。近来城中查得严，会议多在夜里，苏州城入秋，昼夜温差大了些，竟显出些寒冷意来。肖若彤坐在桌边，抱着自己的胳膊蜷成一团，听着几人说话。

周振武看她一眼："你冷？"

"有点。"

周振武拎过身边衣架上一件衣服递给她，肖若彤便披上，听胡之平道："据我们的情报，日本人下最后通牒了，命顾易中在明日顾老先生寿宴之时送去吴县知事的委任状。希形先生北伐的时候就是国民党左派，看不惯蒋介石擅权，才解甲归田的。他在苏锡常乃至上海，都是有影响力的人物，所以一直也是汪伪汉奸重点拉拢的对象。"

肖若彤盯着桌面："顾伯伯是不会替日本人做事的。"

胡之平点头:"组织上担心,日本人劝说不成,会对老先生下狠手。"

周振武径问:"计划是什么?"

"省委命令不惜一切代价对顾希形进行保护,粉碎汉奸鬼子的阴谋。"

何顺江道:"最好的办法就是尽快转移。"

胡之平面色便沉:"慧中去做了劝服工作,但老先生坚持要办完寿宴才走,怎么劝也没用。"

周振武皱眉:"老先生在等什么?"

胡之平抬眼,却看了看肖若彤,道:"他儿子。"

屋中几人一时沉默。

半晌,肖若彤道:"之前我没能完成任务,这次他出现了,正好是个机会。"

其余二人却只看着胡之平。胡之平摇摇头:"目前是要保证顾老先生的安全。在顾老先生离开顾园之后,我们再寻机会和他接触。"

周振武推开肖若彤的房门。

他并没敲门,肖若彤也未回身。她站在窗边,望着窗外夜色暗月,裹在一条大围巾里,愈加显得憔悴。周振武犹豫半刻,终究开了口。

"若彤,一个共产党员,要顾大局识大体,在任务面前,要学会克制自己的情感。只有过了这道关,才能真正地成熟起来。"

"不知道为什么,这段时间以来,我感觉自己像是从血泊里爬过来的一样。"

她似听见了,又似没听进去他的话。周振武声音更缓:"在新四军的时候,我给项政委当警卫员,中弹受伤后,他鼓励我到苏州来搞地下工作。其实我更喜欢战场上和敌人真刀真枪地干。但是项政委说,干革命的人,应该大公无私,一旦有私,革命的心就不干净了,许多事情的性质就变了。

就是他的话，让我在苏州待了下来。现在我也渐渐喜欢上了这种没有硝烟的战场。"

"政委说得真好，不知道，我是不是也能有机会见到他。"

周振武摇了摇头，浑身都沉下来："皖南事变的时候，他被叛徒杀害了。有时候，真想他啊。"

肖若彤身形一顿。

"你最近也有些疲惫，应该好好休息，明天的行动你就不要参与了。"

"不，我请求参与行动。"她忽然转过身来，望着周振武，"顾园我比你们都熟悉。周振武同志，请你相信我，我能成为政委说的那种人，今天的我也会比昨天更加成熟。"

周振武露出一丝欣慰笑意，转而又恢复严肃，点了点头："那我和老何商量一下。还有一件事，我一直没跟你说。顾慧中跟90号站长周知非的妻子纪玉卿认识。"

"啊？"

"她们是乐益女中的同学，还在一个戏剧社待过。"

肖若彤蹙眉："中学关系不能说明什么问题。"

"但顾慧中回苏州后，有人看见她跟周知非太太一起逛大丸商场，还去了周公馆，这里面一定有问题。"

"……能确认吗？"

"就在怡园行动的前三天。"

"你怀疑慧中姐。"这句便不是疑问，而是肯定。

周振武点点头，平静道："也许是他们夫妇。"

"顾易中吃过90号两颗子弹了，慧中姐怎么会是叛徒呢？"

周振武反问："他吃过90号两颗子弹，为什么又要去90号？"

"可如果他们夫妇有问题，那人和车行，我们，为什么都没暴露？"

周振武这回没立刻回答，只摸了摸下巴："是啊，这也是我一直困惑的地方。"

顾慧中抱着奶粉罐，拿勺子刮着铁罐内侧的铁皮。铁器碰撞出刺啦刺啦的尖锐响声，被她闷在手里。勺子拿出来，边缘处挂着薄薄一点奶粉。

她看着那勺子，又看看床上熟睡的孩子，终于还是把勺子搁进杯里，倒上开水，搅拌起来。奶粉冲好了，稀得像水。她吸了吸鼻子，胡之平正从门外进来。

他压低声音："军生睡了？"

"又饿又困，哭了好长一会儿，才睡的。"

胡之平看着那杯奶粉，从衣兜里掏出一张皱皱巴巴的储蓄券，展平了放在桌上："这是十块钱储蓄券，明天去买两罐奶粉。"

顾慧中却半点喜色也无："你哪来的钱？你不会是动用了组织买药的钱吧？！"

"我是那样公私不清的人吗？慧中，放心用吧，我跟老何张嘴的，等我们宽裕了还他。"

顾慧中仍是没接，低头道："是我不争气，我要是有奶水，就不用奶粉这笔开销。"

胡之平坐到她身边去，轻轻搂着她的肩："慧中，别埋怨自己。我一直在考虑，明天你爸寿宴，你还是别去了……有点捉摸不透你爸为什么要大张旗鼓办这次寿宴。他明知道日本人要逼顾易中给他递委任状，他还坚持不离顾园。老先生在琢磨什么呢？"

顾慧中摇头："我答应了我阿爸……我的身份并没有暴露，亲戚朋友只知道我离家出走，并不知道我参加了组织。之平，我知道组织上的命令，但你还不明白我阿爸吗？他不想我们帮忙。"

胡之平缓缓道："因为我们是共产党？"

"什么党他都不喜欢。1927年宁汉分流，邓演达被蒋介石的人刺杀之后，阿爸发通电退出政治军界，专注阳明理学。"

民国十六年宁汉分流一事，两党无人不知。胡之平沉默一会儿，终于还是退了步："树欲静而风不止。"

顾慧中点了点头："明天我带军生去祝寿吧。阿爸一再叮嘱，想见军生，总不能让他六十大寿还孤零零的，一个子女都不在身边。"

当日夜里，大抵诸人皆是辗转难眠。然第二日顾园照旧贺寿，张灯结彩，宾客结伴，陆续进门，礼物非凡。富贵就站在门口迎客，过了一会儿，老沙又来替换。

富贵笑容不变："睁大眼睛，挨个查看请柬，特务一只也别漏进来。"
"放心吧。连长，以前咱也是特务连的。"

陆兆和与陆峥父子二人则在大厅里帮着招呼客人。陆兆和迎上刚进门的两位老先生，拱手道："曾老，石老。"

曾老点了点头："陆老，顾老呢？外界尽是传闻，我得找希形求证点事。顾园你熟，请引路。"

园子里今儿请了戏班子，一路往戏楼后台去做准备。海沫心神不宁，正在园中乱逛，与戏班子队伍擦肩而过，却忽觉内中有一人十分眼熟，立时跟了上去。

领班在后台训话："该亮嗓子的亮嗓子，该整理发饰衣服也赶紧整理。今天来的可都是这苏州城有头有脸的人，你们可千万别出什么差错了，给盛和班丢脸。"

海沫进了后台，找了一圈，并无收获。班子里一个武生走将过来："这位小姐，后台不方便进的。"

海沫又往里望了望，到底依依不舍出去了。

肖若彤从一堆木箱后头起身，周振武朝她走过去："谁呀？"

"她就是海沫。"肖若彤道。

"与顾易中有婚约的那位？"

"翁太太啊，怎么不去看戏啊？是盛和班，苏州顶有名的。"

是富贵的声。翁太闻言，忙把手上的小镜子收了起来——她方才已照见了屋顶马头墙上埋伏着的中统第一杀手冯治国，心下便安，对富贵笑得灿烂："我这不忙着替你招待女眷呢，富管家，认干女儿的事，顾老先生不会变卦吧，昨天我可教了海沫一个晚上磕头礼了。"

富贵忙道："要得要得。"转身便要走，反被翁太拉住了。

"今天少爷会回来的吧？"

"老子做寿，他敢不来？慧大小姐都回来了，易中少爷也必定到。"

翁太嫣然一笑："顾园今天可真是要热闹了啊。"

翁太进西厢房卧室时，顾慧中正抱着孩子，坐在一众女眷之间。这般寿宴来的都是有头有脸的夫人小姐，更有顾慧中少年时候的旧友。众人你一言我一语，说孩子长得像妈妈，又热络地叙起旧来，其中多半见顾慧中回了顾家，猜从前顾希形说断绝关系的话已不作数了。翁太坐在卧室一角，冷眼瞧着，不多会儿，见富贵也进了屋，站在门口。

顾慧中立时抱着孩子站起来："我抱军生出去透透气，一会儿就来。"话毕即出门，朝着房北避弄，往顾希形卧房去了。

顾希形正站在房里，望着墙上挂着的妻子的照片。

"玉芬啊，今年我又长了一岁，要六十了。"他眼中慢慢涌上泪，"你看看你，还是那么年轻，样子一点都没变。你这个人，就是太聪明，你知道往后不太平，所以走了，一了百了，什么都不用管了……"

话到这儿，富贵和顾慧中便已经进了门。他似不知道一般，仍慢慢念叨着："……两个孩子我没带好，怪我，也怪你。你要是在，他们肯定不会闹成现在这个样子。这几天，我一躺下就是你的影子，你是不是想我了？那边就你一个人，孤单了吧。我知道，你肯定是想我了，别着急，再等等，要不了多久了，我就过去陪你。"

顾慧中垂着头，抱孩子的手紧了紧。富贵等了半晌，见顾希形再不言声了，方才咳一声，道："师长，慧大小姐来了。"

顾希形转身，便看见了顾慧中与她怀里的孩子。顾慧中几是扑了上去："阿爸，他就是军生。"

"好、好……好。"

顾希形念了三个"好"字，望着孩子的脸。军生乖巧，见了生人亦不哭闹。许久，顾希形道："军生啊，愿你长大后，心中无贼，咱中华山中无贼，心中无贼……富贵。"

富贵闻声，立时上前来，手中捧着个精致的檀木匣递给顾慧中。盒盖打开，里面摆满了金条，叠着一万元法币。

"慧中，这算是给军生的见生礼了。"

"阿爸，这礼太重了，我不能收！"

顾希形摆手："你们那边的情况我知道，泥腿子闹革命，一贯是穷得叮当响，这些拿着过日子还是干革命，随你。"

顾慧中闻言愣住了。她本就盈满了泪的眼眶更红："阿爸……我上次不该那么说您。是女儿不懂事。"

"不提过去的事了。一会儿富贵送你先回，今日寿宴，亲朋好友会有许多，魑魅魍魉，必定也会有不少，别吓着军生了。"

顾慧中急道："您跟我一起走吧，阿爸，之平他们有安排。"

- 259 -

第六章 －翻覆

顾希形摇了摇头，拄着拐杖，往后几步："今天你阿爸得给苏州民众一个交代，不能躲。你阿爸可以打败仗，但从不当逃兵……听阿爸一次，你先走吧。富贵。"

顾慧中未挪一步："听说易中会来送委任状！阿爸，我怕您跟他起冲突啊。"

未承想顾希形却眉目淡然："该来的总要让他来。"

"阿爸！"

富贵扶上她的胳膊："慧大小姐，你就带小小少爷赶紧走吧，一切师长自有安排，走吧。王妈，快来扶小姐。"

顾慧中只仍望着顾希形，见父亲点头，朝外挥了挥手。她的眼泪终于接连溢出，滚落在军生的襁褓上，沾了孩子瘦弱的脸。

王妈扶着顾慧中出了门槛，富贵随即关上房门，从房里角落拎来了一只军用皮箱搁在桌子上，打开了箱子。

夕阳西下，周知非独自坐在90号后院的凉亭里，正是他那日与高虎听《桃花扇》的地方。凉亭地势颇高，足够他望望远处的苏州风景。

他手里端着一把宜兴茶壶，慢慢品着。

这几样加起来，便已是他平日里的至高享受了。

几声踢嗒踢嗒的响声传进他耳朵。是近藤的马蹄声，周知非把茶壶搁在桌上，并没抬头，转而望向被马蹄踩在地上的道旁草叶。

近藤下了马。

"周，顾易中呢？"

周知非并没回答，而是站了起来，往前几步，慢慢弯下腰，将那些草叶扶了起来。

近藤再次呼唤："周。"

周知非这才缓缓站起身，不慌不忙："已奉命去了顾园。"

近藤盯着他看："顾希形会接下委任状吗？"

"阁下算无遗策，顾希形不接也得接。"

"这是黄心斋的话，我想听你的话。"

近藤从来不吃奉承这一套，周知非清楚。他只是心底有点儿气瀜在，因此偏要跟近藤绕弯子："这出戏，他们父子不好唱啊。"

近藤也微微一笑："是《四郎探母》还是《捉放曹》？"

近藤不愧是个中国通。周知非在心底阴阳一句，摇了摇头："我猜都不是，阁下，我们不能亲临顾园，错过一局好戏。可惜了。"

"不一定。"

周知非还未深想其中含义，已见了后头走来的黄心斋："太君，在这儿呢？周站长也在。……太君，都安排好了。咱们出发吧。"

黄心斋笑得一如既往，周知非没搭理他，但见他和近藤一块儿牵着马走了。两人的影刚拐过石子路转弯，谢文朝便从凉亭后头的暗影里出来，唤他一声"老师"。

周知非又端起了茶壶。

"你让王则民的人麻利点。"他平静道。

王妈领着顾慧中，顾慧中抱着军生，一路从顾园正门出去。甫走至街边灯下，却见远处停了两辆黑漆漆的车，王妈一眼便认了出来，拉了顾慧中一把："慧大小姐，快点走吧。撞见少爷就不好了。"

顾慧中愣愣地站在那儿，见顾易中被八个特务围着，正要下车。她几乎不认识他了，顾易中与少年时的模样已不同，只余眉眼如旧。

她抱着孩子，匆匆转身离了街。

"哥，咱们进去吧。"

高虎就在顾易中身后。他抬腿要动,却听顾易中道:"等等。"

顾易中似在发呆,他茫然四望,目光从街巷门前的每一个角落滑过。他看见一个画着鲜艳脸谱的旦角儿一闪而过,消失在了顾园中。

夕色入台,戏台上唱的是越剧《五女拜寿》。戏是喜庆戏,席面也是热闹席面,宾客满座,氛围欢腾,叫好声一声声往上传。戏班子甫才下台,便听旁边有人嚷:"老先生来了!"

果是老沙搀着顾希形走上了台。

众人为示敬重,尽皆起身。顾希形一身国民政府少将军装,披挂齐备,一柄手枪别在腰间,枪口锃亮。他面上并无一点过寿的喜色,方才还听着戏的宾客霎时皆噤了声。

肖若彤与周振武则已去了戏服装扮,混在人群之中,亦抬头看着他。

"顾慧中已经离开顾园了,顾易中就在门口。"

周振武点了点头,沉声道:"顾园前后有三拨特务,整个园子都被包围了。千万别冲,见机行事。"

肖若彤还未答话,只听台上的顾希形声音洪亮,慢慢开了口。

"今日,顾某六十大寿,感谢亲朋好友、父老乡亲百忙之中前来捧场。有人说顾某也要下水跟那姓汪的,纯属放屁。吾姑苏自泰伯南奔,吴王阖闾建都,伍子胥筑城,凡两千五百年以降,几时出过贰臣贼子。顾某今日在此再次声明,希形眼中,从来只有一个领袖,那就是孙中山先生。只有一个政府,那就是重庆的国民政府。最近,关于我顾园的风言风语,甚嚣尘上,惊扰了各路亲朋好友,在此,希形向大家赔个不是。"

话毕,他即一鞠躬,人群静寂,随即纷纷声援。先前与他说过话的曾老率先上前,高声道:"顾老,您千万别这样,您是什么样的人,我们大家心里都清楚得很。"

"对,清楚得很!"

顾希形一抬手,宾客又安静下来。

"感谢亲朋好友对顾某的信任,这些事,我不再做过多的解释。今天顾某有件私事,希望在场的诸位革命同志能给做个见证。"他转了头,看向台侧,神色也柔和下来,继而招了招手,"海沫,来。"

肖若彤一眼认出了海沫,见她走上台,站到了顾希形身边。她正要再往前探,身边的周振武却猛地攥住了她的手腕,只听三个字:"有枪手。"

肖若彤浑身的血霎时一凉,甫顺着周振武方才目光往马头墙看过去,隐约间见了一点闪光,却只觉手上一松,周振武已经不见了。

台上顾希形仍在娓娓道来,话中情义真诚:"这个姑娘叫海沫,是我当年在黄埔期间拜把子兄弟张玉泉的女儿。她年纪轻轻便失去了双亲,无依无靠,甚是可怜。我和玉泉是兄弟,他的女儿,本就是我顾希形的女儿。但不明不白的,就让人叫我爹,也不是那么回事。今天在这里,我想正式认了海沫做干女儿,不知,海沫你愿不愿意。"

黄昏夕阳愈亮,映在海沫有些苍白的脸上。她却站着,只看着顾希形发愣。富贵轻轻推了她一下:"海沫姑娘,说句话呀!"

她眼神一飘,又见了台下挤眉弄眼的翁太,甫要开口,却听人群之后、顾园外门方向传来嘈乱人声:"苏州特工站顾易中前来贺寿——"

顾易中带着十来个黑衣特务,高虎为首,把他围在当中,劈开人群,一步步往台下走。

肖若彤脚下一个不稳,身子晃了晃,反应过来时,忙悄悄往远处退去。她心脏狂跳,一会儿看看顾希形,一会儿又回去望着若隐若现的顾易中。她见顾希形挺直了腰背,目光炯炯,几要将顾易中盯穿。而除他之外,人群中再无一人去看顾易中和他带来的特务。

顾易中站到台下,抬起头来,轻轻唤了一声:"阿爸……"

"年轻人，别这么叫，不敢当。"

顾希形甚至没低头看他一眼。

"阿爸。"

"我不是你阿爸！"

顾易中脸上竟无一丝恼意，而似只余无奈："这么多人呢，您就不能给我一点面子？"

"乱臣贼子，顾园不欢迎，富贵，送客！"

富贵没动，顾易中站在原地，也没有动。他从口袋里掏着什么："您不认我可以，还请您接受这份贺礼。顾先生，我代表特工站，诚挚邀请您出任中华民国江苏省政府吴县知事一职。"

人群仍是死寂，却与方才寂静早已不同。天色更暗，顾希形似不敢相信，高声问一句："什么？"

"吴县知事。"

"好好好……顾特务，把委任状给老夫递上来。"

顾易中上前两步，把委任状递向顾希形。肖若彤则顺势往方才的马头墙上望去，正见一个瞄准镜飞快偏了过去，与之同时的是一片砖头。她看见了周振武的影子。

太阳就要落山，暗色掩映下，周振武竟和那枪手在屋檐上打了起来。

她心提在嗓子眼，却知自己现下按兵不动更为稳妥——她也帮不上周振武什么。而眼前形势更为剑拔弩张。顾易中抬着手，顾希形却并不接他的委任状。

她见台下站着个女人，也同她一样望着马头墙，然只一眼，便又似全没看过一样转回来了。

"念！"顾希形道。

顾易中举着那张纸，沉闷半响，到底开了口。

"国民政府江苏省政府,特委任顾希形为江苏省吴县知事,此状。江苏省政府主席高冠吾。"

"笑话,真正国民政府现在重庆,江苏省政府主席系顾祝同,衙门现在金华,这南京何来的国民政府,高冠吾算哪门子的狗屁主席。"

顾希形朗声大笑起来,笑声荡在戏台之中,令台上的特务与台下的宾客一时皆无措,直至人群中骤起一声:"好!"

这一声铿锵有力,毫不亚于顾希形方才宣言,正是陆兆和。在他之后,叫好声渐起,更胜方才喝彩。顾易中下意识拔了枪,几个特务枪口乱转,顾希形却如未见,继续道:"顾某系堂堂国民革命军北伐军第二十一师少将师长,国民政府是我们这些穿这身军服的将士们用血打下来的。我,能受你这伪职?"

他扯过顾易中手里的委任状,一把撕了个粉碎。顾易中这回确是急了,几跃到戏台之上,又唤一声:"阿爸!"

"今天是本人六十生日,本想借此跟各位亲朋好友庆祝一番,然家门不幸,出此附逆不肖,顾某今天要清理家门,有请各位做个见证。"

顾希形此言一出,诸人皆寂,愣愣看着他拔出腰侧的手枪,对准了顾易中的心口。几个特务的枪霎时皆对准了顾希形。陆兆和也被震住,喊一声:"希形!"

陆峥急出了一头汗,又不敢乱动:"舅舅!易中,快跪下,给你阿爸求饶!"

顾希形毫不为所动。保险已开,他的手按在扳机上,干脆利落地扣了下去。然恰在此时,海沫从旁冲了出来,一把将顾易中推倒在地。

"小心!"

海沫惊叫一声,却仍是晚了一步,台下宾客四散奔逃,顾易中则摔倒在地,死死捂着自己肩膀,海沫连忙扑上前去扶住他,顾易中手一松,鲜血横流。海沫惊慌地上手去按,却被顾易中一把甩开,他摇摇晃晃地站了起来。

90号特务早将顾希形围住。富贵挡在顾希形面前,亮开两把镜面快慢机,指着顾易中的脑袋:"你们想干什么?都给老子滚开!"

高虎还未行动,台下的一众宾客便也冲了上来,反将几个特务困在当中。陆兆和几步当先:"狗特务!你要是开枪,就连我也一起打死!"

"把曾某也打死吧。"

"也算我一个!"

院中大乱,老沙、阿七等几个家仆也拔了枪,护在顾希形身边,高虎顿时急了:"都他妈的别过来,别以为我们不敢开枪。"

陆兆和痛心道:"顾易中,你这是怎么了?你一个人去那鬼地方还不够,还要把你父亲也拉进来?"

顾易中僵立远处,尚无反应,顾希形却陡然剧烈咳嗽起来,脸色发青,立时便要站不住了。

"叫车,叫救护车!"

海沫几步上前,将顾希形扶在怀里,跟着富贵几人往外走。曾老指着顾易中的鼻子,大骂道:"你这个不孝的逆子啊!"

宾客纷纷抓起桌上的果皮杂屑朝顾易中脸上砸,"逆子""汉奸"之声此起彼伏。高虎举着枪,带人连连后退,挡在顾易中面前,夜色之下,顾园乱作一团。

几个特务护着顾易中逃出顾园大门,钻进来时两辆汽车,急匆匆走了。一众宾客还跟在后头,骂骂嚷嚷地也陆续散去。胡之平跟何顺江等人坐在一块儿,看了一眼旁边不远处停着的另一辆黑色汽车,还有车旁站着的两个人。肖若彤和周振武走在宾客最后,坐到他们跟前。

"响枪了。"胡之平说。

"老先生没事,还是不肯离开顾园。"

"我进去劝他。"胡之平正要起身,却见门开了,富贵和阿七扶着顾希形慢慢往外走,顾希形仍穿着军装,后面跟着其他家仆,上了门外一辆救护车,开走了。

他们身后那两人则立时骑上了自行车,跟在救护车后面亦不见了。

胡之平和周振武对了个眼神,几人起身,也跟了上去。

狭窄里弄间无灯,汽车飞驰,忽急刹在路口,两辆车从前后闪出来,将其挡了个严严实实。枪声四起,直往车里打。胡之平等人恰巧赶到,慌忙拔枪与其交火。

然仍有一个杀手趁乱冲入,拉开车门,直放一枪。然而里面坐着的不是顾希形,而是一身军装的老沙。老沙忍着痛连放几枪,杀手毙命,其余人以为顾希形已死,四散逃开,转眼便无影无踪了。

周振武几人冲上前来,对胡之平道:"老先生中枪了!"

胡之平上前一看,皱了眉头:"不是我岳丈。"

肖若彤急道:"顾老先生在哪儿?"

老沙喘着最后几口气:"师长高人,你们这些宵小,够不上他。他远走高飞了。"

话甫说完,便头一歪,断了气。

富贵扶着顾希形,从顾园后门走至河边,踏上了停在那儿的一艘乌篷小船。夜冷风静,烟波平宁,顾希形钻进舱中,船立马离了岸。

顾希形探头出舱外,最后看了顾园一眼。富贵在他身边使劲划着船桨:"师长,您怎么样?"

顾希形缓缓道:"痛快着呢。"

富贵还未答话，却见面前漆黑河面上滴滴闪起亮光，竟似烛光。而一首《春江花月夜》由远而近，传进耳朵。烛光后映出一条小船，船头坐着一身和服的近藤，他身边是黄心斋，而琵琶声正自他身后而来。

"炮子打的，东洋鬼子！"

富贵停了桨，小船却慢慢靠近，近藤起身，一副彬彬有礼模样："顾先生，今夜花好月圆，若有雅兴，不如效仿白乐天，一起赏月品茗，抚琴歌咏，不亦乐乎？"

顾希形冷眼肃目，端坐原地，一动不动。

"大夫呢，大夫呢？！"

高虎扶着顾易中冲进侦行科办公室，顾易中已经满身是血，把谢文朝吓了一跳，看一眼便往后退了一步："易中，这怎么挂彩了，要不要去医务室？"

顾易中摇摇头："没事，就一点皮外伤。"

高虎喃喃道："顾老爷子……"

"还真辕门斩子啊！"谢文朝立时明白，没再说话，只又看了看顾易中，而顾易中却死死盯着侦行科办公室里那台电话机。

他想起富贵那日在逍遥水孵混堂同他说的话来。

"少爷，你到底为什么去90号，你能不能给我透个底？要走，就跟师长一起走。"

"我要走了，顾家就一辈子都洗不干净了！富贵，易中不是不能死，但绝不是现在。"

"有你这句话就行了……师长交代我，日本人让你寿宴之时来送委任状，你尽管来便是了。"

父亲早定好了演这出戏再离开顾园的法子，一旦安全，富贵便会来电话，暗号是"顾少爷，陆稿荐的欠账该清了"。

连他日日吃陆稿荐的事，父亲也知道。

铃声始终没有响过。

夜已深了，办公室的人慢慢走光。顾易中肩上绑了白绷带，愣愣看着桌上的铅笔，忽听铃声大作，他猛地从椅子上弹起来，正要冲上前去，却见高虎从门外撞进来，先他一步拿起了话筒。

"嗯，在，知道，好的。"高虎道。

顾易中立在原地，像个木桩，听高虎转过头来，对他说："周站长的电话，他要你马上去会议室见他，有要事相商。"说罢，做了个"请"的动作，竟是押着他出了门。

两人步出楼门，顾易中浑身气势冷沉，高虎声音怯怯从他身后传来："哥，你什么时候跟你们富管家接上头的，在逍遥水？"

他猛地站住，把高虎吓了一跳："别再监视我。"

高虎连连摇头："不了顾哥，你真的把我搞怕了。"

两人再无话，行至楼内会议室门口，两个站岗的特务杵在那里，张吉平恰押着富贵从里面出来。

张吉平吩咐那两个特务看着富贵，又把顾易中叫了进去。

顾希形正襟危坐，确在屋中。顾易中踏进房门，正对上顾希形炯炯目光。他只觉眼前发黑，手心霎时变得冰凉，却有热汗往外冒。

周知非的声音响了起来，冲他说道："坐吧。"

顾易中拉开椅子，坐在顾希形对面，看也没看周知非一眼。周知非却嘘寒问暖："伤怎么样？"

"站长你这是干吗？"

周知非却忽然转了弯，看向顾希形："希形先生，您就不怕，这一枪要了令郎的命。"

顾希形面色不改:"汉奸贼子,人人得而诛之。"

"戏词就别再唱了。希形先生,这出《辕门斩子》,演得委实高明,卖相蛮足的,我差点都信了……这是侦行李九招刚在顾园梁柱上挖出的子弹。"

叮当一声响,一个子弹头掉在桌上。

"顾师长,你朝天上打的枪。我相信顾易中的肩膀一点伤也没有,松手吧,易中,别捂了,怪累的。"

顾易中望着他,慢慢放下了手。

"周站长还真的不好骗。"

"你也太辜负近藤阁下的信任了啊。没想到顾园除了景色宜人外,还玄机暗藏啊。"

"有话直说。"

周知非却仍看着顾希形:"吴县知事一职,希形先生是宁死勿就了?"

顾希形朗声道:"正是。"

周知非一笑。

"既然希形先生这么喜欢《辕门斩子》这出戏,杨宗保我给你接来了,您老不妨接着演杨延昭元帅——斩子吧。斩、斩、斩——"

他随着自己高腔,搁一把枪在顾易中父子二人之间:"这枪只有一颗子弹。近藤阁下的要求很简单,他错过了好戏,希望堂堂国民党二十一师少将师长,再唱一出正宗的《辕门斩子》,近藤阁下要一睹为快。"

小鬼子可忒坏了。

他轻轻念叨一句,往后退了两步,站在门边,望着那把枪。

"这回离得这么近,我想当年的北伐军赫赫有名的神枪手顾师长,不至于再失手吧,顾公子也没必要再躲子弹了。父要子死,子不得不死,孝悌忠信礼义廉耻,你们家余庆堂的祖训,孝字当头,千万别忘了。"

顾希形终于开口："来句痛快话。"

周知非笑了笑："痛快！你们父子俩，今天只能有一个人从这 90 号走出去。"

说罢，他随即转身，走出了会议室大门，张吉平跟在他身后，顺手将门关上，只余父子两人坐在了屋子里。

周知非走进监听室时，正见黄心斋从旁边的冰铁桶里拿出一瓶"月桂冠"来，给近藤满上杯清酒。月桂冠产自东京伏见，是特意运来的。周知非看看坐在监听机前头戴着耳机的近藤，一言未发，也戴上了一副耳机。

顾易中站了起来，脸色苍白，望着顾希形，唤了一声："阿爸……"

"你这个孽子！你一个去当汉奸还不够！还要把我这个老骨头也拉下水？"

顾易中一愣，见顾希形朝他使了个眼色。他弯下腰去，果见桌子底下粘着个监听话筒。

他吞了口唾沫，脑中飞转："您为什么就不肯当这个吴县知事？现在把我害成这样。"又看看桌旁的水杯，手指从里面沾了些水，在桌上飞快写道，"有枪，我们想办法冲出去。"

顾希形摇了摇头，又厉声道："为什么？为了不像你一样遭人唾弃！没有了骨气，还做人干吗？"

他手下也慢慢现出几个字："无谓的牺牲……你要活下去。"

"您睁开眼睛看看，现在是什么世界了？您总是口口声声说为家为民，可天天躲在顾园大门不出二门不迈，这样您就能为家为民吗？"

几是那几个字收尾的同时，顾易中也用力描下一句："要活一起活。"

"那也比做你这种出卖国家和民族利益的败类强！"

顾希形将刚写下的"孝"字抹去，笔速愈快："别下葬。停厝定慧寺。"

倭人滚出中华之后再入土。"

"不!"

顾易中此声破口而出,顾希形却已望向了桌上的枪。他甫察觉,便要俯身去抢,却早被顾希形握住了枪柄。

"阿爸!"

顾易中凄然一声,却听顾希形自说自话:"把枪放下。"

那枪对准了顾希形自己的心脏。

"不对!"

监听室之中,周知非猛然起身,大步抢出门去。黄心斋下意识跟着他起来,满面茫然:"挺对的啊!"

耳机里还在传来声响,是顾希形的喊声:"顾易中,你这个逆子,你敢朝老子开枪吗?!把枪放下!"

近藤扔下耳机,也冲出了门。

顾易中的声音微弱。

"阿爸。"

枪声响了。

"拿着枪。"

"阿爸。"

"拿着。顾园,不出孬种。"

砰的一声,周知非将门撞开,后面跟着近藤。两人都有些愣了,立在原地,低头看着顾易中。

顾易中身上新旧血痕交叠,手中紧紧攥着那支枪。顾希形倒在他怀里。

他轻轻放下父亲的尸身，关节仿佛咔咔作响，极慢地站起来，回身看着周知非。

他眼神比枪更利，周知非下意识拔出枪来，指着他的脑门。

"把枪放下，周。"近藤说。

周知非纹丝不动，眉眼紧绷："他们在演戏。近藤阁下。"

"演戏也比你演得好。枪放下。"

周知非的手摔了下去。

"师长，师长！"富贵夺门而入，一把推开顾易中，扑在顾希形身边。顾易中踉跄一下，再没看周知非一眼，越过门边众人，直往外走。那把枪从他手中滑落，哐当一声，摔在地上。

"人都跑了。"海沫闻声从信中抬头，眼中还泛着些晶莹泪光。

翁太喘了口气，立在她面前："老先生逃了，富管家也不在了，我去厨房问王妈，她净是哭，一句正话也没有。听说老沙死了，是替老先生死的。"

海沫看着却平静："他们离开了苏州。"

翁太立时明白什么，一把抢过信来，上面赫然是顾希形的字。

海沫贤侄女：

　　汝虽未磕头喊父，但顾某早目汝为女。聚散有缘，顾某汗颜，不辞而别。顾园不是久留之地，望早返内地。一千法币，权当盘缠。

希形字

"……这个老狐狸！"翁太骂了一声，又拿起桌上那叠钱来，"就留这么点钱顶个屁用。"

海沫眼底的泪终于顺着面颊滚落下来。她却弯起唇角："顾伯伯走了，日本人再也为难不了他了。我们也走吧。"

翁太一瞪眼："不走还等着90号特务来抓啊！"

行李早已收拾好了，翁太拎着小红皮箱，拉着海沫出了卧房。海沫回身关门，手下一松，目光顺着门缝，在房间里绕了一圈。

"走吧。你还真把这园子当家了？"

咔一声，门合上了。海沫甫往外走，却见了王妈。

"你们也要走了？"

"顾老先生走了，少爷又不认海沫这门亲，没个名分，我们还有什么脸面留这儿。王妈，多谢这段日子的照应。海沫，走吧……走吧，听见没有？"

海沫一言未发，背着琵琶，提着一个灰布包袱，跟着翁太走出了顾园正门。

两人都不说话，顺着顾园外里弄弯弯曲曲地走，路越走越黑，越走越冷，海沫心下发冷，悄悄抖起来，紧走两步，挨在翁太身边。

"咱们到底去哪儿？"

"跟我走就是了。"

"当初你让我假扮海沫来苏州，为的是在顾园借住。现在那里住不了，我也没用了，你就让我走吧。"

"有用没用，我说了算。"

海沫几乎要哭出来："我想我弟弟的，我要回重庆看他。"

"这乱成这样，怎么回？"

海沫声音更低，几乎听不清明："从苏州坐火车到上海，再坐外国的邮船，到了香港，从香港坐飞机回到重庆。"

翁太骤然回身，冷冷一笑："你都计划好了呀。"

海沫又是一颤，仍鼓起勇气，慢慢道："我问过了，统共需要三百一十五元就够了。我身上还有二十块,顾先生给我留的一千块钱,我要三百元就行了……表嫂,求求你,放了我吧。我什么都不会说出去的。"

翁太却未答话,只是看着她,看得她几乎喘不过气来。然而那面色却又忽地柔和了,翁太又笑了笑,道:"行啊。"

两人已行至一条僻静小路上,翁太住了步,将红色小皮箱扔在路边。

"钱在衣服下面,自己拿吧。"

海沫慌忙蹲下身去,打开箱子,果真翻出了那个包钱的手绢。法币只有十元一张的面额,她一张张数起来,又忽地想起什么,转过身去。

"表嫂,差点忘了把膏药给你了。"

"什么膏药?"

翁太面色晦暗不清,海沫伸手去够自己的包袱,边翻边道:"你不是一阴天就关节痛吗?陆大夫说济仁堂的虎骨膏药很管用的,但苏州没卖的,我托他去上海时候带了些,今天顾伯伯寿宴上陆大夫给我了,我给忘了给你。"

她翻了半晌,仍没找到,便有些着急了,然仍细细说着:"三天贴一贴,还有,表嫂,你平时不能用井水冲脚,我妈以前说了,天越热越应该用热水泡脚。女人家,以前生孩子,多少受了些宫寒,不能再受凉了。"

"你是傻还是笨,我对你这样,你还关心我做什么!"

翁太声音在夜风中竟显出一丝凄凉来。海沫抬眼望着她,眼睛也有些湿:"我看你关节痛起来走路难受,不知道为什么,我也难受。这么长时间,也不知道你的名字,你只说姓翁,我相信也不是这个姓。我还管你叫表嫂。这些日子,不管你怎么看我,我内心里是认你当表嫂的。"

翁太却已说不出话来。

"滚,你滚!滚得越远越好,我不想再见到你。"

她背过身去,极快地擦了擦眼睛。海沫起身,手中握着那药膏,将她扳了回来。

"表嫂，其实你心也没有那么硬，只是你觉得不凶一点，我不听话是不是？……表嫂，我知道你是为了国家，干的是大事，为了打鬼子，才利用我的。我一点也不恨你。"

"我让你滚，你听不懂吗？"

海沫嘴唇颤了颤，没话了。翁太忽而抬手，手里的掌心雷对着她的脑袋。

"让你走你不走，你是想吃枪子儿吗？"

方才她已经抬起这把枪两次，然而她知道，这次是真的不会开枪了。

"……表嫂。"

翁太话却一转。

"你弟弟早死了！我一直在骗你，在我们来苏州的途中，你弟弟就在长沙的一次空战中牺牲了。"

"不可能！"

海沫尖声叫道，然声音微弱，早无底气。她身子晃了晃，仍在摇头："这不可能，前天我还收到他的信……"

"我们动身前，我让他一个月一个月地给你写信，怕的就是他突然牺牲了。你要他的信，我箱子里还有七月，八月，九月的，都给你。"

海沫纹丝不动，僵立一会儿，骤然蹲下去，疯了一样翻着翁太的箱子，慢慢地，三四封信被她握在手里。

每个信封上头都署着未来的日期。

翁太一把推开她，合上了箱子："我留你一条命，你赶紧离开苏州，听见没有，去上海、重庆、香港，随便！林书娟，从现在开始，你不是海沫了，我也不是翁太，我们互不认识，在顾园的那些事，你最好全忘掉！"

她干脆利落地合上了箱子，只留海沫手里的信还在那儿，转眼便消失在了小路尽头。

海沫瘫坐在地上,一封封地撕开那些信。

她听见撕心裂肺的哭声,从自己口中传出来的,飘到小巷外头,再没旁人听见了。

90号的汽车停在顾园门前。

阿七正要关外门,却见顾易中和富贵从车上下来,未免呆住。他眼见顾易中打开车后座,竟将顾希形从里面抱了出来,一步步朝顾园大门而来。

"老爷……这是怎么了?怎么了?!"

血还在流,顾易中身上的黑色西装被浸透一层又一层,血顺着黏硬的布料,一滴滴淌在地上。

顾易中一步步走进卧房。富贵在他身后,阿七、王妈在富贵身后,顾园中的所有人又在他们身后。

他们被静止在那间卧房的门槛之外,即使门并没关上,然而顾易中将他自己和父亲的尸体一同关了进去。

床上还铺着凉席,顾易中几乎能想见父亲睡在上面的模样,于是他就这样放下顾希形,小心翼翼地摆好。

王妈骤然哭了起来。

富贵冲进了那道门,一拳打在顾易中的脸上。

顾易中也像死人,他被打得晃荡,晃荡得像个木偶。后面的仆人一块儿将富贵紧紧拉住,阿七慌道:"富贵,你疯了!怎么打起少爷来?"

富贵被拉着,仍要对顾易中拳打脚踢,阿七似觉不对,颤着声追问:师长怎么死的?"

富贵陡然落下泪来。

他住了动作,颤巍巍抬起手,指着顾易中:"是他开枪打死的!"

屋中比方才更静,像站满了死人。顾易中却不再说话,只有他一个人活过来了,他从桌上的暖壶里倒出热水在架上的脸盆里,将毛巾放进去,细细地拧,又跪下在床边,将毛巾放在顾希形的脸上,细细地擦。

胡之平走进家门时,正听见顾慧中的歌声。

她唱的是姑苏女儿都听过的民谣,《四季歌》:"夏季到来柳丝长,大姑娘漂泊到长江,江南江北风光好……"

她端着一盘热腾腾的菜,从厨房至外间,菜的香气甚至钻进他的鼻子。他看见他们的孩子躺在摇篮里,睡得很香,婴儿手边、菜旁的桌上摆着两大铁罐的奶粉,她抬起眼来,笑着望他。

"老周这么急找你什么事?之平。"

他却没有说话。桌上亮着一盏昏茫的灯,将他眼里最后一点泪光也遮住。顾慧中并未察觉,又拿出酒瓶酒杯,倒出一点来:"今天我们吃点老酒,庆祝阿爸成功脱离苏州去内地……怎么了,之平,出什么事了?"

"阿爸没了。"他说。

酒杯倒在桌上,没发出一点声响。酒液往下流,沾满了奶粉罐。顾慧中的手浸在里面。

"……胡说什么!他坐船离开的顾园。"

"才出家门就被日本人堵了,抓去90号。"

"不可能……"

"阿爸拒当吴县知事,顾易中为表忠心,亲手用枪打了他,当场人就没了。"

哐当一声,这回是顾慧中倒在地上。

胡之平急俯身去扶,叫着她的名字,听她反复自语:"不可能……不可能是易中开的枪……"

胡之平放低了声音:"……《江苏日报》的记者说的,90号给他们的消息,明一早就见报。"

"他们在造谣! 90号特务在造谣……这不可能是真的!"

"老鹰刚才急着见我,就为了这事,顾家的下人也都在说,是易中开的枪。"

顾慧中没再说话了。

"我阿爸呢?"她茫茫问,"我要见我阿爸。"

胡之平紧紧抱着她:"遗身在顾园,明天就要发丧。"

她说:"我要回家。"

无论如何,她也要回家。胡之平贴着她的额头:"我来安排。慧中,你可千万保重……要难受就哭出来。"

她说:"我不难受。"

她忽然像一片纸似的飘了下去,落在胡之平怀里,胡之平恍惚中觉得,自己甚至已经抱不住了。

周振武敲开肖若彤的门。

她站在门后,披着一条很厚的毯子,却仍与毯子一块儿发着抖。她脸颊上泛着病态的红,缩在毯子里,显得极瘦。

"烧还没退?"

"好点了,就是总感觉冷,忍不住要发抖。"

周振武皱起眉头:"找个大夫看看吧,这样子不行。"

肖若彤摇头,极轻易地转开话题:"顾老先生有信吗?"

周振武便果真没有再问,却也半晌没说话。半晌之后,他轻轻道:"他去世了。"

肖若彤的脸色更白了。

"鬼子干的?"

"……传出来的消息是顾易中开的枪。在 90 号。"

肖若彤木愣地站在那儿,周振武紧张地捏着手,脑子飞快转着,想着他从不擅长的安慰的话,然而漫长而又短暂的沉默之后,他却听见肖若彤的笑声。

那笑声比苏州湿润的夜更冷,她披散着头发,灿然笑着,在他眼中像是疯了。她似要冲出门去,然脚下不稳,突然倒了。他准备好的手便将她扶在怀里。

"你没事吧若彤?"他问,"情况我们还在核实中,也许是鬼子的计谋……"

她却不想再听了。她指着门外,他便被操纵似的走了出去,背后是立时关紧的门。

第七章 璞箭

白蜡烛，三色贡品，遗照，棺材，还有披着重孝的顾易中，这就是顾希形的灵堂。

顾易中独自一人跪在棺材前。灵堂门槛之外聚着顾园的下人。顾园之外是苏州的夜，从夜至黎明，从黎明又至白天。顾易中跪在一片白色帐布之中，脊背挺得笔直。

客人来了又走，站在顾希形的遗像前鞠躬，而顾易中跪着冲他们鞠躬。直到一个女人冲进来，跪在他身边，磕了三个响头。

海沫手里捏着一份《江苏日报》，头版头条印着大字：顾希形私通重庆，顾易中大义灭亲。

顾易中在她身边，也是三个响头。他直起腰，望着她，望进她死水一般的眼睛。她陡然弯下腰，又狠狠地磕了三个头。

顾易中仍旧还礼。他几要将额头敲碎在地砖上。海沫再俯下身，三个响头一个比一个急。

顾易中照做，他的额头流出血来。

王妈匆忙上前："海沫小姐快快请起。"她扶起了海沫，将她扶进灵堂外的人群里。

她眼睛与面目都模糊，看顾易中跪在原处，似什么也没发生过。

陆兆和领着陆峥进门来，后面还有那日来拜寿的曾老。陆峥跪在遗像前，叩头起身，指着顾易中的额顶。

"……过了今天我再跟你算账！"

"三畏啊……兆和错怪你了！"

陆兆和涕泪俱下，曾老亦如是："顾老啊，你怎么忍心一个人先走呢？"

陆兆和忽而转向顾易中："易中，报上所说，可是事实？"

顾易中还未答话，却被一个巴掌扇得险些跪不稳，原是曾老气急，先动了手。然他却半分都未闪避,倒使众人都有些惊。

"曾老……"

"畜生不如!你爹一辈子是个顶天立地的好汉、豪杰,怎么生出你这个不知廉耻的东西!你一个人做汉奸还不够,还亲手把老子打了,余庆堂怎么出你这样的败类!"

曾老朝他身上啐了一口,到底被陆兆和拉走。顾易中缓缓跪拜在地,自始至终未出一声。

几人甫离灵堂,却见阿七匆匆进来:"日本人……日本人来了……"

曾老住了步,一口气险些上不来:"人都被他们逼死了,他们还有脸来!我跟他们拼了。"

"曾老!"

陆兆和一把将他拉住,却见一阵刺耳军靴声踏上石砖,十二个宪兵手持三八大盖,刺刀明晃晃地亮着,护着近藤与岩井朝灵堂走来。

富贵一马当先,将他们拦在门外:"对不起,诸位请回吧,顾园今天有家事,不欢迎诸位!"

岩井举起枪托,干脆利落地撞了富贵一下,险些将他撞倒,然他仍站在那儿,颇有以死拦路的意思。岩井迅而恼了,拔出手枪来,被近藤一瞪:"把枪收起来!"

近藤转而看向富贵,神色平和:"中国古语云,死者为大,我们是来给顾老先生慰灵的。"

富贵理也不理,却听身后一声:"富贵,让开。"

竟是顾易中。他穿过众人,站在富贵身边。

"少爷!"

连陆峥也看不下去:"易中啊,舅舅生前最恨他们了,不能让他们出现在舅舅的灵前。"

顾易中只厉声喝道:"让开!"

富贵木然往旁挪了一步,立在海沫身边。

曾老嘟嚷一句"走狗",顾易中听得清清楚楚。

近藤朝他点头示意,随即朝顾希形的灵柩走去。他与他身后的宪兵都立正站得笔直,恭恭敬敬地鞠了三躬,许久才起身。

顾易中也朝他点了点头。近藤未再多言,仍带着十二名宪兵,踩着军靴,一步步出了顾园。

在他们身后,陆峥恶狠狠地比画了个手势,曾老几人往地上啐了几口唾沫。富贵望向顾易中,神色冷肃:"未时已到,该起灵了。"

"再等等。"

"……慧大小姐未必会来了。"

"她不在,阿爸不能走。"

顾易中站在堂中,就那样等着,众人便随他一起等,直至顾慧中与胡之平踏进门槛。胡之平怀中抱着军生,顾慧中只一抬眼,便扑倒在灵前。胡之平亦慢慢在她身旁跪下。

两人结结实实磕了三个响头,却没看顾易中一眼。堂外轰的一声铳响,堂中雕像般站着的几个丧乐吹鼓手立时如机器一般,吹吹打打地奏起乐来。

顾慧中夫妇已披上了孝服,即听一苍老声音喊一句"起灵——",几个人便将青麻套套在棺材上,抬起了棺。

顾易中与顾慧中、胡之平皆是跪送,堂中哭声顿响,惊天动地,唯他姐弟二人竟未出一声,只各唤一句:"……阿爸。"

棺材一步步走出了灵堂。

"顾希形死了,你的委任书要不了多久就发表。王知事。"

周知非端起一杯茶，看王则民笑眯眯地拎出一个黑色皮箱来："站长，费心了。"

两人是在包厢里头，然周知非还是往旁瞧了眼："你这也给得太勤了点吧，则民兄。"

"不勤不勤，太劳烦你了。"

周知非眼神忽厉："都处理好了吗？"

"你放心！都解决好了，绝不会给你添麻烦留后患的。"

周知非却仍未放松。他望着王则民，一字一句道："我还需要你帮我找一个人。"

"……什么人？"

"丁建生。"

王则民这回终于说不出话了。

周知非又端起茶杯："别以为近藤同意你出任吴县知事，事就完了。他跟那灾星一直在找姓丁的，若是让他落在那些鬼子宪兵手里，就去年那些米粮的事，够你我喝一壶的。"

王则民终于开口："你放心，老丁不会活着在苏州出现了。"

"还有上海。"

王则民匆忙点头："对对对，咱南京国民政府的地界上，再也看不见这人。"

周知非还未答话，便听窗外一阵喧嚣乐声。两人皆探出头去，王则民叹道："这么快顾家就出殡了。才八把胡琴八只唢呐，寒碜了点……不对啊，顾家的祖坟不在这个方向。"

周知非也望着送殡的队伍。

"听说顾希形暂不下葬，要停厝定慧寺。他是要学春秋的伍子胥，死后也要亲眼看小鬼子最终失败，撤出苏州。"

王则民显然不信:"……东洋人会败?他们的部队那么能打。"

却听周知非一笑。

"你还真以为小鬼子天下无敌了。王会长,自古以来,侵略者,哪有好下场的。"

王则民霎时犹豫起来:"那……我还去当这个知事吗?以后重庆那批人回来,还不得收拾我们这些他们眼里的叛徒、汉奸?"

周知非拍拍他的肩。

"所以呢,王会长,这个知事别真当,不管南京、重庆、延安,还有太湖那边的,都不要得罪。借着汪主席弄清乡的便利,搞钱要紧。如果不为了搞钱,谁还当这个汉奸,人不人鬼不鬼的,谁都厌。"

王则民又是点头:"知非兄高见,则民受教。"

周知非却没看他。他望着送殡队伍最前头,一身重孝的顾易中慢慢走着,在街角不见了。

顾易中双手捧着父亲的牌位。

他身后的队伍越来越长,海沫游在其中,茫然四望,她似乎看见肖若彤的脸,苍白的、面无表情的,然而一闪而过,便不见了。

定慧寺内外皆有香烟缭绕,院门两侧银杏高耸,簌簌繁茂,几个小和尚正清扫落叶,灵柩入寺,停于房中,经文声顿起,顾易中等人跪在棺后,映着明亮的长明灯。

顾慧中却忽而起身,从军生的褓裸里拿出了一只旧球鞋。

她站在顾易中面前,低头望着他。而他只是低额垂眼,分毫不动。

"阿爸曾拿着这双你小时候穿过的鞋子,跟我说过,不管你做了什么,咱们俩都是亲姐弟,他不希望看到咱俩自相残杀。我当时收下了鞋子,也答应过阿爸,今天在阿爸的灵前,我收回这句话。"

顾易中仍没有说话。

一声轻响，鞋掉到地上。顾慧中手里换作一把匕首，胡之平陡然抓住她的胳膊："……慧中！"

她一挣，却割断了自己的衣角。

"从今日起，我没有弟弟。下次再见，誓报弑父之仇。"

她转身，大踏步走出寺门。胡之平抱着孩子紧跟上她，再之后是王妈、阿七、顾园的所有用人。海沫走在最后，回头看了一眼顾易中。

只余富贵一个人在棺材边，顾易中亦跪着。

富贵捡起那只球鞋，一滴泪攒在眼眶里，扎得紧，终究没落下来。他跪下，就在顾易中对面："少爷，现在就我们俩，说句掏心话，师长不是你开枪打的？"

顾易中治好了哑巴："是。"

"不是。"

"是。"

"富贵以为不是。"

富贵看着他。

"少爷……你就为一个人把事都扛了。"

顾易中仿若沉默了一百年，而后开口。

"他是为我死的。"

富贵深深吐出一口气。

"少爷，你先回家吧。这里我守着就行了。我跟传瑞住持说好了，以后我就住寺里，陪师长。"

顾易中踏进前厅时，家里的司机正把车钥匙搁在方桌上。

放眼一看，其余七八个仆人也都收拾好了包袱，放好了家里的器具，站在一块儿,在等着他。见他来了,却话也没说一句,拎起包袱,便往出走了。

海沫站在门槛边。

"……王妈,你也要走吗?"

"海沫姑娘,不是我没有人情味,我跟太太来顾家三十二年了,早就把顾园当成自己的家。可如今少爷干出这么出格的事,认贼作父,我们实在伺候不了……"

话没说完,脚边一柄花锄砸在地上。阿七朝屋里骂:"老沙死了,师长也没了,顾易中,但凡你还有点人性,跟我冲进90号,杀几个鬼子偿命,否则今天,我就铲了你!"

海沫忙跟王妈一块儿将他拦住,王妈叹着气:"阿七,都这会儿了,说这些干甚,走了走了。少爷,我们都是些普通人,但这么些年,跟着老先生,道理还是懂点,伺候汉奸的活儿,我们实在干不了。"

一大串钥匙搁在车钥匙旁边,海沫站在方桌旁边。顾易中从空屋子离开,将自己挪进了后院。

他听见敲门声。

海沫在门外,喊他"少爷"。

顾希形的遗像摆在他面前,遗像前是蜡烛,将他与活着的顾希形切断。海沫推开门进了屋,又摆上一碗甜汤圆,汤匙搁在碗里,叮当作响。

"吃点吧,你一天都没吃东西了。"她说。

顾易中没有说话。

"少爷。"她说。

"你走。"

她猜到这是什么信号,然而她不能离开,至少不是现在。她觉得自己应该说些什么,但不是苍白地解释心思,她只能说出这些:"我觉得王妈她们误会你了,少爷,你不是那样的人……"

"为什么不是?!"

信号应验了。

"我就是!我是叛徒,我投了90号了,当了汉奸,我认贼作父,我开枪杀死了我的父亲,全苏州有比我更坏的人吗?!"

他转过身去,背对着她。她默然半晌。

"等你吃完了,我再来收拾。"

她退出了屋子,听见汁水滴落的声音,瓷碗破裂的脆响,托盘坠地的闷声。然而她没有回头。

他听见脚步声。

他猛然回过头去:"你还来干吗?"

肖若彤的眼睛钉进他的眼里。

"……刚才说的都是真的吗?顾伯伯的死真的和你有关?"

顾易中只是望着她,说不出话来了,舌头也被钉在一起。他听见她追问:"那我哥,还有根据地那名战士的死,也都是你干的?"

他说不出话,只是摇头。他听见她说:"你不用和我解释,如果你是冤枉的,现在就和我走,组织上一定会调查清楚的。"

他听见自己的血慢慢冷下来。

"我不能走。"他短暂地松开自己的舌头,"我走了我爸就白死了。"

"你还要去90号当汉奸?!"

她掏出一把枪来,枪口黑洞洞的,对着他的额头,而他似乎已经习惯这一幕。她的手指扣在扳机上:"你要不走,我今天就替组织处决了你。"

他抬头看着她。那枪口对得更准了一些。他看见她的眼泪,顺着苍白的脸滚在衣领上。她却乞求他:"把头低下、低下……别看着我。不要看我……"

她的枪口却低下,在他的额头滚来滚去,她气喘如风,眼泪浸湿了手。他的眼睛还是那样。

砰一声响。

枪摔落在地,她也倒在地上。海沫举着一根木棍,踉跄一步,眼睛抖着,望着他。

"……她要杀你……我救你。"她说。

顾易中愣愣坐在原地,忽而扑了上去,将肖若彤抱起来。他一声声喊她的名字,他记起来,自他们今晚见面,他还没喊过她的名字——他已经很久没喊过她的名字。

而她的身体滚烫。他站了起来,冲出屋子,海沫梦魇似的跟在他身后,她也哭了,他看不见她的眼泪,可他想是这样的。海沫哭着,念着:"她不会死吧?我就轻轻那么一下……送医院吧。对不起……对不起啊……刚才她真的像会开枪的样子。我一害怕……"

肖若彤像一张纸,软在顾易中的怀里。

顾慧中用衣袖擦净眼泪。

"军生睡了。"她对胡之平说。

胡之平坐在床边,却只抚着她的头发:"慧中。"

"……这几天,我总在想,我们这个家,到底是为什么就变成今天这个样子了。"

胡之平垂下眼。

"对不起,慧中。如果当初你没有和我在一起,没有离家出走,说不定,就不是今天这个结局了。"

顾慧中只是摇头。

"……慧中，把仇恨放在心里吧，化成动力。我们现在做的事，就是为了把日本人赶出我们的国家。让更多像咱们一样的家庭不再支离破碎，分崩离析。"

她忽然抬起头来："之平……爹也走了，易中当了汉奸，我现在一个亲人都没有了。你不能抛下我。"她坐起来，竟就这样抱住他。

他有些怔愣："慧中，你想哪里去了。我一直没忘在阿爸面前发过誓，不管发生什么，我都会用我的性命保护你的安全，现在除了你，还多了一个军生。谁也不能伤害你……谁也不能。"

肖若彤躺在后座，头枕在海沫的腿上。苏州夜已深，街上早无行人，顾易中把车开得飞一样，海沫抱着毛毯，毛毯里裹着肖若彤。

"她太烫了。"海沫说，"还一直在发抖。"

然而她也在发抖。车停在陆兆和的诊所门外，顾易中砰一声甩上车门，狂奔。海沫在漆黑的车厢里叫着肖若彤的名字，而她并未醒来。

陆峥打开了门，门里漏出一丝光来。

"你来干吗？"

"若彤病了！"顾易中用手臂插在门缝之间，"请姑父……陆大夫救救她。"

"40.1摄氏度。"陆兆和看了一眼护士手里的温度计，"高烧，畏寒，皮肤起鸡皮疙瘩，口唇、指甲发绀，全身发抖，牙齿打战，典型的疟疾症状，得住院了……药房还有奎宁吗？"

顾易中和陆峥都站在一边，手足无措，听护士道："只剩一针了。"

"先用上。明天让老赵拿着我的片子去百济药房找申经理，无论如何，让他再匀一盒，救命用。她病得重，不连打一星期奎宁，除不了根。"

顾易中鞠躬:"谢谢……陆大夫了。"

陆兆和赏他一眼瞪,一个字也不说,转身出门。

顾易中望向肖若彤,没转过眼便被陆峥拉住胳膊:"你他妈的到底在干吗?"

他看一眼陆峥,径自往外走,只留海沫在肖若彤身边。

海沫站在床边,默然半晌,鞠了一躬。

"对不起,肖小姐,我没想到我手那么重。我给你赔不是了。"

"这俩小姐到底怎么回事?"

顾易中没想到陆峥头一句先问这个,哽了一下:"我不想说。"

"到处都在传周知非让你杀了你爸,保你不死,你为了保命,开枪弑父。"

这才是正题。顾易中不答,只道:"顾园的下人不齿于我,已经全跑光了。"

"你是汉奸,我不信。"

陆峥抱着胳膊,竟吊儿郎当的样子。顾易中仍是哽住,仍有点无措:"我姐都信了。"

"易中,我打光屁股跟你玩到大,你心里想什么,是什么样的人,我还没数?是不是太湖那边四爷让你这么干的?"

顾易中声色陡厉:"还太湖那边的?!肖若彤晚上是来锄奸的!"

陆峥却没被他吓住,也气恼起来:"这叫什么事?!这些我不管,你就给我一句准话,舅舅怎么去世的……是给90号特务打死的?那咱们报仇去,要钱要人要枪,我跟你一起去找。"

顾易中望着他,终于连驳斥的话也说不出来。他便只摇摇头:"陆峥,就帮我一忙,帮我照顾若彤。"

"然后你还回90号,当特务汉奸?顾易中,你要敢那样,苏州人的唾沫就能把你淹死。"

顾易中转身走了，头也没再回一个。

"顾易中你走也别把这肖小姐扔我这儿啊，嗨，顾易中？"

街灯昏黄，顾易中的车却在暗影里。他没上车，一个人不停地走着，直到一辆黄包车鬼魅一般，停在他面前。

他愣住了，抬起眼来，黄秋收也像梦里一样，坐在他面前。

他终于落下眼泪来。

茶馆包厢，隔绝了楼外的夜。他哽咽："父亲最痛恨汉奸了，他当时就应该一枪打死我，可他为什么……"

"为了成全你，让日本人相信你。为了能让你更好地在90号扎根下去，做你要做的事。"

他得到了回答，但他早已知道这个答案，他只是不愿知道。他抬起头来，听黄秋收道："我相信顾老先生早就明白，你不是真的投敌。我们的人一直在做老先生的工作，希望能帮他撤离苏州，但他坚持留下。他这么做的目的只有一个，就是配合你演好这出戏。"

"其实这也是日本人的阴谋，老先生和你，他们只留下一个。"

顾易中转悲为怒："在他们眼里，我杀了自己的父亲，他们怎么会信任我？弑父之人，猪狗不如！"

黄秋收却摇头。

"那是中国人的理解，日本人不这么看。日本人接受中国文化的忠、勇、义、礼，而唯独缺少孝道，他们没有感情，几乎变态地为天皇效忠。什么叫法西斯？就是为了绝对服从及绝对意志，可以践踏人伦。正是因为他们以为你杀死了父亲，近藤才可能更信任你……易中，我们希望你接着回90号上班。"

"先生，我真的……撑不下去了……我去不了了。"

黄秋收仍是摇头。他坐在光里，面目几乎模糊，只有目光是清明的，深深地望着他。

"易中，我今天代表组织找你，第一，是对你顾门不幸表示慰问。第二，是让你重拾信心，让一名初出茅庐的斗士浴火而重生，成为一名合格的革命者。我知道，你父亲的死对你打击很大。但是易中，如果你不能咬牙坚持，就这么退出，顾老先生的血就真的白流了……别忘了，令尊是北伐名将，早将生死置之度外。这个给你。"

一本包着书皮的书搁在他手里，上面印着五个字：共产党宣言。

"这是最早版本的《共产党宣言》，陈望道翻译的，只印一千本，这么多年，无论环境多么恶劣，我一直带在身边，也做了许多批注，不一定正确，但是我个人的理解，我希望你有空看看，了解我们的真正信仰是什么。我们是一群什么样的人……易中，节哀顺变，化蛹为蝶。"

他低下头，看着它，手落在书皮上，又似被烫着一般松开，像那是一块烧红了的铁。

"一个幽灵，一个共产主义的幽灵，在欧洲游荡。"

他听见有人说。

他翻开了第一页。

这幽灵也游荡在苏州了。在顾园的屋顶，在他的卧房，在花园的幽暗雨色之中。

夜亦幽深，愁云惨淡，细雨迷灯，顾园边门轻轻开了，有人影晃了进来，破开寂静，慢慢走进泛着灯光的花园。

他蹲在角落，点起一根烟。

他面前凉亭里的人回过了头，听他道："易中老弟，节哀。"

顾易中却似没看见他，没有说话。

他走到亮处，烟头闪着的光消失了："事至如此地步，实在是兄弟不忍见的局面。易中啊，我知道你一定把这笔账记在我的身上。吾虽不杀伯仁，伯仁因我而死，幽冥之中，负此良友。"周知非说。

"走开……我不想见到你这副嘴脸。"

然他话中连怒气也没了，似是被抽干。周知非站在他面前。

"你们大门大户出身的公子，可能不了解小地方无立锥之地的贱民是怎么思考事情的。我阿母原先是给人家帮佣的，我三岁的时候她就守了寡，一直供我读上上海大学。你了解十八年寡母的艰辛，三岁失怙幼儿的悲惨吗？你永远也不会了解，因为你是顾家公子。当你连饿七天七夜，老母冻馁在床，幼儿张嘴待哺，身上一个铜板也没有的时候，你就会知道为什么我们必须参加和平运动。什么信仰啊主义啊，如果换不来果腹饭菜，那又有何意义。"

顾易中没有看他。

"这样的人与畜生何异。"

周知非竟笑："逼急了，都是畜生。易中老弟，我就不信你现在不想咬人。"

他亦没指望顾易中回答："乱世之中，知非只想有个安身立命之所，让妻儿不至于冻馁。易中老弟，我不管你是不是延安那头的，抗不抗日，我不想与你为敌。以后都在90号，跟日本人混饭辙，又都是国人，没必要你死我活……交个朋友，如何？"

周知非伸出手来。

顾易中用话甩开："人与畜生无法成为朋友。"

周知非又笑了笑。

"这太遗憾了。"他说，然似毫不在意，"还有一事，易中，顾老先生是自戕的。"

他看着顾易中如石雕一样的脸。

"我查验过他的伤口,衣服有明显的烧灼现象。这显然是手枪紧顶在衣服上开的枪,典型的自戕……希形先生不愧是老军人,硬气。这些事,我不会报告近藤小鬼子的。这个世上可能只有我一个人,知道你父亲不是你杀死的。你是冤屈的,我不会捅破,但我明白,你想干什么,你还要干什么。好自为之吧,顾易中。"

他转过身走,又回过头。

"在90号,你最应该防的人不是我,而是黄心斋,那才是条会叫也会咬人的恶狗。"

周知非走进家门,看见客厅里满沙发的镯子。

"怎么还没睡。"

"睡不着。玩一会儿我的镯子。"纪玉卿说。

他从兜里掏出一封信,扔在镯子上头。

纪玉卿抢过信:"小四又来信了?"她急忙拆开去找落款处的墨点。一张照片从信封里掉出来,落在那些镯子上。

"没点……信下面干干净净的,一个墨点也没有……小四没被打,这个月小四没挨打!太好了!老周……知非,小四终于不被小鬼子们打了。"

"十一次。"

她听见周知非说。她的手抖了抖。

"哪儿写了他被打十一次了?一个黑点也没有。你看这信。"

"你把信里头,字体明显比别的大的那五个字圈出来。"

她拿着笔,一个一个地圈。"被""打""十""一""次",五个大字散布在信的中间。

"十一次……怎么又打了？！知非，这样打下去，小四会没命的。想办法，你快想想办法……"

周知非走进卧室，爬上床躺下了。

"不行，咱们给近藤小鬼子送黄鱼行不行？东洋人不喜欢钱吗，老周？"

周知非用被子盖住脸，打起鼾来。那张照片不知何时被他捡起来，搁在信封边上。周幼非穿着和服，站在学堂门口，笑容灿烂。

肖若彤醒来时，正看见海沫喂到她嘴边的糖水。她往后一躲，倏地坐起来，还未开口，却听海沫道："别紧张，肖小姐，这是陆大夫的诊所，很安全。"

"……顾易中呢？"

"走了。"

她动身下地，虚晃一下，又扶着床边站稳了，慌忙去摸身上，转眼却见海沫递来的枪。枪起初藏在小毛毯下面。

海沫轻声道："陆大夫让你在这好好休息，还得打好几天奎宁呢。"

肖若彤却骤然回神，将她吓一跳："奎宁？哪有？"

"医院里头有的啊。陆大夫交代，你是得疟疾了，一针好不了。他正想路子找药针呢。"

肖若彤没再说什么，她藏起枪，静静道："我得走了。"

走出一步，又回头，静静望着海沫："是你打晕的我。"

"我、以为你会开枪，我……当时一着急，实在对不住了。"

海沫不知该说什么，又觉没有说完，然肖若彤已经踏出门槛，正撞上拎着暖瓶进屋的陆峥，陆峥有些急："肖小姐，你不能走，你病没好呢。我阿爸正想办法给你弄药针呢。"

第七章 -璞箭

话没完，肖若彤已经消失在漆黑门外。

肖若彤下了黄包车，慢慢地往人和车行走，街上没人，她左右看了看，轻轻拍了拍车行的门。

门却没锁。她立时拔出枪来，举在身前，一步步摸索着进了院，直走到楼下服务台前头，也没看见一个人。

"……老何？"

她背后有脚步声。猛一回身，却见何顺江和周振武从门口进来。

她的枪便松了，了然于心，她垂下头："对不起，我因为点事耽搁了，又让你们担心了。"

何顺江开口："……我们的人没看见你从顾园出来。"

"应该是从后门走的，我被人打晕了。"

周振武皱起眉头，上前一步去，将她从头到脚看一遍："打晕了？是顾易中？你没受伤吧？"

肖若彤摇头："是海沫，她看我拿枪，担心我对顾易中不利。他们送我去了兆和医院。"她想起什么，从兜里掏出一张折起来的单据递给何顺江："这是医院的单据。"

周振武瞟一眼那单据，又看向她："顾易中他有说什么吗？"

"……他不承认之前的事情是他干的，但也不愿和组织这边接触。"

"他不信任我们？"

"我说不清，我不知道他在想什么。"

周振武还未接话，却听何顺江惊问一声："奎宁？"

单据上确写着这两个字。肖若彤点点头："陆大夫说我得了疟疾，需要用这个药。"

何顺江与周振武对视一眼，谁也没再说话。

周知非看着手里的照片，那张周幼非一身和服，站在日本学堂前笑着的照片。

他喝一口酒，将照片胡乱塞进信封里，又把酒一饮而尽，披着睡衣，爬上了床。

纪玉卿早睡着了。他躺在床上，直挺挺待了一会儿，忽然在被子里摸索起来。

纪玉卿被他弄醒了，烦得很，骂他一声："干吗啊，这么晚了。"

周知非话一出口，石破天惊："老纪，要不咱们再生一个。"

"……突然发什么神经？"

周知非像在说梦话："就怕一年后回来的小四不是那个小四了。"

"不是那个小四又是谁？让你去找近藤，把人要回来，你又不愿意。你就狠心吧，小四没了，我也不会跟你再生。周知非，你们周家没后就没后吧。"

她似乎根本没明白他的意思。她又睡过去了，而他听见屋外极小的啪的一声。他从枕头下抽出一把枪，上了保险，先拉开窗帘朝外看，又去拧门把手。

门外又是啪的一声，比方才更低，纪玉卿也听见了。她缩在床上，一动不敢动。他没发出一点声音，出门下楼去，只见客厅里站着女佣刘妈，手里竟握着一把枪，脸色苍白，惊魂未定。

花瓶碎在地上，刘妈见了他，手里的枪霎时落地，声音都抖了："我，我给花瓶掸土……"

"跟你说多少次了，枪别乱放！"纪玉卿在他身后下楼，眉头一皱，指着四处乱骂，"你看看这儿、这儿都是你的枪，把家也当特务站了！"

顾易中面前的桌子上放着一封信。

他在前厅当中歪坐一夜,不知什么时候睡了过去,此时浑身又酸又痛。茶壶里有温热的茶水,他倒一杯在手边时,便看见那封信。

字迹娟秀,落款处写着"海沫"二字。

"易中少爷,承蒙顾伯伯和你收留,两个月时光虽短,我深知顾家人的真挚与善良。很痛心,顾伯伯离世得如此突然。我同你一样,心中难过至极。但还望你能尽快走出阴霾,振作起来。富贵、王妈还有其他下人都离开了,如果有可能,还是要找一个靠得住的人帮忙照看顾园。顾园是顾伯伯的心血,若是荒了,未免可惜。乱世之中,众人皆无可奈何,身不由己。我相信你。我也走了。"

她背着她的琵琶,在顾希形的棺木前弹,在空荡的顾园中弹,她打扫过狼藉的房间,冒出杂草的花园,走上了苏州清晨的街。

他望着那信发呆。

他到祠堂去,在父亲遗像前点了香,弯膝长跪。天色由明到暗,香灰扑落。

顾易中走进侦行科办公室时,正见谢文朝捏着张传单,讯问个小学教师模样的倒霉鬼,李九招在旁帮衬,高虎在旁记录,谢文朝问一句便扇两个巴掌,而那教师只是摇头。

高虎似被吓得有点儿呆了,见他进门,忙喊一声:"顾易中!"

顾易中面无表情,黑西装胳膊上别着个"孝"字,办公室里几个人都望着他,一时说不出话来,谢文朝默了半晌,道:"易中啊,去近藤办公室。"

顾易中看他一眼。

"黄副站长交代了,你一回来,就让你去近藤办公室报到。"

他走出门去,听见办公室里重燃起来的嘈杂人声。

"看见没，死个爹算什么，跟日本人好着呢。"

"禽兽。"

"留点神吧，这种人，什么事儿都干得出来。"

近藤不在办公室，岩井带着他顺着走廊上楼，直走到近藤的花房前。门开着，岩井抬手一让，顾易中走进去，见黄心斋端着个盆景，满头大汗，站在屋中间。

"太君，您看放哪儿合适？"

近藤一身和服，大马金刀地坐在风琴前，不咸不淡地答他："大阪松喜阳光，耐寒冷，但畏炎热，忌荫蔽。"伸手一指，"放在这边，既能让清晨阳光照射到，又可避免午后阳光直射，傍晚的时候又能起到遮阴降温的效果，利其生长。"

黄心斋忙依言照做，不忘奉承："太君您高人，弄个盆栽都能说出这么多道理。"这才转向顾易中："易中啊，回来上班了。"

顾易中没说话。

近藤开了口："顾，你是学建筑的，你看这盆栽如何？"

顾易中上前几步："明文震亨《长物志》云：弄花一岁，看花十日。易中不敢骤下评语。"

"但说无妨。"

"典型的苏派盆景手法，粗扎细剪，作者依树干半悬崖之状，进行攀扎和整形，枝干虬曲，松针成簇，造型古朴，气韵生动，可谓'孤枝独秀'，只是这几架不配。"

近藤点头，示意他继续："苏派盆景讲究三物合一，景、盆、架，相互映衬，缺一不可。这方钵配圆架，难免头重脚轻，若是换一个明式六角几架，形状古朴高雅，或许更显此盆栽之临崖高峻，遗世独立。"

黄心斋一见近藤模样，立马迎合："太君，我这就上观前街给您换一个方架来，要明代的。"近藤挥了挥手，他连忙出门，而岩井在他身后将花房门关上了。

近藤抬了抬手："坐。"

顾易中却纹丝不动。

"令尊的事，近藤着实遗憾。不参加和运呢，也没必要那么固执。"

顾易中轻声道："顽固不化。"

"我们日本人崇尚英勇的死亡。死亡跟樱花的凋零一样，有着强大的力量，江户时期学者本居宣长说过：'欲问大和魂，朝阳底下看樱花。'"

顾易中低头："易中愿意为帝国效力，为和平运动奉献力量。"

近藤神色微变："顾桑，我不是这个意思。"

他站起身来，看着顾易中，目光流到西装上的"孝"字，缓缓道："顾桑，不要为你杀了父亲而后悔。我跟你一样，杀死了我的父亲。"

顾易中猛地抬头，盯着近藤的脸。

近藤退了一步，转过身去，背对着他，走到窗前。对面是90号画着"和平反共建国"旗的那堵墙。

"他是残暴的父亲，著名的陆军少将，日俄战争时跟随乃木希典大将攻下旅顺口的203高地，但他的联队全军覆没。他再也没有从那场战斗中走出来。他殴打家里的每一个人，仆人、秘书、卫兵、弟弟、我，直至我的母亲。最后，我用他的军刀劈了他，我的父亲。那年京都的樱花凋谢得早，我也理解了本居的'朝阳底下看樱花'的真义。那年我十三岁，大正元年。"

顾易中站在原地，脑中一片空白，听他道："顾，我们都是弑父的人，我们都是被这个世界抛弃的人。你好好地干，我不会亏待你。"

顾易中点了点头。

"现在有一个任务，需要你去办。我要你调查周知非。"

顾易中立时答道："易中不敢。"

"这是命令。你要你成立一个特别小组，只对我汇报。你从丁建生走私军用物资案入手……我们要在宪兵司令部那批笨蛋之前，找到周知非参与走私的证据。"

高虎站在周知非办公室里。

"顾易中刚被近藤叫走。"

"嗯。"

"还有，站长，黄副站长不让我再跟着顾易中，还勒令我搬出去。说这是近藤亲自下的命令……站长，那我以后就不要跟顾易中了。"

"你听我的还是听黄副站长的。"

高虎不出声了。

"宿舍别搬，照样盯牢。走吧你。"

高虎却没动地，周知非不明就里："还有事？"

"……站长，能不能给我十元钱。"

"每个月不是已经给你加了特别费在薪水里吗？"

"支薪得十来天后，我急着用钱。"

周知非掏兜里的皮夹，里面却没零钱，他叫张吉平进屋，还没说话，电话响了。

高虎站在那里，极苍白地唤一句："站长。"

周知非听着电话，挥了挥手，意思让他俩出去。他脸色越来越沉。

"姓翁，嗯……你什么都不要说不要问。"

他撂了电话，张吉平闻声，二话不说把高虎往外推："听不懂人话还是怎么着，走啊！"

高虎还没挪步,却见周知非已经从他们身后冲出门去,几步便出了走廊。他这模样极少见,使两人皆有些怔愣,对视一眼后各自散了。

周知非的车一路疾驰,开进公馆大门。他坐在车里,将枪上膛,揣在后腰,而后才下车,警惕地朝四面看,慢慢往屋里走。

"……人呢?"

"说是上海李先生的朋友来了,还是个女的。"纪玉卿迎上前来,露出坐在客厅里的区晰萍,周知非霎时一身冷汗,一个字也说不出来。

区晰萍却笑笑,站起身来:"周站长……周站长,不记得我了?"

纪玉卿来回看看他俩:"愣什么神啊,翁小姐说,你们之前在李先生的鹤园打过牌。"

"翁元和。"区晰萍轻轻道。

周知非一喘气:"想起来了,那天还有老汪,张北生几个,你怎么到苏州来了,这么突然。"

"翁小姐想在咱们家借住几日。"

周知非眼睛都瞪大了:"什么?!"

区晰萍又笑笑:"李先生没给你打电话吗?……昨天他去的南京开会,走之前,他说安排我到贵府暂避两日。他不会是忙得这个也忘了吧。"

"打了、昨天打了……"周知非下意识应道,"我想起来了。这两天事情太乱了,忘了跟内子说了。"

区晰萍竟点点头:"那就好,不然也太冒昧了……周太太,那就麻烦你了。"

"没事没事。客房空着呢,就二楼,我儿子隔壁那屋。那你们先聊着,我去跟厨房说一声,晚上多做几个好菜。"

区晰萍亲热地笑笑:"别太麻烦了。"

"应当的应当的。"纪玉卿说着便往厨房走,周知非连忙上前,低声喝道:"你这想干什么?"

区晰萍耸了耸肩:"你不是一直打听我的住处吗?以后不用打听了。"

"这要是让近藤知道,你我都死定了!你赶紧走,绝对不能在这儿待着。"

区晰萍竟坐下了:"来了就没打算走。"

周知非还未答话,却见纪玉卿又走了进来:"哎哟,我刚才忘问了……翁小姐你有什么忌口的吗?"

她多看了周知非一眼,后者连忙掩了慌张神色。

区晰萍道:"没有,我不挑食。"

"那就好。"纪玉卿转身要走,又唤,"知非,你过来一下。"

"这翁小姐真的是李先生的朋友?"

"难不成是我的朋友?"

纪玉卿竟点点头:"有可能,我看你一见她,整个人都不对了。周知非,我跟你说,你别跟我搞七搞八,一会儿我就打上海长途跟李太太问去。"

周知非面色陡变:"你敢!"

纪玉卿却似得逞:"我猜对了,她果然是偏房,李先生的偏房?"

周知非张着嘴,话全被堵住了。

"我告诉你,女人的直觉最准了。她今天一来我就看出来了,什么李先生的朋友,不是正经朋友。他俩准有事儿。上次李太太来苏州打牌时还跟我说李先生最近总是很晚回家,还有莫名的香水。"

周知非揉揉额角:"别多管闲事。"

"放心了,我才没那么傻,去打什么电话。我瞧着翁小姐人不错,跟我聊得来,出手就是个翠玉镯子。你瞧这翠,一点棉都没有。"

她显摆手上的镯子给周知非看,周知非头疼:"你还收人家的东西。"

纪玉卿哼了一声:"让你买你又不舍得。在应家的玉器行,这镯子值两条小鱼。"

她说着便往客厅走:"翁小姐啊,你对苏州不太熟吧?你想去哪儿逛的话,你告诉我,我陪你。今年苏州热是热死了,但好玩的地方还是蛮多的……"

区晰萍一笑:"少不了叨扰你啊,周太太。"

周知非木在原地,束手无策。

顾易中进宿舍院时候,正见张吉平的女儿追着黄心斋的儿子,两个孩子跑着闹着玩,小姑娘一个踉跄摔倒在地,他忙上前去,把孩子扶起来。

张吉平的老婆正从屋里出来,见了顾易中,慌忙上前去将女儿拽进屋,不忘回过神,匆匆冲顾易中笑了一下。

笑容十分勉强。

顾易中没说什么,走进自己屋里去,见高虎正丁零当啷地打包铺盖,声音震天响。他坐到自己椅子上去,冷眼瞧了一会儿,见高虎弄完了,背起铺盖就要走。

他终于开口。

"……老太太生病了?"

高虎脚步一顿,他指着桌上一张纸。

"这是令堂的方子吧。"

高虎慌忙回身,把方子收进了怀里,听顾易中平静道:"柳三帖虽人称神医,治腹泻有名,但时下城外霍乱横行,依我看,令堂上吐下泻,得的可能是霍乱。这病发急要人命。若要见效快,得看西医。"

高虎望着他,顾易中还没回过神来,竟见他砰一声,跪了下来。

"顾哥，我对不起你。你救救我妈吧。"

顾易中叹一口气。

"东山雕花楼的主人姓金，不姓高，你是他们什么亲戚？高虎，你到底是谁？"

"……我真的是高虎。但雕花楼跟我们家毛关系没有，我也不是高家少爷。我家就住在雕花楼边上。"

顾易中点点头。

"父亲高其山，五代单传。民国二十三年父亡，与寡母相依为命，母亲吴氏替雕花楼主人料理菜园子，右腿行动不便，事母至孝。"

"哥，我早就知道什么都瞒不了你。"

"资料室有你们这些新进站人的档案。你的保人一个是常熟分站徐站长，别一个是区公所的，面子蛮足的嘛。"

高虎急了："顾少爷，求你救救我妈。家里人说她都脱水了，拉得不成人形了……顾少爷，我千不该万不该监视你。"

顾易中点头："是周知非的意思。"

"他不让说。"

顾易中从桌上扯一张纸，写一张纸条交给高虎："你拿着这个条子，去平桥直街找民生医院的王传杰院长，他专攻传染病的，要是霍乱，也就他或许还有办法。"又掏出皮夹，拿出十来张钞票："出门赶紧的雇个小汽车，立马回家拉令堂上民生医院，这病一分钟也耽误不得。拿着。"

高虎把纸条和钱都揣进怀里，背着铺盖，一言不发，就给他磕了三个响头。

顾易中急忙站起来："磕头干吗啊？也别搬铺盖了。赶紧救人去啊，别耽误了。"

"确实是丁建生家吗？"

"没错。但他们家里两个月都没见着人呢。"

打更的从顾易中手里接过一块钱，利索地走了。顾易中敲几声门，意料之中是没人应。他绕着围墙走了两圈，蹿了上去。

他用衣兜里的丝巾蒙了脸，四下打量。屋中凌乱不堪，贵重物品一概没有，只剩几张书法字画。再往里，桌子上撒着点烟丝，他果然从古董柜上寻出个精致的烟斗来。

上头摸着有刻字，他还没来得及细看，门忽而开了，两个蒙面打手冲了进来，见了他，两面都愣住了。

顾易中先高声开口："你们干什么的？！"

那两个打手被他这么一叫唤，转身便逃。顾易中揣起烟斗，不住嚷嚷："来人啊，家里进贼了。来人啊！"

一边喊着，一面迈着四方步出了门，甚至顺手把门关上了。

烟斗上确是刻着几个字：JACK-08。

海沫背着琵琶，穿过熙攘人群，进了凤苑书场。

书场里空空荡荡，场下只坐着老板一人，不住拿毛巾擦着汗。海沫只作不见，登台坐下，拿出琵琶，细细调一番，开口便唱。

窈窕风流杜十娘，自怜身落在平康。
她是落花无主随风舞，飞絮飘零泪数行。
在青楼寄迹非她愿，有志从良配一双，
但愿荆钗布裙去度时光。
在青楼识得个李公子，啮臂三生要学孟梁。

"停停。"

台下杜老板往上喊。

海沫住了弹,低头望着他。

"姑娘唱得嘛,果然是老俞调,韵味十足。张玉泉先生是你的?"

"师父。"

"张先生当年创新俞调,在弹词陈调、马调、俞调中独辟蹊径,定音虽低,高腔颇多,自成一派,十七八年,在苏州可是名动一时,大响档啊。奈与光裕社董事诸不好,张先生才出走南方,从此雅音难闻……唉,没想到有生之年,还能再听到张派的俞调。"

海沫这才露出点笑意:"杜老板,你是行家。"

"行家不敢当,再闻故音,悲喜交加。张小姐,杜某能帮你做点什么?"

她盈盈起身,微微一躬:"海沫只求一个登台机会。"

杜老板闻声,却叹气:"到处一片兵荒马乱的,现在书场生意正当不好,凤苑下午有了周、叶二位先生两档评弹,实在排不下了。"

海沫平静道:"杜老板,我可以不要档费。"

杜老板一怔:"那不合适吧。"

海沫摇头:"书场能提供个吃住就行……杜老板,学评弹的,都念想有一天能到苏州上台。以前师父说了,能在苏州撂下地儿了,弹词就算入了行了,上海、南京的场子以后随便挑。"

"这倒也是。"

"真的,给个机会就行,我师父以前总提凤苑书场杜老板急公好义,进苏州一定要来拜访。杜老板……"

杜老板又是叹气。

"这样,每天下午给你半个小时的档,先给叶先生暖场子。第一个月试用,第二个月给包银,叶先生的三分之一,二十四元一个月,客人赏银对半分。"

海沫便笑:"谢谢杜老板。"

"不过我丑话说在先,书场是开门做生意的,留不住客,下个月就请封档走人。"

刘妈给区晰萍铺好客房的床,纪玉卿在旁亲亲热热地搭话:"你有什么吩咐尽管跟刘妈说,跟自己家一样。"

区晰萍客气一笑:"劳烦你了。"

"应该的,李先生对我们家知非一直很关照的。不瞒你说,知非外面落了什么好的,先惦记的不是我,而是李先生。"

"忙事业的男人,都这样。周太太,这是你的福气。"

那三个字被她念得很软和,纪玉卿似听不出来,只笑:"快别叫周太太。生分了,叫我玉卿好了。我宣统当皇上那年生人。"

"那你比我大三岁,我就冒昧了,叫你玉卿姐。"

"元和妹妹,你先歇息吧。"纪玉卿要领着刘妈出门,将出门槛时候,见枕头没铺好,顺手便抹平了枕巾,回头一看,区晰萍正看着她,她缩了缩脖子,下意识一笑。

周知非站在窗台边上,苏州夜暗,他家外头尤甚,街上冷清,一个人影都不见。纪玉卿走到他身边来:"……李先生太太知道有这么一号翁小姐吗?"

周知非头也没回:"知道,她还能在这儿?李太太那是谁敢惹的。"

纪玉卿半点不屑:"不敢惹怎么会有翁小姐这一号。你说这李先生也真够呛,李太太看得那么紧,还搞三搞四。上海惹出事体,就往你苏州推。头年李太太带着吴四宝家的佘爱珍还有好几个特务太太,大闹76号外围组刘秀娟闺房,特工总部尽人皆知,还上了小报。这才多久就又犯毛病了。"

周知非又揉额角:"知道就好。跟下人们说……"

"晓得了,表妹表妹,知非,这翁小姐是不是也干你们特务这行的?"

周知非回眼看她,顿了顿:"这,恐怕只有李先生知道。"

纪玉卿似回想起什么,打了个冷战:"她看人的眼神,真毒。"

周知非推开客房门。

屋里亮着灯,然空无一人,他甫要退步,却听区晰萍声音自身后传来:"怎么才来?"

她穿着一身丝绸睡衣,望着他的眼睛里含着一潭发苦的水,手却将门关上,又反锁,而后朝他慢慢走来。

他往后一躲。

"老纪就在隔壁。"

区晰萍短促一笑:"你什么都怕,怕日本人怕李先生怕太太,现在我,你也怕吗?知非,以前你不这样的。"

她到底还是走了过来,与他肌肤相贴。两人抱在一块儿,嘴唇相贴,唇舌交缠,周知非喘不过气来,一吻过后,轻轻将她推开来。

"明天,你离开苏州。我这里也不安全。"

区晰萍没松手:"现在不谈公事。"

周知非还是把她往外推:"小四在京都当人质,站里不是李先生的耳目,就是鬼子的走狗,还有那边小军统,现在新四军也开始渗透进来了。我进退维谷,真的很难。"

区晰萍无所谓的模样:"这两年谁容易了。南京、上海、武汉、重庆、香港然后苏州,我跑了多少个地方,到哪儿都伶仃一人。你个没良心的,知非,几时你想过我?"

周知非喘息愈急："要是被人知道你的身份，而且还在我家……"

"怕就把我送日本人。"

他无奈："周某岂是寡情薄义之辈……老纪早晚会看出破绽。明天，我给你换个地方吧，徐老板的回信，我……"

却未想区晰萍连回信也不搭理："今天我不想谈这些，知非。"

她步步往前，他只往门边退，慌里慌张地开了锁，几乎算是落荒而逃了。

区晰萍没追，她垂下眼，看看他背影，关上了门。

周知非走进卧房，听见妻子轻轻的呼噜声。

"烟斗先看表面的纹路，纹理与鸟眼越密集，代表树龄越老，价值就越高。再量烟斗的轻重，好烟斗虽然大，但叼得住，好烟斗用木材不但要好，也要轻……你这烟斗不是俗物。"

顾易中冷眼瞧着，只问："JACK-08代表什么？"

老板抬眼瞧着他："你不是烟斗的主人吧？"

顾易中没答，只笑。

"这种烟斗我只见过一个，那是东洋人来之前，狮子林贝家贝先生手上，他的是03号。这是融社俱乐部成立的时候给二十位发起人发的身份证明，不管是谁，拿着这支烟斗，俱乐部随便进出。"

"你说的是上海百乐门的融社俱乐部？"

老板默认："咱们苏州可没那么气派的地方……我还有他们的徽章呢。"他拿出个融社徽章来，又道："这烟斗能给你一百块，不能再多了。"

顾易中却拿回烟斗来："烟斗不卖了……你这徽章多少钱卖？"

顾易中甫坐到工位上，便见档案室的文员刘锦云抱着一盒资料走过来："顾先生，我是资料室小刘，黄副站长让我把崔耀民的审讯记录给您送过来。"

顾易中道了谢，又在单子上签字，余光瞟见谢文朝耳朵往这儿凑，他只作没看见，翻开档案。

崔耀民是黄心斋亲自带人审的，一个小特务记录，一个小特务动手。搜出来的东西三样，皮夹，药，还有一张《新申报》。

崔耀民自始至终说自己只知道做生意的事儿，说是要卖奎宁和阿托品。黄心斋拿跟新四军做生意杀头威胁他，这才说了句自己只是个传话的，再问上线，崔耀民还没吱声，李九招进来了。

黄心斋问一句，他什么也没说，又喝着水走了。

特务往崔耀民嘴里灌辣椒水，黄心斋使上钓鱼的法子："你不说，我也知道，上线是不是姓丁？他在哪里？"

崔耀民吐了一大口。

"……我真不知道……长官……丁建生在哪儿？我要知道，我喝辣椒水干吗？"

顾易中合上档案，听见电话响，是他的电话。他接过话筒，见谢文朝慢慢走到了他的桌边，看那份审讯记录。

海沫进屋时候，见富贵正给棺材前摆着的遗像上香。

富贵唤了她一句，她却没说话，只将带来的一众供品摆上，皆是顾希形爱吃的苏州糕点。摆完，点香，烧在香炉，磕上三个响头。

富贵看着，静静道："海沫姑娘，我替师长谢谢你。"

海沫起身，这才开口。

"海沫心里一直把顾老爷子当作父亲。海沫自小丧父，流落江湖，受尽白眼，这两个月在顾园，受老爷子照顾，海沫一辈子不敢忘。老爷子归西，海沫能做的，也就是天天给老爷子灵前磕几个头。"

富贵泪眼便湿，朝顾希形遗像看去："师长，您听见了吗？有人心疼您的。"

海沫又鞠一躬："顾伯伯，我走了，明天再来看您。"

"听说那逆……又回 90 号了。"

海沫却没答话，富贵又道："我从小看着长大的，怎么都没想到，他会朝自己老子开枪，他还留过学，读过洋文。"

海沫抬眼，眼中冷的："你亲眼看到了？"

"……我进去的时候，老爷倒地上了，但枪在少爷手里。"

"许多事我不懂，只记得以前在书场听书，林冲被骗提刀进了白虎堂，外人看来，他要谋刺高太尉，该当死罪。彼时天下，有谁能听得进林冲的一句辩解。"

富贵便愣住，这样朴素的道理，他竟从来没想明白。海沫又淡然道："即便整座苏州城的人都说是少爷开的枪，我也不信顾易中是那样的人。"

这趟火车开得极快，过道晃晃悠悠，走过卖茶点小吃的摊贩，摊贩还是小孩，卖力叫嚷着，顾易中撑着脑袋，望着慢慢开始被雨水打湿的车玻璃。

上海的雨已下得极大了。顾易中戴着呢帽，浑身被雨水浇得湿透，站在冠盖建筑师事务处门前，望一眼门口停着的凯迪拉克汽车，踏过泥水，走进事务处。

他摘下帽子，听前台小姐招呼他："顾先生，许久未见。"

他的帽子已湿透了，被他捏在手里，他又弹西装上的水："小赵，是久违了。我想见陈琛先生，事儿有点急，没有预约，抱歉。"

前台小姐点了点头，转身进去，还未等他甩完帽子上的水，又快步出来，礼貌躬身："顾先生，陈先生今天还没来上班。"

顾易中笑。

"小赵,你没跟我说实话。陈先生的凯迪拉克还停在下面,这个时候,他该是在图房吧。他是不想见我吧。"

"对不起……"前台小姐忙想着话,却见顾易中径往里闯,她又哪里拦得住,只得追在后面,喊他名字,"顾先生!顾先生!"

图房宽敞空荡,摆满了大书桌,然只有三四名建筑师在制图。合伙人陈琛正指导几人工作,闻声抬起头来。

"顾先生,有何贵干?"

他走上前去,听顾易中道:"陈师兄,何至于拒易中于门外。"

陈琛漠然:"顾先生为了参加和运大义灭亲的事迹,《新申报》可是出了号外的。"

"所以师兄连易中的面都不见一个。"

陈琛抬起手:"道不同不相与谋……顾先生,以后也别再称陈某为师兄了,不敢当。"

顾易中亦不解释:"易中只有一事请教,说完易中马上告辞。可否?"

陈琛不答。顾易中径自道:"三七年,易中在冠盖事务所当制图员时,记得你说过,上海融社俱乐部是你设计的。"

陈琛点头:"三一年制的图,三三年秋竣工。"

"融社有个发起人叫丁建生的,你认识吧。"

"同为融社会员,点头之交而已。听说这个丁先生现在也是和运的风头人物,你们应该聊得来。"

"我有点小事要劳烦他,请问何处才能找到他?"

"陈某与之并不相熟,他的行踪自然也无从得知。顾先生……若无别事,失陪。"

顾易中并不追问,点点头。"叨扰了。"转身便走,陈琛正要回屋,却听他又道:"陈先生,易中还有一事相求。"

他从怀里掏出一大捆工工整整的图纸来,图纸半点没沾湿,被护得极好,抽出两张,展开给陈琛细看:"三六年思成先生来信,嘱托为营造学社做苏州民居测量调查,大木作、装折、水作及木石雕四部,我只完成了大木作及装折,实在汗颜。这些调查资料,可否劳烦你转交思成先生……自三七年思成先生离京,我就再也没有他的音讯。以先生跟他的交情,谅必知道思成先生的去处。"

陈琛细看,确是顾易中画的苏州民居的结构、平面、屋兽、木石雕等示意图。他抬起眼来,慢慢低声道:"梁先生跟林先生如今在四川李庄,带领营造学社一批同仁,与留在昆明的刘敦桢测绘西南三省古建筑,不比我等坐困孤岛。"

顾易中笑了笑:"真替梁、林两位先生高兴。"

陈琛叹了口气。

"易中,如果你还认我这个大师兄,还算中国建筑师学会的一分子,奉劝一句,早点上岸吧。"

顾易中却只鞠一躬,随即转身离去:"资料的事,拜托了。"

他步至外门口,雨势未停,甚有愈大的意思。他戴上帽子,顿在门口,却听身后有脚步声。前台小姐撑着雨伞,悄悄递给他一张纸条。

条上只一句话:"周六晚六点,融社六年庆典。"

砰的一声,高虎被张吉平一脚踢开,撞到椅子上。

"周站长交代你的事,你就办得这么浮皮潦草!"

高虎一声不吭,周知非也没说话,只坐在顾易中的椅子上,玩弄一直摆在桌子上的顾园模型。半晌,才慢悠悠道一句:"吹子,不动粗。都是自家弟兄。"

高虎哭丧着脸："我真不知道顾易中今天去哪里了……站长，我妈病了，她在民生医院里，快不行了。我一直在照顾她，不信你问谢代科长，我跟他告过假了。"

周知非抬眼看向张吉平，一笑："吹子，我跟你说过了，高虎是个大孝子，这样的人，可用可交。你过来，高虎。"

高虎从地上爬起来，周知非抬头，望着他："我从常熟站把你调上来，交代你的话是什么？"

"二十四小时，紧贴顾易中。"

"睡觉拉屎都要跟着。"

周知非点头："你妈生病要死了，这些都不是理由。高虎，特务工作第一条就是，我们不知道有国有家有亲人，我们眼中只有一个主义，一个团体，一个领袖。上的课，你都忘了。"

高虎却没说话。

张吉平顺手给了高虎一个巴掌："站长问你话呢。"

周知非又道："真不知道顾易中去哪儿了？"

高虎嗫嚅："站长，我真……"

张吉平又是一个巴掌，声音刚落，却听门口话声："周站长，你就别为难高兄弟了。"

顾易中走进门来，戴着呢帽，一身西装，又摘了帽子挂在钩上："想知道什么直接问我。"

张吉平也不含糊："这大半天去哪儿了？"

"观前街。"

"谁人可证？"

"路人皆可。"顾易中挑了挑眉，"吹子，你这是在审我？周站长，这么大阵仗，站里出什么事了？"

周知非不答话，只盯着他，念道："观前街。"

顾易中笑了笑。

周知非又盯了他半晌，屋里没声，半晌之后，他忽然也笑了："看起来误会了。易中老弟见谅，近藤太君反复交代，要保障你的安全，顾老先生出事了，顾少爷不能再出事了，否则，这日中友好，实在太不友好了。吹子，走了。"

周知非起身，带着张吉平与他擦肩而过，一抬眼，便见了挂衣扣上那顶帽子，呢帽被雨水打过，已不成型了。

他猛地吸了一口气。

顾易中没有回头，在周知非看不见的地方变了脸色。

"吹子，找几个弟兄赶紧去上海。"

张吉平迷惑："姓顾的去上海了？"

周知非语速极快："他的西服有湿气，他的帽子明显被大雨淋过。今天苏常太这边都不下雨，下雨的是上海。"

"他去上海找丁建生？"

"指定。王则民那几个笨蛋在上海是找不到丁建生的，你去，把租界里上档次的宾馆都查一遍，尤其是大中华、锦江那几个丁建生喜欢住的地方，还有那个融社俱乐部……我们要比顾易中抢先一步找到丁建生。"

"找到那小子我带回苏州。"

"带回来干吗？当佛供？"

"我明白了，我现在召集人手。"

顾易中把椅子扶起来，坐在周知非方才坐着的地方。高虎还站着，听顾易中问一句"令堂怎么样"，方才被打一顿没喘气，现下却哭起来。

"王院长不肯收治吗？"

"王院长是收下我妈了，他说我妈是得的霍乱，这病得有一个叫阿托品的药才能治，医院没有，我这一天跑了苏州所有的药房，都没有卖的。"

"上海呢？"

"药房的人也问了，一针没有……说是太湖那边霍乱、疟疾厉害的，东洋人想用霍乱整死四爷，严控阿托品、奎宁。药房有药，也不敢卖……今天，光王大夫的诊所就拉走了七个，我妈也挨不了几日了。"

他越说哭得越厉害。顾易中拿下那顶湿帽子，捏在手里，来回揉搓。

肖若彤与周振武一块儿进了陆兆和的办公室。陆兆和正写病案，见他二人过来，搁笔便问："肖小姐，好些了吗？……这位是？"

肖若彤道："我的一位朋友。"

"我让护士小姐拿针来，你还有针要打。"

肖若彤却摇头："陆大夫，我今天找你，有事相托……我这位朋友需要一些奎宁，你能不能帮忙。"

"需要多少？"

周振武忙道："一千支左右。"

陆兆和却没说话。他拉开手边锁着的抽屉，从里面拿出一个药盒，药盒打开，露出三支奎宁药针。

"我亲自打电话给百济药堂的申经理，他们只给了三支，这药针，日本人现在严控，如果没有东洋人出张所的移动证，夹带十支以上，就地枪决。"

肖若彤没应声，只看向周振武。

"我们有渠道可以安全运出苏州，保证不给你们惹麻烦，还有货款用法币支付。"

陆兆和仍是摇头："抱歉，爱莫能助。陆某只是一名大夫，这些营生实在不懂……肖小姐,你还是把针打了吧。"

"我不用了。那陆大夫,这三针我都买了,多少钱?"

"钱不用了,易中交代过了。但这三针你得给自己打。"

"我真的不用,有更需要的人。"肖若彤伸手去拿药,却被陆兆和按住,"那这药我不能给你,肖小姐,你别小看疟疾,今年苏州已经几百号人死在这上头。这三针只够救你一个人。打完了,空瓶子还要还给申经理呢,少一只都不行,日本人盯着呢。"

周振武忽然道:"给她打。"

两人从医院出来时候,外间夜色更深。周振武左右打量,见了个人影盯着,立时将手伸进外套里按在枪上。他护着肖若彤,便要往外走,却见那人往这儿叫了一声:"肖小姐。"

肖若彤一愣。

"你要是真想买药,我知道一渠道。能单独跟你聊几句?"

肖若彤看了周振武一眼,到底还是走了过去。周振武紧紧捏着枪,远远瞧着。

陆峥快速道:"有个叫丁建生的,在苏州开了个兴隆贸易行,专做紧俏物资的。奎宁啊,阿托品,云南专治枪伤的白药什么的,要什么有什么,量还大。"

肖若彤低声:"怎么能找到他?"

"他躲起来了,好几个月了。但有消息说这个周六晚,他会在上海的融社俱乐部出现。"

肖若彤心跳慢慢快起来:"消息可靠?"

"绝对。"

"我怎么能找到他?"

陆峥从怀里掏出一个烟斗来递给她:"你可以凭着这个烟斗进入融社俱乐部的,那边的服务生,应该都识得这个姓丁的。"

肖若彤却没接。

"为什么要帮我们?"

"搞到奎宁这些稀罕物,你们匀我一点儿,也让我发点国难财。现在市面上这些药品都是天价。"

肖若彤不为所动:"这不像你,陆峥。是不是他让你来的?"

陆峥摇头,无所谓的模样。"真的是我想捞点外快。"见肖若彤神色顿变,又道,"人都会变的。肖小姐,说不定我改天也去参加新四军呢,跟你们打鬼子,如今这日子过得可真窝囊。"

肖若彤接了烟斗,见陆峥转身走了。周振武慢慢过来,与她一同往回走。路上空旷,并无人跟踪,周振武看了看两边,低声道:"有狗。"

是两个伪警察。肖若彤没回头,只慢慢搂上周振武的腰。

周振武僵硬一下,一点点使自己放松下来。两人一步步走着,拐过街角不见了。

他们身后的车里,顾易中点着了火。

车窗玻璃忽然被弹了一下,将他吓了一跳,却是陆峥。顾易中喘一口气,问道:"东西给了?"

"话也带到了,人就在前面,你不自己跟她说,还眼看着她跟别的男人走了……易中,你跟肖小姐到底怎么了?她跟那个姓周的同党亲密得很,你要当心哦,别被甩了。"

顾易中没再答话,踩下油门,开车走了。

周知非推门进家时候,先听见一阵哭声。原是区晰萍坐在沙发上哭,纪玉卿在边上一句句劝,一时把他看傻了。

区晰萍见他进门，哭声更急，纪玉卿瞪他一眼："你们干的好事，你们这些臭男人。简直都是浑蛋、人渣！"

周知非木然地往门后挂帽子和包："怎么没头没脑就批人？"

"你就别瞒着我了！翁小姐都跟我说了，周知非，太缺德了。怎么能对翁小姐干出这么不积德的事儿。"

周知非又愣了，见区晰萍转过头，梨花带雨，眼含泪光："都怪他，不关周站长的事。"

纪玉卿满目心疼："别哭了，元和啊，眼都哭肿了，男人都这么没良心的，甭说你为他打了两次，就是三次五次的，他们也不心疼你。"

周知非揉揉额角，然至少松一口气："话从头说。"

"知非，你还不知道吧，翁小姐跟了李先生七八年了，打了两次胎，现在生不了孩子了，李先生就不要她了呀，不知道是不是看上别的狐狸精……哎呀，不哭了。刘妈，先生的莲子羹怎么还不端上来……哎呀，真是的。"

纪玉卿往厨房去，周知非满面无语："戏差不离得了。"

区晰萍睁眼望着他："我一句假话都没有。"

周知非看着却严肃："别把好人当作好欺负的人，区晰萍。"

区晰萍一笑："我知道你为什么愿意跟她一起了，因为够傻，傻得让你这个大明白回家能省心。"

周知非不置可否："这年头傻的人有福。"

"说谁傻呢？"

纪玉卿端着莲子羹回来了，区晰萍笑着看她，答道："我吧。"

纪玉卿搁下碗："元和，我跟你说，以后这儿就是你的家，你想住几天就住几天，不能让李先生就这么甩了你。"

周知非脑子嗡嗡："人家事，不掺和。"

纪玉卿不搭理他:"这事不能不管,不能让李先生晾着你。逼急了,元和妹子,我带你去上海找李太太去,撕破脸就撕破脸,不能让男人就这么糟践了。李太太治得了李先生。"

周知非忽地一声呵斥:"你有完没完!"

纪玉卿有点被他吓着了,区晰萍握上她的手,安抚道:"他那边倒是应了,过几天给个准话。让我在府上先住着,就是等他一个回话。"

纪玉卿连连点头:"对,七八年了,不能就这么打发了。要么给人,要么给钱。咱总得图一头。元和你说是不是?"

区晰萍抬眼看着周知非,周知非知她含义,虽知纪玉卿不是说他,也不知答些什么好,只听区晰萍道:"是这个理。就是不能让这些负心汉有好日子过。"

"没有个一百条小黄鱼的分手费,你就闹,到上海极菲司路他们特务宿舍去闹,再叫上小报记者。"

周知非砸桌子:"你懂个屁!老纪。"

纪玉卿学会了,不搭理他:"好了,不说不愉快的事了,布店里刚送来的几块料,颜色和款式都是别的地方没有的,你来挑挑,你看中哪些个,明天让孟裁缝量一下,做几身旗袍,去去晦气。"

两个女人起身,欢天喜地地挽着手挑旗袍料子去了。周知非被晾在原地,脸比放凉了的莲子羹还僵。

顾易中在松鹤楼请黄心斋喝酒,几杯下肚,两人都是微醺。顾易中指着桌上一坛黄酒:"黄副站长,听说你爱喝黄酒,这是松鹤楼在绍兴定制的二十年花雕,没几坛了。我让老汪搬一坛来。"

"我说了多少次了,这老酒汪老板见都不让我见一眼。"

顾易中起身,亲自替他斟酒:"你要是喜欢,一会儿我让老汪给你府上送一坛去。"

"受之有愧，却之不恭啊。"话这么说，却没推辞，黄心斋伸筷子夹菜，"近藤让你查丁建生的案子，有眉目了？"

顾易中摇脑袋："哪那么容易呀。"

黄心斋也不意外："都是老狐狸啊。易中啊，你要是能抓住丁建生，我保证周知非得给你跪下。"

"易中一直有一事不太明白，近藤是日本人的顾问，周站长为何要与他处处作对？"

黄心斋又干一杯酒，话也大胆起来，冷笑一声："哪是周知非要和他作对，是近藤君打心眼里就瞧不上周知非。"

"怎么说？"

"周知非来历你不知道吗？这仁兄早年是中共的，三二年叛变到中统，三九年又从中统投了汪政府，说好听点是参加和平运动，其实是个没品格的人……哪像你我，做人有原则，有信念。"

顾易中又给他倒上一杯。

"近藤君是什么背景呀，京都贵族出身。听说京都四条，半条街是他们家的，他爷爷还给日本天皇做过顾问呢。有文化有教养，喜欢你我这样的读书人，兄弟不才，早年也是东吴大学的。"

顾易中拱手："失敬失敬，黄副站长。"

黄心斋一摆手："我当然不像你留过洋，但比起姓周的绰绰有余，他说好听点是搞特务，其实就是阿飞瘪三流氓帮会那一套，粗鄙不堪，说实话，与他同事，拉低了咱们的档次。"

顾易中接着探："可我总觉得，周知非平时在站里说话行事，也硬气得很。"

黄心斋看着他笑："咳，一个他是靠着特工总部的李先生，另一个还不是因为你？"

"……我？"

"八号细胞。"

顾易中也笑："黄副站长开我玩笑。你知道我不是八号细胞的，这跟周知非硬气有啥关系。"

黄心斋又摆手。

"我问你，南京汪主席的政策是什么？"像知道顾易中不知道，自问自答，"咱们站里那旗子上写着呢：和平救国反共。"

顾易中点点头。

"那谁是破坏和平的？"见顾易中满脸问号，又甩手，"共产党啊。和平救国反共，前四个字都是扯，重点是后两个字：反共。"

顾易中摸不着头脑："蒋介石也抗战啊。"

"那不一样，汪主席是国民党那头出来的，他们可以随时谈判的。其实一个唱红脸，一个唱白脸，打一打也就做个样子，骗骗老百姓。"

顾易中越听越糊涂："这和八号细胞有什么关系？"

"共党在苏州的地下活动一直很猖獗，散发破坏和平建国的言论，这你应该很清楚。"

顾易中诚实答："我只是个外围，不了解。"

黄心斋给他掰开揉碎了讲："他们擅长地下工作，加上四爷在太湖这一带，来无影去无踪，严重影响了我们的工作。年初在安徽，老蒋差点把新四军全灭了，叶挺军长抓起来了，政委参谋长以下死了一大批。可共党有本事，没半年，新四军又死灰复燃。"

"可不是，不然也不会这么大动静清乡。"

黄心斋一摊手："周知非以前在中共漂过，混过中统，对付共党，他最有本钱，八号细胞就是一棋子，按他的说法，内线细胞，把共党在苏州的势力都打没了……因为这个，近藤太君才给他点面子，否则早拿下了。"

顾易中若有所思，点点头："怡园的行动，就是八号细胞泄的密。"

"可不是……"黄心斋一乐，又反应过来似的，"易中，你不会是来套我八号细胞是谁吧？"

顾易中白他一眼："就是套，你也不知道。"

黄心斋颇有点不服："周知非靠八号细胞这张牌在90号混饭，所以他捉得紧紧的，要我说，太君也是高估了那个八号细胞。没有他，我也一样能办成事。"

"哟，"顾易中给他倒酒，"您也有内线细胞？"

"那倒不是，南京那边的情报，抓你们怡园行动那天，我也差点儿抓到了一个共党的江苏省委特派员嘛。哎呀，不说这些了，喝酒喝酒……"

说着喝酒，他却招手让顾易中过来，低声道："姓周的也不干净。"

"啊？不能吧？"

黄心斋声音更小："76号万里朗他们刚抓了一个中统的交通员，说徐恩曾那头新派了中统江苏行动区区长，名叫区晰萍。你知道这姓区的是谁？周站长的老情人了，当年周站长从共党那边叛变过来，就是中了姓区的美人计……姓区的回江苏区当区长，我就不信她不找周站长。等我抓着这条大鱼，顺藤摸瓜，姓周的就玩完。90号归咱们兄弟俩了。"

第八章
难思

苏州这日又下雨。

顾易中离了顾园，走进定慧寺中。顾园中除他以外，再无一人，寺中似也如此。雨打竹林，坠水落地，他一身素衣，踏进停厝地，望着面前的棺材，与棺材前父亲的照片。

照片前摆着一盘供奉的熟米果品，富贵正要点香，顾易中径自端出自己带来的祭品，摆了上去，又掏出三根香点上，正要插在炉中时候，却见已有六根在里头，长短也不一样。

"是海沫姑娘。"富贵说，见顾易中插上了香，"今日她比平时还早两个时辰就来了。天还没亮，就来了……说今天是头七，兴许师长能回来，跟她说说话……我陪她坐了两个时辰。"

顾易中跪在遗像前，一个个地磕头。

"海姑娘真是有情有义的，天天都来给师长烧香。"

顾易中仍在磕头。

"听说在凤苑书场落的脚。她发愿要伺候师长七七四十九天才走。虽然她那天没拜成干爹，但海沫姑娘真真的以亲生女儿的身份给师长送终……少爷，你现在在90号到底是为了啥？"

顾易中起身，一言不发，踏出门槛。他听见富贵在后头喊："海姑娘不信你是汉奸狗特务，我富贵也不信。少爷，要是有打鬼子的事，可千万叫上富连长。"

乌云愈重，阴沉盖山。富贵目送顾易中下山。

苏州到底只下了小雨。街上寂静，书场中评弹声不断往外飘，是《伍子胥》：

"楚国亡臣是伍员，披星戴月走风尘，昏王无道多残暴，杀父兄灭满门，国恨家仇我牢记心，过昭关险万分……"

场下几十位看官。顾易中戴着礼帽,深压帽檐,低头进门,正听见"国恨家仇我牢记心"一句,又听台下人喝彩:"好!"

另一声顿起:"好什么,这书场怎么搞的?让女先生上台,天天就会唱点惨乎乎的段子,就不能来段你侬我侬的?"

伙计上台侧去,对老板交代:"光裕社的人又过来闹了。"

"你过去对海先生说,不搭理他们。"

伙计在海沫旁边轻声说了几句,下头却仍闹得欢:"商女才隔江犹唱后庭花呢……你还知不知道亡国之恨。"

"亡国,亡什么国?我们现在还不是国民政府……小心我让90号的人抓你!……别唱了,再唱我就报告风纪组了,怎么让女先生上台了?"

说罢,竟扔起东西来,场下一时大乱,老板不得不起了身,劝道:"客官,不闹。"

"一边儿去,我就闹!我们就见不得女先生,滚下台,滚下台!"

他扔得愈加厉害了。顾易中又压一回帽檐,站在他身边。

"我就是90号的特务,赶紧滚蛋。"

他一露西装里头藏的90号臂章,那人顿吓得魂飞魄散,起身便跑。海沫抱着琵琶,惊魂未定,杜老板帮她将椅子摆正了,又请她坐下。

她没看见那人模样,捋捋琵琶,又唱起来:"一夜之间变了形,乌黑的须眉目竟白如镜……"

顾易中起身走了。

海沫下台,杜老板正迎上,听她问道:"这些人什么人,怎么闹得这么凶?"

杜老板叹口气:"他们光裕社的,光裕社就是咱们苏州评弹的行会……他们不高兴女先生上台,没加入他们行会,也不让在书场上唱。"

海沫点点头:"原来他们就是光裕社。"

"你师父跟你说过跟光裕社的恩怨？"

"提过一些。他以前就是因为不服光裕社的这些臭规矩,才被赶出苏浙沪书场的。"

"……张先生的官司当时闹得很大,其实就是张先生独创张俞调,太火了,成了大响档,动了老三调的客。当年恩怨,不提也罢……适才戴帽子的,是你朋友？"

海沫没答,只胡乱应一声,又问:"那杜老板,我不是行会的,又是女先生,会不会给您惹麻烦？"

杜老板摆手:"不理他们。海沫,你唱得好,本来你这档才几十客,你看你唱这几天,有一百来客了,成响档了。什么男先生女先生的,光裕社不就是想要点铜钿吗,我明天就去申请。"

顾易中推开档案室的门:"小刘,这些崔耀民的档案还给你。"

又签了字,抬眼看刘锦云整理铁柜里的资料,却见其中一个档案袋上写着肖君侠的名。

"你这档案挺多的。"他随口道。

"俩铁柜都满了,给黄副站长申请经费,打算再购置两个。"她说完,便把铁柜门关了,"周站长要求每个案子都留档留资料,五月份特工总站检查,我们资料室还得了表彰呢,奖了我两块五毛……你还要什么资料？"

顾易中摇头:"一时不需要。"转身便走。刘锦云在后头站着,望了他半晌。

顾易中回办公室去,见里头空空荡荡,谁都不在,只得叫住个过路的小特务:"科里今天怎么都没人？"

小特务老老实实交代:"高虎他亲娘上吐下泻的半个月了,要咽气了,请假回家。谢科长跟警卫队的吹子队长出差了。"

"这么热的天儿，出差够累的。"

小特务一脸的官司："秘密行动。听说是上海，昨晚连夜出发的。上海滩好要得很，就是这好事，谢科长从来不叫咱们这些新来的。"

顾易中神色陡变。

周振武把身上的大褂脱了，露出短衣短裤来，换上何顺江租来的西服。肖若彤披着毯子坐在边上，提醒道："把帽子戴上。"

周振武依言，肖若彤看看，却摇了摇头，正听敲门声响，胡之平走了进来，将丁建生一张照片摆在桌上。

胡之平看一眼他们："丁建生，湖州人，民国十一年大阪商科毕业，头脑灵活，跟湖州四象八牛几大家族关系都不错，抗战爆发以后，凭着跟日本人的关系和一口日语，倒腾紧俏物资，但两个月前，因为卷入常州走私军米大案，阖家从苏州失踪了，有人说是躲到上海法租界去了，也有人说已经被扔进太湖喂王八了。"

周振武点头："情报对得上。"

"组织批准了我们的行动？"

没等胡之平答话，肖若彤又道："之平同志，麻烦你把西装脱了，让老周试试。"

胡之平没说什么，脱下来扔给周振武。后者一边穿一边念叨："组织给任务快一个月了，药还是没搞到，每耽误一天，疾病就横行一天。疟疾的厉害，肖若彤可是亲身领教了。"

肖若彤出声："帽子。"

周振武噤声了，一身西装站在屋里。胡之平穿着短裤，上下打量他："这个消息来得有些蹊跷。这个陆峥是进过90号监狱的，不能轻信。"

"陆峥要抓我跟若彤，前天打针的时候，他完全可以行动。"

肖若彤也没应声，话声反倒有些轻松意思："像个土财主了，我们现在开车从苏州出发，"她甩掉身上的毯子，"晚上就能到融社俱乐部。老何，车租到了吗？"

"别克就停门外，这是钥匙。"

然而胡之平还在犹豫。肖若彤看他一眼："特派员同志你慢慢考虑，我去换行头。"

半晌，胡之平看向周振武："老周，你们商量好的计划是什么？"

上海已经入夜，融社俱乐部前人声熙攘，霓虹闪烁，灯火通明，与苏州是全然不同光景。出入其中的红男绿女皆衣着光鲜，面目兴奋，何顺江开着车过来，融进车水马龙之中。

周振武与肖若彤扮作一对夫妻，周振武西装笔挺，肖若彤则穿着高跟鞋，化了淡妆。前者腰背僵硬，显然是一点儿也不习惯这样的场合。

两人往俱乐部里走，肖若彤低声道："头望天，眼睛不看路，这种俱乐部的门童都是势利眼，别给他们正眼。"

周振武咬住了烟斗，昂首阔步，迈进了门口，见了伸出手来的印度门童，便将烟斗伸过去，门童立时弯腰让路了。

甫一进门，服务生便恭敬问好。周振武左右看了看，见肖若彤叫住一个侍者："Waiter（服务生），苏州丁建生先生在吗？"

"丁先生……很久没来了。"

肖若彤没再问，抽出一张小钞票塞进他手里："听说他晚上会来的，有到，通知我。"

侍者点点头："好的，小姐。"

肖若彤从他手里的托盘上拿过两杯鸡尾酒，侍者便走开。周振武看着这一切，轻声道："你还熟门熟路。"

"这个俱乐部以前很有名的，我跟我哥还有我爸来过两回，喝点？"

周振武接过来，却没喝："你病好了？"

肖若彤将酒一饮而尽："没好。但我想喝。好久没来这种地方了，一下子勾起许多回忆。"

周振武见状，只得也犹豫地抿了一小口，酒液刚入口，便差点吐出来："酸的？"

肖若彤极轻地笑了一下。

没过多会儿，又一个侍者走过来，递给肖若彤一张纸条。

上面歪歪扭扭地，画着一只大象。

周振武望着那条子："什么意思？"

"象房。融社大老板是湖州南浔四象之一顾家，这是他们在融社的常年包间。"

周振武皱眉："会不会是圈套？"

肖若彤话声坚定："那也得试！"

周振武望着她，道："听你的。"随后将酒一口干了，起身往包房走廊走去。

走廊狭窄而昏暗，灯影摇晃，周振武紧紧挽着肖若彤。两边都是对开门的包房，两人才拐过弯去，迎面看见两人从对面来。

周振武低声道："90号特务。"

肖若彤道："后边也有俩。"

"中圈套了。"他手心一紧，就要拔枪，却被肖若彤按住。她随手推开一间包房，进去便将门反锁上了。

周振武拔出枪上了膛，紧靠在门上，却听隔壁房门吱呀一声开了。

丁建生见了走进来的四个人，立时站了起来。

"顾先生呢？他答应给我调点头寸……"话没说完，便被团团围住，他立时慌了，"你们要干吗？"

张吉平走在最后，此时到了他面前，取下脖子上的丝巾，快准狠地勒上丁建生的脖子。丁建生疯狂挣扎起来，两腿在凳子上乱踢，谢文朝冷眼站着，却忽听砰砰几声——是隔壁在拍墙壁，且愈来愈急，愈来愈响。

张吉平立时松了手，跟谢文朝一块儿拔枪出门，留了个特务看着。里面还在敲，两人猛地撞开门，枪口一高一低，对着屋里，却是空的。

屋角墙上开着一扇小门。

门里竟通丁建生的包房。刚刚留下的那个特务倒在地上，丁建生不翼而飞。

张吉平恶狠狠骂了一句，跟谢文朝冲出门外走廊，追至大堂，却见满屋混乱，一片烟雾缭绕，一个烟雾罐子躺在谢文朝脚边，被他一脚踢开。张吉平四处望，只见个极像顾易中的人影往后门去，转眼便消失了。

两人又追出门去，只见一辆出租车在拐角消失，谢文朝却住了步，直往大门处走。

"快，回苏州！"

张吉平跟谢文朝冲上车，正睡觉的小特务立时醒过来，点着了火。张吉平喘着粗气："不追那出租车了？"

"那么多出租车，哪里追？不管抓走丁建生的是谁，他只有两个方法回苏州，一个开车，另一个坐火车。火车嘛，上海往苏州的只有八点了，到苏州是十一点半，从苏州火车站到90号需要三十分钟，我们还有四个小时，一定要赶在他之前到90号。"

"谢科长，你也怀疑顾易中？"

"什么怀疑，那人肯定是顾易中。这回他跑不了了。"

车开到郊外，张吉平一直不住地催，眼见前面也开着一辆车。

肖若彤与周振武一左一右，并排将丁建生挤在中间。何顺江看了眼后视镜："有辆车追过来了。"

周振武甫朝后看，便听丁建生惊叫着："是杀手，一定是90号的杀手！"

何顺江刚要踩油门加速，周振武却要求照常开。他按着丁建生的脑袋，把他塞进座位下面。

后头的车慢慢赶上来了。

两车交会一刹，肖若彤一把将周振武搂过来，两人相对，接起吻来。

车开过去了。

肖若彤便松开手，摸上自己通红的脸，周振武更是僵得不知说什么，忽听何顺江低喝："惨了。"

那辆车横停在前面，何顺江慢慢把车停了下来，车里下来两个特务，拔枪对着车里，其中一个举的是机枪，另一个则举着手枪过来，往后座看。

肖若彤握住周振武的手，那特务上下打量，何顺江道："我们家小姐有疟疾，别传染了你。"他下了车，听谢文朝走到后备箱旁边，冷冷道："打开。"

里头是空的。

车开走了。何顺江坐在驾驶室里，深吸一口气。周振武一把将丁建生拎起来，甩掉他身上的大衣和毯子，喝道："老实点，坐好！"

周振武不敢转头，隔着丁建生咕叽一句："对不住了，肖同志。"

肖若彤直朝窗外望着，一言未发。

"再开快点！"

张吉平几人的车一路在苏州街道上疾驰，石板路本就湿滑，轮胎在上面发出刺耳响声。张吉平吼道："再开快点！"

90号门口炫目的灯光亮了，刺进夜色里。门卫慌忙抬杆，车冲进了院里。

谢文朝领头，几个人冲进了宿舍院，张吉平拔了枪，动静不小，将已经睡熟的几家家眷都吓醒。谢文朝一脚踢开宿舍门，见高虎光着脊背，从床上跳了起来，揉着眼瞅他。

"顾易中呢？说，他是不是去上海了！"

高虎还没答话，谢文朝正要动手，却听身后脚步声。张吉平一转头，见顾易中穿着大短裤背心站在门口，头发鸟窝似的乱成一团，嘟囔一句："科长，有情况？"

谢文朝理都不理他："高虎，你老实说，顾易中是不是刚回来。"

高虎摇晃脑袋："我跟顾哥一个晚上都在喝酒呢，这才要躺下歇着。"

桌上摆着两个酒杯，还有几盘残羹冷炙，张吉平斜了一眼，只能收起枪走了。

顾易中不动声色，进屋关门，坐到桌前。高虎也默然不语，从被窝里掏出顾易中的西装外套来。

"顾哥，我妈的病，全指着你的药了。"

丁建生头上被按了个大礼帽，戴着宽墨镜，周振武与何顺江一左一右架着，浑似绑架。肖若彤走在后面，左右警惕瞧着，一行人进了个小石库门。

"吃的用的我备了一礼拜的，我先去还车。"何顺江道。

他关门走了，周振武才把丁建生的行头摘了，抱着胳膊站在他对面，凶神恶煞。丁建生缩脖子："你们到底是什么人？"

肖若彤道："我们只想跟你做点生意。"

丁建生可劲儿回忆："……火油？米？棉纱？……军火？"

肖若彤摇头："药品。"

丁建生了然："阿托品、奎宁。"

"对。"

"你们是哪头的？"

"抗日的就是。"周振武答道。

丁建生摆手："搞不来的，东洋人最近严控，抓到要杀头。"

肖若彤道："我们有钱。"

丁建生干脆不看她："有钱也没用，你不知道，东洋人管药比管枪还严呢……再说了，你们神头鬼脸，我哪知道你们是不是东洋人的奸细。"

还要说时候，被枪口顶了脑袋。周振武暴怒："今天你要是搞不到这些药品，我就打死你。有没有药？到底有没有？"

丁建生吓得打哆嗦，动也不敢动。肖若彤见效果不错，上前把周振武拉开，压低声音，唱红脸："他脑子吃过枪子，没我这么有耐心，丁先生，说实话，你要是不帮我们买到药，休想走出这个屋子。"

周振武又道："别逼我把你送给90号，那批人可是要你命的……帮我们搞到药，你爱上哪儿上哪儿，我们绝不过问。"

"如果有需要，我们护送你回上海。"

丁建生瞅他们半天，蹦出一句："你们真的有钱？"

肖若彤点头："法币。"

"十万，你们有吗？……三千支的阿托品跟奎宁，你们要，就得全吃下。我只要法币、美元跟金条，中储券跟军票不要。干完这票，我就带我们全家去香港。"

肖若彤看了一眼周振武,后者干脆答应"好",两人松了手,关门离去。到得门外,周振武眼神飘了飘,念叨一句:"你怎么知道我脑子吃过枪子?"

"……你还真吃过?"

凌晨时分了,周知非被刘妈从床上叫起来去接电话。他甫出卧室门,区晰萍便悄无声息地跟上了。

是张吉平,在电话里头说了这一夜经历,又说顾易中不在上海,连带一众90号的人都排了嫌疑,他和谢文朝已经怀疑是新四军干的。

"是那拨来买药的?明天让你底下的弟兄全部出动,绝不能让丁建生在90号出现。"

周知非撂了电话发呆,头也不回,只念一句:"出来吧。"

区晰萍穿着睡衣,慢慢走到光里,走到他面前来。"出事了。"她说。

"……丁建生可能在顾易中的手里。"

"谁是丁建生?"

周知非默了默。

"晋海就是因为他死的。我们做了点军米的生意。"

区晰萍嘲讽一笑:"又搞钱。知非,为了钱你可真是什么都敢干。"

周知非不理,径自往下说:"近藤想拿丁建生办我。丁建生要落在小鬼子手里就麻烦了。"他起身往书房走,区晰萍跟在后面,见他打开抽屉,取出一封密封好的信来。

"这是我给徐先生的回信……明天一早就离开我们家,这是苏州到上海的车票。"

区晰萍哪样也不接,只摇了摇头。

周知非竟爆发了，似走投无路："你拿到我给老徐的回信了，还想干吗？近藤一直在让顾易中秘密调查我，说不定明天，小鬼子的宪兵队就冲进我们家抓人。到时候谁也跑不了！"

他把票硬塞进她的手里："票拿着。"

区晰萍看着他的手。"要走一起走。"她说。

"我走不了！小四还在京都当人质呢。"

"那我跟你一起留下。"她话声平静，字字钉进他的耳朵，"三四年你说要跟老纪分手，你骗了我一次，三七年，你说跟我去武汉，结果留在南京潜伏，又骗了我一次。这次，你又要骗我走，我不想有第三次。"

他泄了劲儿，喃喃道："你怎么好赖不分呢？"

"这回要死咱们就死在一起！这些年，跟你净生离，我受够了。这辈子，你休想再甩下我。"

她只接了信，一步步往楼上去了。他茫茫喊了一句车票，她却没有回头。

他撕了那张车票。

顾易中走在谢文朝身后，听见前面审讯室门里传来高虎的惨叫声。他看一眼谢文朝，推门而入。

他看见周知非坐在阴影里，高虎瘫在白炽灯下，桌上铺着一纸自白书，鲜红的印泥指印纹路分明。

周知非望着他笑。

"易中啊，找你来是核实一件事。昨天你到底去了哪里？"

"吹子应该最清楚。"

周知非抬抬下巴，指向那张自白书："你去了上海，高虎全招了。"

顾易中也笑："周站长，你忘了吗？我是你最优秀的学员。诈是你讲特工审理工作提到最多的法子。中统审讯专家王牧师王杰夫,是第一等的诈审高手。"

周知非看上去十分欣慰:"难为你还记得这些。"

顾易中认真地点点头:"记性不好的特工,容易丧命。"

周知非长出一口气:"高虎是没招。嘴巴够严实,我没看错人。"

"高兄弟也是你教的嘛。"

"我知道你昨天去了上海,前天也去过。"

顾易中还是点头:"你说的都对。"

"你一定很困惑,我怎么知道你去了上海。"

顾易中这回却摇头:"帽子。"

"做特务工作首要准则,就是轻易不要撒谎,因为一句谎言需要十句谎言来掩护。"

顾易中笑笑:"站长果然是老师。我坦白,前天我是去了上海,但没找到丁建生的消息。但昨天还真的没去。"

周知非脸色阴了些:"丁建生现在不在你手上?"

"站长你也在找丁建生?"

"常州走私军米案值巨大,小林师团长大发雷霆,听说把近藤阁下骂得都快切腹了。近藤阁下是90号特工站的最高顾问,缉捕丁某人到案,90号责无旁贷。"

顾易中几乎要鼓掌:"我们查到一块了,真是棒极了。"

"昨晚,在上海的融社俱乐部,丁建生是得而复失。"

"昨天我跟高兄弟在90号喝酒,失去了一个立功机会。"

周知非望着他:"你昨晚有没有去上海,这个不重要了。有消息说,姓丁的现在在共党手里。"

"这我不太相信。"

"消息来源是我的八号细胞。"

顾易中笑容更盛:"好久没听见八号的消息了,我还以为他跟站长脱离了呢。"

周知非冷笑:"脱离?我们组织一贯是进来容易脱离难。"

"共党要姓丁的何用,帮助东洋人破大米走私案吗?"

周知非仿佛看穿什么,意在得逞:"我还真没看错你。顾易中,一会儿我会给近藤阁下写个报告,说丁建生已经落在太湖新四军共党手里。"

顾易中摇了摇头:"这个报告要交上去,即使我抓得到丁建生,也说明我跟四爷有交易。站长,你这是把我办案的路给堵死了。"

"本来嘛,你跟共产党那边本来就没联系。"

顾易中点了点头:"站长三十六计也耍得好。"

周知非却摇摇头:"易中老弟,我不写报告,不惊动近藤阁下;你呢,想办法把丁建生送过来,生死不论,这个交换对你来说不吃亏,怎么样?"

顾易中没应,周知非又道:"我还可以再加一个筹码,你进90号的目的,你阿爸怎么死的,这些,全部,我烂在肚子里,这条件够诚意了吧,老弟。"

顾易中不动声色。

"这事我得听近藤太君的。"

周知非鼓了鼓掌:"毕竟当过共党外围,汉奸当得比我还快,太君都学会叫了。"

顾易中笑了笑:"站长,你真是教得好。"

"看起来,跟黄心斋在松鹤楼没白吃饭喝酒了。"

顾易中往前走了一步,使自己的脸映在白炽灯下:"什么都瞒不过站长。"

周知非站起来,拍了拍他的肩:"黄诓你的,二十年的花雕他在昆山乡下还储了好几十坛呢。我说过了,别跟黄心斋走得太近,你小心点。"他越过顾易中,往门口去:"吹子,走。"

"他呢?"

张吉平踢了高虎一脚,周知非没回头:"自家兄弟,不为难人家了。高兄弟,明天去总务科老苗那里领十块钱。奖励。"

俩人就这样出了门,顾易中上前去,慢慢把高虎架起来。高虎咽嘴里的血,小声念叨:"我什么都没说。真的,顾哥。你别信站长什么奖励。"

顾易中拍了拍他的肩。

谢文朝一过来,周知非便把张吉平支走了,听他汇报撒人出去寻丁建生的情况,除却侦行科的人以外,连昆山站的也拨上来。他听了一会儿,却道:"高虎不可信了。"

谢文朝平静道:"老师,我办了他。"

周知非摇头:"养着,以后再用,当务之急是丁建生。"

他往土地庙中搁了纸条。

"把丁建生杀了,还你海底。90。"

顾慧中坐在床边,看胡之平数皮箱里的钱。里头都是现金法币,胡之平一张张地数,数完又把箱子放回床底,默默坐了一会儿,到底叹一口气。

"经费不够?"

"……这次来,就备了六万法币。上次给小组发了行动费,还刨去上海的花销,算过之后,现在只剩下五万九千二了,这批药需要十万……他们还不零卖。"

顾慧中没应声,起身出门,抱了一个木匣子进来,递给胡之平。

里面放着一厚叠法币和十根金条。

胡之平看得愣了:"哪来的,这么多钱?!"

顾慧中垂着头:"阿爸生日给军生的见生礼,我想给军生存点钱。之平，是我自私了，你都拿去吧。"

"……给军生留点奶粉钱吧。"

"买完药有剩的再拿回来。"

她又把木匣往胡之平怀里推了推，转过话头："中间人靠得住吗？"

胡之平便没再推辞："我和老鹰研究过了，冒险都得试一试。太湖那头太需要这批阿托品跟奎宁了。"

顾慧中猛地抬头："你要和他一起去取货？"

"这么一大笔钱，绝不能出错。"他摸了摸揣在身上的枪给顾慧中看，意在使她放心，却听她道："不知道为什么，从昨天开始我这眼皮就一直跳。我这心里老是七上八下的。"

胡之平将她搂进怀里："放心吧，我们安排好了。还是老样子，如果傍晚我还没有回来，你就带着孩子转移去安全屋。"

她的声音听上去有气无力："转移转移，我最讨厌这两个字了。胡之平，你能不能不跟我说转移？"

胡之平默默地，垂下头看她："今天你这是怎么了？……你一大早出门去哪儿了？"

顾慧中仍低着头。

"之平，"她慢慢说，"我想跟你坦白一件事。"

胡之平却将钱放进箱子里，合上箱子，拎了起来。

"我跟老周他们见面的时间快到了。"望着顾慧中茫然无措的眼，却又道，"你说吧。"

"……算了，你先去吧。等你回来我再说。"

胡之平皱起眉头："要紧事？"

"事关我对组织的忠诚。"顾慧中抬起头，"之平，你认为我是一名好党员，坚定的信仰者吗？"

胡之平眉目更深："怎么说这些？慧中，到底有什么事？"

顾慧中摇摇头："你先去吧，等你回来再说。"

胡之平握紧箱子，终于还是转过身，步步沉重往门外走，然又被拉住了衣角，回头一看，顾慧中紧抿着唇，只是望着他。

他住了步，抱她进怀里，轻轻吻在她额头上。

她听见关门声，却仍盯着那扇门，许久，从怀里掏出一张纸条。

胡之平拎着箱子，一路到了乾瑞祥绸缎铺前，周振武正等在斜对面。他左右瞄了一眼："丁建生人呢？"

"若彤和老何看着。咱们安全交易后，他们就放人。"

他递过箱子去："钱在里头……法币共五万九千二百，还有十根金条，每根值四千左右，将将够十万。"

周振武伸手去接，胡之平的手却仍紧紧握着，目光炯炯地望他："这可是我们的全部身家性命。"

周振武一字一顿道："我会用我的生命保卫我们的经费的。"

胡之平松了手，站在街对面，从报刊亭买了份报纸，看着他拎过箱子一路走进绸缎铺。

铺里的伙计正拿折尺量着一批新料子，见有客进，立时迎上前去。"老板，需要做什么衣服？"连珠炮似的说一大串，"我们这里有苏州上好的丝绸，师傅是来自河南的汴京刺绣老师傅，我敢说，只有你想不到的，没有我们做不出的衣服。"

周振武却似都没听，只来回将店里全看了一遍，这才开口："我想做一件水滴领，五分袖，面料是绫类丝绸的旗袍。"

他见伙计脸色骤变，低声问他："什么襟？"

"如意襟。"

"什么扣？"

"一字扣。"

"什么做工？"

"针织绸。"

伙计住了口，重又从上往下将他细细打量一遍："先生，里面请。"

两人便往里屋走，又爬上一道极狭窄的楼梯，到了一间小屋门口。伙计回过身来，摊开手："对不起先生，我得确保您没带武器。"

周振武没说话，张开胳膊，任他摸了一遍。伙计收了手，指着门："您请进。"

周振武刚进门，迎面被两个举着刀的黑脸大汉堵住，他险些要动手，提紧了箱子举在胸前，扭头看伙计，厉声道："你们这是干什么？"

伙计忙挡在他前头。"是丁先生介绍的人，没问题。"又给他介绍，"这位是李三，这是丁宗海。"

两个大汉对视一眼，不客气地打量周振武一番，放下了刀。

李三眼睛一斜："你要买药？"

周振武冷道："丁建生电话里头应该跟你们都说了。"

"药在哪用？我们不管运输的，现在移动证根本搞不来。"

"不在苏州。我们自己运，懂规矩。"

李三便伸出手，显然是要钱，周振武拎起箱子晃了晃，见丁宗海伸手就要拿，又缩回来："我还没看见货呢。"

丁宗海却一把抢过那箱子，周振武刚要动手，却被李三的刀架住了脖子，他眉眼骤厉，动起手来，三下五除二便将李三拿下。李三扯着嗓子，鬼哭狼嚎，丁宗海就要拔枪，却听周振武忽然开口："丁建生是你什么人？老实说！"

丁宗海看他一眼，冷冷道："家父。"

"这就对了！"周振武吼道，"两个小时之内，我要回不去了，你父亲也就回不来了。"

丁宗海一愣。

李三也忙求饶："有话好说有话好说，放开我放开我。"

"要救你爸，就好好地做买卖，把枪收起来！"

丁宗海收了枪，仍没好脸："我能开箱子了吗？"

周振武仍没松手，刀顶着李三脖子，点了点头。丁宗海开箱验钱，皱了眉头："怎么还有金条？"

"这么大的数额，只能凑了。"

数额没错，丁宗海给门外的伙计使了个眼色，周振武耳朵立起来，听那伙计到楼下打电话，竟说的是日语，他立时急了："你们怎么说小鬼子的话？你们跟鬼子什么关系？把箱子还给我！"

丁宗海不动："我不会拿我父亲的生死开玩笑的。"

他紧紧压着箱子，周振武则压着李三，军靴声越来越近，日语声音也响了起来。他微微歪头往下看，真有两个穿着军装的日本宪兵站在那儿。他捏着刀的手青筋暴突："怎么会有日本兵，狗日的，你们是汉奸！"

手上霎时用力，便要捅死李三。丁宗海忙举起手："别误会、别误会！他们是来做买卖的，我们就是要从鬼子兵手上买药针。"

两个日本兵就在这时进了屋，一见里头情势，当即拔了枪，周振武没松刀，从怀里竟举出个手雷，丁宗海几步扑到两人中间，喊着日语："别误会别误会！做买卖！"

日语叽里咕噜地响，周振武一个字也听不懂，喊李三给他翻译，李三早吓得说不出话。丁宗海跟日本兵来回说着，又打开钱箱子给他看了一眼。那军人拿出一根金条掂了掂，换成一捆法币，扔给了丁宗海，合上箱子便要走。

周振武见势不对，拖着李三往门口追："药呢？药呢！没有药我拔手雷了！"

话音刚落，另一个日本兵跟伙计便扔了两麻袋的东西在屋里，仨人一句话也没说，立刻下了楼。周振武攥着刀，松开李三去看麻袋，见里面果真是药针，终于松了半口气。

丁宗海站在门口望着他："什么时候把我爹放了？"

胡之平冲上楼时候，门口的日本兵已经拎着箱子开车走了，李三和丁宗海也跟了下去，两番险些撞上，将他吓出一身冷汗。他原本是见日本人开车过来，担心周振武已经暴露，要来接应，后见情势莫测，装作客人，才躲过一劫。

"老周！"

周振武正在那间小屋角落里坐着喘气，见他过来，指了指麻袋。

"老周。什么情况？……是奎宁和阿托品！"

周振武却没多说，背起麻袋就走："赶紧走吧，此地不宜久留。"

"……我瞧着你眼熟，你以前是不是在东吴大学读过书？"

肖若彤与何顺江一左一右看在丁建生旁边，听他边吃东西边搭话。肖若彤敷衍道："你认错人了。"

丁建生摆摆手："你别紧张，我跟你们六师做过好几次生意。现在也就贵党能出高价买米、药品和军火了，重庆来这边办货的，不地道，回扣吃得厉害。"

肖若彤没应声，便听见敲门声，声有规律，是他们与周振武定好的暗号。何顺江立时起身去开门，她则给丁建生套上个黑布套。周振武两人进来，把两个大麻袋扔在地上，靠在门上就喘气。

何顺江蹲下："出事了？"

周振武点头，将事情始末说了一遍，泄愤似的踢了一脚："丁建生你这个浑蛋，没说卖药的是鬼子兵，差点干起来。"

丁建生闷在布套里，声音也发闷："这年头，这么大量的奎宁，除了鬼子，谁还能搞到这些药？他们是大阪师团的，最懂得做买卖……我儿子来了吧？"

周振武愤愤："要没他早打起来了。"

胡之平喘了口气，摆摆手："快把药给交通员送去。"

何顺江点头，又把麻袋背起来："船早安排好了。"刚要出门，却被肖若彤拽出，在麻袋里倒腾一通，她拿了三盒阿托品，三盒奎宁。

胡之平皱眉头："你这是干什么？"

"答应给牵线人的。"

胡之平也烦了，跺了跺脚："还拿回扣，都什么人啊。这下咱们不跟重庆那边一样了。"

何顺江没答话，背着麻袋出门，顺手就把门关死，里头丁建生开始嚷嚷："买卖成了，也该把我放了。不然我儿子跟你们没完。"

周振武不耐烦得紧："住嘴吧你。事办完了，自然让你走。"

话一说完，他们进里间："……姓丁的怎么处理？"

胡之平望望他俩："你们怎么看？"

"按我们说好的，把他送回上海。"

胡之平却没立马答肖若彤的话，他站在原地，沉默一会儿："姓丁的有点门道，日本人的关系都打得通……你们看这样行吗？再扣他两天，我请示一下上级再做决定怎么样？"

肖若彤脸色沉了："咱们不能说话不算话。"

周振武也道："我答应过他儿子，药针到了放人。"

话音一落，正听丁建生在外头嚷嚷："贵党不能失信于人啊！"

胡之平往门外看了一眼，道："不急，我没说不送他回去，你们等我通知。"

周振武与肖若彤对视一眼，勉强点了点头。胡之平随即出门，肖若彤则摘了丁建生的头套。丁建生被闷得脸发红，察觉出哪儿不对："你们是不是改主意了？……我把事办妥了，你们怎么还扣着我？你们是不是真的共党？四爷不是这么办事的啊。再这样，以后没人敢跟你们做买卖了。"

周振武虽然无奈，但更想让他安静："闭嘴吧你！"

丁建生便指望上肖若彤，她沉默坐了一会儿，站起身来："我得出去一趟。"

"阁下。"

顾易中一听周知非声音，便停了自己的话，只站在近藤旁边看着他。近藤挥挥手，示意他关上办公室的门，开口道："周，听说你有常州军米案的要犯丁建生消息？"

周知非面色不变："属下正要给阁下写报告……据传他在共党那边。"

顾易中忽而开口："是苏州的共党这边。"

"顾桑的情报是不是不准确？"

"……准确。"

近藤方点头："我们必须抓住这个丁建生，惩办走私，以正苏浙沪粮食秩序……你的八号细胞也该发挥作用了吧，周。"

周知非这回便真正哽住了，近藤却步步紧逼："另外，听说你对八号已经失去了控制？"

"绝对造谣！八号细胞海底还在我手里，他是绝不敢跟我们脱钩的。"

近藤点了点头。

"那好,你就让他把丁建生献给我们。周,如果八号细胞这回完成不了任务,90号特工站站长你也别当了。"

周知非望着他,却忽而笑起来,皮鞋跟踏了踏地面,不紧不慢道:"我随时可以不当这个鸟站长,但这得由李先生下令,而不是你,近藤阁下。别忘了,你只是苏州特工站顾问,并非周某上司。"

说完,走人,一刻也没多留。

他回到自己办公室里,锁死门,茫然绕了几圈,按起了电话。

"老纪,一会儿我派汽车夫回家,让他带你去邮电银行,把保险柜里的那轴字送到90号来……少废话,让你拿来就拿来!"

肖若彤扶了扶墨镜,走进咖啡馆,远远便见陆峥正在角落座位里看着报纸。她坐到他对面去,将怀里的信封搁在他面前。

"你要的回扣。"

陆峥抬眼看看她,也从怀里掏出个精美的小信封,放在她面前。

"有人让我把这信封交给你。这咖啡你买单哦。"

不等她应声,随即拿了药起身走人。而那小信封里则夹着一张纸条。

"你要的,阿托品一盒。阿托品是治霍乱的特效药,谁得这病了?"

陆峥钻进车里,把药盒递给驾驶座上的顾易中,听他道:"一个朋友。条子给她了?"

陆峥笑笑:"我特好奇里头写什么。"

"……不知道对你更好。"

陆峥嗤了一声,开车门转身要走。"你们这些破事你以为我想知道。最后一次,别再找我递什么话了。"刚打开车门,又想起什么似的,回身开口,"你做的事要失败了,可真就遗臭万年了。就是成了,也没人夸你……这么玩命,是为了找害你的人,还是为了肖若彤?"

顾易中没回头看他。

"陆峥,你觉得在历史面前,个人有选择的余地吗?不是我要当英雄,而是当今之世,能喘气的中国人都知道应该怎么做。"

"帮了你还这么说我。就你英雄,这世上就没有当汉奸的英雄!"

陆峥狠狠一关车门,走进旁边自家诊所里,没过半刻,顾易中便把车开走了。

他走进民生医院走廊时候,正有两个义庄的人往外抬尸体。他拿手帕掩着口鼻,慢慢走进一间四人病房里。

高虎亦用布蒙着脸,给病床上的母亲擦身子,回头见了他,却被塞了一盒药在手里。

"是那个阿托品?!"

他甫见顾易中点头,立时紧紧抱着药冲出门,往医生办公室奔去:"王大夫,有药了,有救了!"

肖若彤将灯重新点亮,把手里的纸条翻来覆去地看。上面只一行字:"谁对丁建生下手,谁便是八号细胞。"

她正发呆,却听敲门声响,忙将纸条揣进怀里。周振武进了门,她又拿出那日在融社收着的那张画着象的纸条。

"……这画一看就很专业。"她道。

周振武盯着那只象,她又将方才的纸条拿出来:"这是陆峥刚交给我的纸条。"

周振武没接过:"字你认识吗?……是顾易中吗?"

肖若彤摇头:"故意写得歪歪扭扭,显然就是怕我们认出来……字我看不准。画,有他的风格。"

"假设，顾易中是八号细胞，他想对我们下手的话，根本不会给我们机会把丁建生带回苏州，在上海的时候就可以把我们一网打尽。也根本没必要递纸条跟画画。"他顿了顿，"如果你能断定纸条和画是顾易中，那么，顾易中就能排除是八号细胞。其实……从崔耀民事件之后，我就排除了顾易中的嫌疑。"

肖若彤慢慢抬起眼来，在灯下望着他，许久，才道："……老周。"

周振武眉目真诚："我们冤枉了他。若彤同志。"

她眼睛亮起来："等这句话很久了，希望你能亲口跟顾易中说。"

他点点头："我会的。"

她沉默半晌："顾易中不是，我不是，你也不是，当时五个嫌疑人中，只有胡之平跟顾慧中了。"

"胡之平参与了我们回苏州的所有活动，也知道我们的这个联络点，他要是八号细胞，为什么不把这个联络点端了，为什么他还那么努力买药。这个解释不通。只剩下一个怀疑对象，顾慧中。"

肖若彤却摇头："慧中姐姐绝无可能是叛徒。"

周振武便不明说："目前来说，八号细胞确定就是胡之平与顾慧中之间的一个，因为顾慧中跟周知非妻子之间的关系，我只是倾向于怀疑顾慧中。或者，夫妻俩都叛变了。"

"……太可怕了。"如果真是这样的话。

肖若彤抬眼，正见周振武扬起手中的纸条："我有一个计划，用丁建生，诱八号细胞现形。"

一名二等宪兵领着周知非直入阳台。近藤正背身坐着，面向窗外，一身和服，独自饮茶。周知非腋下夹着个卷轴，见宪兵唤了一声阁下，近藤才转过身来，点点头让他退下。周知非忙冲那宪兵也行了个礼，而后站在近藤面前。

"周，你要见我……我只是个顾问，管不了你90号的公事。"

周知非一番客套话便被这一句堵在喉咙里："……周某有些私事，有求于阁下……有一样东西，想请阁下过目。"

近藤只盯着他的眼，半个字也没说。周知非凑过来，小心翼翼将那卷轴展开在近藤面前，上头的古墨迹在月光下愈加清晰。近藤探过头去看了看，听周知非道："这是唐诗人李白传世的唯一书迹，《上阳台帖》。"

近藤眼睛亮了亮："稀世珍品。"

周知非忙道："原为内府所有，清末流出宫外，几历大收藏家之手。"

近藤一个个念着上面的字，周知非时不时轻声提醒着："山高水长，物象千万，非有老笔，清壮何穷，十八日，上阳台书，太白。"

"此书，纸本，纵二十八公分，横三十八公分，草书五行，共二十五字。周某不懂书法，但有行家曰此书，'落笔天纵，收笔处一放开峰'。古意盎然，李太白真迹无疑。"

近藤不知何时已将卷轴取在手里，略一斜眼，见周知非正紧张打量他，立时换了神色。

"周桑何意，是要贿赂本人？"

"不敢，阁下。素知阁下颇爱中华书法，周某偶有所得，不得私有。阁下要是喜欢，就留下把玩几日。"

近藤仍无半分轻松意："有话明讲，周桑，你不会为了站长一事吧？"

"……实为犬子留学事。"

"哦……"近藤往椅子后一仰，"令公子写信抱怨了？"

"不是！只是犬子初到贵国，估计与同学们不睦，难免动手动脚。能不能劳烦阁下，修书与学堂监学，放犬子一马，别再日日殴击。小孩子身体虚弱，吃不消啊。知非感恩不尽，阁下！"

却见近藤笑了笑："大日本教育一贯严厉。学生们互相打架，乃为日常，相信令公子不日之后，定当习惯。"

周知非的汗顺着额角往外渗："阁下……"

"倒是丁建生一案，你要配合顾，抓紧侦破。军米走私，大大的坏。"

周知非再说不出话了。

"是，阁下，周某告辞了。"

他刚要转身，却又听近藤道："周桑，这《上阳台帖》你带回去。李太白书法第一次观赏，多谢了。"

周知非抱着那卷轴，有些僵在原处了。

"这东洋人还是清官呢？"

纪玉卿望着搁在桌上的卷轴，手紧紧攥着，看旁边撑着脑袋的周知非，又听他道："近藤过着苦行僧一般的日子，几乎不离开90号，唯一爱好，就是琢磨怎么对付咱们苏州人。"

纪玉卿怒道："他不要，我还不舍得！当时收藏家家属送来换人的时候说，这帖子值五十条黄鱼呢。明天我把这古董送回银行保险柜好了。"

"放家里！听说小林师团长也很喜欢书法。军米的事怕是早晚兜不住了。"

纪玉卿撇过身去："这几个破字你爱送谁送谁去。别打我黄鱼的主意就行。"

周知非听着没什么情绪："你让玉平他别乱跑。"

"早不让他躲法租界去了吗，我跟他说了，跳舞场电影院什么的，一准都不让去。"

她尖声还没落，却听区晰萍往客厅来："你们在这里说话呢，玉卿啊，不是说要陪我去大华电影院看场电影吗？这在家闷都闷的……"

周知非先抬眼瞪她:"这外界不太平的。别看了。"

区晰萍瞥他一眼,耸了耸肩。

"不看就不看。就咱们仨,麻将搭子都凑不齐,真闷死人了。"

开门声音打断了顾慧中的出神,门口露出外面阴沉天色来。胡之平一面脱着外套一面往里走,拎起个布袋给她看:"你瞧我给军生带什么回来了?"

他从里头掏出一个元宝似的玻璃奶瓶,塞进她手里。

她低头,默默望着它,有些木地念了一句:"……奶瓶。"

"你一直想要的。在苏州百货买的……"

"被日本人改大丸商场了。"她接道。

胡之平有些茫然:"你……怎么知道?"

她仍看着那奶瓶,没说一个字。胡之平轻轻揽着她的胳膊坐下来:"还有一个好消息,药的事办成了,已经在送根据地的路上了,他们马上能用上奎宁跟阿托品了。"

她却只笑了一下,如门外天光那样短促。胡之平声音柔和:"心疼你爸给的那些金条和法币?我们……"

却见她仍是摇头。

他似是记起出门前的话来,叹口气,终究问道:"出什么事了?"

军生已在摇篮里睡熟了,模样香甜。顾慧中看了他一眼,仍挽着胡之平的胳膊,将他带到外间去。

"……之平,你信任我吗?"

他握紧她冰凉的手。

"我爱你,超过所有。"他一字字说,"慧中,不敢想象,这几年要是没有你陪伴,我怎么度过。"

她有些哽咽了，低下头，藏着自己湿润的眼："我问的是信不信任。"

只听他道两个字："信任。"

她慢慢抬起眼来，里面竟极坚定，钉进他眼中。

"我要向你坦白。向组织坦白。"

他一个字也说不出来，只能听她的声音似从远处而来："还记得在根据地时你问过我，怡园行动前三日，我消失了一下午，是去哪儿了吗？"

"……你去哪儿了？"他听见自己问。

"周知非家。"她说。

"当时军生还有半个月就要出生了，我想去买几块料子，提前给孩子做一些衣服。那天我按你教的法子做了伪装，还戴了大墨镜，去观前街的……逛的就是大丸。

"我挑好了，拿着两块布要出去时候，纪玉卿正路过叫我。我原本不认的，可她说这说那，说她名字，说我们是乐益女中的，还一起参加学校的昆曲社，她唱红娘我演崔莺莺……

"纪玉卿在乐益女中的时候，比我高几届，跟凌叔霞同班。她在的时候，你还没来乐益中学呢。她读书晚，比我们大七八岁，平时不算熟悉，她读书就想识几个字，好嫁人。后来没毕业就去了南京，真嫁了个当官的。这么多年没见了，突然在路上遇到，我也没多心。

"我便只能认了。

"她拉着我，问我们的孩子，说是个男孩，说他家的儿子有多皮……拉着我往她家去，我顾念孩子，我……我推不开她。

"到了她家，我才知道……

"门口站着保镖，她给我倒茶、端樱桃，我一口也不敢动。她说她先生是伪政府的，又问你的事……说等她先生回来，要给你安排工作。

"我、我本想着借她的关系，说不定能帮你在政府里找个合适的掩护身份，可她丈夫回来了，竟是周知非……他眼神可怕极了，我不该那么想来着……我差点露了馅，要不是周知非正好上楼去接电话……"

她已经发起抖来。他将她揽进怀里，慢慢抱紧了，许久，见她心绪平复许多，才叹口气："这么重要的情况，怎么现在才汇报？"

"……本来要说的，但联络点突然暴露，咱们被迫转移，撤到根据地后，又追查八号细胞，又怕引起误会，更说不清了……我……"

"顾易中现在这个身份，你个当姐姐的又和姓周的妻子是同学，还在怡园行动失败前去过他们家，这些事要搁一起，没法不引起误会。"

她扬起脸，半落不落的泪还挂在眼角："我发誓！我没有做过对不起党和组织的事情。"

"这点我百分百相信……"胡之平抚着她的手，"你的问题是没有向组织及时汇报见过周知非的事。"

顾慧中立时道："我现在就向组织上汇报。"却见胡之平摇头："这件事，你现在谁也不能讲。"

她立时愣了："……之平？"

"我们现在在苏州，一旦组织知道你这些情况，肯定会引起不必要的误会。慧中，你要相信我，等我们回根据地的时候，再向组织当面汇报。我是绝对信任你的。慧中。"

顾慧中眼中有十分犹豫："之平，我……我怕犯了个大错误，还要连累你。"

胡之平话声笃定："江苏省委同志马上要从苏州过境，去淮南的根据地，由我负责他们的安全。等护送江苏省委的同志安全离开后，我们回根据地，把事情原原本本地跟组织坦白。"

"……还那得多久？我很焦虑。"顾慧中低声道。

胡之平怀抱更紧:"不焦虑。如今没有什么比江苏省委领导的安全更要紧的……军生醒了。"

孩子哭了起来。

顾易中沿着河边慢慢地走。方才指路的小孩被他塞了钱,欢天喜地地回家去了,河边寂静,天光明亮,他走上前去,蹲在王妈的洗衣筐旁边,唤了一声:"王妈。"

王妈正替人做洗衣佣,见了是他,理都不理,接着将衣服碾在搓衣板上,只是力气更重。顾易中无奈,只得蹲下来,揪过衣服帮她一块儿洗,气得王妈端起筐就要走。

顾易中拽住筐沿:"……王妈,我想找我姐。"

王妈话声像炸药:"你就不怕你姐把你埋了?!"

顾易中不答她,只说:"那天是你送我姐回的家,她住哪个里弄,你应该有数。"

王妈看着更怒。"你可别想拿着你姐去升官发财!"见顾易中无言以对,又横眉道,"顾先生,这地方你还是少来,前些日子在石匠弄那头,有个吃王八饭的吃了枪子,血流得石板上都是。"

顾易中仍似听不见。

"王妈,我知道你最疼我姐了……我今天来,真的是有一件很紧要的事要告诉我姐。知道晚了,我怕我姐吃亏。"

王妈别过头去。

"别来这一套!知道王妈心软,好骗。"

"王妈,伍子胥的故事,阿爸跟你也讲过吧。"

这话教王妈不明就里,但见他竟提起顾希形,还是点了点头。顾易中又道:"春秋时,吴王夫差,听信谗言,逼忠臣伍子胥自尽,伍子胥死前跟家人说，把他的眼睛挖出，挂在吴县东门，他要亲眼看见吴国被灭，七年之后，吴国果然被越所灭。

"……知道我阿爸为什么停厝定慧寺，不下葬吗……阿爸的遗愿，不见到鬼子滚出中华的那一天，他绝不入土。"

"你阿爸就是当今的伍子胥。"

顾易中望着她，知道她已明白了。

"王妈，难道你不想让我阿爸能早点平安入土吗？"

王妈抱着洗衣筐，站了半晌，到底叹了口气。

"……少爷，慧大小姐那天并没有让我送到家门口，但我知道，她就住在九如巷那一带。"她顿了顿，又道，"少爷，你真的不会害慧大小姐吧？她住那里我可是谁都没有说过的啊，我知道她做的是掉脑壳的事！"

顾易中苦笑一下，向王妈微鞠一躬，转身离了河边。

他到九如巷口时天已尽暗，为免暴露，他并没拿手电，只自己摸着黑找。正要拐过另一巷子，却见胡之平一面四处打量，一面往巷外出来。他立马跟了上去。

胡之平地下工作多年，反跟踪水平挺高，没走几步便大抵是察觉有人跟着，忽往回走。顾易中隔着一条马路，又放慢了些速度，直见胡之平拐进一条长小巷，而他从另一条平行里弄跟了上去。

胡之平终究没发现他，七拐八拐，愈走愈至荒凉地界。顾易中正与他隔着几十米宽一道河，河上架着座桥。顾易中见他走近一个黑影，便立在那儿不动了。

这桥紧挨着他俩，如若从这儿过，铁定暴露，那黑影又死活看不清明，顾易中只犹豫一秒，便转身狂奔起来——他要从另一座最近的桥过河去，赶在胡之平离开前，看清那黑影究竟是谁。

是哪个共产党人，还是另有其人？

"你终于肯见我了。"周知非道。

胡之平面目如刻，在月光下，背影显得愈冷。"我有紧急情况。"

"我的更急。"周知非说，"丁建生还在你们手上？"见胡之平点头，又道，"帮我做掉他。"

胡之平似早已想好："做掉他可以，得拿我的海底来换。"

周知非挑起眉头，十分诧异："胡之平，你还敢跟我谈条件？"与对方眼神撞上，又长篇大论起来，"这一次你回苏州，一直拒绝提供情报，也拒绝跟我见面，是想脱离吧？胡先生，你别忘了，你害死了多少共产党的人，太湖根据地的地址是你发电报通知我们的……我把这些告诉你们的人，我看你能活得了几日。"

未承想胡之平听了这些，竟拔出枪来，枪口直对着他的脑门，随话一点点钉在上头："有一件事我还没跟你算账。你们竟然打我太太的主意，周知非，我说过了，只要你们敢动顾慧中一根毫毛，我就跟你搏命！"

周知非面无表情。

"我知道你很爱你太太，不然那天我们的突击也不会成功。"

"我现在明白了，怡园行动前，你们先是秘密逮捕了我，然后让你太太出面拖住慧中，就是怕她回家，发现我不在怀疑到我被捕……好一个夫妻档！"

周知非微微笑了。"比不上你们。胡先生，要不是你太太怀孕，估计那天你就宁死不屈了。"他弯着嘴角，伸出根手指，轻轻将胡之平的枪口拨开，"你在北平搞地下工作时被捕过，七天七夜的严刑拷打，没让你吐口。这回要不是我把你太太先诓到我家，你也不会就范。"

胡之平不接他话，仍举着枪："顾慧中已经起疑心了，她把去过你家的事向那边一汇报，那边马上就会怀疑到我。"

周知非不动声色："你应该有办法阻止你太太。"

"只拖得了一时，她早晚会想明白的，如今老鹰跟肖若彤开始怀疑我了……买药的事，我能感觉到顾易中一定在暗中帮肖若彤。"

周知非目光里燃起火："把老鹰他们新的联络点给我，我帮你解决所有的麻烦。"

胡之平摇头，说："那会死更多人的……我也只答应你们太湖根据地的地址。别想再拿到其他的情报了。"

周知非笑出声来："你还是怕，海底只有我一个人知道，我不说，没人查得到你。在所有人眼里，顾易中还是八号细胞。有顾易中替你顶雷，你就永远不会有事。新四军驻沪办事处的新联络点在哪儿？"

胡之平不语。

"那丁建生在哪儿？"

"我不想干了。"胡之平平静道。

周知非是真的有些急了："胡之平，你别痴心妄想以为能把海底要回去，就当什么事都没发生，接着当你信仰坚定的共产党人，已经不可能了！我告诉你，我也是从你们那里出来的，绝不可能了。只要被怀疑过一天，你这辈子就休想再成为他们自己人，所有的一切都是要入档案的！"

胡之平只是那样望着他。

"要丁建生，就拿海底来换。其他的，你什么也别想得到！"

他收起枪来，转身走了。

顾易中喘着粗气到了河对岸时，正见胡之平从那边走来。他心知会面已经结束，立时避到一角，让胡之平一路过去，随即继续往那方向狂奔。

哪还有一个人影。他在荒地上转来转去，低着头，使劲嗅着方才两人站立的地方。

第九章
先锋

区晰萍从楼梯上慢慢走下来，望着周知非从瓶子里倒酒。

酒是威士忌，客厅里只开了一盏灯，将酒液照得泛出色彩来。她走到他身边去，听他问："不是跟玉卿去看戏吗？"

"我身上不麻利，懒怠着去……有事？"

这话不是疑问。周知非又倒了一杯酒，她一把将倒满了的酒杯抢过来，喝了一大口。

殷红的口红印留在酒杯沿上。

"能跟我说吗？"她问。

她端着那酒杯，听着周知非的沉默。她又道："我们当特务的，太多事需要烂在肚子里，这样容易生病。"

周知非望着酒杯，眼里竟现出茫然。

"近藤逼我交出丁建生，丁建生要是到了他的手里，我就完蛋了，交不出来，这个特工站站长就别想再当了。"

"日本人一点退路都没给你留。"她说。

"是顾易中！"

她看着周知非发红的眼："他就一白丁，才开始当特务，怎么就把你这十几年的老特务玩得团团转。后头有共产党的高人支招？"

他笑了笑，摇着头："那倒不一定。顾易中是个读书人，还留过洋，脑子又好使，阴着狠……当下最烫手的是丁建生。"

区晰萍声音轻飘飘的："忘了顾顺章当年在中统南京长乐路的训练班上怎么给咱们上的课——只有死人才是可靠的。"

周知非却立时摇头："我不能下手。"

"那就等着顾易中抓你的错呢。"

周知非抓过酒杯，一杯一杯地倒，一杯一杯地喝。

他听见她的声音，哀怨更显："你总是忘了我，知非。"

他磕下酒杯。

"……今天真没心情说这些。"

她话便缱绻起来:"你误会了。你不便干的事,我可以的,别忘了我的身份。"

周知非又是摇头:"有时希望你不是,我也不是干特务工作的……我们都是普通人,一家子团圆过日子……"

"你在说蠢话。"区晰萍却打断他,"知非,丁建生这事可以让我的人动手。"

周知非低下头:"容我再想想。"

他喝尽了杯里的酒,愣愣望着她。她面容在昏暗灯光下又清晰起来,眉眼比灯更柔和。她走近一步,伴着的却是玄关的脚步声。

区晰萍眉目陡厉,转身迎了出去,正是纪玉卿。

"元和,病好了些?"

区晰萍摇摇头:"肚子痛得睡不着,刚好周站长回来,跟他扯几句闲篇,全是你们家小四的事,真是个好父亲啊。"

她慢慢回自己屋去,坐在镜子前一点点卸妆,屋外纪玉卿与周知非的话声隐约传来,且愈渐清晰了。

周知非端着重又倒满的酒杯,而纪玉卿看见了上面的口红印。

"也就我傻,什么李先生的外室?!今天你不老实跟我坦白你们俩什么关系,我就跟李先生打长途!"

周知非坐在床边,神色不动,一个字也不说。纪玉卿怒火上涌:"好!我去楼下打电话。"

她甫走出一步,却听见哐的花瓶碎裂声,碎片崩在她脚边,她一下子僵住了。

周知非声音阴冷:"都逼我,我死了无所谓,小四怎么办?你还想要他回国吗?"

纪玉卿便站在那儿了,音调也低下来:"……别又扯上儿子。她是谁?你跟她什么关系?今天你都得给我坦白。"

周知非却笑了一声。

"她是谁?我不能说。反正不管李先生也好,近藤也好,要知道她在这里,别说我了,你都别想活,全家活埋……好了吧?"

纪玉卿便傻在原处了。

"……她是重庆来的?"见周知非坐着不说话,她道:"重庆还缠着你干吗?要你回去?"

"回去,李先生能让吗?……不回去,老徐能留我活路?你们一个个,都想逼死我!"

纪玉卿急忙坐到他身边来,柔声安慰几句,又试探道:"我不管她是重庆的还是李先生的,我就问你一句话,她真的没跟你睡过?"

"睡睡睡。中统的女人,我敢睡?!李先生的女人,我敢睡?"

周知非却连吼都有气无力了。

街灯灭了,屋里便连最后一点光也不见。区晰萍坐在镜子前,默然往外看,镜子里映出她消瘦的背影。

她忽然觉得有些冷。

顾易中望着海沫从台上下来。

她抱着琵琶,见他站在后台口,忽而一愣。顾易中硬着头皮迎上前:"能联系上肖若彤吗?我有急事要找她。"

海沫摇头:"上次医院一别,就再也没有见过她了……或许问问医院的人?"

顾易中却只叹了口气:"他们一贯神出鬼没的。"

他转身便要走,又想起什么:"谢谢你天天去给我阿爸上香。"

"顾伯伯对我恩重如山,我能做的就这些了。"

"苏州现在局势不好……你还是早点去内地的好。"

海沫点了点头。

"等过了顾伯伯的七七四十九天祭日,我是想回重庆……我弟弟和我还约在歌乐山相见呢。"

她努力平静地说这话,眼睛却还是湿润起来,以至于微微眯着,才能拦住什么东西。顾易中有些犹豫:"令弟……"

海沫却又是摇头。

"他早牺牲了。没事,上次都怪我,给了肖小姐那么一下,让你跟肖小姐又平添不少误会吧。你很着急找到她吧……我可以上街帮你找找,看看能不能偶遇见肖小姐。反正我白天除了下午一档评弹,闲时间多的是。"

"我另想办法吧。"

"我真的可以上街。"

他却已动了步:"来不及了,再会。"

却又停下来,没回头,轻轻念了一句:"评弹其实挺好听的。"

他不知她有没有听到。她低头看着自己的琵琶,拨弄它的弦。

顾易中踏着晨色,倚着一辆自行车躲在九如巷口,街边只有排着队等早工的零散工人。他衣着已做了掩饰,混在里头,毫不显眼。过了一会儿,胡之平终于从巷口走了出来,上了一辆车。

那车显然是早已约好的,顾易中自行车难跟,不一会儿便跟丢了。待他再找到那辆车时,胡之平已不见踪影,他只得等在旁边,远远盯着。

肖若彤站在丁建生面前。

丁建生被捆在角落里，浑身都泄了劲儿，见她来才亮了眼睛。肖若彤拔出他嘴里的破毛巾，差点被口水喷了一脸。

"我能走了吧?!"见肖若彤摇头，他立时变了脸色，"药针你们也买到了，你还想怎么样?!"

肖若彤冷着脸："你不知道90号的人在到处抓你吗？没有我们的帮助，真放你走，你也未必能活着离开苏州。"

丁建生半句不听："贵党不能这样没信用……重庆的延安的，我都做过生意，还真没有你们这样的，你们到底是哪头的？"

肖若彤又把他的嘴堵上了。胡之平与周振武进来，甫关上门，胡之平便道："我现在得把他带走。"

周振武与肖若彤对视一眼："带去哪儿？"

胡之平不慌不忙："组织上还有任务，需要丁建生配合完成。"

"什么任务？"

胡之平皱起眉头，瞪了肖若彤一眼："组织纪律你不清楚吗，不该你知道的事情不打听，明白？"

却见肖若彤挡在丁建生面前："他现在还不能走！"

"怎么了，出什么事了？你这是要违抗组织命令吗？肖若彤。"

见胡之平面色严肃，肖若彤便说不出话来，周振武及时开口："丁建生可以跟你走，但有一个条件，我得跟着。你办完事之后，我们需要把丁建生给送回上海。这是我们答应人家的，咱们不能言而无信。"

胡之平却摇头。"不行。我们三个男人行动，容易暴露。"顿了顿，"肖若彤跟去可以。"

几人便终于暂且达成一致，胡之平去解丁建生身上的绳子，手却有些抖，半响解不开绳结，周振武看了他一眼，上前一把将绳结拉开。

"特派员同志，你好像有点紧张。"

胡之平拽起丁建生来，苦笑一声："我本来就不是搞行动的……姓丁的，路上老实点，见了我们的关系以后，配合他的工作。"

丁建生看上去半点不似相信他们的样子："什么关系，你们能提醒我一句吗？"

"到了你自然知道，老老实实听他安排就是了。这次任务完成之后，我保证马上送你回上海。"

丁建生却盯着他："……我能再相信你们吗？"

丁建生与肖若彤戴上墨镜，扮作情侣，坐上了门外汽车的后座。丁建生经验丰富，派头十足，半点不露破绽，胡之平开车。

周振武进了另一个房间，站在窗边，往那车看了一眼，见两辆黄包车跟在汽车后面，恰有一人走进屋来："刀疤和老刘跟上他们了。"

他点了点头："通知老何，车行的人全部紧急撤离。"

肖若彤紧紧抓着丁建生的胳膊，见胡之平开着车，不停打量后视镜，也回头看了看，胡之平立时开口："别回头！"

"有尾巴？"

"两辆黄包车，出了车行就跟上咱们……是自己人吗？"

肖若彤又回头看了一眼，轻声道："不是。"

胡之平便点点头，神色不变："甩掉他们。"

他左右穿梭，绕入绕出几条小路，在一个十字路口将那两辆黄包车甩掉了。汽车驶入山塘街，停在一家店铺门前。

胡之平开门下车，看一眼丁建生和肖若彤，低声道："看好他。"

丁建生有些坐不住:"到底要我跟谁接头啊？"

"一会儿你就知道。"他关门下车，肖若彤则把枪口顶在了丁建生后腰:"别吱声。听特派员的。"丁建生立时噤声了。

肖若彤眼睛却盯着胡之平，见他走到一个角落，见了人，低声开始说话，然连人影也看不清。她握紧了枪。

"人我带来了，海底呢？"

周知非戴着假胡子和墨镜，探头往汽车方向看了一眼:"除了丁建生，车上还有别人。"

胡之平没搭理:"海底给我，丁建生你带走。"

周知非冷笑一声:"你以为拿回海底就能洗白吗？他们早晚会知道的，也不会放过你的。"

胡之平恍若未闻:"这是我的事。海底！"

"……替我们做事有什么不好，跟着共党又苦又累的，连孩子的奶粉钱你都凑不够。为孩子想想吧。"

胡之平却突然揪住他的衣领:"我最后问你一遍，海底带了没？！"

周知非不慌不忙，举起自己的手提包，胡之平抢过包来，拿出里面的老唱片。

"……我怎么知道这是不是真的？"

"你忘了唱片上有你的签名吗？这是母盘。你的招供全录在这上面了。我们做事，讲究信用。"

上面果然是他写的"胡之平"三个字，他朝那字吐了口口水，咔嚓一声把唱片掰成两半，又扔在脚底下，使劲踩了几脚，直到它变成碎片。周知非冷眼看着:"胡先生，你就这么想脱钩。"

胡之平望着他。

"没了这个，我再也不是八号细胞，我是胡之平了……我把丁建生叫过来，你带走。"

却见周知非又笑了笑："我带走干吗用？你的人你该怎么办怎么办。"话一说完，转身就走，胡之平怎也没料到这话，站在原地，彻底蒙了。

"……是他？！"

肖若彤只听丁建生惊叫一声，挣扎起来。丁建生正往胡之平方才站着说话的地方看，肖若彤忙问："……谁？你认识他。他是谁？"

"我不想见他。我不想！快带我离开。"

肖若彤抓着他的胳膊，再去看时，却见那人已经消失在山塘街人群中，越走越远了，她连声问丁建生，后者却使劲一挣，一把推开她，逃下了车。肖若彤连忙追去，却听身后一声大喊："小心！"

砰的一声，一颗子弹破空而出，正打在丁建生后脑，丁建生倒在街中，血流如注。街上行人尖叫连连，四散逃开，肖若彤立时躲在车后，举起枪来，四处张望寻找杀手。胡之平也跑了过来，与肖若彤一块儿向丁建生扑去。

她抬头一看，却见顾易中正朝街后一栋居民楼狂奔。她顾不得了，趴在丁建生旁边，使劲追问："那人是谁？说！是谁？"

"怎么回事？"胡之平喘着粗气问。

丁建生却已经没气了。尖锐警哨声响起，一大批伪警奔了过来，胡之平忙拽住肖若彤的胳膊："走！再不走来不及了。"

两人弃车而逃，消失在往街外跑的拥挤人群中。

顾易中始终骑着自行车跟在胡之平车后，见了这一番经过，又见旁边居民楼一窗口中有枪口探出，正对准肖若彤坐着的地方，却打中了丁建生，随即心中明了，往那屋中追去。然到得里面时，正对上个背着背包出房门的人。

"站住!"

他堵住走廊,却见那人拉开一个手雷朝他扔来。他急忙往旁扑倒,起身再追时,人早已没影了。

方才待过的房间里,只留下零星一堆瓜子皮和一牛皮纸袋的干果。

两辆小轿车开进伪警的封锁圈,黄心斋带着李九招下车,亮出工作证,立时接管了现场。丁建生已死透了,趴在地上一动不动。黄心斋抬起头,见顾易中从旁边居民楼里出来。

"一枪毙命。"黄心斋道。

"高手。"

"哪头的?"

"专业的。"顾易中往上一指,"从上面那间屋子打的枪。"

李九招吓了一跳:"这得一千公尺远吧,一枪爆头,了不得了。这家伙要是架在90号对面,咱们不得随时掉脑袋?!"

说得黄心斋也紧张起来,又往四周打量。顾易中却见旁边店铺角落里一堆碎唱片。他站起身来,往那走去。

"我锁定目标后,第一时间就通知了黄副站长,请求支援。没想到还是被人抢先了一步。"

"什么人?"

顾易中便不说话。近藤抬眼看站在一边的周知非:"周,你能推测是什么人灭口的?"

周知非笑了笑:"丁建生的案子顾易中负责,阁下还是听听他的意见吧。"

顾易中看着仍是冷静,从怀里拿出一包东西,展开,正是那些唱片碎片。

"有些东西请教周站长。"他道。

周知非瞥了一眼:"不用客气。傻子都看得出来是老唱片碎片。"

"除了小朋友,谁有兴趣把一个唱片踩碎成这样。我好奇这唱片上记录着什么内容。"

"估计是什么京剧名段,或是金嗓子周璇的歌。"

周璇红遍大江南北,是电影名角儿,路边随便捡一张唱片是她的都不奇怪。顾易中笑了笑,没点破周知非东拉西扯:"我听资料室的书记员刘锦云说,90号有些资料也是用唱片录的。"

周知非面色冷了下来:"你要怀疑这是90号内部的资料,就明说。顾易中。"

话听着越发剑拔弩张起来,近藤却听不懂两人话间含义。黄心斋恰在此时进来,举着一块手帕,里头包着个挺长的步枪弹头:"太君,枪械员报告,贯穿丁建生头部的是 $7.62 \times 54mmR$ 步枪弹。这是从丁建生脑袋里挖出来的。杀手用的应该是一种叫莫辛-纳甘的职业狙击步枪。"

"……莫辛-纳甘,苏联狙击步枪?"

"延安那头才会有苏联的玩意儿。人是延安杀的?"

近藤摇摇头:"这种狙击步枪很贵,共党太穷了,即便搞得到枪,也用不起这子弹。共党精打细算,不舍得花这么大价钱杀人,重庆那头的。周,你说说看。"

周知非仍旧推辞,颇有些阴阳的意思:"让顾易中来吧,阁下,他比我强。"

顾易中忙笑着躬身:"不敢当,周站长,您是我老师,还是您请。"

近藤看了周知非一眼,他方开口:"军统戴笠在日苏诺门坎战役之后,曾经从苏军手中买过一批这种狙击步枪,在湖南临澧的军统培训班上专门用来培训杀手。这个弹头被开过槽,泡过毒药,中弹必死,典型的军统作风,是不是,黄副站长?"

黄心斋却道:"中统也有嫌疑。站长,我有消息说'鹰眼'潜入苏州。你听说了吗?"

周知非面不改色,慢慢摇头。近藤却问:"鹰眼是谁?"

"周站长在中统待过,这个他应该熟。"

周知非平静道:"鹰眼是中统头牌杀手,真名冯治国,东北军出身,千米之内狙击目标,百发百中。吴县知事郭景基被杀,怀疑跟他们有关。远距离中弹,一枪穿脑。"

黄心斋立时道:"丁建生可能就是同一伙人干的。"

"我不太理解的是,丁建生不过是个商人,中统为什么要大动干戈杀他呢?"

黄心斋一笑:"周站长真不知道?"

周知非一拱手:"还请黄副站长明示。"

"丁建生和顾易中正在调查的常州军米走私案有关,中统杀人灭口,难保不是和这个内部奸细里应外合。阁下,您也清楚,咱苏州站过半的人马,可都是从中统过来的。"

"周某人就是从中统弃暗投明过来,黄副站长,你直接说怀疑我不就是了。"

黄心斋一抿嘴:"我没那个意思。周站长不必紧张。"

周知非却笑:"我不紧张,我是生气。周某参加和运三年,哪一天不尽心尽力,结果你们还是把我当外人。"

黄心斋摇摇头:"还有个消息也跟鹰眼有关,周站长,据说中统江苏区新任区长代号泉水,中统内传有鹰必有泉,有泉必有鹰,所以我估计泉水也早潜到苏州。"

"泉水是代号,还是真名?"

近藤冷眼旁观许久,此时终于开口,冷冷盯着周知非,黄心斋步步紧逼:"周站长,听说你有个相好,在中统徐老板那边很吃香,不知道徐恩曾会不会把她派过来当区长。不知道这个泉水会不会是个女的?"

顾易中转过头,正见周知非暴出怒色。"黄心斋,你这是要整死我们全家!"说罢,不等黄心斋假意敷衍,立时转向近藤,"阁下,我儿子现在就在日本留洋,周某能以全家性命担保,不敢三心二意,鹰眼、泉水之事,与周某人无干。"

近藤不应声,却道:"抓到鹰眼、泉水,把中统的人通通地抓到。"

周知非即答:"明白。"

近藤却望向顾易中:"这个专案由顾负责。顾桑,没问题吧?"

顾易中点头:"三日之内,鹰眼必定归案。"

胡之平与肖若彤一路至人和车行前,却见门口与院里都空空荡荡。两人皆面色凝重起来。胡之平走在前,将肖若彤护在身后,进了车行,里面果真空无一人。

"他们撤退了,咱们赶紧走。"胡之平甫要转身,却见周振武从门外进来,通知他众人确是转移了。

胡之平正惊讶间,却听肖若彤将丁建生已死一事冲周振武说了一遍。

"转移是应该的……我早就说过了,丁建生不能离开藏身处!胡特派员,你要对丁建生的死负责。"

胡之平默然点头:"该负的责,我会负的。"

周振武冷道:"就怕你负不起。若彤,那张字条给他看看。"

肖若彤掏出陆峥给的那张纸条来,胡之平读毕,脸色大变。"这谁写的条？"抬头一看，却见肖若彤紧紧盯着他，"看我干吗？……丁建生是被躲在暗处的杀手一枪击中的。"

"要不是你把人带出去，他就不会死。"

周振武亦追问："特派员同志，你到底带丁建生是去见什么人？"

胡之平毫无松口的意思："我不能说，这是纪律。"

周振武神色严肃。"特派员同志，现在我怀疑是你预谋杀死的丁建生，你就是八号细胞。"忽见胡之平伸手进怀里，顿时急了，上前一步将肖若彤护在后面，又快准狠将枪拔了出来，枪口正对着胡之平的脑袋，"不许动！把手拿出来，慢慢地！"

胡之平却掏出一张纸来，扔给他："……你们自己看密电吧。"

"省委尧等四位克日过浒墅关，忠。"

密电上写着这样一行字，周振武与肖若彤对视一眼，听胡之平道："尧是谁你们无权知道，忠是咱们的共同上级王明忠。这密电说的是……省委的同志马上要从苏州过境，进出清乡封锁区需要良民证和出行证，否则怎么过浒墅关大检问所。"

周振武仍未放松："丁建生怎么牵涉到这件事？"

胡之平抬眼，竟有些嘲讽起来："难道你们跟清乡委员会封锁总办事处处长张北生熟？"

"……刚才见的是张北生？"

"张北生这么容易见？我见的是张北生的管家张三力，给了一百储蓄券，他才同意安排我带丁建生去见张北生。张北生欠丁建生一个大人情，本来办几张证的事，简单得很。这下好了，丁建生死了……我去哪里搞省委同志的良民证及出行证。"

肖若彤皱眉："这么重要的情况为什么不早说呢？！"

胡之平竟怒起来："领导的过境行动是高度保密的！组织纪律高于一

切，这个道理你们不懂吗？你是第一天从事地下工作吗？"

周振武看着他，慢慢放下枪："特派员同志，别生气。我们是有些着急。"

"肖若彤她不明白，你是老同志了！"

周振武并未慌张："特派员同志，省委领导过境的事，苏州这边除了你，还有谁知道？"

胡之平下意识道："顾慧中……电报是她译的。"见对面两人对视，霎时明白什么："怀疑完我，又怀疑我太太？"

周振武不置可否："特务工作要特别小心。我相信你严格执行组织纪律，但车行这个联络点知道的人太多了，从今天开始这个联络点取消，撤退。以后联络，我会让交通员老何通知你的。特派员同志，今天就到这儿为止。抱歉，我不该拿枪对着你。"

胡之平沉默半晌，慢慢道："你更不该的是怀疑我太太。买药的钱，组织只给了六万，其他一万加十根金条，是她的私房钱。我只想说一句……我们这些人当中，没人比她为革命付出得更多了。"

他说完，没再看这两人一眼，转身便走。肖若彤与周振武站在院里，看他背影消失在街头，颇有些落寞。她话声犹疑："……我们错了？"

周振武摇摇头："他的话毫无破绽。"

"他和慧中姐姐还是有八号的嫌疑。或许是一人叛变，或许俩人都……"

"当务之急是赶紧阻止省委同志跟他们联系。电台还在顾慧中那里，我马上派人回趟太湖根据地，找到明忠，汇报这边突发的情况……若彤，车行联络点撤销了，我们都要另觅住处。苏州这边你还有其他的落脚点没有？"

肖若彤点点头："苏州我还熟。放心。"却见周振武掏出个布包，塞几张零钱给她："我这还有二十六元的活动经费，我留六元，这二十元归你。"

"钱不用。"她没接，却被硬塞进手里。

"拿着。住的地方别离车行太远，定期来这里观察是否被破坏。也方便我能联系到你……我不在的时候，一切行动终止。"他想了想，又道，"你个人安全也要注意。如果要紧急联络组织，可以在车行你的房间留字条，我会定期回来检查。"

两人收拾了东西，在车行门口挂了个"霍乱横行，歇业整顿"的牌子，转身走了。

胡之平回家便一页页地烧起文件来，烧到半夜，火光在黑漆漆屋子里格外刺眼，顾慧中终于从里屋出来，开窗透着室中空气："大晚上的，你烧什么呀，一会儿再呛着孩子了……又有情况？"

胡之平抬眼看她："最近你别去车行了，联络点暴露了。不过人都安全，转移了。"

顾慧中心中大起大落，喘一口气："……省委领导什么时候到？"

"明天。"

顾慧中便点头："我写了一封见周知非事件的经过报告，我想让你转交给省委领导，行吗？"

胡之平手下一顿："慧中，你知道这样你可能要被隔离审查，我们都得被召回根据地……"

"那也比现在提心吊胆地隐瞒好。平，从你介绍我入党的那一刻开始，你就一直教我做一位对组织绝对坦诚忠心的人。我直面我的错误。"

胡之平站起身来，一把将她抱进怀里，声音被烟火呛得有些哑。

"我不会让你一人去面对。要坦白……我们一起，慧中，你的错误就是我的错误。"

周知非拽着区晞萍就往卧室走。

要不是见他看着就像气疯了，纪玉卿早骂上去，此时忍了又忍，也还是囔一句："我在家呢。你们俩别太过分。"

区晰萍一把将他甩开，待进了屋，周知非面色阴沉："你的人已经暴露了！"

"谁？"

"黄心斋已经开始怀疑，杀害丁建生的凶手就是鹰眼冯治国！"

区晰萍还未答话，纪玉卿便推门而入，周知非冷冷道一句："你出去。"

纪玉卿却站住了："你们说什么我得听着。"

"……我们说正事。"

"那我更得听着。谁知道你们正事之中有没有夹私。"

周知非便不再搭理她，也顾不得这一点了，转而看向区晰萍："黄心斋知道你跟鹰眼潜入苏州的事了。"

区晰萍毫不意外："我们出了个内奸，投了黄心斋。我已经处置了。"

周知非见她这样，束手无策："近藤是个多疑的人，他本来就怀疑常州军米案和我有关，现在又怀疑是鹰眼杀害丁建生！让他查出来我跟你们还有关系，李先生也保不了我！"

区晰萍耸了耸肩。"他们只是怀疑，并没有证据。"她又一笑，"90号特工站站长胆子不会这么小吧。"

周知非毫不退步："等他们有了证据，就晚了……鹰眼不能留！"

区晰萍冷了脸："我通知他马上撤离。"

周知非摇头："近藤已经下令全城戒严，只留阊门一个出入检问所，严查外地口音的。他走不脱了。"

"那更得走！苏州太小了，又没租界可藏。"

周知非望着她："你说过，死人才是最可靠的。鹰眼不能留。"

"他是目前中统最优秀的杀手！徐先生要是知道我弃了他，他不会放过我的。"

周知非恍若未闻。"还有,"他看了一眼门口的妻子,"黄心斋今天在近藤面前有意敲山震虎,暗示我跟你们还有联系,相信不久,他们就会监视我们家。"

区晰萍看着他,良久:"我会离开这里的。"

纪玉卿插嘴:"就这一句我听明白了。"

"这几天你先不离开。满城都是黄心斋的特务,宪兵队也都出动了……目前这里还算安全。我还得回90号一趟,玉卿,你陪翁小姐。哪里都不要去。"他看了看窗户,拉上了窗帘就往外走,"离窗口远点。"

纪玉卿关上了门,站到区晰萍身边去,悄悄道:"你们那边女特务多吗?……能做到你这样高位置的也是凤毛麟角的吧?"

区晰萍默认。她转过头,也往外去:"我有事得马上去处理一下,周太太。"却被纪玉卿一把抓住胳膊,纪玉卿在她耳边轻轻道一句:"周知非骗我。"

这回区晰萍确是没听明白。

"他说中统的女人,他不敢睡。但他肯定跟你睡过,你也不是李先生的女人。"

区晰萍一下便将她的手甩开,斜了她一眼:"我,他还真睡不起。"

顾易中在树后盯着,那日见到的鹰眼冯治国停在李记炒货招牌下面,左右看了看,而后买了两斤热腾腾葵瓜子。冯治国转身便走,他紧随其后,然对方似乎察觉有人跟着,刻意甩开尾巴,没过一会儿,顾易中便在一个十字路口前把人跟丢了。

冯治国走进一家咖啡厅,慢慢坐到区晰萍对面,听她道:"你暴露了。"
"不可能。我做得很干净。"

区晞萍摇了摇头:"不是我们行动区的问题,我怀疑上层有人和他们有勾结。拿我们做交易。"

冯治国面色立即严肃起来:"这事得向徐老板汇报。"

"狙杀丁建生,他们已经怀疑上你了,他们还在查郭景基被杀案。你现在不能留在苏州。"区晞萍从兜里拿出个信封来,"这是今晚去上海的火车票。还有这封信,回重庆,务必亲手交给徐先生。"

对面却没接:"我走了你怎么办?"

区晞萍垂眼啜一口咖啡:"有他在,我不会有事。"

"周知非善变!叛中共投中统,叛中统投汪伪,跟这种人打交道,你可千万小心。"

"这个我自有打算。你走你的。"

"……跟我一起走吧。"他接了信封,揣进兜里,却听她答,"我一时还走不了。放心,周知非我现在还拿得住他。"

顾易中终于跟到咖啡厅来,四下搜寻一番,隐约见冯治国坐在里面,对面是个女人。他立时躲在一边,却见那女人起身,戴着顶大帽檐的礼帽走出了门,将脸遮得严严实实。

他觉得此人他必定见过,然而还未细看,她已消失在街角。顾易中无法,只得又跟上从中出来的冯治国。

一路是往民宅走。冯治国进了大门,顺着阴暗又狭窄的通道上楼,顾易中只犹豫一刹,便跟了上去,藏身在楼梯口,探出眼睛看着冯治国站在一间房门口。

冯治国却停住了。

门锁芯朝向和走时候不同,有人来了。

冯治国倏地转身，朝走廊尽头跑去，未等屋里冲出来的张吉平等人追上，便从窗户直往下跳。顾易中追在张吉平几人后面，跳进一条小胡同里，见冯治国定在岔路口，已经被张吉平的人三面夹击。

冯治国举起手来。

李九招给手下使了个眼神，那小特务刚往前走了一步，霎时被冯治国夺了枪，挟在身前："散开，否则我现在就杀了他！"

顾易中举枪上前，一面喊了一句"留活口"，一面厉声问道："刚才你见的人是谁？"

冯治国却只吼着："散开！"

顾易中仍举着枪，正要转身去寻张吉平，却听砰砰几声——李九招开了枪，将那小特务和冯治国一并打死在岔路上。

"谁让你开枪的？！"

顾易中愣在原地，见张吉平面色不改，收起了枪，这才冲上前去，却见冯治国已经断了气，而他衣兜里露出个信封的角来。顾易中扯出那封信，正要打开，背后伸过一只手——张吉平一把将信夺了过去。

"这是物证，我得带走！把尸体也给我拖回90号！"

顾易中势单力薄，全然抢不过他们，眼睁睁地看着张吉平领人将尸体抬走了。

黄心斋看着白布下面冰冷的尸体，又拿出张照片，左右看了看，叹了口气。

"鹰眼冯治国，中统第一杀手，可惜不会说话了。"

顾易中站在他旁边，垂眉耷眼，听黄心斋问："张吉平怎么知道鹰眼的下落？"

顾易中没答，只看了眼屋里其他特务。黄心斋会意，拍了拍他的肩，走出医务室,两人站到个角落里。

"张吉平他们是周站长派去的,我找到鹰眼的时候,他们已经埋伏好。你才怀疑到鹰眼,我刚找着,他就死了。有人比我更快。"

黄心斋几乎鼓掌:"动作神速。苏州城这么大,想找一个人谈何容易。除非……"

"有人早就知道他的下落。"顾易中接道,"他死前,和一个女人有过接触。"

"知道长相吗?"

顾易中摇头。"中等身材,穿着驼色风衣,头戴一顶大檐帽,脚穿一双黑色的皮鞋。"他拿出一张素描像来,然只是个背影,"她警惕性很强,帽子遮住了大半张脸,很难辨认。"

黄心斋盯着那张画像:"泉水,一定就是泉水。兄弟,只要我们抓住她,周知非就完了,咱们就立大功了。"

顾易中却问:"那把狙击枪呢?"

黄心斋立时道:"你感兴趣,让弟兄们一会儿给你送去。"

顾易中笑了笑:"谢谢黄副站长。回头我再给你送一只表玩玩。"

黄心斋拍拍他的肩,慈眉善目,道:"好说好说。"

顾易中回宿舍去,看着自己手边一叠素描。

有那日和胡之平见面那人的背影,有周振武和丁建生、肖若彤,还有翁太与海沫的素描。他拿出自己给黄心斋的那张画像,与画着两个女人的那张比对起来。

那把莫辛-纳甘狙击枪已经放在他手边,他正要看那枪,门却开了,进来的是高虎,一声不吭,关上门走到他面前来,两声闷响,跪在地上。

"顾哥,你让我干吗就干吗。"

顾易中吓了一跳："出什么事了？起来！"

高虎纹丝不动："我妈活过来了，全靠你给的那阿……"话在半截卡着，顾易中及时接上："阿托品。"

高虎就要磕头："顾哥，啥都不说了，我这条命是你的。你要随时拿去。"

顾易中拽他胳膊："起来！"

"你不答应我就不起来！"

"……现在有件事，还真需要你帮忙。但绝不能跟站里的任何人提起，行不？"

高虎立马蹿了起来。

杜老板走进后台化妆间时候，见海沫换了短衣短衫，正打扫里头卫生。他忙过去夺了扫帚："哎哟，海沫姑娘，你这是干吗呢？怎么能让你扫地。"

"我现在登不了台，留在您这儿，不能吃白饭。"

"你可别忙活了。你的行会申请已经通过了，明天你就可以继续登台演出了。"

海沫抬眼："真的？你不是说光裕社不让女先生上台吗？"

杜老板看着也纳闷。"怪哉……他们就同意了。应该是有人打招呼了。"见海沫仍想不明白，便道，"你的朋友来头不小啊。光裕社的后台是王则民，一贯不给我脸色，今天那叫一个热络。"

海沫低声念了一句："是顾易中？"

"这我可就真不知道了。"杜老板语重心长，"不管这事儿是不是他帮的忙，你以后都尽量不要和姓顾的来往。知人知面不知心，连亲爹都能杀的人，谁知道以后还能干出什么事。可惜了希形先生，怎么会有这么个汉奸儿子。"

"香莲碧水动风凉，水动风凉夏日长。长日夏，碧莲香，有那莺莺小姐她唤红娘。说红娘啊，闷坐兰房嫌寂寞，何不消愁解闷进园坊。见那九曲桥梁红栏曲，在那湖心亭旁侧绿纱窗。小姐是，身靠栏杆观水面，见池中戏水有两鸳鸯……"

这一出唱的是《莺莺操琴》，海沫仍旧弹琵琶，杜老板躲在后台听着，情不自禁也跟着哼哼起来，听小二在旁念叨："这海沫姑娘行啊，连您都跟上了，今儿估摸着有二百客，破天荒。"

杜老板拍小二脑袋："张俞调有别老三调，有味儿。"

小二撇撇嘴，踏着台下如雷掌声，往后台走了。

"我给你的这封信差点儿就落在近藤手里了！"

周知非将从鹰眼身上翻出那封信摔在客厅桌上，区晰萍一惊，沉声道："鹰眼出事了。"

"我说了，他不可能活着离开苏州！"

"你原先答应过我，留他一条性命的。"

周知非神色不变："不是他死就是我死。"

"你比以前还狠，知非。"她说。

他像一下泄了气："这事怪不得我。晰萍，当下时局，先救己，后能救人。"

"他们怀疑到你了吗？"

"顾易中现在跟黄心斋搅一起了，他们联手了。断了鹰眼这条线，下一个目标一定是你。黄心斋这几天很活跃，他们小军统的头儿是万里朗，一直在拆李先生的台。"

区晰萍眼神霎时狠厉下来："这个灾星。他想用我来打压你。"

"你要快点离开苏州。"

她却抬头:"我现在不能走,你得帮我做件事。"

"……做得够多了。"

他话虽这样,却丝毫不坚定。她置若罔闻:"蒋伯先被上海76号总部逮捕了。我刚收到徐老板的密电,立夫先生下命令了,要不惜一切代价,把他营救出来。"

周知非一惊:"蒋先生是国民党上海党部主任,不应该在重庆吗?他们在上海总部抓的人,我苏州特工站站长怎么救?"

"有消息说上海汉奸内部要杀蒋伯先灭口。所以李先生打算把他转移到苏州90号来。此人是蒋委员长的奉化蒋氏堂亲,现任的国民党中央委员。"

周知非挑挑眉毛:"没那么简单吧。"

"徐老板让我们救人,我们就救人。"

周知非坐在沙发上。

"晰萍,不如跟我们干吧。李先生那边需要人,你要能反过来,我保荐当回江苏区区长。"

区晰萍站得离他远了一步,低头望着他说:"我是牢记咱们团体的家训的。"

"……你啊,有时候就是太死心眼。"

区晰萍眉目更深:"我们女人就是死心眼。"

周知非被噎了个彻底:"别扯这些有的没的。"他捡起那封信要毁,却被区晰萍抢先一步。她一面撕了信封,一面目光炯炯盯着他:"知非,你还是想办法救人吧。"

"我写给徐先生的是密信。"

"要是我没猜错的话,这信里面什么都没写吧。"

她话音甫落,一张空白信纸便飘了下来。她将它举起,展平给他看。

"你从来就没打算反正。"

周知非便垂下眼来。

"我现在局面来之不易,李先生也待我不薄,跟我弯过膝盖,我母亲去世的时候,他还披麻戴孝,当孝子,老徐做得到这些吗?除了请我们到他家的大别墅吃个难吃的西餐……他就是嘴巴说得漂亮。"

区晞萍声音渐渐有点抖:"你只记得家。知非,国呢?家前头还有国。"

"晞萍,因为你没有家,所以你不懂。这年头能保住家的男人都不多见了。"

她却转过身去,轻声道:"我看我还是离了你的家吧。"

她听见手枪上膛的声音,然并未回头,只住了步,慢慢道:"我们俩,这个结局,并不差。知非,死在你枪下,我无恨。"

她合上了眼。

门被砰一声撞开,纪玉卿冲进来,瞪着周知非:"老周,你们干吗?"

周知非收了枪,区晞萍也睁了眼,见纪玉卿脸色苍白:"有客人,自称顾易中。"

顾易中还站在大门外,被保镖拦着,他优哉游哉,见周知非从楼里出来,冲他笑:"易中啊,怎么找到这儿了?"

他便也笑:"苏州这才多大?方便吗,站长,我这个不速之客——"

周知非一抬手:"请进。"

两人进了客厅,周知非把顾易中往沙发上招呼:"喝点什么?"

顾易中却只在他对面站着,微微打量一下四周,使自己背在暗光里:"不用了。我说完话就走。周站长,我受近藤之命查丁建生案,在站里谅不是秘密。"

"特务工作的要旨就是,左手干的,别让右手知道。你没必要跟我说这些。"

顾易中却没说完:"我发现无论怎么查,总有人比我快一步,丁建生死了,鹰眼也死了。都是被灭口了。"

"易中老弟,你今天不会是专为两个死人来寒舍吧?"

"我为泉水而来。"见周知非不答话,顾易中继续道,"中统派驻江苏行动区区长……周站长,你没跟她打过交道?"

周知非面不改色:"泉水真名是什么,大家不知道,我怎么跟她打过交道。"

"原名区晰萍,中统正元实业社的二十罗汉之一,深受徐恩曾的信任。听说周先生当年从中共弃暗投明,就是这区晰萍的功劳啊。"

周知非笑了笑,微微低下头:"你在查我。"

"是近藤在查你。"

"都是些陈年往事,近藤早就知道,我也向李先生汇报过了。"

"这些事连起来一想就有点意思了。周站长,黄心斋满苏州找泉水不着,我想她应该是待在一个谁都想象不到的地方吧……苏州最安全的地方,除了90号,莫过于府上了。"

周知非反而坐下了,跷起腿来,抬眼看他:"顾易中,开始玩敲山震虎这一套。"

顾易中耸了耸肩:"有些事我没有报告近藤,否则,现在可能是宪兵队的岩井军曹站在这里了。周站长,你跟中统的那些事,我不感兴趣。我感兴趣的是,胡之平那天见的是不是你?"

"胡之平又是谁?"

"我姐夫。中共苏州特派员,"顾易中一字一顿,"……我怀疑他是你的八号细胞。"

这回换周知非耸肩:"你还真跟八号细胞没完了。"

"我现在这么惨了，全拜八号细胞所赐……周站长，我今天上门来，就是想跟你做个交易。我要八号细胞的海底。"

周知非望着他，半晌，却笑了。

"八号细胞不一直是你吗？……顾易中，你想在中共那边洗白，就死了那条心吧。什么顾园名门，礼义忠悌，没戏，你跟我一样，就是他们眼中的汉奸，欺师灭祖，臭名昭著的汉奸！顾先生，恕周某不送。"

纪玉卿从楼上跑了下来，她方才一直跟区晰萍一块儿在楼上柱子后面躲着，听他们说这么几番话，于区晰萍身份已全都明白了。

"这顾易中谁啊，说的都是什么啊？"

周知非不答，只往楼上走，看着站在楼梯口的区晰萍。

"我马上走。"她说。

"走不了了。"周知非掀开一直蒙着的窗帘，往外看了一眼，"顾易中指定派人在我们家外面盯着，你一出门就会被捕的。你老老实实待在家里，顾易中的目标不是你，是我。"

他对上区晰萍的眼睛："蒋伯先的事，我应了你们，这是最后一件。"

"这件事办妥之后，这辈子我再也不回苏州。"

周知非没应声，转头回了卧室，纪玉卿跟了进来，嘟嘟囔囔："知非，还让她住家里？赶紧的，让她走，这都什么人？"

周知非只冷冷道一句："看住她，别让她出门。"

高虎仍用望远镜盯着对面的周知非家，顾易中开门进来，往那看了看，又看了看桌上一张画像。

画的是区晰萍的上半身、正面。清清楚楚，就是翁太。

"高虎，先把这个点撤了。我今天一上门，周知非肯定知道我们在监视他。"

高虎收望远镜："哥你说怎么办就怎么办。"

"以后在站里你多注意点儿，周知非疑心太大，小心他对你下手。"

高虎点头，又听他道："还有那个谢文朝，你以前熟悉？"

"他昆山过来的，不太熟，听说他跟连晋海拜了洪帮同一个老头子，出手狠辣，还有，他唤站长老师。"

周知非搬开土地庙里的捐款箱查看暗格，胡之平没留条子，里面是空的。他刚要转身，却听见人声。周知非立即拔枪，转过身一看，胡之平本人竟站在他面前。

他顿时收了枪，眼睛睁大："疯了！你来干吗？"

"我有急事找你。"

"暴露了？"

胡之平摇了摇头。

"我要奶粉。"他说。

周知非觉得耳边嗡嗡作响。他听见风声，觉得自己幻听了，于是也就问出来："什么？"

"我儿子没奶粉吃，周知非，我需要奶粉，两桶。"胡之平说。

周知非嗤一声笑了，满面不可思议："为了奶粉，你冒这么大的风险，胡之平，你还是特派员呢？你们上级要知道你这样，还……"

"奶粉。"胡之平说。

"我没心思给你搞什么奶粉，我要的是情报……"

"明天，此时，此地。见不着奶粉，我脱离。"

胡之平转身离了庙。周知非的表情甚至都没换过来，愣站在原地，看着他背影消失了。

"滚,你们都给我滚出去!"

上海天日阴沉,站在蒋伯先门外的两个特务却不停擦着汗——蒋伯先正在套房里撒泼,桌上有什么扔什么,而他扔了什么,他们又得跟着捡什么,捡起来的东西统统搬到外面去。

门口站着两个持枪的便衣特务,招呼捡东西捡得手忙脚乱那俩人:"出来,都出来。"

两人刚一踏出门槛,蒋伯先就重重摔上了房门。

"这老东西也太能折腾了,没一刻消停的。"

对面特务贴在门上听了听:"这不是消停了吗……别再自杀就行了。屋里也没什么东西了……"

门口举着枪的俩人又绕了一圈,忽听屋内传来一阵声响,像是椅子被踢翻了,然转眼又没了动静。两人对视一眼,连忙把门撞开,见屋中窗帘被摘了下来——蒋伯先把窗帘系成长条,上吊自杀了!

"不好,又自杀了!"

他们忙把枪扔了,两手抱着蒋伯先的腿往上顶,几个特务冲进来,手忙脚乱地把蒋伯先摘了下来。

人已经满脸通红,起初那特务使劲拍着他的后背,半响,他终于捂着喉咙,开始咳嗽。

"闹了两天了,撞墙自戕,加上刚刚上吊,自杀了三回了。我们已经撤了所有的玻璃器皿,但凡有可能伤到蒋先生的物件一样也没敢留。可他吃的喝的,又很挑剔,我们都弄不明白,他是想死,还是不想死。"

李士群一面往蒋伯先的套房门口走,一面听着特务的报告,他脸色愈加阴沉,又停在走廊一个窗口,往别墅外的街上望。街上有许多卖水果小吃的摊贩，他看了一会儿，忽问："你们叫的是什么饭菜？"

"蒋先生是宁波人，按您的交代，天天让法租界小宁波送外卖。"

他便没说话，开门往套房里走。蒋伯先背着他躺在床上，约莫是听见了声，然仍一动也不动。

"伯先啊……是我呀，老李啊，你说这又是何苦来哉。万一真吊死了，将来我怎么跟蒋先生、戴先生交代啊。睡着了？那我就先走了，改日再来看你……"

蒋伯先仍死人似的躺着，李士群便真转身要走，还没迈出一步，却见蒋伯先倏地坐了起来。

"你终于肯来露脸了！"

李士群回过身，摆出笑脸："哎哟，公务缠身，汪主席在南京开了两天会，走不脱，怠慢故人了，还望伯先兄见谅。"

"把我扣在这儿，到底想怎么样？我声明。让我落水做汉奸，绝无可能。"

"兄弟的意图想必伯先兄是很清楚的。"李士群眨了眨眼，"别把话说这么难听。先前与你一起共事的老同事，张北生、汪曼云，现在都在主张汪先生的和平运动。像你这样上海党部的元老，汪先生自然是希望得到你的支持。"

蒋伯先冷笑一声，一个字也不说了。

"当年在党部，你是中央干部，我只是个小角色。我的话你不见得听得进去，张、汪俩老弟的话，你总该信吧？"李士群从兜里掏出一封信来递给他，"这是老汪的亲笔信，你看看。"

蒋伯先一把扯过信，做出一副不情不愿的模样，刚看了两行，便听见敲门声，小特务端着一餐盘热腾腾饭菜搁在桌上，转身就走，直到又关上门，李士群才说了一句："伯先兄啊，身体重要啊。"

蒋伯先把信扔一边："我不吃你的东西。"

"怎么，不合口味？我专门让他们从小宁波叫的外卖。"

"谁知道你是不是在这饭菜里下了毒！"

李士群闻言乐了："听说刚刚你还要上吊自杀呢，若是我这饭菜里有毒，岂不是正合了你的心愿。"

蒋伯先有些恼羞成怒的意思："你……那两回事！上吊叫不从就义，被人毒死难听。"

李士群煞有介事地点了点头："伯先兄在乎的是身后风评啊。"

"江东父老还是要见的。老李啊，反正你就是说破天，我也不会下水，也不会吃你的东西。"

"你太太跟女儿我已经下令放回去了。伯先兄啊，你说咱们男人打打杀杀的，缠上女人家做什么。这样吧，你写个条子，让你太太做些好吃的，送上来。"

"我不！"

蒋伯先转过身去，一眼都不再看他。李士群等了一会儿没动静，只得站起身来，拍了拍衣服："那今天我就不打扰了。伯先兄好好考虑一下合作的事体，兄弟改日再来！一定要保重啊。"

他刚一关门，屋里又一阵响动，听着像是蒋伯先踢了椅子，又掀了那一盘子菜。抱着枪的特务仍守在门外，愁眉苦脸："李先生，又闹腾上了。"

李士群头也没回："演戏，他装的，死不了，我现在担心的是外面的人。"两人都望向窗外，"这地方已然被盯上了！戴雨农的人有点本事。比你们这些饭桶强太多了。去苏州的方案安排得如何？"

苏州难得晴日，凤苑书场人潮如涌，顾易中捏着一份《江苏日报》与一本杂志，进了门，寻了个角落坐下。

杂志上刊着海沫的照片，她一身旗袍，身段婀娜，笑容明媚，报纸头版也是一样，另印着大标题：新俞调重现成响档，俏海沫疑有大后台。

海沫今日唱的是《宫怨》，顾易中抿了一杯茶，听台上柔和琵琶声："西宫夜静百花香，欲卷珠帘春恨长。贵妃独坐沉香榻，高烧红烛候明皇。高力士，启娘娘，今宵万岁幸昭阳。娘娘闻奏添愁闷，懒洋洋自去卸宫妆，将身靠在龙床上……"

他面上担忧神色终于淡了些，抬手看了看表，起身要走，还没踏出一步，却见两个青年冲到台前，举起个大桶，将桶里东西往台上泼去。

那东西大约是泔水一类的污物，台上霎时一片狼藉，幸而海沫躲得快，身上并没沾染，场下则一阵骚动。那两个青年趁乱爬上台去，朝场下众人嚷嚷起来。

"你们知道这个女人是谁吗？她的男人，就是卖主求荣，连自己父亲都能亲手杀害的大汉奸，顾易中！"

海沫紧紧抱着琵琶，纹丝不动。顾易中也静在原地，听两人又骂："她是汉奸的情妇，是日本人的走狗！"

"同胞们，朋友们，我们绝不能纵容像他们这样没有良知的人荼毒我们的心灵，我们宁愿斗争而死，绝不能苟且偷生！"

"起来战斗吧同胞们，我们不能再忍耐了，我们要大声疾呼，呼喊出我们的决心，打倒汉奸！"

台下仍旧是吵吵嚷嚷，话里话外却全是不知所措。"哪来的俩崽子，还喊上口号了！"杜老板在台后咬牙，转头又骂愣着的小二，"还愣着干吗啊，还不快把人给我赶走！"

俩小子被架下去了，杜老板给海沫披一件衣裳，护着她下台。小青年的喊声还在身后响："还我河山，抗战到底！"台下亦再静不下来了。

"就得这么干！咱们明天再来。"

两个青年人被架了出去，钻进条小巷里，嘻嘻哈哈地约着明儿见面。笑声还没落地，两个彪形大汉拦在面前，把人套上头套，三下五除二又架走了。

顾易中坐在茶楼包厢里，打量面前十七八岁的小孩。他戴着墨镜礼帽，把脸遮住大半，也不说话，就这么默默看着，听两人慌里慌张地说："你是什么人？抓我们干什么？"

他便终于笑出来了。"你们连我都不认识，还敢跑到书场闹事！"顿了顿，"我就是顾易中，你们骂的汉奸。"

肉眼可见两人都往后退了一步。顾易中趁着俩人没反应过来，追着问："哪个中学的？"

一个青年已经要张嘴，另一个去捂："不能告诉他！"

"振华中学的吧。校服裤子这么多年都没变。"

小青年没忍住，低头看一眼裤子，又犯倔抬起头，扬着下巴："对，我们就是振华中学的，顾易中，我们知道，你也是振华中学毕业的。"

"但你是振华中学的败类！"

"是吗？败类！"顾易中念道，伸手进怀里，砰一声，拍一把枪在桌子上。

"正好，这有把枪，你们把我这个败类打死。"

他这话念得轻，两个青年却连动都不敢动了，他又转过把手，俩人仍像木乃伊。

顾易中笑了一声。

"屁本事没有！就知道瞎嚷嚷！骂我汉奸，没事，你们骂，随便骂。但你们不能骂那个女先生。她跟我一点关系也没有……你现在骂她是汉奸的女人，凭空污人清白，让她以后怎么讨生活？欺负一个弱女子，你们也好意思？"

方才看裤子的小孩脸憋得发青，憋了半天，骂出一句："她……就不该这时候唱评弹！"

"姑苏还是不是中国的地界，她在中国的地界唱几句评弹怎么就不行了？天天打倒这个，打倒那个，还'还我河山，抗战到底'，日本人汉奸就在90号，有种，有本事去90号跟他们干去啊，这有枪，也有人，倒是去啊。去书场欺负自己同胞算什么好汉了……以后还去不去书场？"

俩人拨浪鼓似的摇头。

顾易中收了枪："跟你们组织的人也说一声，谁以后再去闹张先生的场子，就是不给我顾易中面子，我饶不了他。"见俩人一声不吭，又道，"两条路，你们选，第一，跟我回90号；第二，从此离开苏州，别让我再见到……选哪个？一还是二，伸出手指头。"

俩人四根手指头摆在他眼前，顾易中皱眉，挥手："那赶紧滚。家都不要回了……90号其他同志可没我这么客气。滚。"

海沫上更衣室去，梳洗干净，换了衣裳。见杜老板正等在外头，她一福身："给您添麻烦了。"

杜老板紧着摆手："先是光裕社的，现在是爱国学生。我早就习惯了……三七年东洋人来那会儿，我们跑香山逃难去了，书场也关了小半年，可……后来为了吃饭，又开了，没承想这……张先生，我家里十来口全指着这个书场养活啊。"

海沫忙道："杜老板，抱歉影响书场的生意了……要不，明天开始，我不唱了。"

杜老板摆手更急："不不不，张先生，杜某不是这个意思。你接着唱、接着唱，客人都爱听你的档……那些学生要再来捣乱，杜某跟他们拼了。"

海沫一愣，正要道谢，却见小二拿着封请柬过来，竟说是给她的。她甫一拆开看了名，忙将信合上，杜老板便一瞥，又歉意看看，听杜老板道:"……交朋友要慎重,这世道不太平,你一个女孩,要懂得保护自己。"

她便点头:"晓得了,杜老板,海沫自有轻重。"

海沫沿着湖边,提着亮晶晶的小手包,慢慢地走。湖中有碧波,波上流着画舫,画舫间张灯结彩,烟火明亮,烟火中有笑语欢声,这使一切与湖外相比都像一场梦。

包间里没有人。

她走了进去,而主人便在这时推门而入。她与顾易中对视,听他平静道:"好久不见。"

"……也不见得是好久吧。"她答道,见面前人难得陷入有些茫然的神色,"你之前去过书场。"

"你看见了。"他说。

"我又不是睁眼瞎。顾先生,原先你是听留声机的,怎么现在也喜欢上了弹词。"

顾易中却笑:"去了书场,嘴巴越来越厉害了。"

她便也笑,只是一闪而逝:"我们走江湖的,没办法。"

顾易中竟是要打听翁太的下落。

"她其实不是你的表嫂。"他说。

"离开了顾园,我们就各分东西……你都知道还打听做什么?"

"有些知道,有些不知道。"

"她到底叫什么名字,我不知道。她不是我表嫂,当然我也不是什么张海沫,我是跟张玉泉先生学过弹词,但我没见过真海沫。"

顾易中其实早已知道此事,但真听她这样说话、这样把它坦坦荡荡说出来,又是另一番心迹。真的海沫死了,那个和他有"婚约",却从未见过面的小女孩,十一岁的时候得天花死了。而面前的姑娘从小便跟父母从苏州去广州流浪。

她是香山人,然而连自己从小长大的村落名字也不知道。在广州时候,父母为了营生,让她拜张先生为师,学弹词。没一年,他们就相继去世,她与弟弟无依无靠。

"张先生待我如亲生女儿一般,但我知道我怎么也赶不上真海沫,婚约的事,被表嫂无意中得知的,这么多祸事全由这儿起的。"

他早已猜到这些,然而并无用处,也只能默默听着。

"……你能找到你表嫂吗?"

却听海沫道:"表嫂她真的是海沫的表嫂。听说早年也是个进步女学生,在广州进的军校,然后就成这样了。她的事,你别打探了,她们组织很坏的,谁沾上,谁倒霉。"

他知自己是问不出来了。

"不管何时何地,有表嫂的音信,第一时间告诉我。这很重要。"

她轻轻应下了,而他拿出个极厚实的信封递给她,里面自然是法币。她接了,抬头,有些怪地笑:"我表嫂这么值钱。"

顾易中摇头。

"跟她无关。这是我给你的。你之前帮了我很多,无以为报。不能因为我让你再受到拖累。"

她没明白,或至少是说自己没听明白。

"钱不多,但够你回老家置点田地,过安稳日子。欠你的,我知道不是这些钱能还清的,但算是我一份心意,希望你能理解。"

她自作主张地翻译这句话:"你是要赶我走?"

"……不是这个意思。我现在算臭名昭著,你留在苏州,名声也会跟着受影响。这些事情也不是一时半会儿解释得清,也没必要跟人解释。"

她说不在乎,他也早知道这件事,但他装作不知道,装作听不见:"如果你想唱评弹，可以去上海，以你的条件，在上海也能成为响档……上海书场的收入也比苏州高。但我建议，你还是离开沦陷区，去香港，会更好点。"

她收了那些钱，又笑起来。

"要说的说完了吧？你这人真有意思，既要我在苏州找表嫂，又要我离开苏州去上海发展，然后又让我去香港。你到底要我做哪般？"

顾易中这回理亏。他发觉自己是有些混沌了，然而不知这混沌究竟从哪来。照理说，今日这一面他该是细细筹划好，不论是为她还是为自己。他听见她问："你既然清楚我不叫海沫，不想知道我的真名吗？"

他犹豫一秒，便错过这机会了。

"我猜你也没这个兴趣。算了，我还是叫张海沫好了，顾少爷。"

他又没能说出话来。

"当海沫真好啊。你请我到画舫来，不是请我吃东西吗？"

"那，上菜吧。"他说。他也只能这么说。认识她以来，他从没有见她这样说笑，这般模样。她坐了下来："今天我得好好吃一顿。点了松鼠鳜鱼没有？听说你们苏州的松鼠鳜鱼很有名……还有，顾先生，我在书场住得不痛快，能不能搬回顾园？……吃完饭，帮我叫个车去凤苑搬行李。就这样吧。"

她坐在月光下、灯光下、烟火光下，熠熠生辉，使他忘了她说的话。

"杜老板，往后我可能只能演白天的场，晚上的场恐怕来不了了。"

海沫几乎已将东西收拾妥当，杜老板有些急："为什么？晚场的客才是最多的，咱们书场的名角哪个不争晚场。你不会还因之前的事情有负担吧？"

"不是，我家里有点事，晚上不太方便。"

"家里？什么时候你在苏州成了家？"杜老板更一头雾水，见她低头不语，猛地反应过来，"回顾园了？"

海沫还是没说话，却已是默认了。杜老板颤着嘴，支吾半天，连苏白都往外冒。

"你怎么拎勿清啊，像顾易中这种……大家都唯恐避之不及，你怎么还往上贴？你要是有什么困难的话，可以跟我讲嘛。"

海沫又是一福身。

"杜老板，谢谢你的好意。我知道自己在做什么，人有时候就是昏头晕脑，明知道可能是错的事，但还得往下跳。"

空荡荡土地庙里，只躲着胡之平一人。

周知非手上拿着两盒奶粉，甫往前一递，便被胡之平抢了过去。而他一个字也没说，揣在怀里就要走。周知非寥然站着："连声谢谢都不说吗？之平兄。"

胡之平没说谢谢，而陪他坐在庙外临河的石阶上，两盒奶粉摆在中间，也像一道石阶。

"那天我一见顾慧中的肚子，我就猜是男孩……两个月了吧？"

"差五天。"胡之平说。

周知非絮絮叨叨："喝鲫鱼汤可以催奶，要炖得奶白奶白的，老纪生我儿子的时候，也缺奶，我给她煨了三个月的鲫鱼汤。"

胡之平没说话，扭头看他一眼。周知非垂下眉："对不起，我错了……你们应该吃不起天天鲫鱼汤，你们一贯经费紧张的。"说完了，掏皮夹子，把里面的钞票全取出来，细细捋成一沓，隔着奶粉递给胡之平。

胡之平连手也没伸。

"之平兄，我恨信仰，所有的信仰，这些主义啊国家啊民族啊的大词，

孤舟

让你，还有曾经的我，变得不像是个人，没有正常人的情感，父亲不像父亲，儿子不像儿子，夫妻不像夫妻。越有信仰的人，越像机械人……三二年，我就是因为想通了这一点，才写下海底，投了中统……当下时局，之平兄，咱们都需顺势，为自己，也为咱们的儿子。"

胡之平拿起那两盒奶粉，转身一步步走了。周知非仍垂着眼，盯着河面，盯着自己簇新的三接头皮鞋，慢慢站起来，背对着胡之平离去的方向，顺着台阶，步步而下。

"这么着急找我出来什么事？"

已是黄昏，将要入夜，肖若彤与顾慧中混在小巷人潮当中，挽着胳膊，低言细语。顾慧中眉目间净是忧色："车行已暴露，你跟老鹰转移之后也要多加小心。"

肖若彤下意识安抚她："放心吧，慧中姐，我们会小心的。"忽然反应过来什么，神色霎时变了："为什么这么说？"

顾慧中声音更低："我就是感觉不好，若彤，麻烦把我的担心告诉同志们。"

肖若彤靠她更近了些，她眼睛一转："丁建生死了，你知道吗？"

"死了？怎么死的？"

"……胡大哥没告诉你？"

肖若彤将事情始末大致讲了一遍，顾慧中大惊失色："什么人干的？"

"不知道……但丁建生死之前我收到过一封密信，写的是，谁对丁建生下手，谁就是八号细胞。信来源不明，但我猜可能是易中给的。"

然顾慧中竟似并未纠结这后半句，她愣愣出神，念道："丁建生就死在他的身边，回来怎么没给我说呢？"

顾慧中买药回来时候，正见顾易中拿着画像在巷子附近四处打听他们夫妻的下落。她在旁躲了一会儿，才慢慢出来。她心里想着事儿，走进家门时，天都已黑透了。

胡之平正举着枪，直至她进了门又锁上，才放下些警惕："怎么去了这么久？"

她原本是心不在焉，此时想起胡之平发烧的事，又急起来："啊，近的那家药铺打烊了，我又换了一家。我看看体温计？"

"我就说不用买了，这大晚上的……"胡之平这么说着，仍乖乖从腋下取出体温计递给她。她对着晃晃悠悠的暗灯，使劲看了半天。

"怎么越烧越高了？"她急道，"你就不当心自己身体，我看你要是病倒了，这么多事可怎么办。"

"不碍事，吃点药睡一觉就好了……不还有你呢吗？"

她没答话，将水和药递给他，看着他吃了，听他柔声哄着："好了，药也吃了，你该放心了吧？"

"……刚才我在路口看见易中了。"

顾易中是来找他们的，她笃定这一点，然而她从没告诉过他自己的住处，这想法使她慢慢感到痛苦与恐惧。胡之平又说出"转移"二字来，又来哄她，催着她休息。

"你还不睡吗？"她茫然问，"还有文件，我知道，但就不能明天再处理吗？"

"有些文件是要江苏省委的领导带走的，都是关于清乡的情报。必须尽快处理完。"

"……我有事跟你说。"

他却仍是拒绝。

"慧中，你先休息吧，这几天为了安排省委同志过境，我这都乱成一锅粥了，有什么事，等我忙过这阵再说，好不好？"

顾易中听见脚步声。

他猛地睁开眼睛，起身换了衣服，走出卧房。外间是餐厅，桌上摆好了干净碗筷。他蓬头垢面地愣愣站着，直到海沫踏着窗外鸟语，端着早饭走了过来。

苏州今日又是晴天。她的模样就像这座园子的女主人："醒了？洗脸刷牙，准备吃早饭了。牙膏我给挤好了。"

顾易中的话全都慢半拍，他记起那天自己在月光下忘干净了的事："你还真搬过来了？"

"别忘了顾伯伯走之前，可是把顾园交给我打理的。园子里的钥匙，我都有一套。"

顾易中看着那一大串钥匙，又走进洗漱间，看着挤好的牙膏和杯子里放好的水，对着镜子，使劲地揉了揉眼睛。

直到和海沫一人一头坐在餐桌前面时，他还是觉得自己在做梦。

海沫一口一口优雅地吃着，他喝一勺桂圆莲子汤，放下了碗。

她立时抬眼："会不会太甜？我加了点冰糖。"

"……海沫，你想要干什么？"

她便也放下碗筷："你看看这园子，顾伯伯才走了多久，这园子就像是荒了一样。一会儿就去找王妈回来帮帮忙。"

"之前跟你说的话都白说了吗？"他们两人说的不是一件事。他不得不摆出凶相。

她却也水来土掩。

"你什么意思我很清楚。外面人既然认定我是你顾家的人，那我就是。

我不如就踏踏实实地住在这里，能省得书场的伙钱。"

她目光明亮："顾易中，当初顾伯伯可是当着大家的面，认了我这个女儿，我住回这里，你现在不会想要翻脸不认人吧？还有一个，我不白住，做饭、扫地、看家，我管这三件。"

顾易中一句话再说不出来。

"你放心，我不会干涉你的生活，也不会影响你的工作，你就当……当我是个管家的好了，丫鬟也行。再说了，你也不希望顾伯伯辛辛苦苦种的这些花草，就这么全毁了吧？"

"这么大园子，就住着咱们俩，你不怕……"

她又露出那晚那样的笑。

"我一个姑娘家都不怕，顾少爷，你一个大老爷们，难道怕别人说？这年头，名声不名声的，心中有数就行……你都敢去90号上班，还会在乎这些吗？不过，少爷，我每天下午还是要去凤苑唱评弹的，我自个儿能养活自个儿。我只是借住顾园而已，少爷，咱们俩，谁也没恩惠谁。"

顾易中这回连想主意的时间都没有，送菜的在外头嚷嚷，海沫喊一声"来了"便出了餐厅，留他一个人傻着，头回真正感到有些窘迫。

高虎提前支了薪，原是给顾易中还钱去了，想必是先前治他妈的药费。周知非眼见俩人推拒半天，高虎的钱到底没能塞出去。

他搁了茶杯，起身回家。

一家统共三个人围桌吃饭。周知非坐在中间，纪玉卿在左，区晰萍在右，一人面前摆着一盅汤。周知非坐得稳当，怎么想的无人得知。他一勺一勺，喝得慢慢吞吞，区晰萍与他如出一辙，温文尔雅，纪玉卿端碗，稀里哗啦。

周知非皱眉头，谁都看得见。纪玉卿也皱眉头，喝得慢了些。

区晰萍便在这时开口："我让人摸了对面的客栈，没发现盯梢的人，放心。我没长尾巴。"

"是脱梢了。但尾巴没丢。"

"你们在说什么啊？"

周知非放下汤匙："顾易中的人走了，但小军统那批人还盯着，街角那个烤红薯摊。"

"我让人把姓黄的锄了？"

"他还有他的用处……对了，女先生搬回顾园了。"

区晰萍脸上竟露一丝笑："那孩子蛮拧。"

"你没让她背誓词吧？"

"她就是个托。"

纪玉卿生了气，摔碗："你们能说些人话吗？"

"听说她在弹词上有些造诣，我让光裕社的人留下她了。或许未来用得着。"

"你别打她主意……她厌烦咱们这行业。"

"我也真讨厌你们这些特务，累不累！"纪玉卿推开凳子，推开汤碗，赌气走人。周知非一声没出，拿起汤匙，继续静悄悄喝汤，区晰萍亦如此。

第十章
一更

顾易中正从办公大楼取文件出来,见两辆轿车开进90号院里,张吉平从前车下来,亲自拉开后车门,把戴着黑头套的人扯下来,拥着往后山走。

后面假山底下有地牢,他知道。

典狱长陆耀庭亲自接人,跟张吉平寒暄两句,听他千叮咛万嘱咐:"这人要紧,千万不能让他死了。"

陆耀庭看一眼那黑头套:"是个什么人?"

"林常行。"

"关哪里?"

"地牢1号……站长亲自关照的。还有这姓林的事,别让东洋人知道,明白?"

"密级这么高,人交我了。放心吧,张队长,东洋人不愿意到咱这地牢里,他们嫌这儿臭。没人知道他在这儿。"

陆耀庭也亲自押着人,走到一处暗门前,暗门后头就是地牢里的秘牢,一层层套。头上的布套子摘了,林常行里头原来是蒋伯先,陆耀庭看也不看,往牢里嚷嚷:"肖君侠,给你带来一个伴儿。"

蒋伯先顺着一片黑往里瞅,那牢房里坐着个披头散发的犯人,头发挡住了脸,缝隙里露出刀子一样恐怖的眼神来。他被往里一推,暗门一关,最后一点光也见不着了。

他跟跄一步,不敢坐又不敢站,在原地乱转,忍着肖君侠盯他的眼。

"人都安排好了?"

"已经关进地牢里了。"

李士群端茶,往沙发后面一靠:"敬酒不吃吃罚酒,我看他能熬几天。先让他坐几天的凉水板凳。"

周知非没接话，只说："蒋伯先这个时候来上海，所图何为？"

"老蒋派来的密使，打算和日本人私下谈判，被我抢先一步把人给扣住了。"

"……老蒋真的和日本人谈判？"

李士群冷笑："还是汪主席了解老蒋啊。别看老蒋一天到晚嚷嚷着抗日，私底下还不是一直在给自己找后路。老蒋心底里也是天天剿共，不然也就不会有年初的皖南事变，可惜啊，叶挺抓起来了，他们又派来了陈毅，新四军又发展了六个师，搞得太湖边上全是，四爷难搞啊。"

"这日本人也不地道啊，明明选择了和汪主席合作，怎么还能和重庆秘密联系呢？"

李士群翻白眼。

"你以为日本人都是一条心？小鬼子大本营分陆军参谋部和海军军令部。往往是海军一个想法，陆军一个想法，一个要北上，一个要南下。互相瞧不上，这里面复杂着呢。"

周知非这才点点头："就像咱们以前中统跟军统。"

"有过之而无不及。"

"他们想绕开汪主席跟老蒋谈判。现在人被咱们给扣了，日本人那边……还不急着向咱们要人？"

"这事不光彩，他们谁也不好意思明着要，即使来，我也一推三不知。汪主席交代，如果日本宪兵队真来拿人，情愿敲碎狗食盆，鸡飞蛋打。"

杀人灭口，一向在行。李士群着意补充："必要时。但能留还是要留个活口。蒋伯先毕竟是国民党老中央委员了，老蒋亲戚。地位高，是咱们手里一张牌，早晚用得上。这件事绝不能让近藤知道。"

周知非于地牢的观点与陆耀庭一样："近藤最近去南京开会了，一时半会儿回不来。还有，地牢又脏又臭，小鬼子从不会去的。"

"黄心斋也要提防，他跟万里朗那些小军统混得好，谁知道是不是在私通重庆呢？"

话终于到了周知非喜欢的道上："姓黄的这个灾星是很讨厌，但当务之急是顾易中。"

李士群看上去有些意外："还没搞定？"

"近藤一直护着他，不好下手。"

"东洋人是在针对你。你有时候做事要注意方式方法，近藤毕竟是特工站的顾问，多少要给他留点情面。咱们现在手上握有点权力，更应该戒骄戒躁，处处树敌不好，收买人心才是上策。"

李士群难得语重心长，周知非应了，果听他提点："顾易中你不是怀疑他是共党打入吗？要坐实了……这样东洋人就更离不开咱们了。"

周知非听着话里一丝不对，往他脸上瞅了一眼，听他又道："共产党那头，咱也别太得罪了，知非，新四军有万把枪在太湖边上呢。不管哪头，东洋人，重庆，太湖这边的，都得小心支应着。能不翻脸，尽量不翻脸。甘蔗，有时候可以两头吃。"

"……这个顾易中一直扮猪吃老虎，与近藤走得很近。不仅调查我，还在查证八号细胞。"

李士群竟笑："这个顾易中还真是个特务人才，都能让你头大了？"

"那倒不至于。知非的想法是，借着近藤在南京这会儿，逼顾易中露出马脚，敲掉他。我们是玩细胞战的，不能被顾易中玩儿成细胞了。"

李士群点了头："苏州的事体，你负总责。"

海沫在花厅里听见电话铃声。话筒一接，她便听出是翁太来。

"……表嫂，你有事？"

翁太声音半点不高兴："你明明走了，还回这里做什么？"

"顾伯伯生前把这园子交给我了,我不能不管。"

翁太真急了:"交给你?他交给的是海沫!不是你!你不是海沫。你是林书娟,不要再自以为是了,我命令你马上离开顾园,离开苏州。"

却只听得三个字:"我不走!"

"你——"

"顾家人有情有义,现在顾园有难,我不能不管。"

海沫觉着自己是把她气笑了。

"好,有情有义林姑娘,麻烦你转告顾易中,说我找他。"

"你别纠缠他了。"

"有一个划算买卖,他想找我做。原话传给他,他自然明白。"

"没那必要。"海沫字字稳重,"表嫂,你的买卖我相信顾易中不会感兴趣的,你们俩不是一路人。"

说完,竟没等翁太再答,便将电话挂了。

顾易中下晌便回来了,她抱着一摞衣服去敲顾易中的房门。衣服洗好了,叠得整整齐齐,刚踏进卧室,她便见顾易中衣柜大敞着,翻得乱七八糟,未免有点想笑。

"……你洗的?"

"你倒是想这美事儿。洗衣房刚送回来的……还有,我表嫂头晌打电话来了,说要跟你做买卖。"

顾易中立时严肃起来:"怎么联络?"

她便也严肃:"我直接替你拒了。"

顾易中又傻了,是那种束手无策的傻,讷讷叫她一声名字,看她皱眉说:"你还真想跟他们做买卖。"

他一时竟有些心虚:"总得知道什么事。"

海沫一甩手:"顾先生,90号的骂名,够你受的了,这要是再跟中统的特务扯上关系,你这以后还怎么在苏州混?你不管自己的名声,顾伯伯,还有顾园的名头,可不兴这么卖啊……以后有要洗的衣服扔在这个篮子里,别到处乱扔。"说完,转身就走,留目瞪口呆的顾易中和一叠衣服在原地——他竟然做不了自己的主了。

秘牢里连雨声也听不见,苏州大雨总是这样,稀稀拉拉断断续续,遮着一层薄雾似的日光。90号在外看守的特务都戴斗笠披雨衣,谢文朝手里拎着湿淋淋一套,扯开肖君侠的牢房门,把人架了出来。

蒋伯先就在他斜对面牢房,瑟缩在墙角,看得惊恐,谢文朝瞄他一眼,走在最后,出了门。

办公大楼里迎面同顾易中碰上,后者收了还滴着水的雨伞说:"科长,又提审犯人呢?"

谢文朝点头,半个字都不同他说。两个特务架着人走在他后面,顾易中往旁瞥了一眼,透过乱糟糟头发,与犯人眼睛对视,背上竟霎时出了一层冷汗。

人走远了,他站在原地,动弹不得。

"发什么呆呢?"

黄心斋拍拍他的肩,顾易中抖一下,抬手捂鼻子:"这个犯人好臭。"

黄心斋冷笑:"秘牢里的老客了,能不臭吗?周站长欲盖弥彰,近藤君走的时候说要彻查中统杀手的事,他不知从哪下手呀,总不能自己查自己吧。这不,正清理死刑犯呢!"

"死刑犯?"

"所有死刑犯重审一遍,不招供者,七日内处决。知道站长为什么这么干?"一想顾易中也不明白,干脆接着说,"为了连晋海。连晋海的账挂在四爷那边,这些人都不知道审过多少轮了,软硬不吃,要招早招了。

咱这些人手上，跟着沾不少血，造孽啊。这些都是……换不来钱的。"

顾易中更迷糊了。

"跟你说，每年站长他们光卖牢犯，至少挣上千条条子。没钱没后台还干革命，只能掉脑袋了。"

黄心斋走了。顾易中在楼里绕来绕去，终究绕到审讯室外头走廊的拐角，往里头张望。人自然是一眼也看不见，只有大骂声和嘶吼声往外传，没多会儿，那人又被架了出来，看着已经神志不清了，垂着脑袋，头发乱糟糟散着，像个鬼。

谢文朝紧跟在后面，拿着一堆文件。顾易中当机立断，找准角度，往他身上一撞——文件撒了一地。

"真是不好意思，谢科长。"

"走路也不看着点。"

"实在是对不起。"说话间他便弯腰帮着去捡——为的就是这个。文件上明晃晃写着三个字，他这回看得再清楚不过了——被审讯人：肖君侠。

谢文朝瞪了他一眼，扯过文件，转身便走了。

"看清楚了？"

"肯定看清楚了。人见了一次，档案上的名字又看了一次。"

"手足情深，我倒看他顾易中怎么答这道题。"

"万一他怕是圈套，不实施营救呢？"

"那就找个由头，让他亲手了结肖君侠！……顾易中这辈子就是八号细胞，他休想洗清白了。"

周知非敲着区晰萍的房门。

她正坐在桌前，闻声抬头看他："自己家敲什么门？"

"你出来我跟你说句话。"

"有什么话你进来说。"

周知非到底无法,只得进屋,浑身紧绷着,一步也不再往里走。区晰萍反倒笑了,不达眼底的笑:"怕我吃了你还是怎么着?什么事?"

"蒋伯先到90号了。但你想要把人救走,这不可能。李先生看得很紧,除了我们的人,76号还专门派了两个小组。"

她却像是无所谓:"你说好了会帮我。"

他反问:"你知不知道老蒋派他来到底是干吗的?"

区晰萍重又看她手里的事:"上层的事,不归我管。我只负责救人。"

周知非忽觉得有些好笑。

"他是老蒋派来和日本人秘密谈判的。"

区晰萍动都没动,说:"和日本人谈判?不可能。"

"你忘了,特务工作不是包打听,其实就是政治警察。晰萍啊,蒋委员长都要私下求和了,你们还被蒙在鼓里。天天还玩命地来苏州搞潜伏。"

她半点没被说动:"这不可能。重庆方面一向是积极抗日的,绝不可能和日本人私下密谈。"

"……你别天真了,谁不想给自己留条后路。老蒋一个劲儿地跟日本人打,打到筋疲力尽了,共党就会抄他后路。鹬蚌相争,渔翁得利,这个道理我都想得到,你觉得他们会不明白?"

区晰萍耸了耸肩。

"这些事你不必跟我讲,我只需要完成我的任务。老徐又发电报催了。"

周知非将叹气含在话里:"你一点没变。你们电台最近少活动,黄心斋在找电台上很在行,小鬼子又新派了电台侦测车来。"

区晰萍望着眼前拉紧的窗帘:"我们得有救蒋方案。"

周知非仿佛看着一个傻子："没有方案！"

她转过头，然只坐在那儿："周知非！"

他便一下像是泄了劲，这已不是第一次了，然而他没有办法。他的话已经有些像是呢喃："这是李先生的人。我不能背叛李先生。"

区晰萍竟笑起来。

"李先生还真给你蜜吃了。徐恩曾，你背叛了，我，你也背叛了，就这李先生，你不舍得背叛。他就那么疼你？"

周知非不理这茬儿，或说他根本不愿细想："你就跟上面汇报，此人要救不行，但我尽量客气一点，不会让他屈打成招，也不会让他接触日本人，只要他咬死不放，委员长要和日本人密谈的事情就不会被曝光，你们就当他是颗弃子吧。晰萍，体谅体谅我。"

区晰萍并未答话，她大约也不想说什么，而纪玉卿的尖叫又在外头响起来。然周知非什么也没有等，什么也没有理，他走出这间屋子，走回了自己的房间。

顾易中甩自己头发上的水。

他再次将头扎进水盆里，过了半晌，又猛地抬起来。

脸和头发都不断往下滴水。他站在那儿，水慢慢变得温了，他明白自己心中早看清了，也早有答案，只是……

他擦了手，走向客厅里的电话，一个一个拨起号码。

这号码几乎已经变得陌生了，然而他不敢忘。电话接通那一刻，他念道："是宋掌柜吗？我是南京来的沈先生，请找黄经理，我想和他见面。"

"他这是什么意思，在楼下溜达一上午了。"

周知非只站在窗口盯着。顾易中就在院里散步，转来转去，什么也不做。张吉平在旁唠叨:"牢房里我安排了两名枪手,但凡顾易中进了地牢,有任何接近秘牢的意图,乱枪打死。"

周知非这回忍不住:"顾易中是训练班优秀学员,有那么傻吗?外头,我让谢文朝盯着,牢里,你亲自去守着。"

"学生再聪明,也不能跟老师斗啊。"张吉平愤愤,半晌,磨磨蹭蹭提意见,"地牢实在太臭了。"

周知非一瞥眼,张吉平打了个立正。

"我马上去。"

顾易中在自己卧房里溜达。

一卷图纸平摊在他面前的地上。市政地图,是今晚陆峥交给他的,就在大街上,两车相交时候,从车窗扔了进来。

他寻了半日才找到下水道图,此时在卧房里,回想着自己白日里在90号用步距丈量的尺寸,一遍遍核实,一遍遍算各方距离,又拿曲尺比较一番,在桌上画了一通,最后,翻出蒋仲川别墅的周边建筑图来。

他刚将画稿铺在桌上,却见海沫端着一碗银耳汤走了进来。她并没敲门,他吓得险些跳起来,将画稿一把塞进了抽屉里。

她却早看见了,汤搁在桌上,轻轻道一声:"对不起。看你这样子,还真像个特务,在自己家里紧张成这样,至于吗?"

他没答。看着他拉下来的脸,海沫面色也冷下来:"没事。我只是不识好歹炖了碗银耳汤给你。"

他有些茫然,但至少还能看出她并不高兴。然她已出了门,再说什么也晚了,何况他并不知该说些什么。他望着那碗汤,拉开抽屉,将画稿和笔都捡起来,想了想,又端起那碗汤。

隔日他便与黄秋收在茶馆包厢见面,两人坐定,顾易中开门见山:"肖君侠没有死。"

黄秋收脸上露出惊诧神色："人在哪儿？"

"90号大牢，我亲眼看见。为了证实，我还看了他的审问笔录。"

黄秋收站了起来，在屋里来回溜达，面色渐渐明朗起来："没有死，没有死……太好了，君侠还活着，太好了！"

他住了步，炯炯望着顾易中："营救。我们一定要想办法营救他！"

顾易中也站了起来："我请求你的批准。"

两人都知这多半是周知非设下的陷阱，然此事仍是非做不可。

"我会把自己跟这事划清界限……他抓不到我的把柄的。我有一个好办法：挖地道。"顾易中道。

黄秋收终于轻松许多："咱们老本行。"

顾易中便笑："你现在也有信心了，先生。"

既是营救计划，必需组织。除顾易中一人外，还需帮手。然他却提出，要从组织以外的地方找。

"先生，救六哥只许成功，不能失败，为了免生枝蔓，我需要避开怡园行动相关的四个人，他们中有叛徒。"

此事于他来说，本已如陈年旧迹般遥远，就如同杳无踪迹的八号细胞，然此时提起，仍使他骨血发热。黄秋收沉声道："提醒得好，说说你的人选。"

"已经有了一个，顾家的管家富贵，他和我阿爸一样，对日本人深恶痛绝。"

他计划初定时候便已去定慧寺寻了富贵，请他帮忙从90号地牢救人，救的是肖若彤的哥哥肖君侠。而富贵只问了他一件事。

"你就告诉我一句实话，师长不是你杀的吧。"

他答："易中是人，不是畜生。"

就如他一定要救肖君侠。他不仅是他曾经的领导，还是他的兄弟，就像亲哥哥一样。他不止一次地相信，若换作他在里面，肖君侠也定会不惜一切代价去救他。

至于周知非的布置、诈瞒、陷阱，无非都是兵来将挡之事，既已下了决心，他便誓要成功。

陷阱也好，虎狼之穴也好，他一定要跳。

"……好，这才是师长的公子，这才像是苏州顾家的人。"

"这件事就拜托你了。"

"放心吧，少爷，老天爷没让我跟着师长一起走，就是为了让老富贵留下来帮少爷杀小鬼子。"

"祥符寺巷90号后院假山毗邻皮市街113号，正在出租，你出面把它租下。从明天起，我不会再和你见面了……我会派人去113号找你，他会告诉你我所有的谋划。"

黄秋收点了点头："批准。"

"富贵管家以前是我父亲的特务连连长，对苏州一带的江湖人士熟悉得很，我们完全可以借助民间的力量，营救出肖君侠。"

黄秋收仍在房中踱步，念起顾易中的话来："完全使用民间的力量……完全使用民间的力量！这是一个很大胆的设想，抗日民族统一战线，说的不就是这个！"

顾易中使劲点点头："稳妥起见，您应该指派一个值得信任的人去领导他们。"

"当然需要，谁合适？"

顾易中不假思索："肖若彤。"

黄秋收挑了眉头："她可是那四个人之一。"

"营救的可是她亲哥！若彤跟六哥的感情，我是一清二楚的。"

"同意你的计划,注意安全,绝不能暴露你的身份。"

"明白!"

黄秋收终于住了步子,默默望着他,露出点笑来:"那本小册子,看了吗?"

顾易中也流出笑意:"共产党最鄙薄隐秘自己的主义和政见。所以我们公然宣言道,要达到我们的目的,只有打破一切现社会的状况……"

"教那班权力阶级在共产的革命面前发抖!无产阶级所失的不过是他们的锁链,得到的是全世界。"

顾易中喃喃:"宣言……只有用这样的语言,才配得上宣言。"

肖若彤坐进咖啡馆里,点了一杯冰美式。服务生应声而去,她把手上的报纸搁在桌上,还未再动,便见边上桌子坐上来一个男子,装扮模样都极可疑,显然是个特务。

她不动声色,拿出一面小镜子来,假装补妆,镜中映出对面街上正看着她的人影。

她收了镜子,搁一张钞票在桌上,走出了咖啡馆。

那特务果然也跟了出来,与她隔着一条街,她忽然转身往回走,背着街面的手伸进包里,悄悄握住了里面的枪。

同侧那个特务险些与她撞上,然而两人擦肩一过,街对面的特务便横穿来到她身后,方才同侧的反到对面去了。

这是典型的三角盯梢。

她鼻尖上慢慢沁出些汗。这样的盯梢很难摆脱掉,三人呈三角形往前走,距离越来越近,两个特务正要合围时,她将枪上了膛。

面前正站着两个警察。

肖若彤正要拔枪,忽有个流浪汉冲了上来,将她身后的特务撞倒,撕吵闹声震天。她微微回头一看，对面街上的特务正横穿街道，却被一辆汽车挡在了后面。一只手突然拉住她的包使劲一扯——肖若彤不防，被拉进了旁边一个绸布庄。

两人站在布庄门口垂着的帷幔后头，日光从后渗来，她抬眼一看，顾易中的眼睛在光下闪闪发亮。

他搂着她的腰，横穿店面，进了后院，伙计正迎上来招呼一声，话还没完，两人已经到了对面街。跟踪特务的叫嚷声和警察的哨声在后面慢慢远去了。

顾易中带着她在胡同里七拐八拐，到了里弄角落一个木工作坊。院里忙着刨木头的师傅抬起头："顾先生。"

"这是苏工师傅陆根福。"顾易中介绍道，又指指屋里，"根福，借你地方，说几句话。"

陆根福没多说，站起来虚掩上门，守在那儿。顾易中这才转身，直直望着肖若彤："六哥没死，他还活着。"

肖若彤脸色陡然变了，比方才被跟踪时更加苍白："在哪里？"

"一直被关在90号的地牢里。"

她却下意识后退一步，定定看着他："……不要骗我。"

然而她本也没有想过他会骗她。她听他道："我前天亲眼看见他了。90号的地牢里还有一个秘牢。我亲眼所见，绝不可能有错。"

"你现在是90号的人，这话让我怎么相信。"

"我现在没有时间回答你这样的问题，还有，周知非为了报复，决定枪毙一批顽固分子，君侠就在名单之中。就在七天之后，但消息是前天的消息。"

"只有五天时间了……"她闭了闭眼，强行使自己冷静下来，"你为什么今天突然出现，又告诉我这样一个消息？我们这几个人中间有人是叛徒，你为什么相信我?"

"因为六哥是你挚爱的人,还有,你和我的过去即便改变了,但记忆还在……"

这些话本是他早就想好,藏在心里的,可此时说着说着,竟不敢直视她的眼睛。他声音更低:"只要记忆在,就能唤起我的信任。若彤,我只能信任你。"

肖若彤没有说话。然而她的眼睛早已柔和下来,露出里面从未褪去而愈加浓厚的忧郁与撕扯。顾易中匆匆打开随身拎着的包,抽出几张地图来,长舒一口气:"废话不多说了,不管你怎么想。我有一个营救计划……挖地道。"

他将地图摊开来:"我查了三〇年重修的苏州下水道图,有一条水道从90号的假山边上经过。90号的地牢就设在假山下面。我记起了,我被关在地牢里时,隐约能听到流水的声音,我相信就是这条水道。现在,我们只要挖通这条水道,就可以从外面进入90号地牢。"

这些、这样的地图原本才是他的生命。她蹲下来,盯着他在地图上描画的手,听他细细地讲:"这是水道的走向图,顺着皮市街通到祥符寺巷,我已经让富贵租下了皮市街113号了,从这掘地道下去,不出十公尺,就能接上水道,找到地牢,救出六哥……这些是我推算出来的位置图,都标清楚了,除了你,我担心没人看得懂。"

她默了默。

"这事我得向上级汇报。"

"当然要汇报,我相信你的上级会同意,但你不许提到我。"

她没有答话,他便只当默认,继续讲着那些图,又小心为她卷起来:"把东西带上。无论如何,明天一早,去皮市街113号找富贵。不过他什么都不知道,只是干活的。"

她点了点头,仍是无话,将那些图塞进手包里,转身便要走。甫出一步,却被他轻轻拉住手腕。

"……若彤。"他念道。

她看着他的手,他猛地颤抖一下,松开了。

"小心。"他说。

肖若彤踏出了门槛。

秘牢里不见天日,仅有走廊一点光照进来,窸窸窣窣的声一天到晚响。蒋伯先缩在角落里发着抖,他面前摆着一盘吃的,然几乎一口未动。

他又听见响声,仔细一看,一只蟑螂从他面前跑过去,他立即跳了起来:"救命啊!来人啊!"

那蟑螂往他身上爬,蒋伯先险些晕死过去,幸而还没晕,便被使劲抽打了一下——一个破破烂烂笔记本打在他身上,一下拍死了蟑螂。

是同牢的肖君侠。他举起一个馒头:"吃点吧。"

蒋伯先惊魂未定:"……没心思。"

"不吃东西哪有力气逃跑?"

这回来了精神:"这个地方还能逃得出去?"

肖君侠又举了举馒头:"会飞的鸟儿肯定关不住的。"

他终于把馒头接过来:"你是哪路的?忠义救国军,还是徐先生、戴先生那头的?"

"都不是。"

"共党。"蒋伯先了然,默默往边上挪了挪,又探问,"有人在营救你?兄弟,这斗室在假山之下,地牢之中,怎么逃?"

他已经有点心不在焉了,然而肖君侠的话更玄:"他会想出办法的。"

蒋伯先咬馒头的气力又少了。

"他是谁？你同伙？"

顾易中夹着包回侦行科办公室，高虎正坐在里头，抬头看他一眼，一句话没说。顾易中坐在他对面，屁股还没坐热，远处谢文朝招手："易中，来一下。"

他指着面前正被捆得结实的一个犯人："易中啊，辛苦一趟，这犯人送地牢，这是条子。人交给老陆，你让他在这儿签上字送回来。"

顾易中应了，押着人就走，高虎和谢文朝都在后头望着他。

一路出办公大楼，进后头园林，往假山地牢去。进了一道道门见了陆耀庭，陆耀庭正在栅栏里办公，颇有格调，见了他，亲切唤一声："易中啊。"

"有个犯人，谢科长让交接下。"

陆耀庭接了条子，看一眼："好。我先把人送号子里，然后再给你签条子。"

他腰上挂着一大串钥匙，押着犯人直往里走，钥匙开门，人推进去。顾易中冷眼旁观，眼神顺着走道一直往里刺，去看最顶头的秘牢。咔嚓一声，陆耀庭关了牢门，回来提笔，就要签字。

电话铃恰在这时候响了。

"我是，我是。……好好好，马上。"

笔搁下了，条子也推到一边，陆耀庭满面歉意："顾老弟，有急事，我得马上去一趟，这边劳烦你等我一下。"然没等他应就往外走，一溜特务狱卒也跟着离开，栅栏门洞开，看守也没了影。顾易中定睛一看，偌大地牢里，竟就只有他一个人了。

还有陆耀庭从腰上取下来的那一串钥匙，静静躺在桌上。

他拿起那串钥匙来，清脆响声荡在走廊墙间，光影也随着一同晃。他仔细盯着那串钥匙，里头有一支与旁的模样都不一样。

在他眼里，恰能合上秘牢的锁眼。

他迈了一步。

哗啦一声，那串钥匙掉回在办公桌上。

然而只听砰一声，是子弹打在钢板上的声音，紧接着是走廊尽头秘牢里的叫嚷："出事了，出事了，我牢里的这位先生死过去了。"

人声喧嚷起来，顾易中倚在办公室门口往上望，见谢文朝、陆耀庭还有几个特务举着枪跑下来。谢文朝极快地瞥了一眼那串钥匙，吼道："哪来的枪声？"

顾易中用手指了指里头。

陆耀庭赶紧打开秘牢大门，见蒋伯先倒在门口，直挺挺躺着，头上一块青，像是在哪儿撞昏了过去，急忙叫道："快送医务室！"顾易中默然往里望，秘牢门缝之间，肖君侠的眼睛一闪而过，紧接着又被死死关在里头。砰一声，秘牢旁边的房间门被踹开，张吉平的骂声与一个抱着枪的特务一块儿滚了出来。

顾易中手揣兜里，悠悠然往外走。

周知非端起那杯热腾腾的毛峰，瞅一眼被谢文朝一把推开的门，后者怒气未消，站在他面前喘气。他垂下眼喝茶："不成吧。"

"妈的，顾易中太狡猾了。"

谢文朝压着火气，从头至尾讲一遍，周知非点一下头："有点意思。"

"明牌了。以后拿顾易中不好办。"

"没有不好办的事。上海的朋友呢？"

"晕死过去了，医务室的人让送绥靖军医院了。"

"安保？"

"我们跟过去一个小组，还有上海的两个小组，应该没问题。站长，顾易中那边，咱们怎么办？"

周知非却搁下茶杯，看看手表，拎起手提包："到点，下班了。"

他转身走人，谢文朝傻站在原地，枪还握在手里，慢慢松了。

"是周公馆……嗯，你等着。"

纪玉卿握着话筒，朝楼上嚷，极不耐烦："喂，姓翁的，电话。"

过了半晌，区晞萍才从楼梯施施然下来，接过话筒来。纪玉卿假装往旁挪几步，不远不近听着。

"是我。"

"绥靖军医院。"

"把三大队的人全调过来。"

"是。"

短短四句话，电话挂了，她站起身来，整整衣服，便往外走。纪玉卿见状忙拦过来："你不能出门，知非……"

话还没完，区晞萍的枪口顶在她脑门。纪玉卿连喘气都忘了。区晞萍就这么指着她，退着一步步往门外走。俩保镖站在门前，眼睁睁看着她出楼门，刚要动作，两把枪口指着他们的脑袋。

门开了，她仍不慌不忙地走出去，眨眼间便收了枪，一辆小车停在她面前，她闪进车里，又是一眨眼，车便不见了。

保镖还维持着开门的姿势，目瞪口呆地站在栏杆里头。

周知非一进门，便听见纪玉卿的哭声，见他过来，哭声更响："她拿枪对着我，知非，拿着枪……"

周知非声色陡厉："她去哪里了？"

保镖唯唯诺诺站在后头:"有一辆车在门外接她走的,出门右拐。"

"此前家里有电话?"

"是接了一个电话……"

周知非话也不再听完,立时转身往外走。纪玉卿追过来:"老周老周,你去哪儿?她要再回来,我可怎么办?"

周知非话声僵硬:"她回不来了。"

肖若彤拎着手包和一袋猪油年糕,站在宏祥茶庄门口,左右看看,方才踏进门槛。这是组织的新联络点,周振武就站在柜台后头卖着茶叶,见客人拎茶叶出门,铺里空了,方才对肖若彤说话。

"去哪里了,这么久?"

"剪头发去了。"

她举起那个袋子来:"猪油年糕,你爱吃的。"

他一愣,甫接过来便闻见香味,然而还没来得及说话——或是根本没想好该如何说,肖若彤便已往里走了。

她锁上房门,抽出那些图纸来,一张张看着。

她手边床上放着一个小本,小本里抽出一张照片来,上面映着她与肖君侠。

一辆战地救护车停在绥靖军医院门口,几个穿着忠义救国军军服的官兵和一个女护士抬着个浑身是血的病人冲进院里。为首的官兵往里嚷:"医生呢?他奶奶的医生呢?!我的人快死了,快来人!"

正是方才给区晞萍打电话报信的中统特务沈一飞。他一直在90号门前监视,此时调度人马,混到这儿来。女护士则是区晞萍本人。

医院外夜色极静,几个人抬着担架,硬往里闯,守卫怎么拦得住,几人冲进门去,楼上便跑下来个医生,与区晰萍说了几句什么,两人还未分开,担架上的人反手就从身上盖着的被单下头掏出一把轻机枪,翻身下了担架。

她一挥手,身后几人立时分成两队,在医院里搜索起来,她与医生一块儿上楼,还没走出几级楼梯,便听身后枪响——中统特务与守卫动了枪子,短兵相接,医院大堂霎时枪林弹雨。

区晰萍回头看了一眼,见自己这边多半要被压制,立时挥手叫来一个特务,抬腿往上跑。

蒋伯先正在楼上病房里挂着点滴,枪响如雷,轰隆入耳,他一下坐起来:"他们杀我来了,他们杀我来了!"

他身边作陪的特务一下拔出枪来,门开了,又一个特务闪了进来,正是上海别墅前看守的那人:"下面的人杀上来了,把门堵上!"

两人合力把屋里另一张空病床推了过去,堵住门,又从病床底下拖出个箱子,抽出两把美制卡宾枪,摆好了快慢机,先对着蒋伯先:"敢叫一声,打死你。"

蒋伯先捂了嘴,枪口转向了门口,外面枪声愈烈。

区晰萍带着那特务从硝烟里冲出来,一面走一面开枪。有血从身边溅出来,她身边最后一个人也倒了下去,跪着往前爬。她枪口下移,一枪补在他脑袋上。

枪声却忽然停了。

她慢慢地走,走到蒋伯先病房门前,抬腿就要踢门,脑后却忽然被顶了一把枪,有人伸出手抓住她的腰,将她拉进了对面的病房。

病房里没开灯,两人下着死手过招,区晰萍因起初被动,终究不敌,双手都被对方控制住。她正要咬下嘴里的毒药,却听那人附在她耳边,声音极低:"是我。"

周知非站在窗帘后透出的那一点光里,紧紧贴着她。

"……放开我!"

"76号警卫大队林之江手底下两大特务就在病房里等你,进去就是马蜂窝。"

区晰萍长喘了一口气,到底没再说话。周知非低头去看阳台,底下就是二层,并不高。他扯了扯窗帘:"从这儿可以下去。"

区晰萍冷笑一声:"你们早设好圈套。"

"……是李先生。"他叹一口气,"两条街外驻扎着日军一个小队,估计这会儿正往这儿赶呢……被日本人抓住,谁也救不了你。"

周知非松开了窗帘,转而扯过病床上的被单,拼了命地打结,他牙缝里挤出一个字:"快。"

"……知非。"

"告诉徐先生,周某人回不去了,但心向重庆。"

区晰萍闭了闭眼:"蒋伯先。"

"就别什么蒋伯先吴伯先了!逃命要紧。"

他话音甫落,走廊里便有枪响。区晰萍犹豫一刹,用嘴咬着枪,握着周知非绑好的布条爬出窗外,她始终紧紧盯着他,而他背过身去,只是挥了挥手。

她落了地,最后看了他一眼。

周知非从病房闪出,迎面碰上带着两个特务的张吉平,他率先开口:"怎么回事?"

"有不要命的要抢人。"

"哪头的?"

"还不清楚……打死了五个，走脱了一个。"

"鬼子马上就过来了，你下楼挡他们一下。不能让他们发现蒋伯先。"

张吉平应声，周知非便去敲蒋伯先的病房门，里头特务嚷："谁？"

"周知非。"

门开了。蒋伯先正合着眼缩在床里，他上前去："蒋先生……我周知非，苏州站的。"

蒋伯先睁了眼，上下打量他一番，坐了起来，像小孩一样哼哼："你就是周知非。你总算是肯来见我了。你排场比李先生还大。"

周知非一躬身："周某失礼了。请先生赶紧转移。"

"我哪儿都不去！"

周知非耸了耸肩："别指望外头那些人救得了你。打死了五个，蒋先生，白白牺牲自己同志，不值当。"

蒋伯先一愣，半句话都没有了。

"日本人马上就到了，落到他们手里，没好事。"

"那就让我落到他们手里好了。"

周知非早知这些："蒋先生，都是敞亮人……李先生知道你身上负的使命。他让我转告你，我们是不会让你跟小鬼子的人搭上头的。老蒋要当汉奸，晚了，国民党的头号汉奸，非我们汪先生莫属。"

蒋伯先急了："你……血口喷人！蒋某来上海，是联络抗日的能人志士的。"

"这是对记者说的词。"

蒋伯先竟叹一口气："自抗战以降，国民党中央委员死难的还没有，我名里既有个'先'字，就开其先例吧。"

"……该想想你太太你孩子，明天你太太就到苏州了。"

"少拿他们威胁我！你这一套我见得多了。他们之所以是我的家人，是因为他们早就做好了随时为国牺牲的准备！"

门霎时开了，张吉平冲了进来："站长，日本人冲上来了。"

周知非念一声"走"，几个人便一块儿去拽蒋伯先，蒋伯先死死抱着床头不放，竟用日语嚷起来："我哪儿都不去……我在这儿！我在这儿，救命啊！"

噼里啪啦的军靴声越来越近，周知非扑上前，一掌砍在蒋伯先脖子上，人立时昏了过去。

岩井带着五六个日本宪兵从楼梯跑上来，堆进走廊里，迎面撞上周知非。周知非冲他点头："岩井曹长。"

"刚才枪声怎么回事？"

"忠义救国军那批不自量力的家伙，在医院闹事，打死了几个，要不，我带岩井曹长去验验尸体。"

岩井深深瞅着他，一个宪兵从他身后跑过来，用日语汇报："报告，没有发现可疑人士。"

岩井还未答话，却听周知非道："岩井曹长你忙，知非要回家歇息了。"说完，越过岩井就往外走。岩井左右看看，到底跟着他下去了。

张吉平守在病房门后，气都不敢喘一下，两个76号特务就举着卡宾枪躲在他身后，架着昏过去的蒋伯先。张吉平听见远去的军靴声，霎时泄了劲，倚在门上。

周知非一路闯进家门，冲进区晰萍的卧室里，见她正用急救包里的纱布给自己包扎伤口。见周知非进来，不慌不忙，似没看见。

周知非压了嗓子，里头怒气却挡不住："疯了你！说多少遍，蒋伯先不能救，不能救！为什么就是不听呢？！军医院除了90号的人，还有李先生从 76 号调来的两个小组。等着你们自投罗网呢！"

区晞萍平静道："我的任务，我必须完成。"

"晞萍，你是老同志了，怎么会执行这么愚蠢的行动！"

区晞萍话中显然有嘲讽意："你眼里，所有的风险都是愚蠢的。你就知道四个字，随机应变。"

"因为我不想白白送死！你知不知道你今天若是被捕了，会有什么后果？你眼里就只有你的任务，就一点不为我着想？"

"就算被捕了，我也绝不会连累你！"

"还是那么自以为是！"

他们自这回见面以来，似是头一次吵得这么凶。区晞萍喘了口气："按你说的，蒋伯先是重庆派来和日本人谈判的，那这个人我更要带走……我不能让蒋委员长也跟着汪精卫投降。我必须阻止这一切！"

"你阻止？你阻止得了吗！今天他们差来一个蒋伯先，明天还会有另一个张伯先，王伯先。你有什么能力改变这一切？你以为你是谁？你一个人就想挽救国家民族？"

周知非的脸慢慢发白，他望着区晞萍，却见她平静下来，轻轻念了一个字："是。"

周知非愣愣望着她。"疯了。"他说。

"我很冷静。"

"李先生为什么要扣蒋伯先，还不是要阻止他和日本人见面。他特意把人秘密转移到苏州，就是不想让日本人知道。他这是在帮你们！蒋伯先救不救已经没有意义了，你明白吗？他在我们这里，跟死人一样。"

卧房门拉开一条缝，纪玉卿披着一件衣服，探头进来："怎么回事啊，大晚上的，怎么还吵起来了。"

周知非脸极阴沉："这儿没你的事！"

"……有。"

"滚。"

纪玉卿皱着脸："你冲我撒什么气呀？"

区晰萍起身推人："你们都出去，太晚了。我要休息了。"

未料周知非竟一下掏出枪来，冷冷道："把枪给我。"

他当即下了区晰萍的枪，又去搜她的身，手还没碰上，纪玉卿先叫起来："周知非你干吗？当着你老婆摸别的女人？"

周知非下意识一缩手，纪玉卿自己上去，上上下下摸，什么也没摸着。周知非开口："腋下。"

果然掏出一把小手枪，纪玉卿被烫着似的，扔在桌上，又听周知非道："鞋子。"

她甫蹲下身，却听他又命令："脱了。"

她刚伸出手，却见区晰萍把那双尖头矮跟鞋往后一磕，鞋尖立时吐出一把尖刀，纪玉卿吓了一跳，往后一躲，险些栽倒。区晰萍面无表情，甩开鞋。

纪玉卿声音发颤："还有哪里？"

区晰萍耸肩："没了。"

这空当，周知非又从她的箱子里掏出一把小手枪，这才拿着所有的东西，和纪玉卿出了屋，用钥匙把门锁紧了。

区晰萍慌忙上前去转那门把手，全然打不开，往四周一看，窗户外面也有了铁栏杆，她使劲拍门，嚷起来："周知非，你把门打开！你不能关着我！"

纪玉卿余悸未消："你留这么一个害人精在家干吗？快点把她送走。"

周知非却早奔去客厅，又拎着工具箱回来，在那卧房门口又加装合页锁。

"听见没有,周知非,赶她走,马上。"

咔嚓一声,锁装好了,又被他锁死:"现在放出去更害人。你看住她,别让她跑了。"

"……我看得住吗?"

纪玉卿接过钥匙,听周知非道:"除了送吃的,别开这个门。她说什么也别上当。"

黄心斋端着一盆水从假山旁边过,迎面看见张吉平和一群特务拥着个蒙着头套的犯人过来。他没说话,往旁一让,抓住了走在最后,边走路边穿鞋的李九招。

"九招,又抓到大鱼了?"

李九招"嗯"了一声,又听他问:"怎么有几个弟兄脸生啊?"

"上海来的,76号的同志。"

黄心斋知道再问不出什么,重新端起那盆水,看着他们进了假山下头的地牢。

头套底下正是蒋伯先,他又被推进了肖君侠那间牢房。肖君侠正借着走廊灯光翻手里的笔记本,见蒋伯先进来,主动给他挪了挪地方。

没想到蒋伯先主动扑了过来,抓住他的袖子。

"共党兄弟,救救我吧!这个鸟地方我是一秒都待不下去的……我是蛮赞成国共合作的啊!"

肖若彤拎着那日那个小拎包来到皮市街113号门前。正是清晨,苏州初秋雾气更重,行人匆匆,车辆亦稀落。肖若彤站在门前,犹豫一下,敲了敲门。

出来的正是富贵,她唤一声富管家,却见他作嘘声:"我现在姓沙,进来!"

屋里三个陌生人,她往里走一步,有些愣。三个人一胖一瘦,还有一个满脸大胡子,甫一见她,大胡子便不满出声:"怎么多了一个人?还是个女的!"

富贵帮着解释:"她才有图纸。她姓陆,你们叫陆小姐就行了。"

大胡子忙道:"沙老板,说好了,谈好的钱你得照付,挖到东西了咱们五五分,我不管你多一个人多两个人,这个数不能变。"

"放心吧,我跟老五都谈好了,家伙呢?"

肖若彤一句也听不懂,茫然看着三个人亮出家伙,一个扛铁锹,一个拿洛阳铲,还有个拿罗盘的。

富贵忙把她拉到一边:"他们盗墓行的,我跟他们说,这附近有个地下宝藏,里面藏了无数奇珍异宝。"

肖若彤"啊"了一声:"这不骗人吗?"

"挖坑掘道,他们专业。事急从权。记住,我姓沙,你姓陆。"

肖若彤目瞪口呆,从没见过这样办事。还未答话,又听大胡子粗着嗓:"怎么挖,从哪儿挖?"

富贵一伸手,她便抽出图纸来,抬眼打量屋子,掏出个皮尺从门口拉到屋里,往前两步,用脚在地下画了个圈。

"从这儿开始。"她说。

大胡子点头表示明白,随即点了几支香,仨人朝那块地板虔诚一拜,而后起身,脸色一变——大胡子一镐下去,把那块地砖敲开了。

富贵随即走上阁楼,推开窗户,将一件干的深蓝色长衫倒挂上去。从那窗户往远处看,不过百米之外,就是90号后园假山上那个亭子。

周知非曾听过《桃花扇》的亭子。

顾易中正走到亭子上，抬眼一看，便是那件长衫。他知道，计划已开始了。

他下了山，往办公大楼里走，路过黄心斋办公室时，却被他连声叫住。他甫进门，却见黄心斋把门一关，声音也压低。

"听说绥靖军医院出事了。"

"出什么事？"

"昨晚上76号还往咱们地牢里送个人。你真不知道？"

顾易中摇头。

"你来，给你看个东西。"

一份简历，顾易中看了两眼，仍没明白，抬眼看他，听黄心斋道："周知非原先在中统的那个相好，区晰萍的履历。"

"黄副站长，你还真有办法。"

黄心斋一笑："76号里头认识她的人不少。区晰萍在中统算老牌特务了，号称是中统二十罗汉之一，因为周知非的缘由，徐恩曾这才专门派她回苏州，目的是把周知非给拉回去。"

"不能吧？"

这句话黄心斋在他嘴里听见一百回了："咱们干特务的有什么不能的？别忘了特务工作，是为政治服务的。"

顾易中便翻阅起来，一条条看："没她照片？"

"有一张。"黄心斋说着，翻出一张集体照，指着上面一个女人，"就是她。"

照片像被水泡过，上面的人面容模糊，半点看不清楚。顾易中贴近去瞅："您这是拿我寻开心呢吧，这照片糊成这样？"

黄心斋摸摸脖子："人虽然是看不清了，可她的身高、体形、气质都是错不了的。周知非当初培训的时候没教过你们吗？要想认出一个伪装者，仅凭长相是远远不够的。"

顾易中认真听着,一垂眼:"是我才疏学浅,还得和您多多学习。"见黄心斋立马笑得得意,又问:"这下一步……"

"要不了太久,我能把她挖出来。情报科我的人都已经撒出去了。"

"她是中统老特务了,没那么容易被逮着吧?"

黄心斋又凑近了点:"别忘了我是什么出身,军统。军统是专门对付中统的。跟你再透露点,万里朗处长专门从 76 号给我调来一个小组配合,就驻扎在新苏旅社,其中有俩认得姓区的,这回,插翅难逃。"

顾易中还没答话,谢文朝便推门进来,他连门也没敲,黄心斋脸色立时难看:"……谢科长有事吗?"

谢文朝举着支笔:"自来水笔没墨水了,跟黄副站长讨要点。"没等应声,便往前走,黄心斋往旁一挪,将墨水瓶一推,把桌上的资料挡住。

谢文朝边吸墨水便往这瞥:"黄副站长跟易中布置工作呢?"

"可不。谢科长,最近近藤太君对侦行科的工作不太满意,你要觉得有困难,换个人上。"

"哟,"谢文朝一笑,"原来易中老弟想上位啊。"

顾易中低着头:"不敢。"

黄心斋也笑:"易中老弟的能力是有目共睹的。"

"我这科长是周站长任命的,还轮不上黄副站长跟小鬼子插嘴,墨水不吸了。"他盖上笔就出门,门关得砰砰响。

黄心斋也不恼:"啧啧,你看你看,跟周知非一个德行,等近藤太君回来,看我怎么收拾你。"

谢文朝转头去了周知非办公室。

"昆山来了六个弟兄,分三组,全天盯着顾易中。按老师的吩咐,我挑的全是顾易中不认识的。"

"顾易中打进打出的所有电话都要监听记录。还有,盯梢的人别太紧,松一点,等鱼儿咬钩了再上。"

谢文朝一一应了:"老师,还有一事,刚才我听到黄心斋跟顾易中提起区晰萍……"

周知非这才抬眼,瞅了瞅他。

"黄副站长要是能逮到中统江苏区区长,那东洋人还不得跟全站发奖金,好事好事。"

谢文朝答一声"是",脸上还是疑惑,转身出了门。周知非在后坐着,望着他背影,眉头渐渐拧紧。

周知非直至晚间才回家去,汽车驶进铁门,停在小花园,见楼门竟虚掩着。他心下骤紧,开口叫一声:"老纪?"

没人应声,他立时拔枪上膛,双手握枪,摸着黑一点点上了楼,先到区晰萍卧室门前。

合页锁上锁头挂着,钥匙插在里头,他顿时明白,取下锁来,推门而入。纪玉卿和刘妈两人就在里头,背对背被绑着,嘴里塞了丝袜。

周知非收了枪,默然站着,半响,才给两人松了绑。

桌上搁着一封信,他慢慢撕开,一句句读了,纪玉卿坐在他身边骂人:"这丫头养的,把臭袜子塞我嘴里!"

信里写的是《诗经·国风》之《邶风·谷风》,清秀小楷,列列排在眼前。

习习谷风,以阴以雨。黾勉同心,不宜有怒。
采葑采菲,无以下体?德音莫违,及尔同死。

周知非到底没说一句话。

纪玉卿还在骂:"……周知非,要让我再见她,不给她二十个耳刮子,我就不姓纪!……信里写的啥?"

周知非将信折起来,没答话:"不是让你别进门吗?"

纪玉卿没声了,记起区晞萍精致的妆容来,过了许久,小声念叨:"你一走,她就说有老玉镯子,西太后墓里出的……"声越来越小。

周知非揣信出门,纪玉卿终于站了起来,小跑着跟他一路下楼:"我想着门是锁着的,她就伸出一只手,把玉递给我,哪承想……"

周知非话声没一丝情绪:"她还会杀人呢。"

"……门口保镖我也告诉他们看牢的。"

"保镖保镖,对她这种老特务来说,那就是个摆设。"

他寻到一根火柴,划着了火,将信烧了。纪玉卿不依不饶,又是问:"她信上写的啥?"

"给李先生的情报。"

信变成一堆灰,纪玉卿又道:"她果真是老特务,你们是不是在南京的时候就熟悉……别再用重庆的李先生什么的来骗我!周知非,我猜这里头就有事,今天你不坦白我就跟你急,这个区晞萍到底是怎么回事?"

却见周知非欲言又止,满面愁色,良久,一声叹息。

"其实她不姓区,也不叫区晞萍。"

"……姓区也是假的?"

"还记得前两年被李太太带人打上门的刘秀娟吧。"

纪玉卿一听八卦就兴奋:"记得记得,那个李先生姘的76号外围是吧?还上了小报呢。姓区的就是那个外围?……她怎么又成了江苏区区长了?"

周知非点头:"就是因为李太太这么一闹,这刘秀娟怒了,去重庆投了中统，什么区长不区长的，都是徐恩曾胡乱许她的。她一回沦陷区，就径直找李先生，想做李先生工作，李太太防着的就是这个。所以李先生让她专门藏到苏州来，结果，黄心斋听到一点风声，又查她，非得说什么跟我有染，还私通中统。其实就是这点破事，现在人还给弄丢了。你这让我怎么跟李先生交代。"

"啊？"纪玉卿脸一白，"李先生不会迁怒于你吧？"

周知非一看有戏，顺着她说："吃挂落难免。"

"是她自己逃掉的。不关咱们的事！老周，不行我跟李先生说去。"

周知非又揉脑袋："这事到此为止。"

纪玉卿却没完了："……老周，你告诉我，翁小姐，不不，刘小姐？她到底姓翁姓区还是姓刘？"

他终于没了耐心，起身上楼，想起什么，又厉声嘱咐："无论姓翁姓区姓刘，这个人从此以后你要给我烂在肚子里，就是见了李先生、李太太，也不许提，记住了。"

纪玉卿吓得点头如啄米："我傻啊？"

周知非又走进区晞萍的房间。

地上乱糟糟的，他蹲下身，一点点收拾。先是丝袜，又是一方手帕。他皆未迟疑，都扔进了垃圾桶里。

顾易中和海沫坐在长桌吃晚饭。外头夜色沉，顾易中脸色一样沉，低头一口一口吃，味同嚼蜡。海沫看不下，放了筷子。

"你怎么了？吃个饭发愁成这样。"

"没什么呀？"

"你吃的那个……是块姜。"

顾易中一愣，瞅一眼那块姜，扯起嘴角。

"你的事我不多问，我只是想说，如果心情烦闷的话，听听弹词吧，我们弹词无论唱的还是听的，都很开心。"

他没应声，却忽然问："海沫，她姓区？"

"谁？"

"你表嫂。"

海沫脸色顿变："怎么聊起她来了。"

顾易中如实说了："90号的人在找她。"

"……你还是怀疑我跟她有联系。"

顾易中却摇摇头。

"如果她联系你，告诉她苏州不能待了。到处都是逮她的人。记住了。"

海沫竟也摇头："你们的事我管不着，我不想管。你跟肖小姐最近是不是在搞什么事？"

顾易中即答："没有。"

"你这人真没劲。自己的事情嘴巴牢的，我的事情却问得勤，我就是知道表嫂什么事，我也不跟你说。"

顾易中又是一愣，默默望着她，半晌，说一句："对不起。"

然她毫无动容："道个歉也没真心。表嫂这个人就是嘴巴凶，心肠是不坏的……至少比你们90号那些人好点。你到底听不听我唱一段？"

顾易中仍望着她，半晌，微微一笑说："好。有劳。"

却见她起身，下巴微扬："怠着弹了。把碗递给我，我洗碗去了。"

顾易中想伸手揉揉额角，问："……王妈呢？"

"我让她歇息一天。"

"我帮你。"

海沫已收了碗："算了吧，你还是当你的少爷吧。"